柏捷頓家族系列 I：公爵與我

BRIDGERTON

THE DUKE & I

柏捷頓家族系列Ⅰ：

公爵與我

【推薦序】

愛情的模樣

暢銷作家　宋亞樹

寫了很多年的愛情故事，也讀了很多年的愛情故事，時常有人問我：「妳不膩嗎？」

每當聽到這樣的提問，我的心情大致就像看見手機裡突然竄出外星人般不可思議。

無論跨越多少不同的世代，愛情始終是一門非常幽微難解的習題，無論再經典的老哏，只要經過不同作者的調味，都能碰撞出不同的火花。

只擔心寫不盡、讀不完，怎麼可能會膩？

愛情可以同時最純粹，也最複雜；最沒有邏輯，也最需要思考；最需要衝動，也最需要耐性；既是命中注定，也最需要經營。

沒有任何一種情感如同愛情，需要兼容友誼、親情、激情、利益與慾望，而在《公爵與我》這個故事裡，便充分展現了愛情如此多變且可愛的風貌。

在各懷心思的婚姻市場裡，女主角達芙妮與男主角賽門兩人有著截然不同的目標。本該是平行線的兩人，卻在互惠的利益交換下短暫結盟，進而相知、相愛，被迫直接面對內心深處的陰影與創傷。無論在情感、慾望以及價值觀上，都經歷了相當的碰撞與磨合。

在閱讀故事時，我時常被字裡行間機智且幽默的對話逗樂，也深深為達芙妮與母親、手足之間的情感動容。

既羨慕達芙妮成長在如此一個充滿愛的家庭裡，也同情她有著三個堪稱妹控的哥哥們。甚至一度想，達芙妮的處境簡直是「有三個哥哥的我就注定要單身了啊」，每每讓我失笑。

而賽門與達芙妮之間的交手更如同一場「我不要我不要」與「我要我要」的雙人舞，你進我退、你跑我追，屢屢讓我捏把冷汗。

我幾度擔心達芙妮將賽門逼得太深，轉念又想，若不是達芙妮在家族裡曾被愛澆灌，就會產生一絲絲猶疑、一絲絲退縮，而這方寸之間的進退，很有可能就會令她失去一段真摯的情感。

達芙妮從不懷疑自己能夠得到愛，而這份自信恰好能夠適時地幫助賽門度過難關、戰勝恐懼。

瞧，愛情就是如此地不講道理，卻又有跡可循，怎能不吸引人？

值得一提的是，撇除男女之間的情愛不提，洋溢在柏捷頓家族間的親情便已足夠令人著迷。優雅、傾聽，伴隨著一點爭執、矛盾、理解與包容，是柏捷頓家族中每個人給予愛的方式；對於愛，柏捷頓家族中的每個人都是箇中好手，母親薇莉尤是翹楚。薇莉以溫柔、堅定且強悍的母愛，理解著每個性格與目標不同的孩子，義無反顧地維繫著這個迷人的家族，是這個故事裡閃閃發亮的存在。

無論您是為了什麼原因打開這本書，無論您有沒有看過 Netflix 的影集，都請千萬別錯過蘊藏在文字中的柔情。相信柏捷頓家族的故事，絕對能夠帶給您一段愉快的閱讀時光。

接下來，就讓我們打開書卷，蒞臨幽默、迷人，且充滿愛的柏捷頓家族。

【推薦序】

攝政時期的壓抑與謊言、學愛與圓融

ptt 歐美影集版版友 mysmalllamb

和許多臺灣讀者一樣，我是從前年網飛影集《柏捷頓家族：名門韻事》初次接觸茱莉亞·昆恩打造的攝政時期羅曼史，而今欣見愛呦文創引進其系列第一本小說《公爵與我》在臺出版。

談到英國十九世紀初「攝政時期」（Regency Era, 1811-1820），讀者最熟悉的應是著有《傲慢與偏見》等眾多小說的珍·奧斯汀，她筆下女主角肩負婚嫁義務卻又努力探索學愛的鄉紳生活令人印象深刻。

而茱莉亞·昆恩從《公爵與我》展開的「柏捷頓家族」系列小說，探討的是同樣主題，卻有更切合當代年輕讀者的青春風采。

攝政時期是英國大國崛起的「喬治時期」（Georgian Era, 1714-1837）末期，此時最時尚的「喬治亞建築」遍及倫敦愛丁堡與都柏林等各大都會，珍·奧斯汀筆下人人嚮往的巴斯（Bath）更是時下格局最完整的喬治亞城市典範。

此時英國已率歐洲之先展開「第一次工業革命」，數百年來傳統貴族分封土地的城鄉格局正搖搖欲墜，除工業城市崛起外貴族仕紳亦向文化商貿蓬勃的城市聚集。而珍·奧斯汀筆下的鄉紳家庭，也為這時代的變遷焦慮著。

然而十八世紀也是「啟蒙運動」訴求理性進步、解放人類的時代，到十八世紀末興起的「浪漫主義」更以情感經驗彌補理性之不足，可說隨著知識普及這也是人們自覺啟蒙進而向內心探索熱情的時代。

於是英國傳統鄉紳在此遭遇了矛盾：一方面，在工商社會下失去地位、家產不保的鄉紳們，需靠「聯姻」攀緣富貴以求家業不墜；但另一方面，在啟蒙與浪漫思潮下，知書達禮又嚮往新知的鄉紳階級也更有「自覺」，面對千年傳統的「聯姻」這件事有更深的質疑，難道兩人相守一生就只是一樁交易？

《公爵與我》的故事如同珍．奧斯汀小說般，也在這男婚女嫁行禮如儀的「保守」鄉紳社會中，年輕男女們如何尋求「解放」，而膾炙人口的解放主題就是自由與愛情！

在此男主角賽門是貴族社會爵位最高的「公爵」，即使世道變遷他們家族仍上達天聽輔佐國政，可說他肩膀上的「制度」包袱最為沉重，甚至童年高壓養成致一生扭曲陰影，因而立志「終身不婚」更誓言「斷絕香火」；而女主角達芙妮出身傳統貴族中爵位最低的「子爵」家族，身為家族長女身負聯姻使命，不但要在貴族圈中維繫家族榮譽抬高家族身價，更要做個示範保住妹妹們未來社交圈的名聲。

於是兩人結成各取所需的另類結盟：達芙妮為了家族身價須和身為公爵的賽門鬧一場緋聞，賽門又需要找個對他無欲無求的女伴擋掉眾多富家閨秀，兩人一拍即合聯手打造一場「假戀愛騙局」。

當然書中這攝政時期社交圈也絕非省油的燈，別說眾家太太小姐目光如電都知其中必有鬼，在此還有社交圈八卦女王「威索頓夫人」（Lady Whistledown）匯集流言蜚語廣發八卦週報，簡直古代版「花邊教主」令社交圈男女無所遁形！只是兩位主角就是必然的八卦焦點嗎？其他八卦動物流言蜚語就不會引火上身嗎？社交圈這麼多配角沒有祕密不足以外人道嗎？甚至八卦女王本人不怕洩露身分嗎？

一場「攝政時期的謊言遊戲」熱烈上演中。

流言蜚語在珍．奧斯汀小說中也屢見不鮮，但《公爵與我》以當代八卦眼光生動呈現，簡直和當代高中生態圈毫無距離。只是攝政時期偷偷摸摸的個人小謊言，所要面對的不外是壓抑個人的體制，這體制對沒落貴族如達芙妮一家來說是生存戰爭、對優勢貴族如賽門來說則是沉重的歷史包袱，都須他們加入「婚配」市場交出自己犧牲自由。如仍渴望為自己保留一點身體或心裡的自由角落？那也許一點「謊言」就不可免了。

只是爭取了自由角落就能得到圓滿嗎？

《公爵與我》在賽門與達芙妮的策略結盟基礎上，還要進一步談他倆假戲真做的「愛」。話說從頭，兩位主角這場交易就是在為「愛」犧牲：陰影深重的賽門出身扭曲家庭，寧犧牲自己也要斷絕這「無愛」的家族香火；光明正向的達芙妮與兄弟姊妹相親相愛，則為了愛可以犧牲自己談一場婚配交易。

只是這樣與人生妥協的現實結盟，是否能讓光明撫慰黑暗、進而在實踐中從無到有萌生愛？相信許多已婚讀者都能懂箇中滋味。而重審「婚姻」作為一個體制時，是否也能從「個人與體制對立毀滅」的激進立場，學會轉向「個人與體制調和共生」的圓融？

系列小說第一本《公爵與我》聚焦賽門與達芙尼的謊言戰術與學愛成長，但影集《柏捷頓家族：名門韻事》已預告我們許多其他角色也都有各自的壓抑與謊言，他們在《公爵與我》中儘管仍只是配角、但在接下來續集裡各自爭取自由的故事應也精彩可期！在這八卦社交圈裡的種種謊言與騙局，難道都只是「社交作弊」純為滿足自己私慾嗎？從當代眼光看，還不如說都是出於個人的覺醒、對自由的慾望，與對愛的好奇。

只是攝政時期社會個人自由缺乏、個人意識仍在萌芽中，「愛」如何實踐從小沒人教，甚至如禁忌般沒人說出口，彷彿生怕一說出口就將人慾橫流、瓦解體制似地。

我們社群時代自由社會的年輕世代，也許遇上體制壓抑總大鳴大放申張自我？

但《公爵與我》以青春活潑的當代語調，引領年輕讀者回到歷史時刻，品味壓抑年代，山不轉路轉的自由小戰術。

也許每位讀者都有屬於自己的體制壓抑與自由渴望？相信《公爵與我》能在意想不到的地方與你共鳴。

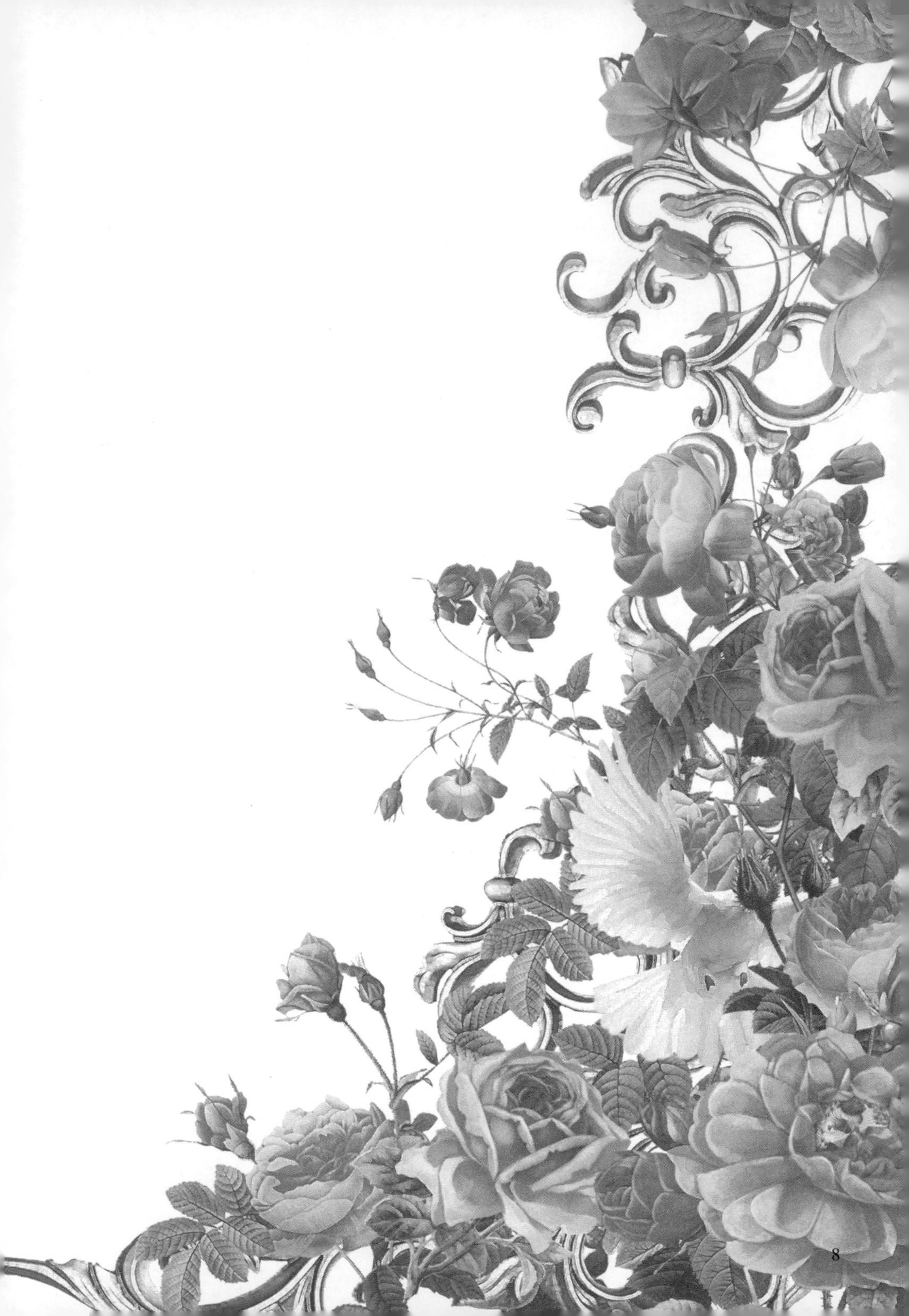

親愛的讀者：

常常有人問我，所有作品中我最喜歡哪一本？老實說，這是一個幾乎無法回答的問題。每本書都有讓我喜歡的不同特色，也許是某個人物、也許是某個特定的場景——所有作品對我來說都各有珍貴之處。

但我要告訴您一個小祕密，我對《公爵與我》始終情有獨鍾。對我來說，它標示了我寫作的新方向。我不大清楚原因何在，但《公爵與我》比我之前的任何作品都更深刻、更豐富；同時它也是一套八冊的柏捷頓系列的開端，讀者對這套書的喜愛程度多年來從未停止，令我感到既驚奇又謙卑。

但這一切都始於《公爵與我》。

賽門，一個拚命想擺脫父親陰影的男人，還有達芙妮，她唯一想要的，恰好就是賽門自認為無法給予的。當然，還有威索頓夫人，這位尖酸刻薄的八卦專欄作家對一切都不吝發表幾句評論（翻開任何一章的第一頁，您就會明白我的意思……）

如果您尚未讀過任何一本柏捷頓系列，這本書是一個很好的開始。希望您喜歡它。

誠心祝福您

茱莉亞・昆恩

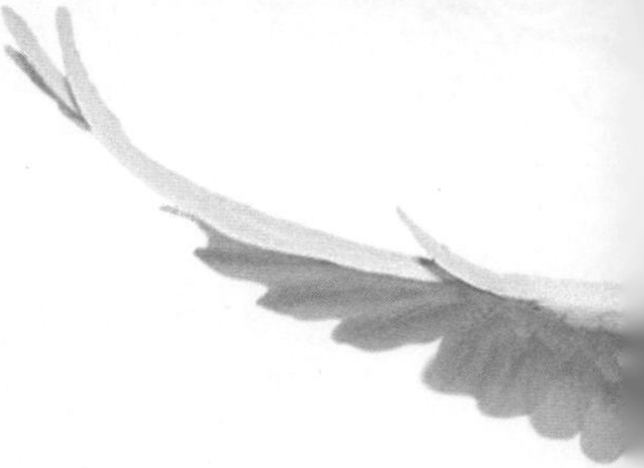

【致謝】

獻給
丹妮爾·哈蒙（Danelle Harmon）和莎賓娜·傑佛瑞斯（Sabrina Jeffries），
沒有她們，我永遠無法按時交出這本書。

獻給
《羅曼史期刊》（Romance Journal）的瑪莎（Martha），
因為她建議我把這本書取名為
《達芙妮的壞繼承人日》（Daphne's Bad Heir Day）。

也獻給保羅（Paul）。
即使他對跳舞的理解是，
他握著我的手，站著不動看我轉圈圈。

柏捷頓系列
關係圖

薇莉・勒杰 & 艾德蒙・柏捷頓
1766- 1764-1803

安東尼
1784-
《子爵之戀》
柏捷頓系列 2

班尼迪特
1786-
《紳士的邀約》
柏捷頓系列 3

柯林
1791-
《情聖的戀愛》
柏捷頓系列 4

達芙妮
1792-
《公爵與我》
柏捷頓系列 1

男主角
賽門・貝瑟
哈斯丁公爵

艾洛伊絲
1796-
《書信傳深情》
柏捷頓系列 5

弗蘭雀絲卡
1797-
《浪子情深》
柏捷頓系列 6

葛雷里
1801-
《婚禮途中》
柏捷頓系列 8

海辛絲
1803-
《盡在一吻中》
柏捷頓系列 7

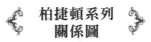

序篇

賽門・亞瑟・亨利・菲茨拉努夫・貝瑟——也就是克利夫登伯爵——出生時，可說是普天同慶。教堂的鐘聲一連數小時連綿不絕，香檳在新生兒未來要住的巍峨城堡裡隨處可見，整個克利夫登村都依照小伯爵父親的指令，停下手邊的工作，一同參與這場盛大喜事。

「這個孩子，可不是普通人哪。」麵包師對鐵匠說。

賽門這一生不會只有克利夫登伯爵這個身分，那只是個禮稱①。這個比其他嬰兒擁有更多姓氏的孩子，將繼承英格蘭最具歷史、最富有的公爵爵位之一。他的父親，第九代哈斯丁公爵，為這一刻已經等了很多年。

當公爵在妻子產房外的走廊抱著哭鬧的嬰兒，心中的驕傲幾乎要溢出胸口。他年過四十，以往只能看著其他公爵和伯爵好友們得到一個又一個繼承人。有些人可能會先有幾位女兒，才能擁有一位珍貴的兒子，但最終，他們的血脈仍將綿延不斷，傳承為下一代的英格蘭貴族。

但哈斯丁公爵並不在此列。雖然妻子在婚後十五年內成功懷孕了五次，但只有兩次懷到足月，而這兩次的嬰兒都是死胎。在第五次懷孕卻於第五個月流產之後，內外科醫生紛紛警告夫人絕對不能再試著生孩子。公爵夫人的生命會有危險，她太虛弱了，身心都不夠強壯。而且他們輕聲地說，也許太老了。於是公爵只能說服自己接受事實——公爵爵位將在貝瑟家族手中結束。

然而公爵夫人十分清楚自己該扮演的角色。在休養六個月後，她打開兩人臥室間的連通門。公爵重新燃起希望，再次期待能獲得一個兒子。

五個月後夫人告訴公爵，她懷孕了。公爵欣喜若狂，但同時也下定決心，沒有任何事情，絕對沒有，能破壞這次懷胎。公爵夫人一發現當月經期沒來後，就被限制在床上。每天都有醫生來探視她，在孕期過半時，公爵找來倫敦最受尊敬的醫生，給了他一筆豐厚的酬金，讓他放下手邊的工作，暫時搬進克利夫登城堡。

公爵已無法承受任何風險。

他會有個兒子，而公爵領地和爵位將會繼續留在貝瑟家族手中。

公爵夫人在預產期前一個月就感到疼痛，她的臀部下方塞滿了枕頭。史陶布醫生解釋說，地心引力可能會讓胎兒生不出來。公爵認為這個說法很有道理，等醫生晚上休息後，他又在妻子身下加了一個枕頭，把她抬高到二十度角。她就以這種狀態又躺了一個月。

終於，關鍵時刻到來了。全家人都在為公爵祈禱，他多麼希望能有一位繼承人。有少部分人也記得要為公爵夫人祈禱，因為即使她的肚子變得又圓又大，整個人還是消瘦又虛弱。他們盡量不抱過大的希望，畢竟，公爵夫人已經生過並埋葬了兩個孩子。就算能安全地生下孩子，那也可能是個女孩。

隨著公爵夫人的尖叫聲越來越大也越加頻繁，公爵不顧醫生、助產士和女僕的制止，強行進入她的房間。眼前是血淋淋的景象，但公爵決心要親眼見證孩子的性別。

頭部出現了，然後是肩膀。所有人都湊上前，看著公爵夫人勉強用盡力氣推擠，然後……

然後，公爵發現上帝是真實存在的，祂仍然眷顧著貝瑟家族。他容許助產士用一分鐘洗淨嬰兒，然後把小男孩接過來抱在懷裡，走進大廳向所有人獻寶。

註釋①：禮稱：是一種沒有實際法律意義，因習俗或禮儀而使用的頭銜，特指貴族的子女或家族成員使用的頭銜。英國有一套詳細的禮稱制度，有爵者的長子、孫子或曾孫及繼承人可以使用家長的頭銜，有爵者的子女並不一定有爵位，但當他們擁有禮稱作為頭銜時，他們也會擁有對應特定的尊稱，例如：勳爵、女爵或「尊敬的」。

「我有兒子了！」他大聲說：「一個完美的兒子！」

當僕人們歡呼雀躍同時欣慰拭淚的時候，公爵低頭看著小小的伯爵，「你很完美，你是貝瑟家的一員，你是屬於我的。」

公爵想把孩子帶出門去，證明給所有人看，他終於有了一個健康的男性子嗣，但四月初的空氣仍有一絲寒意，所以他讓助產士把孩子帶回母親身邊。公爵騎上他珍貴的閹馬開心地出去慶祝，向所有願意傾聽的人大喊他有多麼幸運。

與此同時，生產時持續出血的公爵夫人陷入了昏迷，最終離開了人世。

公爵真心誠意地為妻子哀悼。他並不愛她，當然，她也不愛他，但他們以一種相敬如賓的奇特方式成為朋友。公爵對婚姻的最大期望就是有個繼承人兒子，在這方面，他的妻子已經證明自己是模範配偶。無論哪個季節，他每週都會安排在她的墓前獻上鮮花，她的畫像也從起居室移到了走廊，隆重地掛在樓梯上的顯眼位置。

接下來，公爵開始專心撫養兒子。

當然，第一年他能做的並不多。孩子還太小，不適合聽關於土地管理和責任的說教，所以公爵把賽門交給保母霍普金斯照顧，自己則去了倫敦。他在倫敦的日子過得和他成為父親之前差不多，除了他會強迫每個人——甚至國王——認真欣賞兒子剛出生時的小肖像畫。

公爵不時會造訪克利夫登，而在賽門兩歲生日時他正式搬了回來，準備親自教育這個小傢伙。他買了一匹小馬，選了一把將來獵狐時可以使用的小槍，並且只要是聽過的科目都請了教師。

「他還太小，不適合學這些！」保母抗議道。

「胡扯！」哈斯丁公爵頤指氣使地答道：「當然，我也不指望他馬上就能學會這些，但公爵教育必須盡早開始。」

「他又不是公爵。」保母嘟囔著。

「他將來會是。」哈斯丁轉過身，在兒子身邊蹲下。

孩子正坐在地板上，用積木搭建一個歪歪斜斜的城堡。公爵已經好幾個月沒到克利夫登來了，他對賽門的成長很滿意。他是個結實、健康的小男孩，有著充滿光澤的棕色頭髮和清澈的藍眼睛。

「你在蓋什麼呀，孩子？」

賽門笑起來，伸手指了一下。

哈斯丁抬頭看向保母，「他不會說話嗎？」

她搖了搖頭，「還不會，大人。」

公爵皺起了眉頭，「他兩歲了，不是應該會說話了嗎？」

「有些孩子需要比較長的時間，大人。但他顯然是個聰明的小男孩。」

「他當然很聰明，他是貝瑟家的人。」

保母點點頭。只要公爵談起貝瑟家血統是多麼優越時，她總是點頭。

她試著說明：「也許他只是沒有什麼想說的話。」

公爵看起來並不認同這個說法，但他還是遞給賽門一個玩具兵，拍了拍他的頭，然後便離開大宅，去訓練他從沃斯動爵那兒買來的新母馬。

然而，兩年後他就沒那麼樂觀了。

「他為什麼不會說話？」他大聲問。

「我不知道。」保母回答，雙手緊張地絞著。

「妳對他做了什麼？」

「我什麼都沒做啊！」

「如果妳善盡了妳的職責，他……」公爵憤怒地指向賽門，「就會開口說話。」

正在小書桌前學習字母的賽門注意到了這場爭執。

「他已經四歲了。」公爵大吼：「該死的！他應該會說話了。」

「他會寫字。」保母迅速表示：「我養大了五個孩子，沒有一個像賽門少爺那麼會認字。」

「如果他是啞巴，寫作對他倒是很有幫助。」哈斯丁轉向賽門，怒火在眼中燃燒，「跟我說話，該死的傢伙！」

賽門嚇了一跳，嘴唇開始微微顫抖。

「大人！」保母喊道：「您嚇到孩子了。」

哈斯丁猛然轉身看向她，「也許他需要被嚇唬一下、也許他需要一次好好管教。狠狠揍一頓可能會幫助他找到自己的聲音。」

公爵抓起保母用來幫賽門梳頭的銀質髮梳，向他兒子走去，「我要打到你說話為止，你這個愚蠢的小……」

「不要！」

保母倒抽了一口氣。髮梳從公爵手中掉落。這是他們第一次聽到賽門的聲音。

「你說什麼？」公爵濕了眼眶輕聲問道。

賽門的拳頭在身側握得死緊，他抬著小小的下巴，說：「你不——不、不要……」

公爵一瞬間面如死灰，「他在說什麼？」

賽門再次試著說完這句話：「不、不、不要——」

「我的老天！」公爵大口喘息驚恐地說道：「他是個弱智。」

「他不是弱智！」保母喊著，伸手抱住小男孩。

「不、不、不要，你不要打、打、打——」賽門深吸一口氣，「**我**。」

哈斯丁跌坐進窗邊的座椅，弓著背把頭埋在掌心裡，喃喃自語：「我這是遭了什麼報應？我造了什麼……」

「您應該誇獎這孩子！」霍普金斯保母勸道：「您四年來都在等他開口，而且……」

「而且他是個白癡！」哈斯丁吼道：「一個該死的小白癡！」

賽門開始大哭。

「哈斯丁的頭銜將由一個弱智繼承。」公爵呻吟著：「這麼多年來，我一直祈禱能有一個繼承人，現在這一切都毀了。我應該把頭銜讓給表弟的。」他回頭看向兒子，孩子正在吸鼻子，小手不停擦著眼睛，試圖在父親面前表現得堅強。

「我甚至無法正眼看他。」公爵猛吸一口氣，「我簡直不忍心看他。」

就這樣，公爵頭也不回地走出房間。

霍普金斯保母緊緊抱著小男孩。「你不是白癡。」她激動地低語：「你是我知道最聰明的小男孩。如果有誰能學會正確地說話，那絕對就是你。」

賽門轉身投入她溫暖的懷抱，低低啜泣著。

「我們會做給他看。」保母發誓：「我進棺材前要做的最後一件事，就是讓他把這句話吞回肚子裡。」

事實證明，霍普金斯保母言出必行。在哈斯丁公爵搬回倫敦並試著假裝自己沒有兒子的時候，她把醒著的每一分鐘都花在賽門身上。她會大聲唸單詞和音節給他聽。當他講對時，她會大力讚美；當他不小心舌頭打結，她會溫柔鼓勵。

進展並不神速，但賽門的語言能力確實有所提升。到他六歲時，「不、不、不、不要」已經變成了「不、不要」，到了八歲，他已經可以不慌不忙地掌握整個句子。他生氣的時候還是會辭不達意，保母不得不時常提醒他，如果他想說出一句完整的話，就必須保持冷靜和鎮定。

但賽門很有決心，而且很聰明，也許最重要的是，他非常執著。他學會了在說每句話之前先深呼吸幾次，並在開口之前先想好要說的話。他會研究自己正確說話時嘴唇的感覺，並在無法正常說話時，試圖分析出錯的原因。

終於，在十一歲的時候，他去找了霍普金斯保母。他在開口前先沉默了一下釐清思緒，然後說：「我想，我們該去探望我父親了。」

保母猛地抬起頭來。公爵已經七年沒有探視過這個孩子了，對於賽門寄過去的信，他一封也沒有回。

賽門寄了上百封。

「你確定嗎？」她問。

賽門點了點頭。

「很好。那麼，我去訂馬車。我們明天就出發去倫敦。」

這趟旅程花了整整一天半，馬車抵達貝瑟大宅時，已經下午了。當霍普金斯保母牽著他走上臺階時，賽門仍好奇地注視著繁忙的倫敦街頭。兩人之前都沒來過貝瑟大宅，所以保母站在前門時，除了敲門完全不知道該做些什麼。

幾秒鐘後門打開了，一位派頭十足的管家低頭看著他們。

「送貨要走後門。」他說，準備伸手關門。

「等一下！」保母趕緊說，並伸出一隻腳卡進門縫裡，「我們不是僕人。」

管家不屑地打量她的穿著。

「呃，我是，但他不是。」她抓著賽門的手臂把他往前拉，「這位是克利夫登伯爵，你最好放尊重一點。」

管家瞬間瞠目結舌，他眨眨眼睛，然後說：「據我所知，克利夫登伯爵已經死了。」

「你說什麼？」保母驚叫起來。

「我當然沒死！」賽門帶著十一歲孩子所能展現的極度憤慨大喊著。

管家仔細審視賽門，立即認出他有貝瑟家的長相，於是把他們迎了進去。

「為什麼你認為我已經死、死了？」賽門問道，暗罵自己舌頭又打結，但他並不驚訝。他在生氣時總是最容易結巴。

「我不方便回答。」管家答。

「你當然要回答。」保母態度強硬地回嗆道：「你不能對一個這麼小的孩子說出這種話後，又不做任何解釋。」

管家沉默了一會兒，最後說道：「公爵大人已經許多年沒有提起您了。我最近一次聽到的是，他說他沒有兒子。他說這句話時顯得十分痛苦，所以沒有人再繼續提起這件事。我們——也就是僕人們——都以為您已經不在了。」

賽門緊緊咬著牙根，感覺如鯁在喉。

「但是他並沒有服喪。」保母問：「你想過沒有？如果父親沒有服喪，你怎麼會以為他的孩子已經死了？」

管家不置可否：「公爵大人經常穿黑色衣服，服喪也不會改變他的打扮。」

「這是一種侮辱。」霍普金斯保母說：「我要求你立即通傳公爵大人。」

賽門一語不發，他正極力控制自己的情緒。他必須這樣做。在全身的血液急劇沸騰時，他不可能與父親好好地對話。

管家點頭，「他在樓上。我會立即告知他您的到來。」

保母開始來回踱步，口中喃喃自語，用她驚人詞彙庫中的所有卑鄙詞語來指責公爵大人。賽門仍然站在屋子中央，不停深呼吸，垂在身側的手臂因憤怒而僵硬。

——你可以的。

他在心裡吶喊。

——你做得到。

保母轉過身，看到他正努力控制自己的脾氣，輕輕嘆了口氣，「沒錯，這樣就對了。」她迅速地說，蹲下身來握住他的手。她比任何人都清楚，如果賽門在不夠冷靜的情況下面對他的父親，會有什麼樣的慘痛後果。

「深呼吸，記得在說話前想清楚每個字。如果你能控制……」

「看來妳還在哄騙這個孩子。」門口傳來一個傲慢的聲音。

霍普金斯保母直起身子，慢慢地回頭。她想要擠出一些帶有敬意的話，想要找出任何可以弭平眼前糟糕情境的辦法，但當她看向公爵，她在他身上看到了賽門，她的怒火再次被點燃。即使公爵和他的兒子長得極為相似，但他肯定不是一位好父親。

「大人。」她吐出一句話：「您很可恥。」

「而妳，女士，被解雇了。」

保母打了個寒顫。

「沒人敢對哈斯丁公爵這樣說話。」他吼道：「沒有人！」

「就算是國王也不行嗎？」賽門嘲諷。

哈斯丁猛然轉頭，甚至沒意識到他的兒子說話已經流暢通順。

「是你。」他低聲說。

賽門禮貌地點頭致意。他成功地說出了一句話，但這句話很短，他並不想在如此憤怒的時候挑戰自己的運氣。通常情況下，他可以好幾天都說得流利自如，但此刻……

父親盯著他的樣子，讓他覺得自己像個嬰兒——一個弱智的嬰兒。

他突然感覺自己的舌頭笨重無比。

公爵殘忍地笑了，「你要為自己辯解嗎，孩子？你想『說些』什麼？」

「沒事的，賽門。」霍普金斯保母低聲說，狠狠瞪了公爵一眼，「別讓他激怒你。你能做到的，孩子。」

不知何故，她鼓勵的語氣讓情況變得更糟。賽門來這裡是為了向他的父親證明自己，而現在保母卻把他當成了嬰兒看待。

「怎麼了？」公爵嘲諷道：「舌頭被貓咬掉了？」

賽門的肌肉猛然緊繃，全身抖若篩糠。

父子倆瞪視著彼此，感覺像是過了永恆那麼久，最後公爵咒罵了一句，隨即頭也不回地走向門口，「你是我最大的失敗。」他咬牙對兒子說道：「我不知道自己造了什麼孽，換來你這麼個傢伙，但我要拜託上帝，讓我永遠不用再看到你。」

「大人！」霍普金斯保母氣憤地制止。這不是該對孩子說的話。

「把他從我眼前帶走。」他朝她破口大罵：「妳可以保住妳的工作，只要讓他離我遠遠的。」

「等一下！」

公爵聽到賽門的聲音，緩緩轉過身來。

「你說話了嗎？」他慢條斯理地問。

賽門認真地做了三次深呼吸，雙唇仍因憤怒而緊繃。他強迫自己放鬆下巴，用舌頭輕舔口腔上緣，試圖提醒自己正確說話的感覺。

最後，就在公爵準備再次轟他走時，他開口說：「我是你的兒子。」

賽門聽到霍普金斯保母欣慰地呼出一口氣，父親的眼中則露出他從未見過的情緒——驕傲。雖然不多，但確實有某些東西存在，只是藏得很深，某些給賽門帶來些許希望的東西。

「我是你的兒子。」他再次說道，這次聲音大了些：「我不、不是——」

突然間，他的喉嚨鎖住了。賽門陷入恐慌。

——你可以做到的。你可以。

但是他的喉嚨緊繃，舌頭變得笨拙，他的父親漸漸瞇起雙眼。

「我不、不是——」

「回去吧。」公爵低聲說：「這裡沒有你的容身之處。」

賽門能徹底感覺到公爵的排斥，一種難以名狀的痛苦滲透他的四肢百骸，揪住了他的心臟。他全身充滿恨意，怒氣幾乎要從眼眶中湧出。他鄭重地發了一個誓。

如果他不能成為父親想要的那種兒子，那麼，他對天發誓，他將徹底**反其道而行**……

Chapter 1

LADY WHISTLEDWN´S SOCIETY PAPERS

柏捷頓家族是目前上流社交圈中人丁最旺盛的家族。子爵夫人和已故子爵的勤奮努力是值得讚揚的，儘管大家都認為他們在為孩子取名這件事上毫無創意。安東尼（Anthony）、班尼迪特（Benedict）、柯林（Colin）、達芙妮（Daphne）、艾洛伊絲（Eloise）、弗蘭雀絲卡（Francesca）、葛雷里（Gregory）和海辛絲（Hyacinth）——當然，按部就班對所有事情都有益無害，但人們認為聰明的父母無須按字母順序為孩子命名，也能夠讓他們井井有條。

此外，同時看到子爵夫人和她的八個孩子，簡直會讓人擔心自己的視力出現了疊影或三重影，或者更糟。筆者從未見過外貌如此相似的兄弟姊妹。雖然筆者沒有費時統計他們眼睛的顏色，但八個人全都擁有相似的骨架和同樣濃密的栗色頭髮。子爵夫人總是積極在為孩子們物色婚配，但她並沒有生出較符合時下審美觀的孩子，不得不讓人感到遺憾。不過，這樣長相一致的家庭還是有好處的——不用懷疑，八個人全都是一個爸媽生的。

啊，親愛的讀者，忠誠的筆者我本人多麼希望，所有的大家庭都是如此……

《威索頓夫人的韻事報》

26 April 1813

1

「噢噢噢！」薇莉．柏捷頓把單頁報紙揉成團，扔向優雅會客廳的另一頭。

她的女兒達芙妮明智地不置一詞，而是假裝專注於手上的刺繡。

「妳看了她寫的嗎？」薇莉質問：「看了嗎？」

達芙妮注視著那團紙，它掉到了紅木邊桌下。「在妳……呃，看完它之前，我還沒機會讀。」

「那妳讀一下吧，」薇莉的雙手在空中胡亂比劃，「看看『那個女人』是如何中傷我們的。」

達芙妮平靜地放下刺繡，將手伸到邊桌下。她把報紙攤平在腿上，讀起跟自家有關的那一段。她眨了眨眼，抬起頭來，「也沒那麼糟糕啊，母親。事實上，比起她上週寫的費瑟林頓家族，這篇其實是不折不扣的讚美。」

「『那個女人』在詆毀妳的名聲，我要怎麼幫妳找丈夫？」

達芙妮強迫自己呼出一口氣。在倫敦待了近兩個社交季後，只要一提到「丈夫」這個詞，就足以讓她太陽穴跳到抽筋。

她想結婚，真的想，她甚至不再堅持要基於真愛而結合。但是，希望有個至少對自己有點感情的丈夫，難道太過分嗎？

到目前為止，有四個男人向她求婚，但達芙妮只要想到要在他們任一個人的陪伴下度過餘生，她就無法答應。她覺得有些男人可能是還不錯的丈夫，問題是他們都對她不感興趣。雖然他們都「喜歡」她，每個人都喜歡她。

所有人都認為她風趣、善良、機智，沒有人認為她缺乏魅力。但同時，也沒有人被她的美貌所迷惑、會因為她的出現而驚豔到語無倫次，或是心動到要為她寫詩傾訴衷腸。

她厭煩地想，男人只對那些令他們心生畏懼的女人感興趣，似乎沒有人想要追求像她這樣的女人。他們都很喜歡她，至少他們都這麼說。

因為她很平易近人，而且總能理解男人的感受。正如曾被達芙妮認為有機會成為好丈夫人選之一的對象說的：「見鬼了，小芙，妳和普通女人完全不一樣。妳實在太正常了。」

如果他沒有轉頭就去追求新認識的金髮美女，她可能會認為這是種讚美。

達芙妮繼續看下去，注意到自己不自覺地攢緊拳頭。她抬起頭，發現母親正盯著她，顯然在等她發表心得。由於她已經嘆過氣了，達芙妮只好清清嗓子，說：「我相信威索頓夫人的小專欄不會妨礙我找丈夫的機會。」

「達芙妮，已經兩年了！」

「而威索頓夫人專欄才三個月，我看不出來怎麼會是她要負責。」

「我愛把責任推給誰，就推給誰。」薇莉嘟囔著。

達芙妮的指甲陷入掌心，努力要自己不回嘴。她知道母親是真的為她好，也知道母親很愛她，而她也愛她的母親。事實上，在達芙妮在適婚年齡之前，薇莉一直是最好的母親。她現在仍然是，只要她沒有因為達芙妮之後還有三個女兒要嫁人而絕望。

薇莉纖細的手撫著自己的胸口，「她詆毀妳的出身。」

「不是的。」達芙妮慢條斯理地說。

若要反駁她母親，謹慎一點總是比較明智，「實際上，她是說我們誠然都是合法的婚生子女。這比多數『上流社會』大家族的評價高得多了。」

「她就不應該提這個。」薇莉嗤之以鼻。

「母親，她是八卦小報的作者，她的工作就是講這些事情。」

「她甚至不是一個真實存在的人。」薇莉憤怒地補充，雙手扠在纖細的腰間，隨即想到什麼似地對空中搖了搖手指，「威索頓①，哈！我從來沒聽過什麼威索頓家族。不管這個糟糕的女人是誰，我不相信她是我們身邊的人，任何有教養的人都不會寫出這種邪惡謊言。」

「她當然是我們身邊的人啊。」達芙妮的棕色大眼睛裡興致勃勃，「如果她不是上流社會的成員，就不可能會知道那些她報導的新聞內容。您覺得她會不會是什麼江湖騙子，躲在各家的窗戶後偷看或在門口偷聽？」

「我不喜歡妳的口氣，達芙妮·柏捷頓。」薇莉的眼睛瞇了起來。

達芙妮再次忍住笑意。只要薇莉的某個孩子在爭論中占了上風，「我不喜歡妳的口氣」就是她的標準回答。

但是逗弄她的母親實在是太有趣了。

「如果威索頓女士是您的朋友之一，我一點也不會驚訝。」她偏著頭說道。

「別胡說八道，達芙妮。我的朋友才不會這麼卑鄙又墮落。」

「也對。」達芙妮同意，「她可能不是您的某位朋友，但一定是我們認識的人。沒有任何江湖騙子能拿到她報導的那些訊息。」

薇莉雙手環胸，「我應該讓她就此關門大吉。」

「如果您想讓她的生意做不下去，」達芙妮忍不住指出，「就不應該買她的報紙來支持她。」

「那有什麼用？」薇莉問道：「其他的人都在看啊。當大家都因為最新的八卦而竊笑的時候，我這微不足道的小小抵制除了讓我看起來很無知之外，一點用處也沒有。」

這倒是真的，達芙妮在心裡贊同。時髦的倫敦客完全沉迷在《威索頓夫人的韻事報》中。這份神祕的報紙在三個月前，自動送到每一位上流社會成員的家門口。

連續兩個星期，每週一、三、五都會自動送達。接著，在第三個星期一，倫敦各地的管家們徒勞地等待那群平時派送《威索頓》的人，卻發現這份八卦小報不再免費贈送，而是以每份五便士的離譜價格販售。

達芙妮不得不佩服這位虛構的威索頓夫人真是精明。當她讓人們開始為身邊的八卦付費時，整個上流社會已經欲罷不能了。每個人都掏錢出來購買，而在某個地方，有位愛管閒事的女人卻變得非常富有。

薇莉在房間裡來回踱步，為她家這種「可怕的侮辱」大發牢騷的同時，達芙妮抬頭確認母親沒有注意她後，隨即垂下視線，仔細閱讀八卦小報的其他內容。《威索頓》（人們現在如此稱呼它）是綜合了評論、社會新聞、刻薄侮辱和偶爾讚美的奇怪混合體。它與以往任何社交圈新聞報導的不同之處在於，作者都是直接寫出報導人物的全名，不再使用類似S大人和G夫人這樣的縮寫，不再遮遮掩掩。如果威索頓夫人要寫某個人，她會指名道姓。上流社會宣稱他們被醜化了，但暗地裡大家卻無比著迷。

最新的這一期是標準的《威索頓》風格。除了那篇柏捷頓家族的短文（其實只是描述這個家族），威索頓夫人還記述了前一天晚上的舞會。

達芙妮沒有參加，因為那天是她妹妹的生日。柏捷頓家對生日總是非常重視，當你家裡有八個孩子，就會有很多生日需要慶祝。

「妳還在讀那篇垃圾。」薇莉指責。

達芙妮抬起頭，拒絕表現出一絲絲的愧疚。

「今天的專欄寫得相當不錯。看來瑟西昨晚打翻了整座香檳塔。」

註釋①：威索頓：原文為 Whistledowns，有告密、毀謗的暗喻。

「真的嗎？」薇莉問，盡量裝得毫無興趣。

「嗯。」達芙妮回答：「她把米德索普舞會的情況描述得很清楚。誰和誰交談，每個人穿什麼衣服……」

「我猜，她覺得自己有權利對這些事情擅加評論。」薇莉插嘴。

達芙妮賊賊地笑，「哦，別這樣，媽媽。您很清楚費瑟林頓夫人穿紫色的衣服有多可怕。」

薇莉強忍著笑意。

達芙妮看到母親的嘴角在抽搐，她正試著維持身為子爵夫人和母親該有的儀態。但忍不到兩秒鐘她就爆笑出聲，坐到女兒的身旁。

「讓我看看。」她一把搶過報紙，「還發生了什麼？我們錯過了什麼重要的事嗎？」

達芙妮說：「真的，媽媽，有威索頓夫人當記者，我們就不需要親自參加活動了。」她朝報紙比劃了一下，「這幾乎和置身現場一樣精采，搞不好更棒。我可以確定我們昨晚的菜餚一定比舞會上吃的更好。所以快把報紙還給我吧。」

「達芙妮！」

她把報紙搶了回來，薇莉手中只剩下一個被扯破的邊角。

達芙妮裝出一本正經的樣子，「我剛看到一半啊。」

「好吧。」

「聽聽這個。」

薇莉湊近她。

達芙妮讀道：「人稱克利夫登伯爵的這位風流浪子，終於覺得該隆重現身，給倫敦一點面子。雖然他仍未在任何一個高尚的晚宴中露面，但新任哈斯丁公爵已經在懷特俱樂部和塔特撒俱樂部出現過幾次了。」她停下來吸了一口氣，「公爵大人已經在國外住了六年。老公爵剛過世，他卻選在這時候回來，這會是某種巧合嗎？」

達芙妮抬起頭來，「我的天，她講話很直，不是嗎？克利夫登是不是安東尼的朋友？」

「現在要叫他哈斯丁了。」薇莉接話道：「沒錯，我相信他和安東尼在牛津時是好朋友。在伊頓時應該也是。」

她輕輕蹙眉，藍眼睛因回憶而瞇了起來，「如果我沒記錯，他是個不聽話的傢伙，總是與他的父親唱反調，但大家都認為他非常聰明。我很確定，安東尼說他的數學拿了第一名。這一點，」她翻了個白眼接著說：「比『我的』任何一個孩子都厲害。」

「別這樣，媽媽。」達芙妮玩笑道：「如果牛津大學招收女生，我肯定也能拿第一。」

薇莉哼了一聲，「妳的家庭教師生病時，妳的算術考卷是我改的，達芙妮。」

「好吧，那或許我比較拿手歷史。」達芙妮笑著說。她低頭看了手中報紙一眼，視線在新公爵的名字上游移。

「他好像滿有意思的。」她低聲說。

薇莉猛地瞪她，「他這種人一點都不適合妳這年齡的年輕女士。」

「有趣的是，我的『年齡』正如您所說，總是在『太年輕以致於不能認識安東尼的朋友』，和『太老以致於您對我能找到好姻緣已不抱希望』之間來回變動。」

「達芙妮．柏捷頓，我不……」

「喜歡我的口氣，我知道。」達芙妮揚起嘴角，「但您愛我。」

薇莉溫柔地笑了，一手摟住達芙妮的肩膀，「我確實愛妳。」

達芙妮在母親的臉頰上快速親了一下。「這就是做母親的宿命。您必須愛我們，即使我們讓您煩得要命。」

薇莉嘆了口氣，「我希望有一天妳會擁有……」

「像我一樣的孩子，我知道。」達芙妮惆悵地笑了笑，把頭輕輕靠在母親的肩上。她的母親對一切都充滿好奇，父親則對獵犬及狩獵比對社交事務的興趣更大，但他們的婚姻很溫暖，充滿了愛、笑聲和孩子。

「恐怕我得以您為榜樣，才能把一切做得完美，媽媽。」她喃喃道。

「噢，達芙妮，」薇莉雙眼泛出淚光，「真高興聽妳這樣說。」

達芙妮用手指捲著自己的一綹栗色頭髮甜甜一笑，讓這個感傷時刻變得輕鬆一些。

「談到婚姻和子嗣，我很樂意追隨您的腳步，媽媽，只要我不必生八個孩子。」

與此同時，新任哈斯丁公爵、也是柏捷頓家女眷們稍早時的話題人物——賽門．貝瑟正坐在懷特俱樂部裡。

他的同伴正是達芙妮的長兄安東尼．柏捷頓。這兩人非常引人注目，同樣高大健壯，有著濃密的深色頭髮。但是安東尼的眼睛和他妹妹都是深巧克力棕色，而賽門的眼睛則是冰一般的藍色，目光幾乎能穿透人心。

正是這雙眼睛讓他聲名大噪，大家都知道這個男人不好惹。當他緊盯著某個人，清楚而堅定地看向對方時，男人會變得不自在，女人則會興奮地輕顫。

但安東尼不受影響。這兩個人已經認識了許多年，當賽門挑起一邊眉毛冷冷地瞥向他時，安東尼只會哈哈大笑。

「你忘了，我可是親眼看過你的頭被塞進尿壺裡。」有一次安東尼這麼告訴他。「從那時起，我就很難嚴肅看待你了。」

賽門的回答是：「嗯，但我記得，是你把我壓進那個芳香的容器裡。」

「我確定那是我最驕傲的時刻之一。但第二天晚上你就拿一打鰻魚放在我床上報復我了。」

賽門露出微笑，想起了這件事以及他們後來的談話。

安東尼是個值得交往的朋友，是那種緊要關頭時你會希望他在身邊的人。他也是賽門回到英國後第一個找的人。

「你能回來真是太好了，克利夫登。」安東尼說。

他們在懷特俱樂部的老位子上坐下來，「但我想，現在你應該會要我稱呼你『哈斯丁』。」

「不。」賽門強硬地駁斥：「『哈斯丁』永遠只會是我父親，他從來都不認其他稱呼。」他沉默了一瞬，「如果有必要，我會繼承他的頭銜，但我不會沿用他的名字。」

「如果有必要？」安東尼微微瞪大眼睛，「大多數人可不會如此嫌棄公爵爵位。」

賽門用手扒了下頭髮。他知道，他應該珍惜自己與生俱來的優勢，對貝瑟家族的輝煌歷史表現出無比自豪，但事實是，這一切都讓他反胃。他這輩子都無法滿足他父親的期望；現在才來沿用他的稱號似乎很可笑。「這是種該死的負擔。」他低聲抱怨。

「你最好習慣它。」安東尼實事求是地說：「因為每個人都會這麼叫你。」

賽門知道他說的沒錯，但他懷疑自己是否能扛得住這個頭銜。

「好啦，不管怎樣，」安東尼尊重好朋友的隱私，沒有進一步深究這個明顯令人不自在的話題，「我很高興你能回來。下次我護送我妹妹去參加舞會時，大概可以因此獲得些許平靜。」

賽門靠向椅背，那雙修長結實的腿在腳踝處交疊著，「最後這句挺耐人尋味的。」

安東尼挑了挑眉毛，「你覺得我會向你解釋？」

「當然啊。」

「我應該讓你自己去弄清楚，但我從來都不是壞心眼的人。」

賽門輕笑，「這是那個把我的頭塞進尿壺裡的人說的話？」

安東尼漫不經心地擺擺手，「我那時還年輕嘛。」

「而現在你已經是個成熟穩重又知書達禮的模範？」

安東尼咧嘴一笑，「完全正確。」

「那麼，告訴我，」賽門慢條斯理地說：「我是如何讓你的生活獲得些許平靜的？」

「我猜你打算在社交界中盡你的本分？」

「你猜錯了。」

「但你這星期的確打算參加丹柏莉夫人的舞會啊。」安東尼說。

「那只是因為我莫名喜愛這位老太太。她言出必行，而且……」賽門輕輕閉上眼睛。

「還有什麼？」安東尼追問。

賽門微不可見地搖了搖頭，「沒什麼。只是小時候她對我滿好的。有幾次學校放假，我和李凡戴爾都是在她家度過的，他是她的侄子。」

安東尼點點頭，「我明白了，所以你不打算進入社交界。我對你的決心相當欽佩。但請允許我警告你，即使你不參加上流社會的活動，她們也會找到你。」

當安東尼說到「她們」時，賽門剛好喝下一口白蘭地，安東尼臉上的表情害他嗆到了。他咳了一會，終於順過氣來問道：「請問，『她們』是誰？」

安東尼打了個哆嗦，「母親們。」

「我沒有母親，我聽不懂你的重點是什麼。」

「社交界的母親們啊！你這個笨蛋。那些家裡有適婚年齡女兒的噴火龍。老天保佑我們。你可以想盡辦法逃跑，但你永遠無法躲開她們。而且我要警告你，我自己的母親是最糟糕的。」

「天哪，我還以為非洲很危險呢。」

安東尼同情地看了他的朋友一眼，「她們不會放過你的。等她們找到你，你會發現自己被困在某種情境中——可能正在與長裙飄飄、膚色白皙的年輕女士談話，你們只能聊天氣，因為其他話題她都不懂，頂多會告訴你她收到阿爾梅克沙龍的加入許可，還有她的髮帶是什麼款式。」

賽門的臉上掠過一絲促狹，「那麼，我猜在我出國期間，你已經變成一位搶手的紳士？」

「我向你保證，這絕非我所願。如果我可以選，我會像躲瘟疫一樣避開社交活動。但我妹妹去年進入社交界了，有時我不得不護送她。」

「你是說達芙妮？」

安東尼訝異地看向他，「你們兩個人見過嗎？」

「沒有。」賽門承認道：「但我記得在學校時她寫給你的信，我記得她排行第四，所以她的名字必須以D開頭，而且……」

「啊，對。」安東尼翻了個白眼，「柏捷頓家給孩子命名的傳統保證沒人會忘了你是誰。」

賽門大笑，「這很有用，不是嗎？」

「說到這，賽門，」安東尼突然身體向前靠，「我已經答應母親，這星期稍晚在柏捷頓大宅和家人一起吃飯。你不如一起來吧？」

賽門濃密的眉毛上挑，「你剛不是警告我，關於社交界母親和初入社交界的女兒們嗎？」

安東尼大笑，「我會讓母親保持最得體的舉止，也不用擔心小芙，她是這套規則中的例外。你會非常喜歡她的。」

賽門瞇起眼睛。安東尼這是在牽紅線嗎？他看不出來。

安東尼彷彿能讀出他的想法，哈哈大笑，「老天，你不會以為我想把你和達芙妮送作堆吧？」

賽門不置可否。

「你完全不適合她。你有點太悶騷了，不合她的口味。」

賽門覺得這說法有點怪，但他換了個問題：「那她有收到任何邀約嗎？」

「是有幾個。」安東尼一口喝掉剩下的白蘭地，心滿意足地嘆息，回道：「我放任她拒絕了所有的邀約。」

「你也太縱容了吧。」

安東尼聳了聳肩，「這年頭，若想在婚姻中擁有愛情，可能有點不切實際，但我認為她和丈夫在一起應該要快樂。那些邀約中有一位老得足以當她父親，另一位的年紀可以當她的叔叔，還有一位眼睛長在頭頂上，不適合我們這種愛玩愛鬧的家庭。然後這個星期，老天，那才是最慘的！」

「怎麼回事？」賽門好奇地問道。

安東尼疲憊地揉了揉太陽穴，「最後這一位非常好相處，但腦子有點不靈光。也許你會認為，在我們從前那段瘋狂歲月之後，我不會再受情感左……」

「是嗎？」賽門壞笑著問：「你這麼想？」

安東尼蹙眉瞪他，「但我仍然不想傷害這位可憐傻瓜的心。」

「呃，這不是應該留給達芙妮自己處理嗎？」

「對，但我必須去告訴他。」

「沒有幾個哥哥會允許自己的妹妹有拒絕求婚的自由。」賽門輕聲說。

安東尼只是再次聳肩，似乎沒想過要以其他方式對待妹妹，「她一直是我的好妹妹。我至少可以為她做這件事。」

「即使這表示要護送她去阿爾梅克？」賽門明知故問。

安東尼呻吟了一聲，「即使如此。」

「我想安慰你說，這一切很快就會結束，但你還有……三個妹妹等著你照顧？」

安東尼瞬間癱在座位上，「艾洛伊絲將在兩年後登場，弗蘭雀絲卡是後年。但在海辛絲成年之前，我可以試著爭取緩刑。」

賽門輕笑，「我一點都不羨慕你在那方面的責任。」但他一邊說，一邊有種奇怪的渴望，他想知道在這個世界上，活得不那麼寂寞會是什麼樣子。他沒打算建立自己的家庭，但如果他一開始就有一個完整的家庭，也許他的人生會不同。

「所以，你會來吃晚飯吧？」安東尼站了起來，「當然是非正式的。純粹只有家人相聚時，我們從不一本正經地吃飯。」

賽門接下來這幾天有很多事情要做，但在他還來不及提醒自己得先把事情安排好，他就聽到自己回答：「樂意之至。」

「太好了。那我們就先在丹柏莉的派對上碰頭囉？」

賽門打了個冷顫，「不一定。我的目標是在三十分鐘內退場。」

「你真的認為你去了派對，只要向丹柏莉夫人致意後，就能順利離開？」安東尼狐疑地挑眉。

賽門堅定地點頭。

只是安東尼那從鼻腔裡哼出的笑聲，多少令人感到憂心。

Chapter 2

LADY WHISTLEDWN´S SOCIETY PAPERS

新任哈斯丁公爵是非常有趣的人物。

雖然大家都知道他與父親關係不睦，但即使是筆者我，也弄不清楚他們疏離淡漠的原因。

《威索頓夫人的韻事報》
26 April 1813

2

當週稍晚，達芙妮站在丹柏莉夫人家宴會廳的角落，離熱鬧的人群有一段距離。她對自己身處的位置相當滿意。

通常她熱衷於參加這種盛會；她和隔壁的年輕女士一樣，喜歡參加美好的派對。但稍早安東尼告訴她，奈吉．貝布洛克兩天前曾找過他，想要向她求婚。這是第二次了。安東尼當然明確表示了拒絕（也是第二次）！但達芙妮仍然憂心忡忡，奈吉可能會想親自證明他那令人尷尬的決心。畢竟兩個星期內連續求婚兩次，大家看到的只會是一位鍥而不捨、不輕易接受失敗的男人。

她看到宴會廳對面的他正在左右張望，她連忙往後退，讓自己更不引人注意。她不知道該怎麼面對這個可憐的傢伙。他不是很聰明，但也不至於難相處。雖然她知道自己必須設法終結他的迷戀，但她發現，像個懦夫一樣直接躲開他要容易得多。

她正考慮溜到女廁，一個熟悉的聲音讓她停下了腳步。

「達芙妮，妳躲到這個鬼地方幹什麼？」

達芙妮抬頭看到大哥正向她走來，「安東尼。」

她不知道自己是高興看到他出現，還是不爽他可能會來搞砸她的桃花運，驚訝道：「我不知道你也會來。」

「老媽。」他冷冷地說。兩個字就解釋了一切。

「啊。」達芙妮同情地點頭，「不用再說了，我完全理解。」

「她列出了一張新娘候選人的名單。」他苦惱地看了妹妹一眼，「我們確實愛她，是吧？」

達芙妮忍俊不禁，「是的，安東尼，我們愛她。」

「這一定只是暫時性的精神錯亂。」他抱怨道：「必須是這個原因，沒有其他解釋。在妳適婚年齡之前，她是一個非常通情達理的母親。」

「我？」達芙妮叫起來：「這是我的問題嗎？你比我大了整整八歲！」

「沒錯，但在妳之前，她並沒有因為對作媒狂熱而失心瘋。」

達芙妮哼了一聲，「如果我欠缺同情心，請原諒我。但我可是去年就收到名單了。」

「是嗎？」

「當然了。而且最近她一直威脅我，每個星期都會送來一份。她在婚姻問題上對我的糾纏遠超過你的想像。畢竟單身漢是種挑戰，老處女只是一種悲哀。而且，如果你沒注意到，我是女性。」

安東尼低聲笑了起來，「我是妳的哥哥，我不會去注意這些事情。」他狡黠地斜斜瞄她一眼，「妳帶來了嗎？」

「我的名單？天啊，當然沒有。你在想什麼啊？」

他的笑意更濃，「我帶了我的喲。」

達芙妮驚呼：「你不是吧！」

「我就是。只是想整一下老媽。我要在她面前認真研讀，掏出我的單片眼鏡……」

「你沒有單片眼鏡。」

他咧嘴一笑，一個所有柏捷頓家男性都擁有的、緩慢慵懶又殺傷力十足的邪氣笑容，「我買了一個，就是為了這種場合。」

「安東尼，你絕對不能這麼做。她會殺了你。然後，她就會變著花樣來找我的麻煩。」

「我拭目以待。」

達芙妮捶了一下他的肩膀，引發一聲響亮的哀號，不少派對賓客都好奇地看過來。

「一記重拳啊。」安東尼說，揉了揉手臂。

「一個女孩要和四個兄弟生活在一起，不可能不學一下如何出拳。」她雙手抱胸，「讓我看看你的名單。」

「在妳剛剛攻擊了我之後？」

達芙妮沒好氣地翻個白眼，歪了歪頭，明顯地表示出不耐煩。

「好吧，算妳厲害。」他把手伸進背心，掏出一張折疊的紙遞給她，「說說妳的想法。我相信妳會有發表不完的評語。」

達芙妮展開那張紙，低頭看著她母親整齊優雅的字跡。柏捷頓子爵夫人列出了八位女性的名字。八位條件良好、家財萬貫的年輕女性。

「跟我預期的完全一樣。」達芙妮喃喃道。

「像我想的一樣可怕嗎？」

「更糟。菲莉佩．費瑟林頓傻得像根木頭。」

「其他人呢？」

達芙妮挑眉，睜大眼睛看他，「你不是真的想今年結婚吧？」

安東尼打個哆嗦，「那妳的名單怎麼樣？」

「幸運的是，它現在已經過時了。五位人選中有三位在上個社交季結婚了。媽媽還在責怪我讓這些人從我指縫中溜走。」

柏捷頓兄妹倆靠在牆邊，同時長嘆了一聲。薇莉．柏捷頓對於讓孩子們完成嫁娶的任務，可說是越挫越勇，而她的長子安東尼和長女達芙妮首當其衝。達芙妮懷疑，如果收到合適的邀約，子爵夫人可能也會興高采烈地把十歲的海辛絲嫁出去。

「老天，你們看起來像是兩個倒楣蛋。你們躲在這麼遠的角落裡做什麼？」又是個一聽就能認出的聲音。

「班尼迪特。」達芙妮斜瞥了他一眼說，連轉頭都省了，「別告訴我，是媽媽要你來參加今晚的盛會。」

他面無表情地點頭，「她已經完全跳過循循善誘，直接進入道德綁架。這個星期她已經提醒我三次，如果安東尼不認真一點，下一位子爵繼承人就會是我的責任。」

安東尼呻吟。

「我想，這表示你也是來宴會廳最黑暗的角落避難？」班尼迪特接著說道：「躲開母親？」

安東尼回答：「其實我是看到小芙躲在角落裡鬼鬼祟祟，而且……」

「鬼鬼祟祟？」班尼迪特假裝大吃一驚。

她惱怒地瞪他們一眼，「我是過來躲開奈吉．貝布洛克。」她解釋：「我把媽媽留在澤西夫人身邊，所以她暫時不會來找我，但奈吉……」

「與其說他是人，不如說是猴子。」班尼迪特打趣道。

「呃，我不會那樣形容。」達芙妮說，試著表現出善意，「但他確實不怎麼聰明，而且離他遠遠的總比傷害他的感情容易得多。當然，現在你們這兩個傢伙找到了我，我也躲不了太久了。」

安東尼只回了一句：「哦？」

達芙妮看著她的兩個哥哥，他們都約一八五公分高，有著寬闊的肩膀和能夠融化人心的棕色眼眸。他們都有一頭濃密的栗色頭髮，和她的髮色差不多。重點是，即使在講究禮數的社交界裡，他們無論走到哪裡，都會有一群竊竊私語的大膽年輕女士跟在身後。

而一群竊竊私語的年輕女士走到哪裡，奈吉．貝布洛克肯定就會跟到哪裡。

達芙妮注意到有人朝他們的方向看來。野心勃勃的母親們正指著柏捷頓家兩兄弟，對自家的女兒擠眉弄眼。他們兩個目前落單，身邊只有妹妹。

「我就知道，我應該去休息室才對。」達芙妮嘟囔。

「妳手裡的那張紙是什麼，小芙？」班尼迪特問道。

她心不在焉地把安東尼的新娘候選人名單遞給他。

班尼迪特大聲笑了起來。

安東尼雙手抱胸，說道：「你就盡量把快樂建築在我的痛苦上吧。我估計你下星期也會收到一份類似的名單。」

「我想也是。」班尼迪特同意：「柯林竟然沒……」他的眼睛猛然一亮，「柯林！」

又一個柏捷頓兄弟加入了他們。

「噢，柯林！」達芙妮驚呼，張開雙臂擁抱他，「見到你真好。」

「注意看，我們可沒有獲得同樣熱情的問候。」安東尼對班尼迪特說。

「我每天都能見到你們。」達芙妮反駁道：「柯林已經離家整整一年了。」

再次抱了他一下她才退後一步，輕斥道：「我們以為你下星期才會回來。」

柯林聳了聳一邊的肩膀，嘴角微微挑起，「阿姆斯特丹不好玩了。」

「啊……」達芙妮眼中閃過一抹精光，「然後你也沒錢了。」

柯林笑了，舉手投降，「被妳發現了。」

安東尼擁抱一下他的弟弟，粗聲說：「你能回家真是該死地好極了，老弟。雖然我寄給你的錢至少應該能讓你撐到……」

「先打住。」柯林無奈地說，聲音裡還帶著笑意，「我保證你明天可以盡情教訓我，今晚我只想享受一下我心愛家人的陪伴。」

班尼迪特嗤笑一聲，「如果你稱我們是『心愛的家人』，你一定是身無分文了。」

但他還是傾身向前，給了弟弟一個熱情的擁抱，「歡迎回家。」

柯林，全家最無法無天的傢伙，開心地笑了起來，綠眼睛裡閃爍著光芒。

「很高興能回家。雖然我必須說，這裡天氣沒有歐洲大陸那麼好。至於女人，嗯，英格蘭很難與我遇到的西班牙女郎相比……」

達芙妮捶了一下他的手臂，「請記得，眼前有位女士在場，小夥子。」但她的語氣並未帶著不悅。在所有兄弟姊妹中，柯林的年紀與她最接近，只比她大十八個月。小時候他們形影不離，總是一起惹禍上身。柯林是天生的惡作劇專家，達芙妮則總是自動配合他的詭計。

「媽媽知道你回來了嗎？」她問。

柯林搖搖頭，「我到家時，家中鴉雀無聲，而且……」

「嗯，媽媽要那幾個小的今晚早點上床睡覺。」達芙妮插嘴道。

「我不想在那裡傻等，所以杭博特一告訴我妳在哪裡，我就來了。」

達芙妮開心地笑起來，深色眸子裡暖意洋洋，「我很高興你來了。」

「老媽在哪裡？」柯林伸長脖子看向人群。像所有柏捷頓家男人一樣，他的個子也很高，所以脖子不必伸得太長。

「在角落裡，和澤西女士在一起。」達芙妮回答。

柯林打了個寒顫，「我等她自己脫身好了，我並不想被那隻噴火龍生吞活剝。」

「一說龍，龍就到。」班尼迪特意有所指地說。他的頭沒有動，眼神卻向左方飄去。

達芙妮順著他的視線看過去，發現丹柏莉夫人正握著一根手杖，緩緩向他們走來。達芙妮緊張地嚥了下口水，挺直自己的肩膀。丹柏莉夫人不時展現出的犀利幽默感，在上流社會中堪稱傳奇。達芙妮總懷疑在她尖刻的外表下，其實是顆多愁善感的心，但當丹柏莉夫人想強迫某人和她交談時，仍然非常可怕。

「逃不掉了。」達芙妮聽到她其中一位哥哥呻吟道。

達芙妮噓了他一聲，接著向老婦人怯怯地微笑致意。

丹柏莉夫人眉頭一挑，在離柏捷頓家兄妹們大約一公尺左右時，她停下腳步，嚷了聲：「別假裝沒看見我！」

隨之而來是手杖敲地的聲音，聲音大到嚇得達芙妮往後退了一步，正好踩到班尼迪特的腳趾。

「哎！」班尼迪特輕呼一聲。

由於她的哥哥們似乎都暫時失去語言能力（當然，班尼迪特除外，但達芙妮不認為哀號算是可理解的語言），達芙妮支支吾吾地說：「希望我沒有給您這種印象，丹柏莉夫人，因為……」

「不是妳。」丹柏莉夫人不耐地打斷。她把手杖往前一揮，劃出一條完美的水平線，尾端險險貼近柯林的腹部，「是他們幾個。」

回應她的是一串此起彼落、模糊不清的問候聲。

丹柏莉夫人草草地瞥了他們一眼，隨後回頭看著達芙妮，「貝布洛克先生在找妳。」

達芙妮感覺自己漸漸變得面無血色，「是嗎？」

丹柏莉夫人禮貌地向她頷首，「如果我是妳，從一開始就不留一絲情面，柏捷頓小姐。」

「您有沒有告訴他我在哪裡？」

丹柏莉夫人露出一個狡黠又淘氣的微笑。

「我就知道我會喜歡妳。不，我沒有告訴他妳在哪裡。」

「謝謝您。」達芙妮感激地說道。

「如果妳被配給那個笨蛋，可真是糟蹋了一個聰明腦袋。」丹柏莉夫人說：「天可憐見，上流社會糟蹋不起僅存的少數聰明腦袋了。」

「呃，謝謝您。」達芙妮說。

「至於你們這幾個，」丹柏莉夫人朝達芙妮的哥哥們揮了揮手杖，「我還是不予置評。你，」她用手杖指著安東尼，「你勉強還算討喜些，因為你替你妹妹拒絕了貝布洛克的追求，但你們其他人……哼。」

話一說完，她就轉身離開。

「『哼』？」班尼迪特模仿她：「『哼』？她號稱能評斷我的智商，而最後只冒出一句『哼』？」

達芙妮洋洋得意，「她喜歡我呢。」

「恭喜妳啊。」班尼迪特咕噥。

「她來警告妳關於貝布洛克的事，相當講義氣。」安東尼承認。

達芙妮點頭，「我相信那是在提醒我該離開了。」她轉向安東尼，一臉懇求，「如果他來找我……」

「我會處理好的。」他溫柔地說：「別擔心。」

「謝謝你。」她對哥哥們甜甜一笑，隨即溜出了宴會廳。

賽門安靜地走過丹柏莉夫人倫敦大宅內的長廊，同時也發現自己的心情非常好。他失笑地想，自己可是正要去參加一個社交舞會，即將面臨安東尼．柏捷頓下午稍早時告訴他的所有恐怖情景，卻還能如此開心，他也滿佩服自己的。

但他自我安慰，今天之後，他便不必再為這種活動煩惱了。

正如他之前告訴安東尼的，他參加這個特殊的舞會，只是出於對丹柏莉夫人的尊重。儘管她脾氣暴躁，但她一直對孩提時期的他相當好。

他逐漸意識到，這份好心情是來自一個單純的事實，就是他很高興回到英國。

並不是說他不享受到世界各地旅行。他走遍了歐洲每一個角落，在美不勝收的蔚藍地中海航行，並深入探索北非的神祕。他還去了約旦的聖地，然後，當他發現還不是回家的時候，他便橫跨大西洋去探索西印度群島。當下他考慮繼續前往美國，但這個新興國家正在和英國起衝突，所以賽門決定以後再說。

此外，那時他剛好得知，他纏綿病榻多年的父親，終於去世了。

這實在滿諷刺的。賽門並不後悔花了這麼多年的時間四處探索和冒險，六年會讓一個人有很多時間去思考，和學習做人的道理。然而，讓當時二十二歲的賽門離開英國的唯一原因，是父親最後突然接受了自己的兒子。

但賽門並不願意接受他的父親，所以乾脆收拾行李離開這個國家，寧願自我放逐也不願意接受老公爵虛假的親情。

這一切的開端始於賽門自牛津大學畢業時。公爵原本並不想支付兒子的學費；賽門曾經看過父親寫給導師的一封信，信中說公爵拒絕讓自己的白癡兒子在伊頓公學裡令家族蒙羞。但賽門有個求知若渴的大腦，還有一顆堅定不移的心，所以他逕自叫了一輛馬車前往伊頓，敲開了校長的門，宣示自己的存在。

這是他做過最駭人的事情，但他想方設法說服了校長，說這是學校的錯，伊頓公學一定是把他的入學文件和學費弄丟了。他模仿著父親的行為舉止，挑起傲慢的眉毛，抬起下巴，從鼻尖上方看人，就像是自己擁有整個世界。

整個過程中他一直故作鎮定，害怕自己的語言隨時會變得雜亂無章含混不清。擔心好好的一句「我是克利夫登伯爵，我打算在這裡就學」，會變成「我是克利夫登伯爵，我、我、我打算……」但事實並非如此，半輩子都投入於教育英格蘭菁英的校長，立即認出賽門是貝瑟家族的成員，毫不猶豫地讓他入學了。公爵在好幾個月之後（他總是忙著做自己的事），才知道兒子的最新近況以及搬了新住所。那個時候賽門已經在伊頓公學安頓下來，如果公爵無緣無故地讓孩子從學校退學，面子上會有點掛不住。

而公爵不喜歡讓自己顏面無光。

賽門經常在想，為什麼父親當時沒有主動出擊。顯然，賽門在伊頓說的每句話並非完全流暢；如果兒子跟不上學校的學習進度，校長也會通知公爵。賽門的口語偶爾還是會有狀況，但彼時他已經能夠熟練地用咳嗽來掩飾自己的錯誤，或者如果他夠幸運，當時正在吃飯的話，他會適時地喝一口茶或牛奶。

但公爵從未寫信給他。賽門認為，他父親已經習慣忽視自己的兒子，以致於他是否證明自己不是家族恥辱這件事，已經變得不重要了。

伊頓公學畢業後，賽門順理成章地進入了牛津大學。他在那裡贏得了高材生和浪子這兩種名聲。說實話，比起學校裡的多數年輕小夥子，他算不上多麼放蕩不羈，但賽門冷漠疏離的舉止不知不覺中造成了這種印象。

賽門不大清楚這是怎麼回事，但他逐漸注意到同學們渴望得到他的認可。他很聰明，也很強壯，但似乎他的地位之所以提高，多半與他的態度有關。

由於賽門沉默寡言，沒必要的時候惜字如金，人們便認為他生性傲慢，而未來的公爵就該是如此。因為他只喜歡和那些讓他能夠感到真正自在的朋友相處，所以人們認為他在選擇同伴方面慧眼獨具，而未來的公爵也該是如此。

他不是很健談，但當他說話時，會在譏諷中帶有一絲機智。正是這種風格，讓人們無法忽視他的每一句話。

而且，由於他並不像上流社會其他人那樣時常口不擇言，人們對聽他說話變得更加著迷。

他被譽為「極度自信」、「令人心動的俊美」和「英國男人的完美範本」。男人們想知道他對所有話題的看法。

女士們則被他迷得神魂顛倒。

賽門從來都不大相信這一切，但他還是很享受自己的地位，對送上門的禮遇來者不拒。他會和朋友們狂歡作樂，享受所有想吸引他注意的年輕寡婦和歌劇名伶的陪伴。而且，明知他的父親一定不會贊同，讓每一段韻事因而變得更有滋味。

但事實證明，他的父親並非完全不贊同。

賽門不知道的是，哈斯丁公爵早已開始對他唯一子嗣的成長感興趣了。他要求大學提供成績報告，並雇用了一名鮑爾街偵探①讓他隨時掌握賽門的課外活動。最終，公爵已不再預期會在郵件裡讀到兒子犯下的蠢事。

想要明確指出公爵是什麼時候改變看法，基本上不大可能。但某一天，公爵忽然發現，他的兒子確實已經變得相當優秀。

公爵心中滿是驕傲。一如以往，良好血統的重要性終究能獲得證明。他早就知道，貝瑟家的血統不可能生出一個弱智。

在以數學第一名的成績自牛津大學畢業後，賽門和朋友來到了倫敦。當然，完全不想和父親同住的他，住的是單身漢公寓。隨著賽門進入社交界，越來越多人把他說話時的停頓誤解為傲慢，而把他不大的朋友圈錯認為排外。

當時公認的社交界領袖柏．布倫梅爾，故意拿雞毛蒜皮的流行話題向賽門提問，也因此使賽門就此聲名大噪。

當時布倫梅爾的語氣傲慢，顯然想讓這位年輕勳爵難堪。整個倫敦都知道，布倫梅爾最喜歡的，就是把英格蘭菁英們貶得一文不值。因此，他假裝重視賽門的意見，並準備以輕描淡寫的「你也這麼想，對吧」結束提問。

賽門根本不關心王子殿下打什麼領帶。在一眾好事者的注視下，他只是用冷酷的藍眼睛盯著布倫梅爾，回答道：「不。」

沒有解釋、沒有說明，就一個字：「不。」

然後他掉頭就走。

到了第二天下午，賽門基本上已經成為社交界之王，簡直像是一種令人尷尬的反諷。

賽門並不喜歡布倫梅爾或他的語氣，如果他認為自己能夠流利地暢所欲言，他可能會發表更多言論。然而在這種特殊狀況下，事實證明少說兩句為上策，簡潔的一句話比他說出的任何冗長言論都更能一針見血。

有關哈斯丁繼承人是多麼才華橫溢、英俊不凡的消息，自然也傳到了公爵的耳朵裡。儘管他並未立即去找賽門，但賽門開始聽到一些零星的小道消息，這些八卦讓他警覺，他與父親的關係可能很快就會發生變化。

公爵在聽到布倫梅爾事件時哈哈大笑，說：「這很合理。他是貝瑟家的人啊。」知情人士說，有人聽到公爵對賽門在牛津大學拿到第一名大加讚賞。

接下來，這兩人在倫敦的某個舞會上遇見了。

公爵是不會允許賽門對他假裝視而不見的。

賽門努力過了。噢，他一直是多麼的努力啊，但沒人能像父親那樣打擊他的信心。當他盯著公

註釋①：鮑爾街偵探（Bow Street Runners）：一七五〇年由倫敦鮑爾街警官亨利．費爾丁組建的小型偵探隊，是現代英國刑事調查部和警察特別分隊的先驅。

爵，就像是面對一個上了年紀的自己，他整個人突然動彈不得，甚至無法開口說話。

他感覺舌頭腫脹，嘴唇變得陌生又古怪，而且結巴似乎已經蔓延到全身上下，因為他突然整個人都不對勁了。

公爵利用賽門一瞬間的怔楞上前擁抱了他，發自內心地喚了他一句：「兒子。」

賽門第二天就離開了這個國家。

他清楚地知道，如果繼續留在英國，就不可能徹底避開父親，在被父親忽視這麼多年之後，他拒絕扮演兒子的角色。

此外，近來他對倫敦聲色犬馬的狂野生活越來越厭煩。撇開浪蕩不羈的名聲不談，賽門的個性並非真正的放蕩。他和那些貪玩的伙伴們一樣喜歡城市裡的夜生活，但在牛津大學待了三年又在倫敦住了一年後，無止境的派對和妓女變得越來越無趣。

於是他離開了。

然而現在，他很高興能回來。回家有種療癒感，而英國的春天是如此的平靜舒適。經過六年的獨自旅行，能再次見到他的朋友們真是太好了。

他悄悄地穿過走廊，向宴會廳走去。

他不希望被唱名入場，他一點也不想讓人大聲宣告他的到來。下午與安東尼．柏捷頓的談話，重申了他不想積極融入倫敦社交界的決定。

他沒有結婚的計畫，永遠也不打算這麼做。而如果不想找妻子的話，參加上流社會派對也就沒什麼意義。

不過，有鑑於丹柏莉夫人在他兒時對他的諸多照顧，他覺得自己應該誠心尊重這位女士。而且說實話，他還滿喜愛這位直率的老太太。拒絕她的邀請可就太無禮了，尤其她還附了一封歡迎他回國的私人信件。

由於賽門對這棟房子瞭如指掌，他直接抄近路穿過一道側門。一切順利的話，他可以避人耳目地溜進宴會廳，向丹柏莉夫人問好，然後離開。

但他一經過轉角，就聽到有人說話的聲音，他急忙停步。

賽門嚥下一聲咒罵。他打斷了一對戀人的幽會，真要命。該如何神不知鬼不覺地脫身呢？如果他被發現了，接下來的場面肯定會非常戲劇化，充滿無止境的尷尬和煩躁。他最好躲進陰影裡，讓這對戀人繼續享受愉悅的時光。

但當賽門開始悄悄後退時，他聽到了一些東西，引起他的注意。

「不要。」

不要？難道某位年輕女士在非自願的情況下，被強行帶到了無人的走廊？賽門並不想當任何人的英雄，但即使是他，也不能坐視這樣的凌辱發生。

他稍稍伸長脖子，把耳朵朝向前方，以便聽得清楚些。畢竟他也可能聽錯。如果沒有人需要解救，他當然不會像個傻瓜一樣貿然衝上去。

「奈吉。」那個女孩說道：「你真的不應該跟過來。」

「但我愛妳啊！」一個年輕人熱情地喊著：「我想讓妳成為我的妻子。」

賽門差點咒罵出聲。為情所困的可憐傻瓜，他不忍心再聽下去了。

「奈吉。」她再次說道，聲音出奇地親切又有耐心：「我哥哥已經告訴你，我不能嫁給你。我希望我們可以繼續做朋友。」

「妳哥哥又不懂！」

「他懂。」她堅定地說：「他明白。」

「該死的！如果妳不嫁給我，還有誰會嫁？」

賽門訝異地眨眨眼。就求婚手段而言，眼前這個顯然不是很浪漫。

那個女孩顯然也是這麼想。「這麼說吧，」她的語氣聽起來有點不高興了：「現在丹柏莉夫人的宴會廳裡正有數十位年輕淑女，我相信她們當中某一位會很高興地嫁給你。」

賽門稍微靠向前，想偷偷瞄一眼。女孩站在陰影中看不清楚，卻可以清楚地看到那個男人。他一臉愁苦，肩膀因受挫而垮下。

他開始慢慢搖頭，「不。」他絕望地說道：「她們不會。妳不明白嗎？她們……她們……」

賽門在這個男人詞窮時瑟縮了一下。但他似乎並不是口吃，只是情緒失控，但若一個人無法暢所欲言，絕不是件令人愉快的事。

「沒有人像妳這麼親切。」那人最後說道：「妳是唯一會對我微笑的人。」

「哦，奈吉。」女孩長嘆了一口氣，「我相信這一定不是事實。」

但賽門看得出，她只是出於善意這麼說。她再次嘆息時，他能明顯感覺到她不需要任何人的解救，她似乎把情況掌握得很好。雖然賽門對這位倒楣的奈吉抱持著一絲同情，但他也幫不上忙。

而且，他開始覺得自己這樣偷窺很不應該。

他開始慢慢往後挪，眼睛盯著一扇他知道可以通往圖書館的門。那個房間的另一側還有一扇門通往溫室，他就能從溫室進入大走廊，然後前往宴會廳。比起從後側通道穿過去，這樣走沒那麼隱密，但至少可憐的奈吉不會知道有人見證了他的窘境。

但是，就在他差一步便能乾淨俐落地離開時，他聽到了那個女孩尖叫。

「妳必須嫁給我！」奈吉大喊：「妳必須這樣做！我再也找不到其他人……」

「奈吉，住手！」

賽門轉過身，無奈地嘆息，看來他終究還是要去解救這個女孩。他大步走回走廊，擺出他最嚴肅、最有公爵氣勢的表情。他已經準備好要說出「我認為這位女士希望你住手」，但是，似乎他今晚注定無法扮演英雄。

Chapter 2

在他開口之前，這位年輕女士舉起了右臂，出乎意料地往奈吉的下巴打了一拳。
奈吉往後倒去，雙手滑稽地在空中亂揮，一屁股坐到地上。
賽門傻傻站在原地愣住了，無法置信地看著那個女孩蹲下身子。
「哦，我的天。」她氣息有點不穩地說：「奈吉，你沒事吧？我不是故意這麼用力打你的。」
賽門笑出聲來，他實在忍不住。
那女孩吃了一驚，抬頭往上看。
賽門呼吸一滯。她一直被陰影遮住，直到現在。之前他只能看到她有一頭濃密的深色頭髮，但現在，當她抬起頭來看著他時，他發現她有一雙深邃的大眼睛，以及他所見過最飽滿豐潤的嘴唇。按照社交界的標準，她的心形臉龐算不上驚豔，但她身上有某種東西，簡直讓他為之奪神。
她似乎並不高興見到他出現，濃密精緻的雙眉緊鎖在一起，開口問道：「你是誰？」

Chapter 3

LADY WHISTLEDWN´S SOCIETY PAPERS

某人悄悄告訴筆者，有人看到奈吉·貝布洛克在莫瑞頓珠寶店買了一只單鑽戒指。

新任貝布洛克夫人是否即將誕生？

《威索頓夫人的韻事報》

28 April 1813

3

達芙妮以為，這個夜晚不可能有更倒楣的事了。首先，她被迫在宴會廳最黑暗的角落待了一個晚上（這並不容易，因為丹柏莉夫人顯然很滿意大量蠟燭造成的美感和照明能力）。然後，在她試圖逃跑時，卻被菲莉佩．費瑟林頓的腳絆倒了，導致從來不懂什麼叫安靜的菲莉佩放聲尖叫起來：「達芙妮．柏捷頓！妳受傷了嗎？」

這肯定引起了奈吉的注意，因為他的頭像受驚的小鳥一樣猛然抬高，同時立即在宴會廳裡匆忙穿梭。

達芙妮曾經希望，不，是「祈禱」她能在被他追上之前搶得先機，直接衝進女廁躲起來，但事與願違，奈吉在走廊裡把她逼到了牆角，開始傾訴他對她的愛意。

這一切已經夠尷尬的了，但現在這個男人——這個英俊到不可思議，同時也令人感到不安的陌生人——似乎目睹了整個過程。更糟糕的是，他還在笑！

達芙妮瞪著他，他擺明了是在笑她。她從未見過這個男人，所以他一定是剛到倫敦不久。她的母親信誓旦旦地保證過，達芙妮已經被介紹或至少讓所有符合條件的紳士都認識她了。當然，面前這個人有可能已經結婚，因此不在薇莉的潛在受害者名單上，但達芙妮有種直覺，如果他在倫敦待得夠久，不可能沒人談論他。

他的長相只能用完美來形容，他的外型能讓米開朗基羅所有的雕像都自慚形穢。他的眼神有種莫名的震懾力——藍得幾乎像是在發光。他的頭髮濃密黝黑，而且個子很高，和她的哥哥們一樣高，這種身材並不多見。

達芙妮心裡嘀咕，這個男人倒是可以把一群聒噪不休的年輕女士從柏捷頓家男人的身邊搶走。為什麼這樣想會讓她感到煩躁，她也不知道。也許是因為她心知肚明，像他這樣的男人絕不會對她這樣的女人感興趣。也許是因為她覺得，在光芒耀眼的他面前，她就像個不起眼的平凡女人。也許只是因為他站在那裡哈哈大笑，彷彿她是馬戲團的某種娛樂節目。

但無論是哪種原因，她心中忽然竄起一股無名火，於是眉頭緊蹙地問他：「你是誰？」

賽門不知道自己為什麼沒有直接回答她的問題，但內心的某個魔鬼促使他這麼說：「我本來是想英雄救美的，但妳顯然不需要我的服務。」

「噢。」女孩說，似乎稍稍有些釋懷。

她抿緊雙唇，一邊思考他的話，一邊微微噘起嘴，「好吧，那麼，謝謝你。可惜你沒有早十秒鐘露面，我其實不想打他。」

賽門低頭看了看地上的那個男人，他的下巴已經出現一塊瘀青，正在含糊呻吟著：「小瑚，哦，小瑚。我愛妳，小瑚。」

「妳就是小瑚，對吧？」賽門低聲問，視線挪向她的臉。她確實是一個相當有魅力的小東西，從他的角度看過去，那件晚禮服的胸口簡直低到引人墮落。

她瞪他一眼，顯然不欣賞他的小幽默，也完全沒意識到，他熱切的目光正停駐在她身體的某些部位而非她的臉。

「我們該怎麼處理他？」她問。

「我們？」賽門重複。

她眉心的結打得更緊了，「你確實說過你想英雄救美，不是嗎？」

「確實如此。」賽門雙手扠腰，打量著眼前的情況，「要我把他拖到街上去嗎？」

「當然不行！」她驚呼：「拜託，外面不是還在下雨嗎？」

「親愛的小瑚小姐，」賽門並未意識到自己那紆尊降貴的口吻：「妳不認為妳擔心錯對象了嗎？這個人剛剛才試圖攻擊妳。」

「他沒有試圖攻擊我。」她回答：「他只是……只是……好吧，他是試圖攻擊我。但他絕不會真的傷害我。」

賽門挑起一道眉毛。女人果然是最會說反話的生物。

「妳確定嗎？」他看著她小心翼翼地措辭。

「奈吉沒有惡意。」她緩慢地說：「他只是理解錯誤。」

「看來，妳的心腸比我寬容多了。」賽門輕聲說。

女孩又嘆了口氣，一個輕柔的喘息聲，賽門感覺它似乎穿透了他整個人。

「奈吉不是個壞人。」她鄭重地低聲說：「他只是常常不夠聰明，也許他把我的善意誤解為其他的東西。」

賽門莫名地佩服起這個女孩。他認識的大多數女性在這種時候都會歇斯底里，但她（無論她是誰）已經牢牢控制住了情況，現在又展現出令人震驚的寬宏大量。她竟然會為這個叫奈吉的傢伙辯護，這簡直讓他無法理解。

她站起身，用手順了一下身上的鼠尾草綠絲質禮服。她的頭髮精心梳理過，一綹濃密的捲髮垂落在她的肩上，誘人地停在她的胸前。

賽門知道他應該專心聽她說話——她在絮絮叨叨地說著什麼，就像女人慣常做的那樣——但他的目光似乎無法從那一綹深色秀髮上移開。髮絲像緞帶一樣貼在她天鵝般的粉頸旁，賽門有種瘋狂的衝動，想拉近他們之間的距離，用他的嘴唇沿著髮絲停留的痕跡一路吻過去。

他從來沒有調戲過純真的處女，但反正全世界都認為他是一個浪子，這麼做應該無傷大雅吧！他又不打算玷汙她。只是一個吻。就一個小小的吻。

這念頭很誘人，令人垂涎、瘋狂且按捺不住。

「先生！先生！」

他不情願地看向她的臉。當然，欣賞她是一件令人愉悅的事，但當她對他怒目而視的時候，並沒有多少旖旎的氣氛。

「你在聽我說話嗎？」

「當然。」他撒謊。

「你沒有。」

「是沒有。」他承認。

她的喉嚨深處發出一個聲音，聽起來很像咆哮。

「那你為什麼要說你有在聽？」她大聲說。

他聳了聳肩，「我以為妳想聽到這個答案。」

賽門好整以暇地看著她深吸一口氣，然後開始喃喃自語。他聽不清楚她在碎念什麼，但他懷疑其中有任何一句能算是讚美。

最後，她怪裡怪氣地說道：「如果你不打算幫助我，我希望你現在就離開。」

賽門決定，該停止表現得像個野蠻人了，於是他說：「我道歉，我當然會幫助妳。」

她呼出一口氣，回頭看向奈吉，後者仍然躺在地上，語無倫次地呻吟。

賽門也低頭看去。那幾秒鐘的時間裡，他們只是站在原地盯著那個昏迷的人看，直到女孩說：

「我真的沒有很用力打他。」

「也許他只是喝醉了。」

她看起來一臉狐疑，「你覺得是這樣嗎？我剛才聞到他的呼吸中有烈酒的味道，但我以前從未見過他喝醉。」

賽門不想再深究這個看法，所以他只是問：「那麼，妳想怎麼做？」

「我想，我們可以把他留在這裡。」她大眼睛裡閃著猶豫。

賽門認為這是個很好的主意，但很明顯，她希望能更溫柔地對待這個蠢蛋。雖然那傢伙活該，但賽門莫名地想要討她歡心。

他乾脆地說：「不如這樣吧，」很高興自己的語氣掩蓋了心中那股陌生的溫柔，「我把我的馬車叫來……」

「哦，太好了。」她插嘴：「我真的不想把他留在這裡，這似乎很殘忍。」

賽門心想，考慮到這個蠢蛋剛剛差點攻擊她，這麼做似乎已經夠寬容了。但他只是默默腹誹，然後繼續敘述他的計畫：「我離開的時候，妳就先去圖書館裡等。」

「去圖書館？但是……」

「去圖書館。」他堅定地重複：「而且把門關上。如果有人碰巧經過這條走廊，妳真的想讓人發現地上的奈吉嗎？」

「地上？天哪，先生，你說得好像他已經死了一樣。」

「就照我剛才說的，」他接著說道，完全無視她的意見，「妳待在圖書館。等我回來以後，我們再把奈吉搬到我的馬車裡去。」

「到時我們要怎麼搬？」

他忽然揚起一側唇角，露出迷惑人心的笑容，「我也不知道。」

那一瞬間，達芙妮忘記了呼吸。

就在她認為這位準備解救她的英雄傲慢到無可救藥時，他卻對她露出這樣的微笑。那是一個孩子氣十足的笑容，那種笑容能融化方圓十英里內所有女性的心。

而且，令達芙妮懊惱的是，在這種笑容的影響下，要繼續對一個男人生氣是非常困難的。她與四個兄弟一起長大，每一個傢伙似乎從出生開始就知道如何吸引女人，達芙妮曾以為自己可以免疫。

但顯然並非如此。她的胸口又酸又脹，她的胃七上八下，兩個膝蓋感覺像融化的奶油。

「奈吉。」她努力把注意力從對面的陌生男士身上移開，喃喃道：「我必須看看他的情況。」她蹲下身子，輕輕搖晃他的肩膀，「奈吉？奈吉？你得醒一醒，奈吉。」

「達芙妮。」奈吉呻吟：「哦，達芙妮。」

黑髮陌生人猛然轉過頭來，「達芙妮？他說的是達芙妮嗎？」

她嚇了一跳，對他魯莽的問題和緊張的眼神感到不安，「是的。」

「妳叫達芙妮？」

現在她開始懷疑他是個白癡。「沒錯。」

他低咒了一聲：「不會是達芙妮．柏捷頓吧。」

她一臉疑惑地蹙眉，「正是本人。」

賽門踉蹌著後退一步。他突然感到反胃，大腦也總算弄清了眼前的事實——她有一頭濃密的栗色頭髮，著名的柏捷頓髮色，更不用說柏捷頓家族的鼻子和顴骨了。

還有……最糟糕的，這是安東尼的妹妹！天殺的！朋友之間是有規矩的，有某種戒律存在，而最重要的一條就是：汝不可覬覦友人之姊妹。

就在他愣住像個傻瓜一樣盯著她看時，她雙手往腰間一扠，問道：「所以你是誰？」

「賽門．貝瑟。」他含糊回道。

「那個公爵？」她的聲音高了八度。

他面無表情地點頭。

「哦，天哪。」

賽門不安地看著她的臉漸漸變得面無血色，「老天，女人，妳不會要暈倒吧？」

他不能理解她為什麼有這種反應，但安東尼（也就是她的哥哥，他順便提醒自己）已經花了大半個下午的時間警告他，一個年輕的未婚公爵對未婚年輕女性族群會造成多大的影響。雖然安東尼特別指明達芙妮是個例外，但她的臉色仍然很蒼白。

「妳會嗎？」

她沉默不語，他追問道：「要暈倒了嗎？」

她看起來似乎受了冒犯，因為他竟然這麼想。

「當然不會！」

「很好。」

「只是……」

「什麼？」賽門狐疑地問。

「嗯，」她聳了聳肩，故作不經意地說：「有人警告過我，關於你這個人。」

這實在是太過分了。

「誰？」他問道。

她盯著他，好像他腦子有問題，「所有人。」

「那個，我……」他意識到舌頭可能快要打結，於是深吸一口氣來加以控制。他已經成為這種控制力的高手了，她看到的只會是一個似乎在努力控制自己脾氣的男人。有鑑於他們談話的走向，這種形象倒也不算太牽強。

「我親愛的柏捷頓小姐，」賽門用更平緩也更自律的語氣重新開口：「我認為這真是令人難以置信。」

她又聳聳肩，他不悅地發覺，她似乎在享受他的苦惱。

「隨你相不相信，」她淡淡地說：「但今天的報上是這麼說的。」

「**什麼？**」

「**《威索頓》啊**。」她回答，好像這樣說就算是解釋過了。

「威索……什麼？」

達芙妮茫然地盯著他看了一會兒，直到她想起他才剛回到倫敦。

「哦，你一定不知道它是什麼。」她輕聲說，嘴角揚起一抹調皮的微笑，「真稀奇。」

公爵氣勢充滿威脅性地上前一步，「柏捷頓小姐，我應該提前警告妳，我快要沒耐性等妳慢慢吐實了。」

「它是一份八卦小報。」她說，急忙往後退，「就這樣。事實上，它的內容都很蠢，不過每個人都愛看。」

他沒有接話，只是傲慢地挑起一道眉毛。

達芙妮迅速補充：「週一的報上有篇關於你回來的報導。」

他的眼睛不懷好意地瞇了起來。「所以具體而言……」現在那對眸子變成了冰塊，「內容說了些什麼呢？」

「具體而言，呃，沒有什麼。」達芙妮含糊其辭。

她想再後退一步，但腳跟已經貼到了牆邊。若是要再往後退，她就得踮起腳尖了。公爵看起來火冒三丈，她開始考慮自己是否該迅速開溜，把他和奈吉留在這裡。這兩個人真是天生一對，兩個都是神經病！

「柏捷頓小姐。」他的語氣充滿了警告。

達芙妮決定賦予他一點同情心，因為根據《威索頓》的報導，他畢竟初來乍到，還沒有時間適應這個新世界，她真的不能怪他因為被寫進報導內容而氣成這樣。

對達芙妮來說，第一次發現自己成為報導主角時，她也十分驚愕，但她至少已經看過一個月的《威索頓》，有了心理準備。當威索頓夫人開始寫到達芙妮的時候，震撼力已經沒有那麼大了。

「你不必為此煩惱。」達芙妮說，試圖讓自己聽起來有點同情心，但可能不大成功。

「她只是寫說，你是個風流不羈的浪子，我相信你應該不會否認這個事實，因為我早就知道，男人都滿渴望被視為浪子。」

她停頓了一下，準備給他機會證明她說錯了並加以否認，但他沒有。她接著說：「然後是我母親，我想，在你出發去環遊世界之前，你們一定在某時某地見過面。」

「是嗎？」

達芙妮點點頭，「所以她要我對你敬而遠之。」

「真的？」他淡淡地說。

他的語氣，以及盯著她看的那雙眼睛、越來越專注的眼神，都讓她感到極度不自在，她只能努力忍住不閉起眼睛逃避。

她拒絕（絕對不同意）讓他看到他對她的影響力有多大。

他的嘴角漸漸彎起，「讓我先弄清楚這是怎麼回事。妳母親告訴妳，我是個糟糕透頂的男人，而妳在任何情況下都不應與我有所接觸。」

她不是很懂他的意思，但還是點點頭。

「那麼妳認為，」他戲劇化地停頓一下，「妳母親對眼前這個小小狀況會怎麼說？」

她眨眨眼睛，「你說什麼？」

「除非妳把奈吉算進去。」他朝地上昏迷的男人比劃了一下，「實際上，沒有人親眼見到我和妳在一起。而且……」

他故意不說完，她臉上的表情變化實在太有趣了，他只想把這一刻延長到永遠。當然，她臉上大多數的表情都是不同程度的惱怒和沮喪，但這也使眼前此刻變得更加甜美。

「而且什麼？」她擠出一句。

他傾身向前，將彼此之間的距離縮小到只有幾公分。

「而且，」他輕聲說，知道她能感覺到他的呼吸拂在她臉上，「現在只有我們兩人獨處。」

「還有奈吉。」她反駁。

賽門迅速瞥了一眼地上的人，再次惡狠似地看向柏捷頓小姐。

「我不是很在意奈吉。」他喃喃地說：「妳呢？」

賽門看著她氣餒地低頭望向奈吉。她心裡應該很清楚，如果賽門打算對她有進一步的舉動，她那被拋棄的追求者是不可能救得了她的。當然，他也不會這樣做，畢竟這是安東尼的妹妹。他或許得隨時提醒自己這一點，但他可能沒辦法把這個事實時時放在心上。

賽門認為該是結束這個小遊戲的時候了。她應該不會告訴安東尼這段小插曲；他感覺她寧願把它藏在心裡，頂多在私下裡抱怨兩句。而且，他是否可以大膽猜測，回想起今晚的時候，還能讓她感到一絲絲心跳加快？

但即使他知道該停止調情，回到把達芙妮那位白癡追求者送出大宅的正事上來，他還是忍不住要多嘴一句。也許是她惱怒時緊閉的雙唇，也許是她震驚時呆萌的模樣，他只知道，在這個女孩面前，他壓抑不住自己邪惡的天性。

於是他傾身向前，雙眼幾乎瞇成一條縫，語帶誘惑地說：「我想，我知道妳母親會怎麼說。」

她對他的親密攻勢似乎無所適從，但仍然挑釁地反問：「是嗎？」

賽門緩緩地點頭，用一根手指挑起她的下巴，「她會告訴妳要非常非常害怕。」

那一刻，四周變得鴉雀無聲，達芙妮的眼睛開始睜大，雙唇閉得死緊，好像正壓抑著什麼，她的肩膀微微聳起，然後……

然後她哈哈大笑。就在他的眼前。

「哦，我的天啊！」她上氣不接下氣地說：「這也太好笑了吧。」

賽門不知道哪裡好笑。

「我很抱歉。」她邊笑邊說：「呃，我很抱歉，但真的，你不應該演得這麼誇張，你不像這個路線的。」

賽門不說話了，被這個女孩如此不尊重，他氣得七竅生煙。被公認為危險壞男人是有好處的，嚇唬年輕少女應該是其中之一。

「不對，這種路線其實也還滿適合你，我必須承認。」她補充說道。仍然因為他而笑個不停，「你看起來是很危險啦，當然，也非常英俊。」

但當他持續沉默時，她開始顯得困惑，問道：「這就是你的用意，對吧？」

他仍然一語不發，於是她說：「當然是如此。但我必須告訴你，除了我之外，你這招用在其他任何女人身上都會成功。」

他忍不住開口道：「為什麼？」

「四個兄弟。」她聳聳肩，好像這就說明了一切，「我對你的小小花招完全免疫。」

「哦？」

她安慰地拍了拍他的手臂，「但你的招數是最棒的，真的，我很高興你認為我值得您展現出如此華麗的公爵式浪子花招。」

她咧嘴一笑，笑容無比真誠，「還是你更喜歡稱之為浪子風格的公爵殺招？」

賽門若有所思地輕撫下巴，試著找回之前那凶狠的掠奪者氣勢。

「妳知道嗎？柏捷頓小姐，妳是相當令人討厭的小女人。」

她給了他一個做作的笑容，「很多人認為我和藹又可親呢。」

「大多數人都是白癡。」賽門直截了當地說。

達芙妮微微偏頭，顯然在思考他的話，接著她看了眼奈吉，嘆口氣，「恐怕我不得不同意你的看法，雖然我會因此而感到痛苦。」

賽門忍住笑意，「是同意我的觀點讓妳痛苦，還是因為大多數人都是白癡？」

「兩者都有。」她又笑了起來，一個毫無保留的迷人笑容，他的大腦一瞬間當機。

「但多半是因為前者。」

賽門爆出大笑，隨即驚訝地發現這種聲音對他來說多麼陌生。他經常微笑，偶爾輕笑，但他已經很久沒有感受到這種發自內心的快樂了。

「我親愛的柏捷頓小姐，」他抹了下眼睛，「如果連妳都算是和善可親，那麼這個世界一定是個非常危險的地方。」

「哦，絕對是如此。」她回答：「至少我母親也這麼說過。」

「我無法想像我怎會記不得妳的母親，」賽門嘀咕：「她聽起來相當令人難忘。」

達芙妮挑眉，「你不記得她了？」

他搖了搖頭。

「那麼你一定不認識她。」

「她長得像妳嗎？」

「這是個奇怪的問題。」

「並不奇怪。」其實賽門認為達芙妮說得一點也沒錯。這確實是個奇怪的問題，他不知道自己為什麼會問出這一句。但既然他問了，她也質疑了，他便接著說：「有人告訴我，你們柏捷頓一家都長得很像。」

令賽門不解的是，她的眉頭輕蹙了一下，「沒錯，我們看起來確實都是一個模子印出來的，除了我母親。她皮膚很白，有著一雙藍眼睛，而我們的黑髮都遺傳自父親。但有人說過，我有著和她一樣的笑容。」

對話出現了一段尷尬的停頓，達芙妮不安地移動重心，不確定該對公爵說些什麼。

此時，這輩子第一次掌握正確時機的奈吉坐起身來。

「達芙妮？」他眨了眨眼睛說，視力似乎十分模糊，「達芙妮，是妳嗎？」

「天哪，柏捷頓小姐。」公爵低聲說：「妳下手是有多狠？」

「狠到足以把他打昏而已，但不可能更嚴重了，我發誓！」她皺眉，猜測道：「也許他真的是喝醉了。」

「哦，達芙妮。」奈吉呻吟。

公爵蹲到他身邊，又立即轉開頭咳個不停。

「他喝醉了嗎？」達芙妮問。

公爵向後彈開，「他一定是喝掉了一整瓶威士忌，才鼓起勇氣來求婚的。」

「誰能想得到，我竟然有這麼可怕！」達芙妮喃喃說著，想起那些只把她當作好哥兒們卻毫無浪漫綺念的男人，「真是太好了。」

賽門盯著她看的樣子，彷彿她神志不清。他低聲說：「我一點都不質疑這種說法。」

達芙妮無視他的評語，「我們應該把計畫付諸行動了嗎？」

賽門雙手扠腰，重新評估一次現場。奈吉正試著站起來，但至少在賽門看來，他短期內應該沒有成功的機會。不過，他可能已經清醒到足以製造麻煩，當然也清醒到足以製造噪音，而他正在這樣做。事實上，他做得相當不錯。

「哦，達芙妮。我太喜歡妳了，小芙芙。」奈吉設法讓自己站了起來，正蹣跚地走向達芙妮，看起來頗像一個試圖進行祈禱的受難教徒，「請嫁給我吧，小芙芙。妳必須嫁給我。」

「振作點，老兄。」賽門低咒一聲，抓起他的衣領，「場面越來越尷尬了。」

他轉向達芙妮，「我現在得把他帶出去，我們不能把他留在走廊裡。他很可能會像一頭生病的牛一樣開始鬼叫……」

「我以為他早就開始了。」達芙妮說。

賽門的嘴角不受控地翹了起來。達芙妮．柏捷頓是一位適婚年齡的女性，因此對他這種處境的任何男人來說，都是一個臨門的災難，但她肯定是個好相處的人。

他突然想到，如果她是個男人的話，他可能會把她當成朋友。

但是，由於他的眼睛和身體反應都清楚證明她不是一個男人，賽門決定盡快結束這種情況，這樣對他們雙方都有好處。如果他們被人撞見，達芙妮的名聲將萬劫不復，除此之外，賽門也不確定自己是否還能忍得住不碰她。

這種感覺令人不安，尤其對一個如此重視自我控制的人來說。自制力就是一切，沒有它，他就永遠無法站在他父親面前，也無法在大學裡拿到第一名。

沒有它，他就會……

沒有它，他冷冷地想，他說起話來仍然會像個白癡。

「我會把他帶走。」他突然說：「妳回宴會廳去吧。」

達芙妮不解，回頭瞥了一眼通往派對的走廊，「你確定嗎？我以為你要我去圖書館。」

「之前我們打算把他留在這裡，然後我去叫馬車。但如果他已經清醒，我們就不能這樣做。」

她點頭表示同意，接著問：「你確定沒問題嗎？奈吉是個大塊頭。」

「我也很壯。」

她偏頭看他。公爵雖然精瘦，但身材強壯，肩膀寬闊，大腿肌肉結實（達芙妮知道她不應該注意這些地方，但是現在就是流行穿這種緊身馬褲啊，這又不是她的錯）。更重要的是，他身上有種氣勢，某種掠奪者般的氣質及某種經過嚴格控制的力量。

達芙妮認為，他絕對能搬得動奈吉。

「好吧。」她向他點點頭，「還有，謝謝你。你能這麼費心幫助我，真是太善良了。」

「我很少行善。」他喃喃地說。

「真的嗎？」她低聲說，露出一個淺淺的微笑，「真奇怪，但我也不知道該怎麼形容。不過話說回來，我早就知道男人會……」

「看來妳確實是男人方面的專家。」

他生硬地打斷她，隨後暗罵一聲，準備把奈吉從地上拖起來。

奈吉立即伸手想拉達芙妮，近乎啜泣地喊著她的名字。

賽門不得不抓穩他的腿，免得他向她撲過去。

達芙妮迅速退開，「沒錯，對，我有四個兄弟。我想不出還有什麼更好的教育。」

她無法得知公爵是否打算回答，因為奈吉選擇在那一刻重新找回力氣（顯然不是他的平衡感），同時掙脫賽門的控制。他語無倫次地說著醉話，一路撲向達芙妮。

如果達芙妮不是正靠著牆，絕對會被撲倒在地。果然，她被大力撞到牆上，發出了刺耳的聲響，幾乎撞得她無法呼吸。

「哦，我的老天。」公爵低聲咒罵，聽起來超級不悅。他把奈吉從達芙妮身上拉開，轉頭問她：「我能揍他嗎？」

「拜託，請便。」她仍然喘不停。

雖然很想對這位前任追求者仁慈一些，但說真的，她已經受夠了。

公爵咕噥了一句像是「好」的話，然後狠狠地朝奈吉的下巴打了一拳。

奈吉像石塊一樣倒下。

達芙妮靜靜地看著地上的那個人，「我覺得他這次不會醒過來了。」

賽門鬆鬆拳頭，「不會了。」

達芙妮眨眨眼，重新看向他，「謝謝你。」

「這是我的榮幸。」他蹙眉瞪著奈吉。

「我們現在該怎麼做？」

她的眼神隨著他的目光一起看向地上的人——現在奈吉徹底失去了意識。

「回到原來的計畫。」他乾脆地說道：「我們先把他留在這裡，妳去圖書館裡等著。馬車還沒過來之前，我寧願先把他丟在這裡。」

達芙妮理解地點點頭，「你需要我幫忙把他扶起來，還是我應該直接去圖書館？」

公爵思索了一會兒。他一邊分析奈吉在地上的形勢，一邊四處打量，「事實上，如果妳能提供一點協助，我會非常感激。」

「真的嗎？」達芙妮驚訝地問：「我以為你會拒絕。」

公爵似乎很驚訝，帶點不屑地看了她一眼，「所以妳只是隨便問問？」

「不，當然不是。」達芙妮覺得有點受到冒犯，「如果我不打算幫忙，我不會傻到主動開口問。我只是想說，根據我的經驗，男人……」

「妳的經驗也太豐富了。」公爵小聲嘀咕。

「什麼？」

「抱歉。」他修正道：「妳自認為妳的經驗非常豐富。」

達芙妮瞪著他，深色眼眸怒氣騰騰，幾乎變成黑色，反駁道：「你說的不對，而且你有什麼資格說我？」

「不，這樣講也不大對。」公爵沉思著，完全無視她憤怒的質問。「我覺得應該是說，我認為妳以為自己經驗豐富。」

「為什麼你……你……」這並不是什麼有力的反駁，但這是達芙妮唯一能想出來的話。她的語言能力在她生氣時往往會失靈。

而她真的很生氣。

賽門聳聳肩，顯然對她的滔天怒火無動於衷，「我親愛的柏捷頓小姐……」

「如果你再這麼叫我，我發誓我會尖叫。」

「不，妳不會的。」他不懷好意地笑，「那會引來一大群人，如果妳還記得，妳並不想被人看見和我在一起。」

「我正在考慮冒個險。」達芙妮咬牙切齒地擠出每個字。

賽門雙手環胸，懶洋洋地靠在牆邊。

「真的？」他慢條斯理地說：「這我倒是想看看。」

達芙妮挫折到想抓狂，「算了，當我沒說，忘掉這個晚上吧。我要走了。」

她轉過身，但在她還沒來得及邁出第一步時，公爵出聲阻止了她的行動。

「我以為妳要幫我的忙。」

該死，他抓住了她的話柄。

她慢慢地轉過身，「對，沒錯。」她甜美的聲音顯然是裝出來的：「我很樂意。」

「妳知道，」他無辜地說：「如果妳不打算幫忙，妳就不應該……」

「我說了，我會幫忙。」她沒好氣。

賽門暗自偷笑。她真的很容易中招。

「我們這麼做吧，」他說：「我先把他抬起來，然後讓他搭著我的肩膀。妳繞到另一邊去，把他扶好。」

達芙妮照做，心中狂罵他目中無人的態度，但她臉上還是一派平靜。畢竟，儘管他的做法令人討厭，但哈斯丁公爵確實在幫助她擺脫可能產生的醜聞。

如果有人發現她現在的處境，事情確實會更加糟糕。

「我有一個更好的主意。」她突然說：「我們還是把他留在這裡吧。」

公爵猛然轉頭看她，好像很想把她從窗戶扔出去——最好還是一扇緊閉的窗戶。

「我以為妳不想把他丟在地上。」他顯然在努力讓聲音保持平靜。

「那是在他把我撞到牆上之前。」

「妳能不能在我滿頭大汗把他抬起來之前，先通知我一聲妳改變主意了？」

達芙妮臉一紅。她討厭男人總認為女人是善變的生物，但她更討厭的是，她現在就在落實這種形象。

「那好吧。」他簡短地說，隨即丟下奈吉。

突如其來的重量害得達芙妮差點跟著跌到地上，她驚訝地尖叫一聲，匆忙跳開。

「現在我們可以走了嗎？」公爵問道，聽起來快要失去耐心。

她猶豫地點點頭，瞥一眼奈吉，「他看起來很不舒服，你不覺得嗎？」

賽門死死地瞪著她，最終擠出了一句：「妳還擔心他是否舒服？」

她緊張地搖頭，又點點頭，接著又繼續搖頭。

「也許我應該……我是說……在這裡稍微再等一下。」她蹲下身子，搬動奈吉的腿，讓他平躺在地上。

「我認為他不值得坐你的馬車回家。」她一邊解釋，一邊重新整理他的外套，「但把他這樣丟著不管，似乎太過殘忍。好了，我說完了。」她站起身子，抬頭看他。

公爵離開的時候，她剛好看過去，就聽他正念念有辭地提到達芙妮、關於女人的評語，以及一些達芙妮聽不清楚的東西。

但也許聽不清楚最好，她非常懷疑剛才他嘴裡有任何一句是好話。

Chapter 4

LADY WHISTLEDWN´S SOCIETY PAPERS

這陣子，倫敦充斥著野心勃勃的母親們。上週在沃斯夫人的舞會上，筆者看到至少有十一位意志堅定的單身漢被逼到角落裡，最終在那些野心勃勃母親們的追趕下逃離了舞會。

很難斷定誰的處境較為不利，儘管筆者懷疑這場比賽可能會在柏捷頓夫人和費瑟林頓夫人之間打成平手，而費瑟林頓夫人將以些微優勢將柏捷頓夫人淘汰。畢竟現在市場上有三位費瑟林頓小姐，而柏捷頓夫人只需要操心一個。

不過，建議所有具備安全意識的人在柏捷頓家另外三個女兒成年後，離最新的那批未婚男士遠一點。

如果柏捷頓夫人決定全副武裝上陣，率領三個女兒穿過宴會廳時，但願老天保佑她不會傷及無辜。

《威索頓夫人的韻事報》
28 April 1813

4

賽門認為，這個夜晚不可能變得更糟了。

當時的他絕不會相信，但他與達芙妮·柏捷頓的離奇邂逅肯定就是這個夜晚的高潮。沒錯，他驚恐地發現，他竟然在覬覦最好朋友的妹妹（即使時間不長）。

沒錯，奈吉·貝布洛克蠢笨的勾引方式，激起了他不羈的天性。

沒錯，達芙妮的猶豫不決——要像對待罪犯一樣虐待奈吉，還是像對待摯友一樣悉心照顧，實在讓他難以忍受。

但這一切，沒有任何一點能比得上他即將承受的折磨。

溜進宴會廳，向丹柏莉夫人問好，然後神不知鬼不覺地離開，這個聽起來很聰明的計畫幾乎立即化為烏有。

他剛走進宴會廳沒兩步，就不情不願地被在牛津念書時的一位老朋友認了出來。

這位朋友最近結婚了，妻子是一位非常迷人的年輕女士。

不幸的是，她對社交界充滿熱忱。她迅速下了個決定，自己若要在社交界站得住腳，就應該從向大家介紹這位新公爵開始。

而賽門，儘管他自認為是個厭世且憤世嫉俗的人，但也還不至於粗魯到直接給老同學的妻子難堪。於是，兩個小時後，他被介紹給舞會上的每一位未婚女士，以及每一位未婚女士的母親，當然，還有每一位未婚女士的已婚姊姊。

賽門無法確定哪一個組合是最糟糕的。未婚女士們顯然都很無趣，母親們則是令人討厭的野心家，而姊姊們……嗯，姊姊們是如此大膽，賽門一度懷疑他是否誤入了一家妓院。她們之中有六個人說了些極富暗示性的話，兩個人給他塞了紙條，邀請他造訪她們的閨房，還有一個人居然直接摸上他的大腿。

現在回想起來，達芙妮可說是相當優秀。

說到達芙妮，她到底去哪兒了？他一小時前似乎有瞥到她一眼，她被那幾個看起來生人勿近的大塊頭哥哥們圍著（賽門並不覺得他們每個人都不好親近，但他很快就發現，只有腦子不好的男人才會想挑釁他們那一群）。

但從那之後，她彷彿就此消失不見了。事實上，他認為她可能是派對上唯一沒有被介紹給他的未婚女性。

賽門並不擔心在他把達芙妮留在走廊後，她會被貝布洛克騷擾。他在那人的下巴上結實地打了一拳，他絕對會昏迷好幾分鐘。考慮到貝布洛克今晚稍早時喝了大量的酒，昏迷的時間可能會更長。即使達芙妮在面對那笨拙的求婚者時，愚蠢地展現出溫柔的一面，她也不會笨到和他一起留在走廊裡直到他醒來。

賽門回頭瞥了一眼柏捷頓兄弟聚集的角落，看起來他們似乎正在開心地話家常。向他們搭訕的年輕女性和母親們幾乎和賽門遇到的一樣多，但至少人多看起來比較安全。賽門發現，這些年輕女孩在柏捷頓家那裡花的時間，似乎還沒有花在他身上的一半。

賽門不悅地朝他們的方向瞪了一眼。

正懶懶靠在牆上的安東尼注意到了這個眼刀子，咧嘴一笑，朝他的方向舉起手中的紅酒。然後他微微偏頭，向賽門的左側示意。

賽門剛轉過身，就立刻被另一位母親攔住。這位母親帶著三個女兒，她們都穿著古怪又華麗的連身裙，綴滿了褶皺和荷葉邊，當然還有成團的蕾絲。

他想起了達芙妮，她穿著樣式簡單的鼠尾草綠晚禮服。達芙妮，她有一雙坦率的棕色大眼和燦爛的笑容……

「公爵大人！」母親尖聲喊道：「公爵大人！」

賽門眨了眨眼，重新找回焦距。被蕾絲覆蓋的一家人如此有效率地將他團團圍住，害他甚至無法往安東尼的方向看一眼。

「大人。」母親重複道：「很榮幸能認識您。」

賽門勉強頷首致意。他不知道要講什麼，這一家子女人擠得很近，他擔心自己可能會窒息。

「喬琪娜．赫胥黎讓我們過來，」那女人接著說：「她說我應該把女兒們介紹給您。」

賽門不記得喬琪娜．赫胥黎是誰，但他可能會想掐死她。

「通常我不會這麼冒失，但是您親愛的父親是我的朋友。」那女人說。

賽門身子一僵。

「他確實是個了不起的人，」她接著說，聲音像釘子一樣打在賽門的頭骨上：「他對自己爵位的責任總是如此認真看待，他一定是個偉大的父親。」

「這我不是很清楚。」賽門咬牙說道。

「哦！」那位女士不得不清了幾次嗓子，才勉強開口：「我明白了。好吧。我的天啊。」

賽門不發一語，希望冷冰冰的態度能促使她離開。

該死的，安東尼在哪裡？讓這些女人把他看作一匹待交配的種馬已經夠糟了，還要站在這裡聽這個女人告訴他，老公爵是個多麼偉大的父親……賽門不可能忍受得了這些。

「公爵大人！公爵大人！」

賽門強迫自己冰冷的目光回到面前女士的身上，告訴自己要對她更有耐心一點。畢竟，她可能以為他會想聽這些才讚美他的父親。

「我只是想提醒您，」她說：「幾年前就有人將我們引見給您了，那時您還是克利夫登。」

「是吧。」賽門嘀咕。想在女士們搭起的路障中尋找一個空隙，讓他可以突破重圍。

「這是我的女兒們。」那女人向三位年輕女士示意。

有兩位長得還可以，但第三位仍然帶著點嬰兒肥，穿著和她膚色一點也不配的橙色長裙。她似乎並不享受這個夜晚。

「她們很可愛吧？」這位女士接著說：「她們是我的驕傲和喜悅，而且性格都很溫順。」

賽門感到一陣反胃，他在買狗的時候曾經聽過同樣的話。

「大人，請允許我介紹普露丹絲、菲莉佩和潘妮洛普。」

女孩們紛紛行禮，沒有一個人敢和他對視。

「我家裡還有一個女兒。」這位女士繼續滔滔不絕：「費莉西蒂。但她只有十歲，所以我沒帶她參加這種活動。」

賽門不明白她為什麼會覺得有必要與他分享這些資訊，但他小心翼翼地保持著漫不經心的語氣，他早已學會，這是隱藏憤怒最好的方法。

他暗示：「您是……？」

「哦，請原諒！我是費瑟林頓夫人。我丈夫三年前去世了，但他是您父親的，呃，非常好的朋友。」她越說越小聲，因為想起了之前提到他父親時賽門的反應。

賽門草草地頷首表示理解。

「普露丹絲在鋼琴上很有天分。」費瑟林頓夫人說，語氣中帶著刻意的歡快。

賽門注意到大女兒痛苦的表情，很快就下定決心絕不去參加費瑟林頓家的音樂會。

「而我親愛的菲莉佩是一位水彩畫大師。」

菲莉佩滿臉堆笑。

「那潘妮洛普呢？」賽門內心的魔鬼迫使他故意這麼問。

費瑟林頓夫人驚慌地看向她的小女兒，後者看起來有點悽慘。潘妮洛普並不十分迷人，她那微胖的身材並沒有因為母親為她挑選的服裝而得到改善，但她似乎有一雙善良的眼睛。

「潘妮洛普？」費瑟林頓夫人重複，她的聲音有點尖銳：「潘妮洛普是……啊……嗯，她是潘妮洛普！」她的嘴角顫抖了一下，擠出了一個刻意的假笑。

潘妮洛普看起來好像想找個地洞鑽下去。

賽門決定，如果他被迫必須跳舞，他就要邀請潘妮洛普。

「費瑟林頓夫人。」一個專屬於丹柏莉夫人尖利而苛刻的聲音傳來：「妳在糾纏公爵嗎？」

賽門想表態做出肯定的回答，但想起潘妮洛普．費瑟林頓那尷尬的表情，使他改為嘟囔一句：「當然不是。」

丹柏莉夫人眉頭一挑，慢慢轉頭看他，「騙子。」

她回頭看了看費瑟林頓夫人，後者的臉色已經相當難看了。費瑟林頓夫人什麼也沒說，丹柏莉夫人也一語不發。

費瑟林頓夫人最後只好咕噥著說要去找她的表妹，領著三個女兒匆匆離開。

賽門雙手抱胸，但臉上的笑意再也遮掩不住，「您這麼做可不厚道啊。」

「呸！她的腦子不怎麼聰明，她的女兒們也是如此，也許除了那個不討喜的小女孩。」丹柏莉夫人搖了搖頭，「如果她們讓她穿些不同的顏色……」

賽門想憋住一串輕笑，結果失敗了，「您從來就學不會自掃門前雪，是嗎？」

「從來沒有，那樣做有什麼樂趣？」她微笑道。

賽門可以看出她並不想，但她還是忍不住笑了起來。

「至於你，」她接著說：「你是個失禮的客人。還以為你已經學會向女主人問好的禮貌。」

「您總是被愛慕者圍得水泄不通，我甚至不敢靠近。」

「真會說話。」她評論道。

賽門沒有接話，不大確定該如何理解她的意思。他一直懷疑她知道他的祕密，但他從來沒有真正確認過。

「你的朋友柏捷頓過來了。」她說。

賽門的目光跟著她示意的方向看去，安東尼正慢慢走來。他在他們面前才出現半秒鐘，丹柏莉夫人就罵他是沒用的傢伙。

安東尼眨了眨眼睛，「您說什麼？」

「你早就可以過來把你的朋友從費瑟林頓四重奏中救出來。」

「但看到他受苦受難，我還滿開心的。」

「哼。」她沒有再說話（或再哼一聲）就離開了。

「奇怪的老太太。」安東尼說：「如果她是那該死的威索頓，我也不會感到驚訝。」

「你是說那個八卦專欄作家？」

安東尼點點頭，帶著賽門繞過一株盆栽，往弟弟們待著的角落走去。他們一路走著，安東尼忽然咧嘴一笑，「我注意到你和不少非常適合你的年輕女士相談甚歡。」

賽門咬牙暗罵了一些不雅的詞句。

但安東尼只是哈哈大笑，「你不能說我沒警告過你，對吧？」

「承認你可能說對任何一件事都會令人痛心，所以請勿要求我這樣做。」

安東尼又笑了幾聲，「有鑑於此，我應該親自把你介紹給那些年輕女士。」

「如果你敢這麼做，」賽門警告：「你將發現自己會死得很慢，遭受凌遲般的痛苦。」

安東尼嘴角一揚，「長劍還是手槍？」

「哦，手槍。絕對要用手槍。」

「好痛喔。」安東尼穿過宴會廳停下腳步，來到另外兩位柏捷頓男士面前。這兩個人都有招牌的栗色頭髮、高大的身材和完美的骨架。賽門發現他們一個有著綠色眼睛，另一個則像安東尼一樣是棕色的，但除此之外，昏暗的光線使這三個人幾乎難以分辨。

「你還記得我的弟弟們嗎？」安東尼禮貌地問道。

「班尼迪特和柯林。我相信你一定記得班尼迪特，和我們一樣讀伊頓。他剛去學校的時候，足足跟蹤了我們三個月。」

「別胡說！」班尼迪特大笑起來。

「我不知道你是否見過柯林，」安東尼接著說：「他可能年紀太小，不在你的交際圈裡。」

「很高興見到你。」柯林開心地說。

賽門發現，這個年輕人的綠眼睛裡閃爍著調皮的光芒，忍不住笑著回應。

「安東尼說了很多關於你的壞話，」柯林接著說，笑容越來越不懷好意，「我知道我們肯定會成為好朋友。」

安東尼翻了個白眼，「我相信你一定能理解，為什麼我母親篤定柯林會是所有孩子中，第一個把她逼瘋的人。」

柯林說：「實際上，我為這一點感到自豪。」

「謝天謝地，母親前陣子不用感受柯林的溫柔魅力，」安東尼跟賽門解釋：「他才剛從歐洲大陸壯遊回來。」

「今天晚上回來的。」柯林孩子氣地笑著說。

他有種初生之犢的少年氣質，賽門認為他應該沒比達芙妮大多少。

「我也是剛旅行回來。」賽門回道。

「是的，我聽說您的旅行跨越了整個地球。」柯林：「我很希望有一天能聽聽那些故事。」

賽門禮貌地頷首，「當然可以。」

「你見過達芙妮嗎？」班尼迪特問道：「她是在場唯一一個下落不明的柏捷頓家人。」

賽門正在思考如何得體地回答這個問題時，柯林輕輕嗤了一聲，「哦，達芙妮的下落很明顯。滿悲慘的，但至少看到人了。」

賽門順著他的目光看向宴會廳另一側，達芙妮站在她母親身旁，看起來就像柯林所說的那樣，非常悲慘。

然後他想起來，達芙妮也是被母親帶著亮相的可怕未婚少女之一。雖然她看起來理智又直率，不會像其他未婚少女那樣，然而她又必須扮演這樣的角色。

她應該還不到二十歲，姓氏仍舊是柏捷頓，顯然還待字閨中。既然她有個母親，那麼，她當然會被困在永無休止的引見中。

她看起來和賽門一樣對這種事感到痛苦。不知為什麼，這讓他的心情好了很多。

「我們應該派個人去救她。」班尼迪特沉思道。

「不行。」柯林隨即笑了起來，「媽媽才讓她和麥斯菲德在那邊待了十分鐘。」

「麥斯菲德？」賽門問。

「伯爵。」班尼迪特回答：「卡斯福德的兒子。」

安東尼問：「十分鐘？可憐的麥斯菲德。」

賽門好奇地看他。

「我不是說達芙妮會讓人痛苦，」安東尼連忙補充道：「但當母親滿腦子只想到，呃……」

「作媒。」班尼迪特幫他接話。

「……這位紳士，」安東尼接著說，並向弟弟頷首致謝，「她會變得，呃……」

「辣手無情。」柯林說。

安東尼無奈地笑了笑，「是的，完全正確。」

賽門回頭看了看那三個人。果然，達芙妮看起來一臉痛苦，麥斯菲德正在環視房間，估計是在尋找最近的出口，而柏捷頓夫人眼睛裡閃爍著野心勃勃的光芒。

賽門深深為這位年輕的伯爵感到同情。

「我們應該拯救達芙妮。」安東尼說。

「我們確實應該這麼做。」班尼迪特補充。

「還有麥斯菲德。」安東尼說。

「哦，當然。」班尼迪特接口。

但賽門發現，沒有人積極地採取行動。

「都只出一張嘴，是吧？」柯林笑著說。

「我也沒看到你過去那裡救她啊。」安東尼反擊。

「當然不去。但我又沒說過我們應該去。反而是你……」

「這到底是怎麼回事？」賽門忍不住問道。

柏捷頓三兄弟以同款內疚的表情看著他。

「我們應該救小芙。」班尼迪特說。

「我們真的應該。」安東尼補充。

「我的哥哥們不敢跟你說的是，」柯林揶揄地說：「他們很怕我母親。」

「這是真的。」安東尼無奈地聳肩。

班尼迪特點了點頭，「我樂於承認這一點。」

賽門從未見過如此搞笑的情景，這三人可是柏捷頓兄弟哪。他們高大、英俊、健壯，全國各地的女孩都想吸引他們注意，但他們卻被一位平凡的女士嚇得半死。

當然，那可是他們的母親，賽門覺得這應該算情有可原。

「如果我救了小芙，」安東尼解釋：「母親可能會把我掐在她的魔掌中，然後我就完蛋了。」

賽門笑到咳嗽，滿腦子都是安東尼被他母親牽著鼻子走，在一位又一位未婚女士之間來回引見的景象。

「現在你知道為什麼我像躲避瘟疫一樣逃避這些活動了吧。」安東尼冷冷地說：「我簡直是腹背受敵。就算那些未婚女士和她們的母親找不到我，我母親也會確保我能找到她們。」

「對了！」班尼迪特忽然大聲說道：「不如你去救她如何，哈斯丁？」

賽門看了一眼柏捷頓夫人，她的手正牢牢扣住麥斯菲德的前臂。

他決定寧願被視為懦夫，隨機應變回道：「既然我們還沒有被正式介紹過，我認為這樣做非常不妥。」

「我不這麼認為。」安東尼：「你可是一位公爵。」

「那又怎樣？」

「又怎樣？」安東尼學他：「如果這代表能讓達芙妮被人看到和公爵在一起，母親會原諒任何的不當行為。」

「你們聽好，」賽門堅定地說：「我不是什麼犧牲品，可以被送到你母親的祭壇上任人宰殺。」

「你確實在非洲待了很長時間，對吧？」柯林調侃道。

賽門沒有理會他，「此外，你妹妹說……」

柏捷頓家的三個腦袋都朝他的方向轉了過來。

賽門立即意識到他失言了，很嚴重的那種。

「你見過達芙妮？」安東尼問。

對賽門來說，他的口吻客氣到讓人心裡發毛。

賽門還來不及回答，班尼迪特就靠了過來，「你剛剛怎麼沒提？」

「沒錯。」柯林整晚第一次看起來如此嚴肅，「為什麼？」

賽門逐一打量這三個兄弟，這才明白為什麼達芙妮到現在還沒有結婚。除了最堅定的（或是最愚蠢的）追求者，這個好鬥三人組絕對會把所有人都嚇跑。

奈吉．貝布洛克大概就是這麼回事。

「事實上，」賽門說：「我在走廊裡意外遇到她，當時我正要進入宴會廳。」他意有所指地瞥了一眼柏捷頓兄弟，「她一看就是你們家的成員，所以我就自我介紹了。」

安東尼轉向班尼迪特，「一定是在她逃離貝布洛克的時候。」

班尼迪特轉向柯林，「貝布洛克到底是怎麼回事？你知道嗎？」

柯林聳了聳肩，「完全不清楚。他可能離開了吧，找地方安撫他破碎的心。」

或破碎的腦袋，賽門挖苦地想。

「好吧，這就說得通了。」安東尼抹去他那霸道長兄的表情，再次看起來像個玩伴和摯友。

「除了他為什麼隱瞞不提。」班尼迪特狐疑地說。

「因為我沒有機會。」賽門咬牙，惱怒地攤手示意，「如果你沒注意到，安東尼，你的兄弟姊妹不是普通多，要介紹完所有人得花上超多時間。」

「目前只有兩個人在場吧。」柯林指出。

「我要回家了。」賽門宣布道：「你們三個人都有病。」

班尼迪特突然笑了起來，他似乎是兄弟中最有保護欲的人，「你沒有妹妹，對吧？」

「沒有，老天保佑。」

「如果你有女兒，你就會明白了。」

賽門相當肯定他永遠不會有女兒，但他保持沉默。

安東尼說：「這可能會是個大考驗。」

「雖然小芙比大多數人要好。」班尼迪特插嘴：「但實際上，她的追求者並不多。」

賽門無法想像其他的原因。

「我真不明白是什麼原因。」安東尼沉思，「我認為她是一個非常好的女孩。」

賽門決定現在最好還是別提起，他離把她按在牆上，下半身抵著她，同時忘情地吻她只差一小步。如果他沒有及時發現她是柏捷頓家的人，坦白說，他可能就會這麼做。

「小芙是最棒的。」班尼迪特同意。

柯林點了點頭，「討喜的女孩，人真的很好。」

對話一度陷入僵局，賽門只好說：「好吧，不管她人有多好，我都不會過去救她，因為她明確告訴過我，你母親禁止她在我面前出現。」

柯林問：「母親這麼說？那你肯定真的是惡名昭彰。」

「有很大一部分是無妄之災。」賽門嘟囔，不大確定他為什麼要替自己辯護。

「那太慘了。」柯林嘀咕：「我本來想讓你帶我去四處晃晃。」

賽門預見到這個男孩漫長而難熬的未來。

安東尼輕觸賽門的後腰，開始把他往前推，「我相信在適當的鼓勵下，母親會改變她的想法。我們走吧。」

賽門別無選擇，只能向達芙妮走去，不然就得製造一個真正的意外狀況來吸引所有人注意。而賽門很早就知道，自己並不善於處理意外狀況。此外，如果他處於安東尼的立場，他可能也會做同樣的事情。

在遇見費瑟林頓姊妹和其他女性之後，至少達芙妮聽起來沒那麼糟。

「母親！」當他們走近子爵夫人時，安東尼以一種開心的聲音叫道：「我今天整個晚上都沒看到您。」

賽門發現，柏捷頓夫人看到兒子走過來時，一雙藍眼睛亮了起來。無論她是不是野心勃勃的母親，柏捷頓夫人顯然很愛她的孩子。

「安東尼！」她回道：「見到你真好。達芙妮和我正在與麥斯菲德大人聊天。」

安東尼向麥斯菲德大人投以同情的眼神，「嗯，我看到了。」

賽門和達芙妮對視了一眼，他微不可見地搖搖頭，她用一個更輕巧的點頭作為回應。

——聰明的女孩。

「這位是？」柏捷頓夫人問道，雙眼炯炯有神地打量著賽門。

「新任哈斯丁公爵。」安東尼回答道：「您肯定記得他，我在伊頓和牛津的老友。」

「當然記得。」柏捷頓夫人禮貌地說。

始終一聲不吭的麥斯菲德很快找到了這場談話中的第一個空檔，突然插嘴道：「我想我看到我父親了。」

安東尼失笑，心照不宣地看了一眼這位年輕的伯爵，「那就快去找他吧。」

年輕的伯爵毫不猶豫地照做了。

「我還以為他不喜歡他父親。」柏捷頓夫人一臉困惑。

「他是啊。」達芙妮啞聲說。

賽門差點笑出聲。達芙妮秀眉一挑，默默警告他最好不要發表意見。

「好吧，反正他的名聲很差。」柏捷頓夫人說。

「最近似乎有不少人都背負著這種傳言。」賽門喃喃自語。

達芙妮瞪大眼睛，這一次換賽門揚起眉毛，警告她少說兩句。

她當然保持不動聲色，但她的母親迅速地看了他一眼。

賽門有種感覺，她正在判斷他新繼承的公爵身分是否足以彌補他的壞名聲。

「我相信在我離開這個國家之前，還沒機會好好認識您，柏捷頓夫人。」賽門流暢地說道：「但我現在非常高興能有這個機會。」

「我也是。」她向達芙妮示意：「這是我的女兒達芙妮。」

賽門握住達芙妮戴著手套的手，在她的指節上認真禮貌地吻了一下，「我很榮幸能正式認識妳，柏捷頓小姐。」

「正式？」柏捷頓夫人問。

達芙妮張了張嘴，但賽門在她開口之前就打斷了她的話：「我已經把我們今晚稍早前的短暫會面告訴了妳哥哥。」

柏捷頓夫人的頭瞬間轉向達芙妮，「妳和公爵今晚稍早前已經見過面了？妳為什麼沒說？」

達芙妮緊張地乾笑，「我們剛才忙於應付伯爵啊。而在這之前，還有韋斯特伯大人。而在那之前，還有……」

「我明白妳的意思了，達芙妮。」柏捷頓夫人低聲斥責。

賽門想，如果他這時候笑出來，該是多麼不可原諒的無禮行為。

柏捷頓夫人隨即轉向他，滿臉笑意（賽門立刻發現達芙妮那燦爛的笑容是從哪裡來的）。賽門明白柏捷頓夫人已經斷定，他的壞名聲可以忽略不計。

她的眼裡冒出了一種奇特的光芒，頭在達芙妮和賽門之間來回轉動。

然後她又露出微笑。

賽門壓抑住逃離現場的衝動。

安東尼悄悄湊過來，在他耳邊輕聲說：「我非常抱歉。」

賽門從牙縫裡擠出一句：「我可能會殺了你。」

達芙妮冷冰冰的視線表示她聽到了他們兩人的談話，但並不覺得好笑。

但柏捷頓夫人卻渾然不覺，她的腦子裡大概已經充滿盛大婚禮的畫面。

隨後她瞇起眼睛，盯著男人們身後的某個東西。她看起來非常不高興，以至於賽門、安東尼和達芙妮都跟著轉頭去看到底發生了什麼。

費瑟林頓夫人正刻意朝他們的方向走來，普露丹絲和菲莉佩緊隨其後。

賽門沒看到潘妮洛普的人影。

賽門靈光一閃，瀕臨絕境的時候做事必須不擇手段。

「柏捷頓小姐。」他轉頭看著達芙妮，「妳願意賞光跳支舞嗎？」

Chapter 5

LADY WHISTLEDWN´S SOCIETY PAPERS

您昨晚是否參加了丹柏莉夫人的舞會？如果沒有，那就太可惜了。您錯過了見證本季最引人注目且出乎意料的行動。所有參加宴會的人都清楚，尤其是筆者，達芙妮·柏捷頓小姐已經成功迷倒了剛返回英國的哈斯丁公爵。

人們只能想像柏捷頓夫人會有多欣慰。如果達芙妮這一季又再次乏人問津，那會是多麼難為情啊！而柏捷頓夫人可還有三個女兒等著嫁出去。哦，想到都會怕。

《威索頓夫人的韻事報》
30 April 1813

5

達芙妮當然不會拒絕。

首先，她母親正用她那致命的「我是妳媽所以妳不敢反抗我」的目光緊盯著她。

其次，公爵顯然沒有把他們在昏暗走廊裡相遇的全部細節告訴安東尼，如果這時拒絕與他跳舞，肯定會引起不必要的猜測。

更不用說達芙妮真的不喜歡與費瑟林頓家談話，如果她不立即前往舞池，一場尷尬對話肯定避不掉。

最後，她有點想和公爵跳舞，只是一點點。

但這個傲慢的野蠻人根本沒給她接受的機會。達芙妮還來不及說「我很樂意」，甚至是一句「好」，他就直接把她帶到了房間的另一頭。

管弦樂隊還在調音，發出一連串刺耳的噪音，樂師們也還在準備，尚未開始演奏，所以他們在真正開始跳舞之前必須先稍候一會。

「謝天謝地，妳沒有拒絕。」公爵滿心感激地說。

「我有機會拒絕嗎？」

他對她咧嘴一笑。

達芙妮不悅地看著他，「我也沒有機會表示接受，如果你還記得的話。」

他挑了挑眉毛。「這是否表示我必須再問妳一次？」

「不，當然不是。」達芙妮翻了個白眼，「那會顯得我太幼稚了，你不覺得嗎？此外，這會引來不必要的注目，我想我們都不希望這樣。」

他偏頭，若有所思地打量她，彷彿在分析她這個人，想知道她的說法是否合理。

達芙妮被看得有點手足無措。

恰在此時，管弦樂隊停止了嘈雜的暖身，奏出了華爾滋的第一個音符。

賽門低聲抱怨：「年輕女士仍然需要許可才能跳華爾滋嗎？」

他的不自在惹得達芙妮笑起來，「你出國多久了？」

「五年了。她們還需要嗎？」

「是的。」

「妳獲准了嗎？」對於自己的逃亡計畫即將以失敗告終，他看起來幾乎生不如死。

「當然。」

「很好。」

他將她輕攬入懷，旋即將她帶入一對對衣香鬢影、翩翩起舞的人群當中。

他們在宴會廳裡轉了一圈後，達芙妮問道：「你向我哥哥們透露了多少我們見面的內容？我看到你和他們在一起。」

賽門只是笑而不語。

「你在笑什麼？」她狐疑地問。

「我只是對妳的自制力感到佩服。」

「什麼意思？」

他輕輕聳了聳肩，頭向右偏了一下，「我以為妳不是很有耐心的女士，但妳等了整整三分半鐘，才問起我與妳哥哥們談了什麼。」

達芙妮忍不住臉紅。事實是，公爵非常會跳舞，她一直沉醉在華爾滋當中，甚至忘了要聊天。

「但既然妳問了，」他好心地讓她免於接話，「我只告訴他們，我在走廊裡遇到妳，鑑於妳的外貌，我一眼就認出妳是柏捷頓家的人，於是就自我介紹了。」

「你認為他們相信你嗎？」

「嗯。」他輕輕地說道：「我寧願認為他們相信。」

「雖然我們也沒什麼可隱瞞的。」她迅速補充道。

「當然沒有。」

「如果這件事中有任何惡人，那肯定是奈吉。」

「當然了。」

她咬了咬下唇，「你認為他還在走廊裡嗎？」

「我一點都不想知道。」

尷尬的沉默出現，達芙妮接著說：「你已經有段時間沒有參加倫敦的舞會了，對嗎？奈吉和我一定讓你覺得不虛此行。」

「妳確實令人眼前一亮，他卻不是。」

讚美令她偷偷彎起嘴角，「除了我們的小插曲外，你今晚過得愉快嗎？」

賽門的回答是毫不猶豫的否定，說話之前居然還「嗤」了一聲。

「真的嗎？」達芙妮回答，眉毛因好奇而挑起，「這倒挺有意思的。」

「妳覺得看我陷入痛苦很有意思？請記得提醒我，如果我生病了，千萬不要向妳求助。」

「哦，拜託。」她不以為然，「今晚不可能那麼糟糕。」

「哦，就是那麼糟。」

「肯定不會比我的夜晚更糟糕。」

「妳和妳母親以及麥斯菲德在一起，看起來確實相當悲慘。」他接話。

「你能看出這點真是太好了。」她嘀咕。

「但我還是認為我的夜晚更難熬。」

達芙妮笑了，輕快如銀鈴般的聲音，讓賽門全身上下都感到溫暖。

「我們還真是悽慘的一對。」她說：「當然，我們可以試著別再談論彼此的夜晚有多糟糕。」

賽門沒說什麼。

達芙妮也沒開口。

「嗯，我想不出其他的話題。」他說。

達芙妮又笑了，這次笑得更開懷，賽門再一次發現自己被她的笑容迷住了。

「我認輸。」她邊笑邊說：「什麼事把你的夜晚變得這麼可怕？」

「什麼事，還是什麼人？」

「什麼人？」她重複，側頭看著他，「這變得更有趣了。」

「我可以想出大量形容詞來描述今天晚上我有幸見到的每一位『什麼人』，但『有趣』不包含在其中。」

「好啦，」她輕聲責備：「別這麼沒禮貌。畢竟，我可是看到你和我哥哥們聊天。」

他配合地點點頭，在他們以優雅的弧度旋轉時，一手將她的腰摟得更緊些。

「我很抱歉。當然，柏捷頓家的人不包含在內。」

「我相信我們都感到如蒙大赦。」

賽門被她的冷笑話逗樂了，「我活著就是為了讓柏捷頓家的人高興。」

「這種話可不能亂說，會要付出代價的。」她輕斥：「但說實在的，是什麼讓你如此煩躁？如果你的夜晚是從我們遇到奈吉之後才一路崩壞，那確實還滿倒楣的。」

「我應該怎麼說，才不會不小心得罪妳？」他思索著。

「哦，放膽說吧。」她大方地說：「我保證不會放在心上。」

賽門不懷好意地一笑，「一個可能會讓妳付出代價的說法。」

她的雙頰泛出一抹紅暈。在朦朧的燭光下幾乎難以察覺，但賽門的目光從未離開過她。

她沒有回應，所以賽門接著說：「好吧，如果妳一定要知道，我已經被介紹給宴會廳裡的每一位未婚女士了。」

一個奇怪的哼聲從她的口中溢出。賽門隱約懷疑她是在嘲笑他。

「我還被引見給她們的母親。」他接著說。

她當著他的面咯咯笑了起來。

「真沒禮貌。」他輕斥：「譏笑妳的舞伴。」

「我很抱歉。」

她的嘴唇因為忍笑而緊繃著。

「不，妳沒有。」

「好吧。」她承認：「我沒感到抱歉，但那只是因為我不得不忍受同樣的折磨兩年了。對於僅僅一個晚上的苦難，很難喚起太多的憐憫之心。」

「妳為什麼不找個人結婚，把自己從苦難中解救出來？」

她白了他一眼，「你有興趣嗎？」

賽門感到自己臉上的血液一點一滴流失。

「我想也是。」她看了他一眼，不耐煩地呼出一口氣，「好啦，拜託。你現在可以呼吸了，大人，我只是在開玩笑。」

賽門想發表一些調侃、犀利又充滿嘲諷的評論，但事實是，她打得他措手不及。他一個字也說不出來。

「讓我來回答你的問題，」她接著說，語氣比她之前來得要輕：「女士必須仔細考慮她的選擇。當然，奈吉算一個，但我們必須承認他不是合適的人選。」

賽門搖頭。

「今年稍早的時候，有查爾姆斯大人。」

「查爾姆斯？」他皺眉，「他不是……」

「六十好幾了？沒錯。既然我將來想要有孩子，所以他似乎……」

「有些男人到了這個年齡還能生孩子。」賽門指出。

「這不是我打算承擔的風險。此外……」她打了個寒顫，一抹反感掠過她的臉龐，「我並不怎麼想和他生孩子。」

賽門不悅地發現，自己正在想像達芙妮與年邁的查爾姆斯兩人滾床單的情景。那是個噁心的畫面，他莫名感到有點憤怒。他不知道是對誰，也許是對他自己，因為他甚至花精神去想像那該死的情景，但是……

「在查爾姆斯大人之前，」達芙妮接著說，恰好打斷他相當不愉快的思考過程。「還有兩個人，都一樣令人厭惡。」

賽門若有所思地望著她，「妳想結婚嗎？」

「當然啊。」她的臉上寫著訝異，「難道不是每個人都想嗎？」

「我就不是。」

她得意洋洋地笑了，「你以為你不想。所有的男人都認為他們不想。但你會的。」

「不。」他強調：「我永遠不會結婚。」

她凝視著他。公爵的語氣告訴她，他說的是真心話。

「那你的頭銜呢？」

賽門聳聳肩，「頭銜怎麼啦？」

「如果你不結婚，不生一個繼承人，它就會失效，或者落到某個禽獸般的表親頭上。」

這句話讓他興味十足地挑眉，「妳怎麼知道我的表親是禽獸？」

「所有排在頭銜繼承下一順位的表親，都是禽獸。」她惡作劇似地歪了一下頭，「或者，對那些真正擁有頭銜的人來說，他們確實如此。」

「這是妳從對男人的廣泛瞭解中收集到的資訊？」他調侃。

她驕傲地向他一笑，「當然。」

賽門沉默了一瞬，然後開口問：「這值得嗎？」

她對他突然改變話題，一時摸不著頭緒，「什麼值得嗎？」

為了做手勢向人群比劃，他暫時放開她的手，「這個。這些永無休止的派對聚會，外加妳的母親虎視眈眈緊咬著妳不放。」

達芙妮訝然失笑，「我懷疑她會欣賞這個比喻。」

她沉默了一會兒，眼神落在遙遠的某處，「但是，嗯，我想這是值得的。它必須值得。」

她猛然回過神來，再次看向他的臉，大眼睛真誠而溫暖。

「我想要一個丈夫，我想要一個家庭，想要這些並不是愚蠢的事。我是八個孩子中的老四，我的認知中只有大家庭。我不知道沒有大家庭的我要如何生存。」

賽門迎上她的目光，雙眼熱切而專注地凝視著她。警鐘在他腦中響起。他想要她。他如此迫切地想要她，身上的衣物似乎讓他喘不過氣，但他永遠不能碰她。因為那樣將會粉碎她的所有夢想，不管他是不是浪子，如果他這麼做了，賽門甚至不確定能否原諒自己。

他永遠不會結婚、永遠不會生孩子，但那卻是她想要的生活。

他會樂於享受她的陪伴，他認為自己很難否認這一點。但他必須為另一個男人珍惜她，使她保持白璧無瑕。

「大人？」她輕聲問。

他眨了眨眼，她微笑著說：「你在發呆。」

他優雅地點頭，「只是在思考妳的話。」

「得到你的認可了嗎？」

「事實上，我想不起來我最後一次與如此通情達理的人對話是什麼時候了。」他低聲補充說道：「知道自己想要什麼樣的生活是件好事。」

「你知道自己想要什麼嗎？」

啊，該如何回答這個問題呢？有些事情他知道自己不能說，但和這個女孩聊天是如此輕鬆，她身上有某些特質讓他感到安心，身體甚至會因慾望而輕顫。按理說，他們不應該才相識就這麼快進行如此掏心掏肺的對話，但不知為何，這一切感覺自然而然就發生了。

最後，他只是說：「我年輕時做了一些決定，而我努力遵守這些誓言來過日子。」

她看起來非常好奇，但良好的教養阻止她進一步追問。

「我的老天。」她擠出一個微笑，「對話變得太嚴肅了，我本來以為我們要討論的是今晚誰比較倒楣。」

賽門忽然想通了。他們都被困住了，被社交界的慣例和期望所困。

此時，一個念頭突然閃過他腦中。一個奇特、狂野又令人震驚的美妙想法。可能也是一個危險的想法，因為這會讓他有機會與她長時間相處，肯定會使他時時處於慾求不滿的狀態。但賽門對自己的自制力非常有信心，他確信他能控制好那些原始的衝動。

「妳想休息一下嗎？」他突然問。

「休息？」她一頭霧水。他們在舞池裡轉圈時，她還在左右張望，「離開這裡？」

「也不算。妳仍然要忍受這個派對。但我在想的事情，更像是讓妳從妳母親手中爭取一個休息的機會。」

達芙妮震驚了，「你要把我母親趕出社交界？這不會有點過分嗎？」

「我不是說要把妳母親趕出去。相反地，我想讓妳離開。」

達芙妮絆了一下，然後，就在她才剛站穩的時候，又不小心踩到他的腳，「什麼意思？」

「我曾希望能完全無視倫敦的社交界，」賽門解釋說：「但我多次努力後已經證明這幾乎是不可能的。」

「因為你突然對杏仁甜餅和淡檸檬水產生了興趣？」她打趣道。

「不是。」他不理會她的挖苦，「因為我發現，我有一半的大學同學在我出國的時候結婚了，而他們的妻子似乎十分沉迷於舉辦各種聚會……」

「而你已經收到不少邀請了？」

他繃著臉點點頭。

達芙妮向前靠近，彷彿要告訴他一個天大的祕密。

「你是個公爵啊。」她悄聲說：「你可以拒絕。」

她著迷地看著他的下巴動了動。

「這些傢伙，」他說：「她們的丈夫，都是我的朋友。」

達芙妮的嘴角不由自主地翹了起來，「所以你不想傷害他們妻子的感情。」

賽門蹙眉，顯然不習慣聽到這種讚美。

「嗯，是我也會這麼做。」她促狹地說道：「你其實是個好人。」

「我不能算是好人。」他嗤之以鼻。

「也許吧，但你也不是很殘忍。」

音樂接近尾聲，賽門扶著她的手臂，帶她走到宴會廳外圍。舞蹈使他們遠離了室內另一側達芙妮的家人，所以他們有時間在慢慢走回柏家那群人身邊時繼續聊天。

「在妳成功地令我分心之前，」他說：「我想說的是，看來我似乎必須參加相當多的倫敦社交圈活動。」

「這樣的命運並不會比死亡更糟。」

他無視她的挖苦：「我想，妳也必須參加這些活動。」

她鄭重地向他點了點頭。

「也許有種方法可以讓我免於受到費瑟林頓等人的關注，同時，也可以讓妳母親省點力氣，別再亂點鴛鴦譜。」

她認真看著他，「繼續說。」

「我們……」他傾身向前，一雙眼睛像是能懾人心魄，「……可以假裝談戀愛。」

達芙妮瞠目結舌，一句話都說不出來。她只是愣愣地盯著他看，彷彿想弄清楚，他究竟是世界上最無禮的男人，還是僅僅是腦子有問題。

「我不是要騙妳的感情。」賽門不耐煩地說：「老天，妳以為我是什麼樣的人？」

「呃，有人警告過我你的名聲不佳。」她直言不諱：「而且你自己今晚稍早時也想用你的浪子花招來嚇唬我。」

「我沒有做這種事。」

「當然有。」她輕拍他的手臂，「但我原諒你，我相信你只是習慣使然。」

賽門驚恐地看她一眼，「我應該從來沒被女人鄙視過。」

她聳了聳肩，「現在有啦。」

「妳知道嗎？我一直以為妳沒有結婚，是因為妳的哥哥們嚇跑了所有的追求者，但現在我懷疑是妳自己造成的。」

令他驚訝的是，她聽完只是哈哈大笑。

「不，」她說：「我沒結婚是因為每個人都把我當作朋友，從來沒有人對我抱持任何浪漫綺念。」她苦笑了一下，「除了奈吉。」

賽門思考著她的話，意識到他的計畫能為她帶來的好處，甚至比他最初設想的還要多。

「聽我說，」他說：「趕快聽好，因為我們就快走到妳家人身邊了，安東尼看起來好像隨時會朝我們衝過來。」

他們同時迅速向右瞥了一眼。

安東尼仍然被困在與費瑟林頓家的談話中。他看起來一臉不高興。

「我的計畫如下，」賽門的聲音低沉而緊繃：「我們假裝對彼此有興趣，然後就不會有那麼多女士向我投懷送抱，因為大家會認為我已經名草有主。」

「想得美。」達芙妮回道：「要等到你站在神父面前宣誓時，她們才會相信你已經死會。」

這個想法讓他一陣反胃。

「別胡說。」他說：「這可能需要一點時間，但我相信我最終能夠說服社交界，我不是任何人的乘龍快婿。」

「除了我。」達芙妮指出。

「除了妳。」他同意：「但我們都知道那不是真的。」

「當然。」她低語：「老實說，我認為這行不通，但如果你有信心……」

「我有。」

「好吧，那麼，這樣做對我有什麼好處？」

「首先，如果妳母親認為妳已經擄獲了我，她就不會再瘋狂拖著妳認識男人。」

「你挺自大的，」達芙妮嘟囔：「但這是事實。」

賽門不理會她的調侃。

「第二，」他接著說：「男人總是對搶手的女人更感興趣。」

「什麼意思？」

「意思很簡單，請原諒我的自大……」他向她投去一個嘲諷的眼神，表示他並未錯過她先前的挖苦。

「如果全世界都認為我打算讓妳成為我的公爵夫人，那些只把妳當成好哥兒們的男人，將會開始以一種全新的眼光看待妳。」

她噘起雙唇，「意思是說，一旦你甩了我，就會有成群結隊的求婚者任我召喚？」

「嗯，我可以容許妳做那個使我心碎哭泣的人。」他熱心地建議。

他發現她根本懶得表示感謝。

「我還是認為，這種安排我能獲得的好處比你多得多。」她說。

他輕輕捏了捏她的手臂，「所以妳同意這麼做？」

達芙妮看了看費瑟林頓夫人，後者看起來就像一隻猛禽，然後又看了看自己的哥哥，他看起來彷彿被雞骨頭噎到。

她見過幾十次這種表情，除了在她自己的母親和某些蹩腳追求者的臉上。

「好。」她聲音很堅定：「是的，我同意。」

「你覺得他們為什麼要走這麼久？」

薇莉・柏捷頓扯了扯大兒子的袖子，簡直無法把目光從女兒身上移開——她似乎已經徹底吸引了哈斯丁公爵的注意力。那位回到倫敦才一週，就已經成為這個社交季主角的話題人物。

「我不知道。」安東尼回答，感激地看著費瑟林頓一家轉身去找下一個受害者。「感覺好像已經過了幾個小時。」

「你覺得他喜歡她嗎？」薇莉興奮地問：「你覺得我們的達芙妮有機會成為公爵夫人嗎？」

安東尼眼中充滿不耐和難以置信，「媽媽，是您告訴達芙妮，她最好不要被人看到和他在一起，現在您卻在盤算著嫁女兒？」

「我當時說太早了嘛。」薇莉不在意地擺擺手，「他顯然是個很有修養和品味的人。順便問一下，你怎麼會知道我對小芙說了什麼？」

「當然是小芙告訴我的。」安東尼撒謊。

「是喔。好吧，我敢肯定，今晚對波夏・費瑟林頓來說一定很難忘。」

安東尼瞪大了眼睛，「您是想把達芙妮嫁出去，讓她成為一個快樂的妻子和母親，還是只想讓費瑟林頓夫人在聖壇前難看？」

「當然是前者。」薇莉不高興地回答：「我很生氣，你竟然暗示我動機不純。」她的目光從達芙妮和公爵身上移開，轉向波夏・費瑟林頓和她的女兒們，「等她發現達芙妮即將成為本季的完美佳偶時，我當然不介意看看她臉上的表情。」

「媽，您真是無藥可救。」

「胡說。也許有點無恥，但絕不到無藥可救。」

安東尼只是搖搖頭，低聲嘀咕了幾句。

「一個人碎碎念很沒禮貌。」薇莉假意斥責，其實只是為了惹惱他。

薇莉很快就發現了達芙妮和公爵，交代道：「啊，他們來了。安東尼，好好表現啊。達芙妮！

公爵大人！」

當這兩人走到她眼前時，她再次開口：「你們應該很享受這支舞。」

「非常開心。」賽門低聲說：「您的女兒既優雅又迷人。」

安東尼嗤了一聲。

賽門沒有理他，「希望我們很快能有機會再次共舞。」

薇莉整個人變得神采奕奕，「噢，我肯定達芙妮會很高興。」

發現達芙妮並未立即回答時，她直接追問：「妳會高興嗎，達芙妮？」

「當然。」達芙妮端莊地說道。

「我相信令堂絕不會大方地允許我邀請妳跳第二支華爾滋，」賽門看上去完全是位風度翩翩的公爵，「但我真心希望她能允許我們在宴會廳裡散散步。」

「你們才剛在宴會廳裡逛了一圈。」安東尼指出。

賽門再次無視他。

他對薇莉說：「當然，我們絕對不會離開您的視線範圍。」

薇莉開始快速搧動手中的薰衣草絲扇，「我真是太高興了。我是說，達芙妮應該很高興。對不對，達芙妮？」

達芙妮擺出一臉無辜，「哦，對呀。」

「而我應該吞一劑鴉片酊，」安東尼沒好氣地說：「因為我的體溫顯然在急速上升。這到底該死地是怎麼一回事？」

「安東尼！」薇莉斥喝道。她急忙轉向賽門，「請不要理他。」

「哦，我一向如此。」賽門親切地說。

「達芙妮，」安東尼厲聲說道：「我很樂意擔任妳的伴護。」

「拜託，安東尼。」薇莉打斷他：「如果他們只是待在宴會廳裡，根本不需要伴護。」

「哦，但我堅持。」

「你們兩個快走。」薇莉對達芙妮和賽門說，向他們揮揮手，「安東尼晚一點再加入你們。」

安東尼想立即跟上去，但薇莉非常用力的抓住了他的手腕。

「你到底想做什麼？」她嘶聲道。

「保護我妹妹！」

「怕公爵會欺負她？他不可能那麼壞。事實上，他讓我聯想到你。」

安東尼詛咒了一句，「那麼她肯定更需要我的保護。」

薇莉拍了拍他的手臂，「不要這麼過度保護她。如果他想把她騙到露臺上，我保證會讓你衝出去救她。但是，在這個機率不高的事件發生之前，請允許你妹妹享受她的榮耀時刻。」

安東尼瞪著賽門的背影，「明天我就會殺了他。」

「老天。」薇莉搖著頭，「我不知道你會這麼緊張。大家都以為身為你的母親，我應該很清楚你的性格，尤其你是我的長子，我認識你的時間是所有孩子中最長的，但是……」

「那是柯林嗎？」安東尼插嘴，口氣帶著隱忍。

薇莉眨眨眼，隨即瞇起眼睛，「對，就是他。他提早回來了，很棒對不對？我一小時前看到他時，幾乎不敢相信自己的眼睛。事實上，我……」

「我最好去找他。」安東尼迅速地說：「他看起來很孤單。再見了，媽媽。」

薇莉看著安東尼匆忙離開，大概是為了逃避她的說教。

「傻小子。」她低語。

她的孩子們似乎都不瞭解她的伎倆。只要喋喋不休地談論些什麼，她就能馬上擺脫他們中的任何一個。

Chapter 5

她心滿意足的嘆了一口氣，繼續觀察她的女兒。現在她在宴會廳的另一邊，自在地挽著公爵的手肘。他們是最亮眼的一對。

沒錯，薇莉想著，眼裡開始泛出淚光。她的女兒會成為一個優秀的公爵夫人。

接著她迅速地瞥了一眼安東尼，他現在就在她希望他待著的地方——離她遠遠的。她悄悄揚起嘴角，孩子們不可能逃得出她的手掌心。

她的微笑隨即變成了皺眉，因為她發現達芙妮正挽著另一個男人的手臂向她走來。

薇莉立即迅速掃視一圈宴會廳，直到她看到公爵。

——他怎麼會和潘妮洛普．費瑟林頓共舞？

Chapter 6

LADY WHISTLEDWN´S SOCIETY PAPERS

據筆者所知，哈斯丁公爵昨晚至少提了六次，他沒有結婚的計畫。如果他的意圖是勸阻野心勃勃的母親們，那麼他可就犯了嚴重錯誤。她們只會把他的發言視為最大的挑戰。

有趣的是，他的六次不婚發言都是在他結識可愛而睿智的柏捷頓小姐（達芙妮）之前說的。

《威索頓夫人的韻事報》
30 April 1813

6

第二天下午，賽門站在達芙妮家門前的臺階上，一手敲著大門上的銅質門環，另一手抱著一大束貴得嚇死人的鬱金香。他本來沒想到他的小計畫會需要占用到白天的時間，但前一天晚上他們在宴會廳散步時，達芙妮明智地點醒了他，如果第二天他不來拜訪她，就沒有人會真正相信他對她感興趣，更不用說她的母親了。

賽門把她的話奉為真理，他認為達芙妮在這方面的禮數知識肯定比他多，於是他盡責地買了一些花，辛苦地穿過格羅夫納廣場來到柏捷頓大宅。他以前從未追求過良家女子，所以這些儀式對他來說很陌生。

柏捷頓家的管家很快地打開大門，賽門遞上自己的名片。

管家是位有著鷹勾鼻的瘦高男人，他看了眼名片，不到一秒就立即頷首致意，並低聲說道：「這邊請，大人。」

很明顯，賽門諷刺地想，大家都知道他會來。

然而出乎意料的是，當他被帶進柏捷頓家的客廳，等待他的會是這樣的情景。

達芙妮穿著水藍色的絲綢，坐在柏捷頓夫人的綠色錦緞沙發一角，臉上洋溢著開心的笑容。

如果不是她身邊至少圍繞著半打男人，其中一個居然還單膝跪地，嘴裡湧出一串串詩句，這會是一幅賞心悅目的景象。

從詩句的華麗風格來看，賽門非常期待隨時會有一株玫瑰花從這個傻瓜的嘴裡冒出來。

眼前所見的一切對賽門來說，都相當令人心生不滿。

Chapter 6

他把目光投向達芙妮，達芙妮正帶著燦爛的笑容注視著那位朗誦詩歌的小丑，後者正等待著她的認可。

她沒有。

賽門低頭看看自己空著的那隻手，發現它已緊握成一個拳頭。他緩緩掃視著房間，正考慮著要打在哪個男人的臉上。

達芙妮又笑了，依舊不是對著他笑。

那個笨蛋詩人。絕對要教訓那個笨蛋詩人。賽門微微偏頭，打量著那位年輕追求者的臉。他的拳頭適合打在右眼窩還是左眼窩？那可能太暴力了點。或許在下巴上輕輕一擊更合適，至少可以讓這個人乖乖閉上嘴。

「這一首，」詩人隆重宣布：「是我昨晚為妳寫的。」

賽門低聲詛咒了一句。他剛發現之前那首詩是對莎士比亞十四行詩的誇張演繹，再來一首原創作品，他可能無法承受。

「公爵大人！」

賽門抬起頭，達芙妮終於注意到他已經來了。

他嚴肅地頷首，冷酷的神情與其他追求者像小狗一樣的表情截然不同，「柏捷頓小姐。」

「見到您真好。」她臉上掠過一抹愉悅的笑意。

啊，這才像話。賽門拿著花束正要向她走過去，這才發現有三位年輕的追求者擋了他的去路，而且沒有半個人想讓開。

賽門以他最嚴厲的目光盯著第一個人，迫使那個男孩（真的，他看起來只有二十歲，根本還稱不上是男人），以非常低調的方式輕咳了一聲，迅速溜去無人的窗邊座位。

賽門向前走去，準備對下一個討厭的年輕人重複這一招，此時子爵夫人突然走到他的面前。她穿著一件深藍色連身裙，臉上的笑容足以和達芙妮的笑容相媲美。

「公爵大人！」她高興地說：「真開心見到您，您的蒞臨使我們備感榮幸。」

「這是我唯一想來的地方。」賽門喃喃低語。握住她戴著手套的手印下一吻，「您的千金是位出色的年輕女士。」

子爵夫人滿意地嘆息，結束了充滿母性自豪的小小陶醉：「還帶來這麼可愛的花，它們來自荷蘭嗎？一定非常昂貴。」

「媽媽！」達芙妮匆忙打斷。她把手從一個精力旺盛的追求者手中硬抽出來，走到這邊來，「您這要叫公爵怎麼回答？」

「我可以告訴她我為它們花了多少錢。」他不懷好意地揚起嘴角。

「你不會的。」

他靠向前，壓低嗓音，以便只有達芙妮能聽到。

「妳昨晚不是提醒我，我是個公爵嗎？」他喃喃低語：「是妳說我可以隨心所欲為所欲為的。」

「是的，但不是這樣。」達芙妮不在意地擺擺手，「你不會這麼粗鄙無禮。」

「公爵當然不會！」她的母親驚呼，顯然對達芙妮竟然在他面前提起這個詞感到驚恐，「妳在胡說什麼？他怎麼可能粗鄙無禮！」

「那些花，」賽門說：「還有價格。達芙妮認為我不應該告訴您。」

「那就晚一點再告訴我，」子爵夫人壓低聲音說：「等她沒在聽的時候。」

她再次走回達芙妮和追求者們坐過的綠色錦緞沙發前，不到三秒鐘就把沙發清理乾淨。賽門不得不佩服她軍隊般的精確管理。

「搞定了。」子爵夫人建議說：「這不是很剛好嗎？達芙妮，妳和公爵為什麼不乾脆到那邊坐一下？」

「您是說瑞爾蒙大人和科恩先生剛才坐的地方？」達芙妮天真地問道。

「正是如此。」她母親回答道。

賽門認為她的口氣裡竟然聽不出嘲諷之意，實在很令人欽佩。

「另外，科恩先生說，他三點鐘必須到岡特餐廳去見他母親。」

達芙妮瞥了一眼時鐘，「現在才兩點，媽媽。」

「交通。」薇莉哼了一聲，「這陣子的交通狀況簡直可怕，路上的馬太多了。」

「讓他的母親苦等可不像是一個男人該做的事。」賽門接話道，開始進入狀態。

「說得好，大人。」薇莉笑容滿面，「相信您知道，我也向孩子們表達過同樣的看法。」

「如果您不信，」達芙妮笑著說：「我很樂意為她作證。」

薇莉只是微微一笑，「如果有人應該要相信，那就是妳，達芙妮。現在，不好意思，我還有其他事要處理。噢，科恩先生！科恩先生！如果我不及時送您離開，您母親是不會原諒我的。」

她匆匆忙忙地離去，挽著科恩先生的手臂，把無助的他帶到門口，幾乎不給他說再見的時間。

達芙妮轉向賽門露出促狹的表情，「我不確定她這算是超級有禮貌，還是極度野蠻。」

賽門溫和地問道：「也許是極度有禮貌？」

她搖了搖頭，「哦，絕對不是那樣。」

「另一個選項當然就是……」

「超級野蠻？」達芙妮咧嘴一笑，看著她的母親伸手挽著瑞爾蒙大人的手臂，向達芙妮的方向指了一下，示意他頷首告別，隨即帶他離開房間。然後，就像施了魔法一樣，其餘的貴族們紛紛匆忙道別，也跟著消失不見。

「效率驚人，不是嗎？」達芙妮喃喃地說。

「妳母親？她簡直不可思議。」

「她還會回來喔。」

「可惜，我還以為妳已經翻不出我的手掌心了。」

達芙妮大笑，「怎麼會有人認為你是個浪子，你其實幽默感十足。」

「浪子們都認為自己有種扭曲的幽默感。」

「浪子的幽默感，」達芙妮說：「本質上是殘忍的。」

她的說法令他訝然。他牢牢地盯著她，在她的棕色眼睛裡搜尋，但卻不知自己想找到什麼。她的瞳孔外側有一圈細窄的綠色，顏色像苔蘚一樣深邃而豐富。他想起自己從未在陽光下見過她。

「公爵大人？」達芙妮平靜的聲音令他倏然回神。

賽門眨眨眼，「不好意思。」

「你看起來像是遠在千里之外。」她輕輕蹙眉。

「我去過千里之外。」他忍住重新凝視她雙眼的衝動，「和這完全不同。」

達芙妮發出一串輕笑，像音樂聲一樣悅耳，「說得也是，但我甚至連蘭開夏郡都沒去過，我看起來一定是個土包子。」

他不理會她的自嘲。「請原諒我的走神。我們剛才是在討論我缺乏幽默感的問題，對吧？」

「我們沒有，你很清楚。」她的雙手搭在腰際，「是我特別指出，你擁有的幽默感遠遠超過其他的浪子。」

他以一種優越感十足的方式挑起一道眉，「妳不認為妳的哥哥們是浪子？」

「他們以為自己是浪子，」她糾正道：「這有相當大的區別。」

賽門不以為然，「如果安東尼都不算浪子，那麼我真同情遇到真正浪子的女人。」

「浪子要做的不僅是勾引許多的女人。」達芙妮輕快地說道：「如果一個男人除了把舌頭伸進女人的嘴裡親吻之外，什麼事都做不了……」

賽門感到喉嚨縮緊，但還是費盡全力吐出一句話：「妳不應該聊這種事情。」

她聳了聳肩。

「妳甚至不應該懂這些。」他咕噥。

「四個兄弟。」她解釋道：「嗯，應該說三個。葛雷里太小了，不能算數。」

「應該有人提醒他們，在妳身邊時要管住自己的舌頭。」

她又聳聳肩，這次只用了一側的肩膀，「大多數的時間他們甚至沒有發現我在旁邊。」

賽門無法想像這怎麼可能。

「我們似乎已經偏離了原來的話題。」她說道：「我想說的是，浪子的幽默感是建立在殘酷的基礎上的。他需要一個受害者，因為他無法想像開自己的玩笑。而你，公爵大人，你的自嘲之語相當巧妙。」

「我只是不知道該感謝妳還是掐死妳。」

「掐死我？天哪，為什麼？」

她又笑了，那是一種低沉甜蜜的聲音，深深滲入賽門的五臟六腑。

他緩緩地呼出一口氣，吐氣的感覺勉強穩定了他的脈搏。如果她繼續這麼笑著，他可能會難以承擔後果。

但她只是一直看著他，豐潤的雙唇彎成了一種似笑非笑的模樣。

「我要掐死妳，」他低咒：「按照常理來說。」

「什麼常理？」

「男人的一般常理。」他煞有介事地說。

她疑惑地蹙眉，「與女人的一般常理相反？」

賽門左右張望，「妳哥哥在哪裡？妳太放肆了，需要有人來管管妳。」

「噢，我相信你可以盡量見安東尼見個夠。事實上，我很驚訝他竟然還沒有亮相。他昨天晚上很生氣。我被迫聽了整整一小時關於你有多少缺點和罪過的說教。」

「罪過肯定被誇大了。」

「那缺點呢？」

「可能是真的。」賽門尷尬地承認。

這句話再次逗得達芙妮甜甜一笑，「好吧，不管是不是真的，」她說：「他認為你有陰謀。」

「我是有陰謀啊。」

她故意側著頭斜眼瞄他，「他認為你起了邪念。」

「我是滿想做些邪惡的事情。」他咕噥。

「是什麼？」

「沒什麼。」

她蹙眉，「我想，我們應該告訴安東尼我們的計畫。」

「那會有什麼好處？」

達芙妮想起她前一天晚上才忍受過整整一個小時的拷問，於是乾脆地說：「我想就讓你自己弄清楚吧。」

賽門微不可見地挑了挑眉，「我親愛的達芙妮……」

她驚訝地輕啟雙唇。

「妳應該不會強迫我叫妳柏捷頓小姐吧。」他戲劇化地嘆了口氣：「在我們共同經歷了這麼多事情之後。」

「我們什麼都沒經歷過，你這個信口開河的傢伙，但你還是可以叫我達芙妮。」

「太好了。」他以一種不可一世的態度點點頭，「而妳可以叫我『公爵大人』。」

她用力搥了他一下。

「好吧，」他回答，嘴角隱隱抖動，「『賽門』，如果妳堅持這麼叫我。」

「噢，我堅持，」達芙妮說，翻了個白眼，「顯然我必須這麼叫你。」

他靠近她，在那對淺淡的眼眸深處，閃耀著一些奇特且熱烈的情緒。

「妳必須嗎？」他喃喃低語：「我還滿期待聽妳這麼叫我。」

達芙妮突然意識到，他在談的東西遠比僅僅稱呼他的名字更親密。一種奇異的、刺癢的灼熱蔓延過她的雙臂，她不自覺地往後退開一步。

「這些花很好看。」她脫口而出。

他懶洋洋地瞥它們一眼，輕輕轉動著花束，「沒錯，很好看，不是嗎？」

「我很喜歡它們。」

「它們不是給妳的。」

達芙妮乾咳起來。

賽門咧嘴一笑，「它們是送妳母親的。」

她驚訝地張開口，輕輕倒吸一口氣，「哦，你真是太聰明了，她會開心地融化在你的腳下。但是，你從此就無法脫身了，你知道的吧。」

他挑眉看她，「是嗎？」

「是真的。她會比以往更堅決地要把你拖上紅毯。你將會在派對上陷入困境，就像我們還沒想出這個計謀之前。」

「胡說。」他嗤之以鼻，「以前我必須忍受幾十位野心勃勃母親們的關注，但現在我只要對付一位。」

「她的不屈不撓可能會嚇你一跳。」達芙妮喃喃說著，回頭看了眼半開的房門。

「她一定是真的喜歡你，」她補充：「她讓我們獨處的時間遠遠超出應有的禮數。」

賽門思索著，湊上前去輕聲說：「她會不會在門口偷聽？」

達芙妮搖了搖頭，「不會，我們會先聽到她的鞋子在走廊上喀喀作響。」

這句話令他忍俊不禁，達芙妮發現自己也跟著笑了，「不過，我真的應該感謝你，」她說：「在她回來之前。」

「哦，為什麼？」

「你的計畫大成功，至少對我來說是這樣。你注意到今天早上有多少追求者上門拜訪嗎？」

他把鬱金香花束朝下抱著雙臂，「我注意到了。」

「這很棒，真的，從來沒有一個下午有這麼多追求者來拜訪。母親驕傲得不得了，甚至杭博特——他是我們的管家——也滿面春風，我以前從沒見過他這麼開心。哎呀！花在滴水了。」她彎下腰，把花束扶正，手臂擦過他的外衣前襟，隨即被傳來的體溫和力量嚇了一跳，立即退了開來。

天哪，如果她透過襯衫和大衣都能感覺到這些，那要是他……

達芙妮整個人紅透了。

「我想用全副身家來交換妳正在想的事情。」賽門的眉毛因疑惑挑得老高。

值得慶幸的是，薇莉選擇了這個時候回到房裡。

「非常抱歉丟下您這麼久。」她說道：「科恩先生的馬掉了一隻馬蹄鐵，我自然要陪他去馬廄找個馬夫來修理。」

達芙妮酸溜溜地想，在她們共同生活的日子裡（也就是她的這輩子），達芙妮從來沒聽說母親走進馬廄過。

「您真是個了不起的女主人。」賽門說著拿出了花，「請收下，這些是送給您的。」

「給我的？」薇莉驚訝地張大了嘴，發出了一個奇怪的氣音：「您確定嗎？因為我……」她看了眼達芙妮又看了看賽門，最後又看一眼她的女兒，「您確定嗎？」

「非常確定。」

薇莉迅速眨了眨眼。達芙妮發現，媽媽的眼睛裡居然有淚光，她這才想起來，從來沒有人送過她花，至少在她父親去世後這十年間都沒有。薇莉是位無懈可擊的母親，達芙妮都忘了她同時也是一個女人。

「我不知道該說什麼。」薇莉吸了吸鼻子。

「試試『謝謝您』。」達芙妮在她耳邊低語，笑意讓她的聲音變得溫暖。

「哦，小芙，妳太壞了。」薇莉推了一下她的手臂，達芙妮從未見過她這麼像個年輕女孩。

「但是謝謝您，公爵大人。這些花很美，但更重要的是，這個舉動非常貼心。我將永遠珍惜這一刻。」

賽門似乎想再說些什麼，但最後他只是笑了笑頷首致意。

達芙妮看著她的母親，那對矢車菊藍的眼眸裡流露出不容置疑的喜悅。達芙妮略感羞愧地意識到，母親的孩子中，沒有一個像她身邊這個男人一樣，表現得如此體貼。

哈斯丁公爵。達芙妮當時就決定，如果她沒有愛上他，那她就是個傻瓜。

當然，如果他能回報這種感情，那就更好了。

「媽媽，」達芙妮說：「要我幫您拿個花瓶嗎？」

「什麼？」薇莉仍然忙著開心地聞她的花，沒有聽清楚女兒的話。

「哦，對，當然了。去叫杭博特拿我祖母的水晶花瓶來。」

達芙妮感激地對賽門一笑，然後向門口走去，但她才走了兩步，大哥那高大而令人生畏的身影就出現在門口。

「達芙妮。」安東尼咆哮：「我正要找妳。」

達芙妮決定，最好的策略就是無視他的惡劣情緒。

「等一下，安東尼。」她甜甜地說道：「媽媽要我去拿一個花瓶。哈斯丁送了她一束花。」

「哈斯丁來了？」安東尼越過她，看向房內更遠處的兩人，「你在這裡做什麼，哈斯丁？」

「拜訪你妹妹。」

安東尼推開達芙妮，大步走進房間，看上去就像一團長了腳的烏雲，吼道：「我可沒允許你追求我妹妹！」

「我允許。」薇莉說道。她把花舉到安東尼的眼前大力搖晃，想在他的鼻子上留下大量花粉，「這花很美吧？」

安東尼打了個噴嚏，把它們推開，「媽，我正在與公爵談話。」

薇莉看著賽門，「您想和我兒子進行這種談話嗎？」

「不大想。」

「好的。安東尼，不要吵。」

達芙妮用手遮住嘴，但還是擋不住咯咯的笑聲。

「妳！」安東尼指著她的方向，「不要吵。」

「也許我該去拿那個花瓶了。」達芙妮低聲說。

「然後把我一個人留下來，面對妳哥哥的溫柔善意？」賽門平靜地說：「我覺得不大好。」

達芙妮眉毛一挑，「您是在暗示，您一個堂堂大男人對付不了他嗎？」

「我不是這個意思。我只是說，他應該是妳的問題，不是我的，而且……」

「現在該死的是怎樣？」安東尼吼道。

「安東尼！」薇莉驚呼：「我不能容忍我的客廳裡出現這種不恰當的語言。」

達芙妮偷笑。

賽門側著頭，滿臉好奇地看著安東尼。

在把注意力轉向他的母親之前，安東尼朝他們兩人狠狠地瞪了一眼，「這傢伙不值得信任。您知道現在是什麼狀況嗎？」

「我當然知道。」薇莉回答道：「公爵來拜訪你妹妹。」

「我還送了你母親一束鮮花。」賽門幫腔。

安東尼的目光流連在賽門的鼻子上。賽門很明顯的意識到，安東尼正在想像如何把它打扁。

安東尼轉過頭，面向他的母親，「您瞭解他的名聲有多糟嗎？」

「改過自新的浪子是最好的丈夫人選。」薇莉說。

「那都是瞎扯，您心知肚明。」

「他其實不算是個真正的浪子。」達芙妮接話。

安東尼看向妹妹的眼神惡毒到荒謬，賽門幾乎忍俊不禁。但他努力克制住自己，主要是因為他非常肯定，若是這時候出現任何一點大笑的跡象，絕對會害得安東尼的大腦控制不住他的拳頭，而賽門的臉會成為這場失控的主要受害者。

「您不明白……」安東尼的聲音壓得很低，幾乎因憤怒而顫抖，激動道：「您不明白他都做過些什麼好事。」

「不會比你更過分，我敢肯定。」薇莉狡猾地說。

「正是如此！」安東尼怒道：「老天，我很清楚他現在腦子裡在想什麼，而那和詩歌與玫瑰都無關。」

賽門想像著讓達芙妮躺在鋪滿玫瑰花瓣的床上。

「唔，也許有玫瑰。」他喃喃自語。

「我要殺了他。」安東尼宣布。

「不管怎麼說，這些是鬱金香，」薇莉說：「來自荷蘭。安東尼，你真的必須控制你的脾氣，這很失體。」

「他連舔達芙妮的靴子都不配。」

賽門的腦中冒出了更多兒童不宜的畫面，這次是他在舔她的腳趾。他決定不要回嘴。

而且，他已經默默禁止自己再往這個方向胡思亂想。

達芙妮是安東尼的妹妹，他絕對不能引誘她。

「我拒絕再聽任何關於公爵的壞話。」薇莉強調：「這個話題到此為止。」

「但是……」

「我不喜歡你的語氣，安東尼．柏捷頓！」

賽門覺得他聽見達芙妮笑到岔氣，他想知道是什麼讓她樂成這樣。

「如果能讓母親大人高興的話，」安東尼以平靜但痛苦萬分的語氣說道：「我想和公爵大人私下談談。」

「這次我真的要去拿那個花瓶了。」達芙妮大聲說完便迅速從房裡溜了出去。

薇莉雙手扠腰，對安東尼說：「我不會讓你在我家裡虐待客人的。」

「我不會對他拳腳相向。」安東尼回答：「我向您保證。」

由於成長過程中從來沒有母親，賽門發現這種互動很有意思。理論上來說，柏捷頓大宅算是安東尼的房子而不是他母親的，賽門很驚訝安東尼沒有聲明這一點。

「沒關係的，柏捷頓夫人。」他插嘴道：「我相信安東尼和我有很多事情要討論。」

安東尼的眼睛瞇了起來，「相當多。」

「那好，」薇莉說：「反正不管我說什麼，你都要一意孤行，但我可不會離開。」

她坐進沙發裡，「這是我的客廳，我在這裡很舒服。如果你們兩個人想進行在人類這個物種的雄性中被稱為『談話』的無意義交流，你們可以換個地方。」

賽門吃驚地眨眨眼。很明顯，達芙妮的母親真是一點都不簡單。

安東尼朝著門口偏了偏頭，賽門跟著他進入走廊。

「我的書房在這邊。」安東尼說。

「你在這裡有書房？」

「我可是一家之主。」

「是沒錯，」賽門同意，「但你又不住在這裡。」

安東尼頓了頓，用目光打量著賽門，「你不會沒發現吧，我作為柏捷頓家的大家長，必須承擔起龐大的責任。」

賽門靜靜地回望著他的眼睛，「是指達芙妮嗎？」

「正是如此。」

「如果我沒記錯，」賽門說：「本週稍早時你告訴我，你想介紹我們認識。」

「那是在我認為你會對她有興趣之前！」

賽門不發一語跟著安東尼進入書房，直到安東尼關上房門他才說話。

「為什麼你覺得我不會對你妹妹有興趣？」他輕聲問。

「除了你向我發過誓，說你永遠不會結婚之外？」安東尼慢條斯理地回答道。

他說得很有道理。賽門討厭他的一針見血。

「除了這一點。」他沒好氣地說道。

安東尼眨了幾下眼睛，「沒人對達芙妮有興趣，至少沒有一個讓我們願意把她嫁過去。」

賽門雙手抱胸，背靠著牆，「你對她的評價不是很高嘛……」

他還沒說完，安東尼就掐住了他的脖子，「你敢侮辱我妹妹試試看。」

但賽門在旅途中學到不少自衛的招數，他只花了兩秒鐘就轉而占了上風。

「我不是在侮辱你妹妹，」他惡狠狠地說：「我是在侮辱你。」

安東尼發出一陣古怪的咕嚕聲，所以賽門放開了他。

「剛好，」他雙手互相揩了揩，「達芙妮向我解釋過，為什麼她無法吸引到合適的追求者。」

「哦？」安東尼不以為然。

「我個人認為，這與你和你弟弟們大猩猩般的態度有很大關係，但她告訴我，這是因為整個倫敦只把她當作朋友，而沒有人把她當作心中的女神。」

安東尼沉默了一會才說：「我明白了。」

再次停頓之後，他若有所思地補充道：「她可能說得對。」

賽門不置可否，只是等著他的朋友想清楚前因後果。

最後，安東尼說：「但我還是不喜歡你圍著她打轉。」

「老天，你說得好像我是條狗似的。」

安東尼雙手抱胸，冷冷說道：「別忘了，我們離開牛津後可是形影不離。我非常清楚你都幹了些什麼好事。」

「哦，拜託，柏捷頓，我們那時才二十歲！所有男人在那個年紀都蠢得要命。此外，你很清楚、楚……」

賽門感覺舌頭開始變得笨拙，於是假裝咳嗽以掩蓋他的結巴。

該死。這種情況最近已經很少發生，但一旦出現，多半就是在他不高興或生氣時。如果無法控制自己的情緒，他就無法控制自己的語言能力。就這麼簡單。

不幸的是，眼下這種狀況只會讓他心煩意亂，對自己生氣進而又加劇了他的口吃。這是非常糟糕的惡性循環。

安東尼疑惑地看著他，「你還好嗎？」

賽門點點頭，撒謊道：「只是喉嚨裡卡到一點東西。」

「要我按鈴叫人送茶嗎？」

賽門又點了點頭。他並不特別想喝茶，但如果某人的喉嚨裡真的卡到東西，應該會想喝茶。

安東尼拉了下叫人鈴，然後回頭問賽門：「你剛才說什麼？」

賽門嚥下口水，希望這個動作能幫助他重新控制自己的怒氣。「我只是想指出，你比任何人都清楚，我有一半的壞名聲都是欲加之罪。」

「是的，但另一半名符其實的部分我都在場。雖然我不介意你偶爾與達芙妮互動，但我不希望你去追求她。」

賽門難以置信地盯著他的朋友，或至少他以為是朋友的那個人。

「你真的認為我會引誘你妹妹？」

「我不知道該怎麼想。我知道你永遠都不打算結婚，而我知道達芙妮並非這麼想。」安東尼聳了聳肩，「坦白說，這足以讓我把你們兩個封印在舞池的兩端。」

賽門緩緩吐出一口氣。雖然安東尼的態度讓人火大，但他認為是可以理解的，事實上甚至值得稱讚，畢竟他的所作所為都是為了妹妹的最大利益著想。賽門無法想像如何對除了自己之外的任何人負責，但他認為，如果他有妹妹，他也會對她的追求者挑三揀四。

就在這時，門外響起了敲門聲。

「進來！」安東尼應了一聲。

走進房間的不是端著茶的女僕，而是達芙妮。

「媽媽告訴我，你們兩個人都在盛怒之中，最好是讓你們獨處，但我想我應該要來確定一下你們沒有殺死對方。」

「沒有，」安東尼冷笑道：「只是小小較量了一回。」

達芙妮連眼睛都沒眨一下，「誰制服了誰？」

「我制服了他，」她哥哥回答：「然後他還擊了。」

「原來如此。」她緩緩說著：「很遺憾我錯過了這場娛樂表演。」

賽門聽到這句忍不住笑了起來，「小芙。」

安東尼猛然轉身，「你叫她小芙？」

他又看向達芙妮，「妳允許他叫妳的名字？」

「沒錯。」

「但是……」

「我想，」賽門打斷了他的話：「我們必須招供了。」

達芙妮嚴肅地點頭，「你說得對。如果你還記得，我早就叫你這麼做了。」

「感謝妳禮貌的提醒。」賽門嘀咕。

她甜甜一笑，「沒辦法，我忍不住。如果你有四個兄弟，你也不會放過任何可以說『我早就跟你說過』的機會。」

賽門來回看著這對兄妹，「我不知道你們之中哪一個更值得同情。」

「這到底是怎麼回事？」安東尼大聲問，然後又補了一句：「至於你剛剛那句話，同情我吧。比起作為妹妹的她，我是個更和藹可親的哥哥。」

「亂講！」

賽門無視這場爭吵，把注意力集中在安東尼身上。

「你想知道這一切是怎麼回事？是這樣的……」

Chapter 7

LADY WHISTLEDWN´S SOCIETY PAPERS

人們就像羊群。

一個人走到哪裡，其他的人很快就會跟到哪裡。

《威索頓夫人的韻事報》

30 April 1813

7

達芙妮認為，整體來說，安東尼對此事的接受程度還不錯。等賽門解釋完他們的小計畫（她必須承認，她一直在插嘴），安東尼的嗓門只拉高過七次。

這比達芙妮預期的少了七次。

在達芙妮懇求他在他們講完故事前先閉嘴後，安東尼最終禮貌地點頭同意了，他雙手抱在胸前，靜靜地聽完了來龍去脈。他緊鎖的眉頭足以讓牆壁因怒氣而碎裂，但他忠於自己的承諾一直保持安靜。

直到賽門說完結尾：「就是這樣。」

接下來是一片死寂。整整十秒鐘，除了沉默，還是沉默，達芙妮發誓，她都能聽到自己的眼睛在眼眶裡從安東尼轉向賽門。

終於，安東尼開口了：「你們瘋了嗎？」

「我就知道他是這種反應。」達芙妮囁嚅著。

「你們兩個都徹徹底底、無藥可救、腦子進水地發瘋了嗎？」安東尼的聲音大得像吼叫：「我不知道你們哪一個更蠢。」

「你能不能安靜點！」達芙妮用氣音說道：「媽媽會聽到。」

「如果媽媽知道妳想幹什麼，她絕對會心臟衰竭而亡。」安東尼反駁，但他確實換了柔和一些的語氣。

「但媽媽不會知道的，對嗎？」達芙妮反問。

「不，她不會。」安東尼的下巴動了一下，「因為妳的小計謀就終結在此時此刻。」

達芙妮雙手扠腰，「你阻止不了我的。」

安東尼朝著賽門示意，「我可以殺了他。」

「別傻了。」

「好久沒決鬥了。」

「白癡才會那麼做！」

「妳這麼說他，我沒有意見。」

「請允許我打斷一下。」賽門輕聲說。

「他是你最好的朋友！」達芙妮抗議。

「不是。」安東尼的這句話充滿了瀕臨失控的怒火：「不再是了！」

達芙妮嗤了一聲，轉向賽門，「你不打算說點什麼嗎？」

他似笑非笑地揚起嘴角，「我哪有機會？」

安東尼看著賽門，「我希望你滾出這棟房子。」

「在我還沒為自己辯白之前？」

「這也是我家。」達芙妮激動地說：「我要他留下來。」

安東尼瞪著妹妹，氣得七竅生煙，「很好，我給你們兩分鐘時間辯解。不能再多了。」

達芙妮猶豫地瞥了賽門一眼，想知道他是否要自己用掉這兩分鐘。但他只是聳聳肩，「請便，他是妳哥哥。」

她吸了一口氣，下意識地雙手扠腰，開口說：「首先，我必須指出，我從這個結盟中得到的好處遠遠超過公爵大人。他說他希望利用我讓其他女士……」

「還有她們的母親。」賽門插嘴。

「以及她們的母親離他遠一點。但老實說……」達芙妮瞄一眼賽門，「我認為他錯了。女士們不會因為他可能與另一位年輕女士談戀愛而停止追求他，尤其當那位年輕女士是我的時候。」

「是妳有哪裡不對嗎？」安東尼問道。

達芙妮開始解釋，但隨後發現兩個男人交換了一道古怪的眼神，「那眼神是什麼意思？」

「沒事。」安東尼低語，看起來有點尷尬。

「我向妳哥哥說明了妳的理論，關於為什麼妳的追求者這麼少。」賽門輕聲說。

「我明白了。」達芙妮抿了抿唇，無法決定自己是否應該被此事激怒，「嗯哼。好吧，他早該自己想通的。」

賽門發出奇怪的哼聲，可能是在笑。

達芙妮狠狠地瞪著兩個男人，「希望我的兩分鐘不包括這些干擾。」

賽門聳了聳肩，「計時的是他。」

安東尼死命掐著桌沿，達芙妮想，可能是為了阻止他自己撲向賽門的喉嚨。

「而他，」他氣沖沖地說：「如果他不閉嘴，就會發現自己被頭朝下從該死的窗戶丟出去。」

「你知道嗎？我一直懷疑男人全都是白癡，」達芙妮從牙縫裡迸出一句：「但直到今天我才確認這個事實。」

賽門笑了。

「考慮到干擾的因素，」安東尼沒好氣地說，甚至在他對達芙妮說話時，還朝著賽門狠狠瞪了一眼，「妳還有一分半鐘。」

「好吧。」她不耐地說：「那我就把這次談話簡化為單一的事實。今天我有六個追求者。六個！你還記得上次有六個人來拜訪我是什麼時候嗎？」

安東尼茫然地看著她。

「我想不起來。」達芙妮接著說，口氣緩和了一點：「因為它從來沒有發生過。六位男士走上我們家的臺階，敲開我們家的門把名片交給杭博特。六位男士送了我鮮花，與我熱情交談，有一位甚至朗誦了詩歌。」

賽門打了個寒顫。

「你知道原因在哪裡嗎？」她聲音危險地拉高了八度：「你知道嗎？」

運用他遲來的智慧，安東尼選擇保持沉默。

「這都是因為他……」她指向賽門，「昨晚在丹柏莉夫人的舞會上，他好心地假裝被我迷得神魂顛倒。」

本來一直隨意靠在桌旁的賽門，突然直起身來站好。

「這個嘛，」他迅速地說：「我不會那樣解釋。」

她轉向他，雙眼炯炯有神，「那你會怎麼說？」

他才剛說了一個字：「我……」

她馬上又接著說：「我可以向你保證，那些人以前從沒想過要來追求我。」

「如果他們的眼光如此短淺，」賽門輕聲說：「妳又何必在意他們的看法？」

她沉默了，氣勢稍稍減弱了一些。

賽門嚴重懷疑自己可能說了一些非常、非常不得體的話，但他不大確定，直到看到她雙眼開始眨個不停。

——哦，該死。

她擦了擦眼睛，一邊抹一邊咳嗽，試圖用假裝捂嘴來掩蓋這個動作，但賽門仍然覺得自己是個爛人。

「看看你幹的好事。」安東尼怒斥。他安慰地將手放在妹妹的手臂上，同時瞪著賽門，「別理他，達芙妮。他是個混蛋。」

「也許吧，」她吸了吸鼻子，「但他是個聰明的混蛋。」

安東尼瞠目結舌。

她不耐地看了他一眼，「如果你不想讓我重複一遍，你就不應該提。」

安東尼疲憊地嘆口氣。「今天下午真的有六個男人上門？」

她點了點頭，「七位，包括哈斯丁。」

「那麼，」他小心翼翼地問：「他們當中是否有妳可能想嫁的人？」

賽門意識到他的手指快要在大腿上摳出洞來，於是強迫自己將手放到桌子上。

達芙妮又點點頭，「他們以前都是我的好朋友。只是在哈斯丁表態之前，他們從未把我看作是新娘候選人。如果有機會，我可能會考慮嫁給他們之中的某一位。」

「但是……」賽門迅速閉上嘴。

「但是什麼？」達芙妮好奇的目光轉向他。

他發現自己想說的是，如果那些男人只是因為有位公爵對達芙妮感興趣才注意到她的魅力，那麼他們就是白癡，她甚至不應該考慮與他們結婚。但有鑑於最初是他指出他的另眼相看會使她獲得更多的追求者……嗯，坦白說，現在提起這一點似乎有點打自己的臉。

「沒什麼。」他最後舉起一隻手示意她別理會，「那不重要。」

達芙妮看了他一會兒，似乎在等他改變主意，然後回頭看她哥哥，「那麼，你承認我們的計畫相當明智嗎？」

「『明智』可能有點誇張，但……」安東尼的表情非常掙扎，「我看得出來，妳為何會認為它對妳有好處。」

「安東尼，我必須要找一個丈夫。除了媽媽纏著我不放之外，我自己也想要一個丈夫。我想結婚，想要擁有自己的家庭。你不懂我有多渴望。但到目前為止，看得上眼的人都沒來追求我。」

賽門不知道安東尼怎能抵擋住她黑眸中的殷殷懇求。

果然，安東尼洩氣地靠向桌子，發出一聲疲憊的呻吟：「好吧。」

他閉上眼睛，彷彿無法置信自己要說的話：「如果有必要，那就當我同意了吧。」

達芙妮跳了起來，張開手摟住他，「哦，安東尼，我就知道你是最棒的哥哥。」

她在他的臉頰上親了一下，「你只是偶爾會判斷錯誤。」

安東尼翻了個白眼，然後盯著賽門看。

「你現在知道我每天要面對的都是什麼了吧。」他搖頭說道。那種特別的語氣，只有陷入困境的男人對同性說話時才會使用。

賽門失笑，好奇自己什麼時候又從邪惡的引誘者變回了好朋友。

「但是，」安東尼大聲說，嚇得達芙妮退開一步。「我有一些附帶條件。」

達芙妮不置可否，只是眨了眨眼睛，等著哥哥繼續說。

「首先，這件事不能傳出這個房間之外。」

「同意。」她迅速說道。

安東尼直直看向賽門。

「當然。」他回答道。

「如果媽媽知道了真相，她會大受打擊的。」

「事實上，」賽門喃喃地說：「我認為你母親會對我們的聰明才智表示讚賞，但是你顯然認識她更久，我會聽從你的判斷。」

安東尼冷冷地掃了他一眼。

「第二，在任何情況下，你們兩個人都不能單獨在一起。永遠不可以。」

「嗯，這應該很容易。」達芙妮說道：「就算我們真的在談戀愛，也不會被允許單獨相處。」

賽門回憶起他們在丹柏莉夫人家大廳裡的短暫插曲，發現無法和達芙妮有更多私下相處時間是很遺憾的，但他非常懂得好漢不吃眼前虧的道理，尤其眼前還是這位安東尼．柏捷頓時。所以他只是點點頭，囫圇表示同意。

「第三……」

「還有第三？」達芙妮問。

「如果我想得到的話，會有三十條。」安東尼不悅。

「好吧。」她同意，但看起來憤憤不平：「如果你堅持的話。」

有那麼一瞬間，賽門認為安東尼可能會掐死她。

「你在笑什麼？」安東尼問。

直到這時賽門才意識到自己笑出了聲。

「沒什麼。」他迅速地說。

「很好。」安東尼哼了一聲，「因為第三個條件是這樣的。如果有一天，哪怕只有一次，我抓到你做出任何傷害她的行為……如果我抓到你在沒有監護人的情況下親吻她的手，我會把你的頭擰下來。」

達芙妮眨眨眼，「你不覺得這有點過分嗎？」

安東尼朝她的方向狠狠地瞪了一眼，「不覺得。」

「哦。」

「哈斯丁？」

賽門別無選擇，只能點頭。

「很好。」安東尼粗聲道：「現在我們談完了，你……」

Chapter 7

他猛然轉頭看向賽門，「可以滾蛋了。」
「安東尼！」達芙妮驚呼。
「我想這表示我今天的晚餐邀約被取消了？」賽門問道。
「是的。」
「不！」達芙妮戳著哥哥的手臂，「哈斯丁受邀來參加我們家的晚餐嗎？你為什麼不早說？」
「那是幾天前的事了。」安東尼抱怨：「好幾年前吧。」
「是星期一的事而已。」賽門說。
「這樣的話，你必須一起來。」達芙妮堅定地說：「媽媽會很高興的，而你……」她又戳了戳哥哥的手臂，「不准去想要怎麼下藥毒死他。」
安東尼還來不及回答，賽門就順著她的話笑了起來。「別替我擔心，達芙妮。妳忘了，我和他做了快十年的同學。他從來沒弄懂過那些化學原理。」
「我要殺了他。」安東尼自言自語：「在這星期結束之前，我一定要殺了他。」
「不，你不會的。」達芙妮愉快地說：「到了明天你就會忘記這一切，然後兩個人一起在懷特俱樂部抽雪茄。」
「不可能。」安東尼陰沉地說道。
「當然可能。你說是吧，賽門？」
賽門觀察著摯友的表情，發現有些什麼不一樣。他的眼神裡有某種嚴肅的東西。
賽門六年前離開英格蘭時，他和安東尼都還是男孩，但他們自以為已經是男人了。他們賭博、玩女人，在社交圈裡昂首闊步，沉迷於良好的自我感覺，但現在他們不同了。
現在他們是真正的男人。
賽門在旅行中感受到了自己內心的變化。這是一個漫長的轉變，隨著時間淬鍊沉澱，同時不斷面對新的挑戰。

但現在他發現，自己回到英國後，仍然把安東尼當成從前那個二十二歲的男孩。他因此傷了好友的心，沒注意到對方也已經長大了。安東尼肩上扛著賽門一點都不羨慕的責任——他要指導弟弟，還要保護妹妹。賽門有一個公爵領地，但安東尼有一個「家庭」。這兩者有非常重大的區別，賽門無法責怪他的朋友保護慾過剩的固執行為。

「我認為，」賽門慢條斯理地說，終於回答了達芙妮的問題：「比起六年前我們那段狂野歲月，妳哥哥和我現在已經是完全不同的人了。我認為，這不全然是件壞事。」

幾個小時後，柏捷頓家陷入一片混亂。

達芙妮換上一件深綠色天鵝絨的晚禮服，有人曾說這會使她的眼睛看起來不像棕色。她現在正在大廳裡團團轉，設法安撫她母親飆高的血壓。

「我真不敢相信。」薇莉一隻手在胸前揊個不停，「安東尼竟然忘了告訴我，他邀請了公爵來晚餐。我沒有時間準備，一點都沒有。」

達芙妮瞄了眼她手中的菜單，從甲魚湯開始，再來是三道菜，最後是白汁羊肉（當然，接下來會有四種甜點任選）。她努力使自己的語氣聽起來不帶挖苦，開口說道：「我覺得公爵沒有可以挑剔的地方。」

「但願他不會。」薇莉回答道：「如果我知道他要來，我一定會確保加上一道牛肉料理。沒有牛肉料理，就無法招待客人。」

「他知道這是一次非正式晚餐。」

Chapter 7

薇莉狠狠看了她一眼，「有公爵來訪時，沒有所謂的非正式餐宴。」

達芙妮若有所思地看著她的母親。薇莉絞扭著雙手，緊咬牙根。

「媽媽，」達芙妮說：「我覺得公爵不是那種期望我們為他更動家庭晚餐計畫的人。」

「他可能不期望，但我期望。達芙妮，社會上有一些規則，人們心裡會有某種預設。坦白說，我不明白妳怎麼能如此冷靜又無動於衷。」

「我沒有無動於衷！」

「妳看起來一點也不緊張。」薇莉狐疑地盯著她，「妳怎麼可能不緊張？達芙妮，這個男人正在考慮要和妳結婚。」

達芙妮在發出呻吟之前生生忍住了。

「他從未說過這些，媽媽。」

「他沒必要說。否則他昨晚為什麼要和妳跳舞？唯一有此殊榮的另一位女士是潘妮洛普．費瑟林頓，而我們都知道那一定是出於憐憫。」

「我喜歡潘妮洛普。」達芙妮說。

「我也喜歡潘妮洛普。我多希望有一天她母親能意識到，像她這種膚色的女孩不能穿橘色的綢緞，但這不是重點。」

「重點是什麼？」

「我不知道！」薇莉幾乎要哀號。

達芙妮搖頭，「我要去找艾洛伊絲。」

「對，快去。」薇莉心不在焉：「確保葛雷里把自己梳洗乾淨了，他從來不洗耳朵後面。還有海辛絲……天哪，我們該拿她怎麼辦？哈斯丁一定沒想到會有個十歲小孩和他同桌用餐。」

「他會的。」達芙妮耐心地回答：「安東尼告訴過他，我們全家會一起用餐。」

「大多數家庭都不允許年幼的孩子與大人一起用餐。」薇莉指出。

「那這就是他們的問題了。」達芙妮再也壓抑不住煩躁，深深嘆了口氣，「媽媽，我和公爵說過了，他明白這不是一頓正式晚宴。他特別告訴我，他也期待改變一下生活步調。他沒有家人，所以從來沒有體驗過像柏捷頓家庭晚餐這種事。」

「上帝保佑我們。」薇莉的臉色更加慘白。

「現在，媽媽，」達芙妮迅速接話：「我知道您在想什麼，我向您保證，您不必擔心葛雷里又把奶油薯泥放在弗蘭雀絲卡的椅子上。我相信他不會再做出這種幼稚的行為。」

「他上週就這麼做了！」

「所以啊，」達芙妮輕快地接著說：「我肯定他已經得到了教訓。」

薇莉半信半疑地看了女兒一眼。

「好吧，那麼，」達芙妮放緩了語氣：「如果他做了什麼讓您不高興的事，我就直接威脅要取他的小命。」

「死亡嚇不倒他，」薇莉想，「不過，也許我可以威脅要賣掉他的馬。」

「他永遠不會相信的。」

「唉，妳是對的，我心腸太軟了。」薇莉皺起了眉頭，「如果我告訴他不准每天出去騎馬，可能會有效果。」

「聽起來不錯。」達芙妮同意。

「好，讓我去嚇唬他一下。」薇莉走了兩步，又轉過身來，「養孩子真是了不起的挑戰。」

達芙妮只是微微一笑。她知道這是她母親喜歡的挑戰。

薇莉輕輕地清了清嗓子，表示要談個嚴肅些的話題：「我衷心希望這次晚餐順利，達芙妮。我認為哈斯丁可能是妳的真命天子。」

「『可能』？達芙妮促狹地說：「我以為公爵都是萬中選一的金龜婿，即使他們有兩顆頭，還會邊說話邊噴口水。」她笑了起來，「從兩張嘴裡一起噴出來！」

薇莉慈祥地笑了，「妳可能覺得這很難相信，達芙妮，但我不想看到妳草草出嫁。我也許會給妳介紹數不清的合格男性，那只是因為我希望妳的追求者能越多越好，妳就可以從中選出丈夫。」薇莉笑起來，帶著一絲緬懷。「看到妳像我和妳父親一樣幸福，是我最大的夢想。」

達芙妮還來不及回答，薇莉就消失在走廊裡。

達芙妮冒出另一種想法。

也許與哈斯丁的這個計畫真的不是一個好主意。當他們終結這場假戀愛時，薇莉會心碎的。賽門曾說過，達芙妮可以當那個提出分手的人，但她開始懷疑反過來會不會更好。對達芙妮來說，被賽門甩掉很令人羞愧，但至少這樣她就不必忍受薇莉困惑地連續追問。

薇莉會認為她瘋了，因為她讓他跑了。

而達芙妮則會想，也許她的母親是對的。

賽門對在柏捷頓家吃晚餐毫無心理準備。那是一場吵得要命的聚會，充滿歡聲笑語，值得慶幸的是，只發生了一次丟豌豆事件。

看起來那顆豌豆似乎是從海辛絲那頭丟出來的，但是這位最年幼的柏捷頓看起來是那麼天真無邪，賽門很難相信她真的把豆子對準哥哥狂丟。

好在薇莉並未注意到這顆飛翔的豌豆，儘管它以一個完美的拋物線從她頭上飛過。

但是坐在他正對面的達芙妮肯定注意到了，因為她的餐巾瞬間飛起來遮住了她的嘴，動作非常敏捷。從她眼角的笑紋看來，她肯定是在那塊亞麻布底下偷笑。

賽門在整個用餐過程中很少說話。老實說，傾聽柏捷頓家人說話要比認真與他們對談容易得多，尤其考慮到安東尼和班尼迪特惡狠狠打量他的次數。

好在賽門被安排在桌子的另一頭，與柏捷頓家孩子中最年長的兩位遙遙相望（他確信薇莉不是故意這麼安排的），所以他可以輕鬆地無視他們，專心享受達芙妮與其他家人的互動。他們兩人三不五時會輪流直接點名問他問題，他會乖乖回答，然後重新投入安靜旁觀的角色。

最後，坐在達芙妮右邊的海辛絲直視著他的眼睛，「你不愛說話，對嗎？」

薇莉被酒嗆了一下。

「因為，」達芙妮對海辛絲說：「公爵大人比較有禮貌。不會一直插嘴打斷對方，好像怕別人聽不到一樣。」

「我不怕別人不聽我說話。」葛雷里說。

「我也不怕。」薇莉冷冷地接話：「葛雷里，吃你的豌豆。」

「但是海辛絲……」

「柏捷頓夫人。」賽門大聲說道：「可以麻煩您再給我一些美味的豌豆嗎？」

「當然可以。」薇莉斜斜瞄了一眼葛雷里，「看清楚公爵是怎麼吃豌豆的。」

葛雷里吃掉了他的豌豆。

賽門在心裡偷笑，他挖了另一勺豌豆放進盤中，慶幸柏捷頓夫人沒有照俄國人的繁瑣方式供應晚餐。如果他必須請一位男僕來為他服務的話，就很難化解葛雷里對海辛絲亂丟豌豆的抱怨。

賽門忙著對付豌豆，因為他真的別無選擇，只能吃到一粒不剩。他偷瞄達芙妮一眼，她正在悄悄地偷笑。她的眼裡閃著感染力十足的笑意，賽門很快就感覺到自己的嘴角也在上揚。

「安東尼，你為什麼皺著眉頭？」另一個柏捷頓女孩問道。

賽門猜想她可能是弗蘭雀斯卡，但他不大確定。這兩個排行居中的女孩長相驚人地相似，就連淺色的眼睛都很像她們的母親。

「我沒有皺眉頭。」安東尼沒好氣地說道。

賽門身為整整一個小時都被怒目以對的靶心，覺得他根本是在睜眼說瞎話。

「你就是有。」弗蘭雀斯卡或艾洛伊絲說。

安東尼用非常高高在上的語氣回答道：「如果妳認為我會說『才怪』，那妳就大錯特錯了。」

達芙妮又捂著餐巾笑了起來。

賽門首次發覺人生比過往的幾十年都來得有趣。

「你們知道嗎？」薇莉突然宣布：「我認為這可能是今年最開心的一個晚上。即使……」她不經意地看了桌子另一頭的海辛絲一眼，「……我最小的孩子在桌上亂丟豌豆。」

賽門抬起頭來，海辛絲正好在大喊：「您怎麼知道？」

薇莉邊翻白眼邊搖頭，「我親愛的孩子們，你們什麼時候才能牢牢記住，我無所不知？」

賽門決定要好好尊重薇莉．柏捷頓。

但即使如此，她還是能用問題和微笑來徹底迷惑他，「告訴我，公爵大人，您明天有空嗎？」

雖然她是金髮碧眼，但當她問他這個問題時，看起來非常像達芙妮，害得他突然當場愣住。這可能就是使他大腦無法運轉的唯一原因。他支支吾吾地說：「呃，我，應該不忙。」

「太好了！」薇莉滿面春風，「那麼請您務必加入我們的格林威治踏青之行。」

「格林威治？」賽門重複。

「是的，我們已經計畫了好幾個星期要全家出遊了。我們打算坐船，然後也許在泰晤士河岸邊野餐。」薇莉信心十足地對他一笑，「您會賞光的，對嗎？」

「媽媽，」達芙妮插嘴：「我想公爵還有其他的安排。」

薇莉冷冷地瞪了達芙妮一眼。賽門很驚訝，她們倆都沒有結成冰塊。

「別胡說，他剛才自己說他有空。」她回頭看了眼賽門，「而且我們還會去參觀皇家天文臺，所以您不必擔心這次踏青會很無聊。當然，天文臺並不對公眾開放，但我過世的丈夫是位慷慨的贊助人，所以我們可以放心進入。」

賽門看著達芙妮。她只是聳聳肩，用眼神表示歉意。

他回頭看向薇莉，「我很樂意。」

薇莉微笑著拍拍他的手臂。

賽門心頭一凜，他的命運似乎已經沒有回頭路了。

Chapter 8

LADY WHISTLEDWN´S SOCIETY PAPERS

筆者聽說，柏捷頓家全體成員（加上一位公爵）於星期六踏上前往格林威治的旅程。

筆者還聽說，上述這位公爵和柏捷頓家的某位成員一起回到倫敦時，像隻落湯雞全身濕透。

《威索頓夫人的韻事報》

3 May 1813

8

「如果妳再向我道歉一次，」賽門仰頭枕著雙手，「我就只好殺了妳。」

達芙妮從甲板的躺椅上惱怒地瞪了他一眼。

她母親雇了一艘小遊艇，將全家大小——當然還有公爵，帶到格林威治。

「請見諒，」她說：「我只是想為我母親毫不含蓄的控制行為道歉。我本以為我們這個小計謀的目的，是為了保護你免受那些愛作媒母親的溫情攻擊。」

賽門擺擺手表示不用在意，調整了一下坐姿，往後靠向椅背，「如果我不好好享受，那才會有問題。」

達芙妮訝異地微微抬起下巴，在她看來這句其實很愚蠢，她仍說：「喔，這樣很好。」

他笑起來，「我非常喜歡乘船旅行，即使只是去格林威治，此外，在海上待了這麼久，我也非常想去皇家天文臺看看格林威治子午線。」

他把頭轉往她的方向，問：「妳對航海和經度瞭解多少？」

她搖了搖頭，「恐怕非常少。我必須承認，我甚至不確定格林威治子午線是什麼。」

「它是所有經度的測量點。過去，水手和航海家從各自的出發點開始測量經度距離，但在上個世紀，皇家天文學者決定將格林威治作為起點。」

達芙妮揚起眉毛，「我們這麼做有點自大，你不覺得嗎？把自己定位成世界的中心？」

「實際上，當你在公海上航行時，有個通用的參考點是相當方便的。」

她仍然一臉不解，「所以大家就一致同意設在格林威治？我不相信法國人沒有堅持選在巴黎，而教宗嘛，我肯定他會選在羅馬。」

「嗯，準確來說，這不是一份協議。」他笑著說道：「至少沒有正式的條約，如果妳是這個意思的話。皇家天文臺每年都會出版一套很棒的航海圖表，叫做《航海曆》。水手若是想在沒有航海曆的情況下試圖在海上航行，那一定是瘋了。由於《航海曆》是以格林威治為零度來測量經度……所以，其他人也全都跟著採用了。」

「看來你對這方面很有研究。」

他聳了聳肩，「如果妳花了大把時間待在船上，難免會學到點東西。」

「嗯，恐怕這不是在柏捷頓育兒園會學到的東西。」她帶點自嘲地歪了歪頭，「我大部分的學習均受限於我的家庭教師所知道的東西。」

「可惜。」他喃喃地說。然後他問：「只有大部分？」

「如果有我感興趣的東西，我通常可以在圖書室裡找到幾本相關主題的書來讀。」

「那我敢打賭，妳的興趣並不在於抽象數學。」

達芙妮笑了，「你是說，像你學的那些？恐怕不是。我母親總是說，我能夠計算出腳的大小來買到正確的鞋子簡直是個奇蹟。」

賽門打了個哆嗦。

「我知道。」她仍然笑盈盈地說：「你們這些擅長數學的人，根本無法理解我們這些凡人怎能看著整頁數字卻沒辦法立刻知道答案，或是如何才能**得到**答案。柯林也是這麼想的。」

他笑了，因為她說得完全正確。

「那麼，妳最喜歡的科目是什麼？」

「嗯？哦，歷史和文學。我還滿幸運的，因為我們家有大量關於這些主題的書籍。」

他又喝了一口檸檬汁，「我對歷史從來沒有太大的熱情。」

「真的嗎？為什麼呢？」

賽門思索了一會兒，不知道自己對歷史興趣缺缺的原因，是不是因為他厭惡公爵的身分，和環繞著它的所有傳統。

他父親對這個頭銜倒是很熱衷……

想歸想，他只回道：「不知道，真的。我想我只是不喜歡它。」

他們陷入了一段舒適的寧靜時刻，河面上溫柔的風吹拂著他們的髮絲。

達芙妮微笑著說：「好吧，我不會再道歉了，因為我非常珍惜這條小命，不想把它無謂地葬送在你手裡。但我很高興，在母親擠眉弄眼暗示你陪我們一起出遊之後，你並沒有抱怨連連。」

他看她的眼神中隱約帶有一絲嘲諷，回道：「如果我不想加入你們，妳母親說什麼都無法逼迫我出席。」

她哼了一聲，「這話竟然是出自假裝要追求我的人口中，而同樣是這個人，卻因為太有禮貌而拒絕不了朋友新婚嬌妻的邀約。」

一個不悅的擰眉立即使他的五官蒙上陰影，「是妳又怎麼了？」

「嗯，我……」她訝然地眨眼。她也不知道自己是什麼意思，「我不知道。」

「好吧，那就別再這麼說了。」他靠回了椅背。

達芙妮無意識地盯著欄杆上的一滴水漬，努力忍住不露出笑意。賽門暴躁的時候超可愛。

「妳在看什麼？」他問。

她的嘴角抽動了一下，「沒什麼。」

「那妳在笑什麼？」

她當然不打算透露這一點。「我沒有在笑。」

「如果妳沒有在笑，」他嘀咕：「那妳要麼是抽筋了、要麼是準備打噴嚏。」

「都不是。」她輕聲地說：「我只是在享受這絕佳的天氣。」

賽門的頭抵著椅背，直接轉過頭來看著她，促狹道：「而且同伴也很不錯。」

達芙妮迅速看向安東尼，後者正靠在甲板另一側的欄杆上對他們倆怒目而視。

「所有的同伴嗎？」她問。

「如果妳指的是妳那位好鬥的哥哥，」賽門回答：「事實上，我覺得看到他心煩意亂的樣子最能讓我開心。」

達芙妮本想板著臉孔，終究還是失敗了。「你這樣就有點太壞心了。」

「我從來沒說過我是好人。還有，妳看……」賽門微微向安東尼的方向偏了偏頭。

安東尼的臉色竟然還能變得更難看，真令人難以置信。

「他知道我們在談論他，這讓他很難受。」

「我以為你們是朋友。」

「我們是啊，朋友就是這麼回事。」

「男人都有病。」

「一般說來是如此。」他同意。

她翻了個白眼，「我以為友誼的主要規則是，你不應該調戲朋友的妹妹。」

「啊，但我不是在調戲，我只是假裝調戲。」

達芙妮若有所思地點點頭，瞄一眼安東尼，低聲道：「但這仍然讓他坐立不安，即使他明白事情的真相。」

「我知道。」賽門咧嘴一笑，「這不是很棒嗎？」

就在這時，薇莉從甲板上悠悠前來。

「孩子們！」她叫了起來：「孩子們！呃，原諒我，大人。」她看到賽門時，連忙解釋道：「我把您和他們混為一談對您真是不公平。」

賽門只是一笑置之，搖手示意她不用道歉。

「船長告訴我，目的地快到了。」薇莉說：「我們要準備收拾東西了。」

賽門站起身，好心地向達芙妮伸出手，達芙妮感激地握住，站起來時重心有些不穩。

「我還沒有出海就暈了。」她笑著說，緊緊抓著他的手臂以穩住自己。

「我們現在還只是在河邊。」他喃喃地說。

「可惡。你不應該挑明我缺少優雅儀態和平衡感。」

她一邊說話，一邊把臉轉向他。那一瞬間，微風揚起她的髮絲，為她的臉頰添上一抹粉色，她看起來如此迷人又可愛，賽門幾乎忘了呼吸。

她豐潤的雙唇笑意盎然，陽光在她的頭髮上閃耀著近似紅色的光芒。

他們在河面上，遠離悶熱的宴會廳，新鮮的空氣在他們身邊流動，她看起來自然又美麗，光是這樣看著她，賽門就想笑得像個傻瓜。

若不是他們即將駛入碼頭，她的家人在他們身邊來來去去，他一定會吻她。他知道自己不該和她調情，也知道自己永遠不會娶她，但他仍然發現自己正在靠近她。他甚至沒意識到自己的行為，直到他突然失去平衡，才猛地站直身體。

不幸的是，安東尼注意到了整個狀況，他粗暴地擠進賽門和達芙妮之間，以算不上優雅的力道抓著她的手臂。

「身為妳的大哥，」他低聲說：「我很榮幸能護送妳上岸。」

賽門只是微微點個頭，並未阻止安東尼。他正因自己差點失控而感到震驚和憤怒，所以什麼話都沒說。

船在碼頭旁邊停下，架起了登船跳板。

賽門看著柏捷頓全家人下了船，隨後跟著他們來到泰晤士河畔的草地。

皇家天文臺矗立在山頂上，是一座由大量紅磚砌成的莊嚴古老建築。它的塔樓最上方是灰色的圓頂。

賽門有種感覺，正如達芙妮所說，他正站在世界的中心，一切似乎都是從這一點開始計量的。在橫越過地球大部分的地區之後，這種想法令人心生敬畏。

「大家都到齊了嗎？」子爵夫人喊道：「大家不要動，這樣我才可以確定一個都沒少，順便還能點名。」

她開始數人頭，最後以一聲勝利的「十！很好，全部都到齊了」作結。

「還好她不再讓我們按年齡排隊了。」

賽門向左邊看去，柯林正對著他咧嘴笑。

「作為維持秩序的方法，在年齡與身高相對應的時候是有效的。不過後來班尼迪特長得比安東尼高了三公分，接著葛雷里也超過了弗蘭雀絲卡……」柯林聳了聳肩，「母親乾脆放棄了。」

賽門環視著這群人，聳了聳一邊的肩膀，「我想弄清楚我站在哪裡比較好。」

「如果讓我冒險一猜的話，在安東尼附近的某個位置吧。」柯林回答道。

「上帝保佑。」賽門嘀咕。

柯林促狹又好奇地看了他一眼。

「安東尼！」薇莉叫道：「安東尼在哪裡？」

安東尼用一個極不友善的咒罵聲示意了他所在的位置。

「哦，你在這裡，安東尼。來，陪我進去。」

安東尼不情願地放開達芙妮的手臂，走到他母親的身邊。

「她臉皮很厚，對吧？」柯林低聲說。

賽門認為他最好不要接話。

「來吧，別讓她失望。」柯林說道：「在她耍盡各種小心機之後，你至少該去挽著達芙妮。」

賽門轉向柯林，挑了挑眉毛，「你的心機不比你母親差呢。」

柯林只是大笑，「沒錯，只不過我不會偷偷摸摸進行。」

達芙妮正好在這時候走了過來，「我發現自己沒有護花使者。」

「真難以想像。」柯林回道：「那麼，兩位請容我告退，我要去找海辛絲了。如果我被迫陪伴艾洛伊絲，我可能不得不游泳回倫敦去。自從她滿十四歲以後，就變得很難相處。」

賽門疑惑地眨眼，「你不是上週才剛從歐洲大陸回來嗎？」

柯林點頭，「是的，但艾洛伊絲的十四歲生日是一年半以前。」

達芙妮拍打了一下他的手臂，「如果你走運的話，我不會告訴她你說她的壞話。」

柯林翻了個白眼，隨即走入一小群人中，喊著海辛絲的名字。

賽門向她伸出手，達芙妮挽住他的臂彎，「我們這家人把你嚇壞了嗎？」

「什麼？」

她不安地對他一笑，「沒有什麼比柏捷頓全家出遊更令人疲憊的了。」

「噢，這個啊。」賽門快速向右一閃，避開正在追逐海辛絲的葛雷里，後者嘴裡正嚷著有關泥巴和復仇的字眼。

「這是，嗯，一種新的體驗。」

「很有禮貌的說法，公爵大人。」達芙妮敬佩地說道：「我很佩服。」

「是的，這……」

海辛絲衝過來時他往後跳開。

她的嗓門如此尖銳，賽門確信從這裡到倫敦的狗兒們都會被嚇得嚎叫。

「畢竟我沒有兄弟姊妹。」

達芙妮夢幻般地嘆了口氣，喃喃道：「沒有兄弟姊妹啊，此時此刻聽起來像是天堂。」

她的眼神看向遠方放空了幾秒鐘，然後她回過神來，搖搖頭甩掉幻想，接續話題道：「話雖如此，不過……」

她在葛雷里恰好從旁邊跑過去時伸出手，緊緊抓住了男孩的手臂，輕斥：「葛雷里．柏捷頓，你應該知道，最好不要在人群中這樣亂跑，你很可能會把別人撞倒。」

「妳怎麼做到的？」賽門問。

「做到什麼，逮住他？」

「對。」

她聳了聳肩，「我有多年的實戰經驗。」

「達芙妮！」葛雷里抱怨。他的手臂還被她抓著不放。

她鬆開手，「現在，放慢腳步。」

他裝模作樣地走了兩步，然後迅速跑開。

「不教訓海辛絲？」賽門問道。

達芙妮指指身後，「看來海辛絲落在我母親手裡了。」

賽門看到薇莉正相當激動地對海辛絲搖手指。

他轉頭看了看達芙妮，「葛雷里出現之前，妳本來想說什麼？」

她眨了眨眼睛，「我忘記了。」

「妳剛才一想到沒有兄弟姊妹，就幾乎要陷入狂喜之中。」

「哦，當然了。」他們跟著柏捷頓家其他成員上山走向天文臺時，她輕輕笑了起來，「事實上，信不信由你，我想說的是，雖然永恆的孤寂這種概念有時很誘人，但我認為沒有家庭的話，我會感覺很孤單。」

賽門不置一詞。

「我無法想像自己只有一個小孩。」她接著說。

「有時候，」賽門冷冷地說：「這不是可以選擇的。」

達芙妮的雙頰立刻變得通紅，「哦，我很抱歉。」她結結巴巴，雙腳像被釘在了原地，「我忘了，你的母親……」

賽門在她身邊停了下來，他聳了聳肩，「我對她一無所知，我並不悼念她。」

然而他那雙藍眼睛莫名地顯得空洞無神，不知怎地，達芙妮心裡明白他並沒有說真話。

另一方面，她知道他盲目地相信自己說的這些話。

她想弄清楚這個人身上究竟發生過什麼事，使他對自己欺騙了這麼多年？

她頭微微偏向一側盯著他的臉，將他所有表情盡收眼底。

微風吹紅了他的雙頰，也吹亂了他的黑髮。他在她的審視下顯得頗不自在，最後他低咒一聲：「我們掉隊了。」

達芙妮往山坡上看去，她的家人走在他們前面一段距離。

「沒錯。」她站直身體說道：「我們應該走了。」

但當她艱難地走上山時，她心裡想的不是家人也不是天文臺，甚至也不是什麼經緯度。相反地，她在想，為什麼她會有一種奇怪的衝動想擁抱這位公爵，並且永遠不放手？

Chapter 8

幾個小時後，他們回到了泰晤士河畔的草地上，享受著柏捷頓家廚師準備的優雅簡單午餐。和前一天晚上一樣，賽門不大說話，只是觀察著達芙妮一家時常吵吵鬧鬧的互動。

但海辛絲顯然有其他想法。

「日安，公爵大人。」她坐到他身旁男僕為野餐鋪設的毯子上，端莊地詢問：「您可喜歡這次的天文臺之旅？」

賽門忍不住帶著笑意回答：「非常喜歡，海辛絲小姐。妳呢？」

「哦，非常好。我特別欣賞您關於經度和緯度的講座。」

「我不確定是否該稱它為講座。」

這個詞彙讓賽門感到有那麼一丁點兒的老氣和古板。

達芙妮在毯子的對面，笑著看他陷入苦惱。

海辛絲自認為風情萬種地笑了笑，然後說：「您知道格林威治也有一段非常浪漫的故事嗎？」

達芙妮笑到輕顫，這個小壞蛋。

「真的嗎？」賽門努力表示興趣。

「是真的。」海辛絲用非常有教養的語氣回答。

賽門幾乎一度懷疑，在她十歲的身體裡是否存在一位四十歲的老太太。

「就在這裡，沃爾特．雷利爵士把他的大衣鋪在地上，這樣伊莉莎白女王就不必踩過水坑弄髒她的鞋。」

「是喔？」賽門站起來，環視一下周圍。

「公爵大人！」海辛絲的表情又恢復成十歲孩童的不耐煩，她跳起來，「您在做什麼？」

「檢查地形。」他偷偷瞄了眼達芙妮，她正抬頭看向他，臉上有笑意和促狹，還有其他一些讓他感到頭重腳輕的東西。

「那您在找什麼呢？」海辛絲不依不饒。

「水坑。」

「水坑？」當她弄懂了他的意思後，小臉緩緩露出單純的喜悅，「水坑？」

「沒錯。如果我不得不毀掉一件大衣來拯救妳的鞋，海辛絲小姐，我想提前有個心理準備。」

「但你沒有穿大衣。」

「老天哪。」賽門用一種害達芙妮爆笑出聲的語氣：「妳的意思不是硬要我脫掉襯衫吧？」

「不是啦！」海辛絲尖叫起來：「你不需要脫掉任何東西！這裡沒有水坑。」

「謝天謝地。」賽門大口喘氣，一手按在胸前以增加效果。他獲得的樂趣遠超過預期，「你們柏捷頓家的女士們要求很高，妳知道嗎？」

海辛絲用懷疑又竊喜的眼光看他，但懷疑最終占了上風。她的兩隻小手扠在腰間，瞇起眼睛問：「您在逗我玩嗎？」

他對她笑了笑，「妳覺得呢？」

「我認為是。」

「我覺得我很幸運，周圍沒有任何水坑。」

海辛絲思索了一會兒，「如果您決定娶我姊姊……」

達芙妮被餅乾噎到了。

「那麼，您獲得了我的認可。」

賽門被空氣嗆到了。

「但如果您沒有要娶她，」海辛絲害羞地笑起來，「如果您能等我長大，我會很開心。」

對賽門來說，他並沒有多少與小女孩打交道的經驗，也不知道如何應對，幸運的是，葛雷里衝了過來一把抓住海辛絲的頭髮。

她立即追了上去，眼睛瞇成了一條縫，滿心只想要報仇。

「我從沒想過我會說這種話，」達芙妮笑著說：「但我相信我弟弟剛剛救了你一命。」

「妳妹妹多大了？」賽門問道。

「十歲，怎麼啦？」

他不解地搖搖頭，「因為有那麼一刻，我發誓她像是四十歲。」

達芙妮笑了，「有時候她真的很像我母親，相當可怕。」

此時，被提及的那位女士站了起來，開始呼喚她的孩子們回到船上：「走吧！時間太晚了！」

賽門看了看懷錶，「才三點。」

達芙妮站起來，聳了聳肩，「對她來說，那就是晚了。按照母親的說法，女士應該要在五點前回到家。」

「為什麼？」

她伸手拿起毯子，「我不知道，我想是為了準備晚餐之類的吧。這是我從小的家規之一，我認為最好不要質疑它。」

她站直身子，把柔軟的藍色毯子抱在胸前，甜甜一笑，「我們可以走了嗎？」

賽門伸出手臂，「當然。」

他們往船的方向走了幾步，達芙妮說：「你和海辛絲相處得很好，你一定花了很多時間和小孩在一起。」

「完全沒有。」他淡淡地說。

「哦。」她疑惑地蹙起雙眉，推測道：「我知道你沒有兄弟姊妹，但我以為你在旅途中一定遇到過小孩子。」

「沒有。」

達芙妮沉默了一會兒，不知道是否應該繼續聊下去。賽門的口氣變得拒人於千里之外，而他的表情……

他看起來不像是幾分鐘前才在逗海辛絲玩的那個人。

但不知為什麼──也許因為這是一個愜意的下午，也許只是因為天氣很好──她最終擠出一個燦爛的笑容，說：「好吧，不管有沒有經驗，你顯然抓到了竅門。有些大人完全不知道如何與小孩子對話。」

他不置一詞。

她拍拍他的手臂，「有一天你會成為某個幸運孩子的出色父親。」

他猛然轉頭面對她，那眼神幾乎讓她的心臟結冰。

「我應該告訴過妳，我不打算結婚。」他咬了咬牙，「永遠不會。」

「但你必須……」

「因此，我不大可能會有孩子。」

「我……我明白了。」達芙妮吞嚥了一下，努力擠出一個不自然的笑容，但她感覺自己除了嘴唇微微發顫之外，並沒有任何笑容出現。儘管她知道他們的交往不過是一場戲，但她還是感到某種淡淡的失落。

他們走到碼頭邊，柏捷頓家的大部分成員都已經到了。有幾個人已經上了船，葛雷里在登船跳板上跳來跳去。

「葛雷里！」薇莉叫道，聲音高了八度：「立刻停止！」

他停了下來，但還是站在原地不動。

「你要乖乖上船，要麼就回到碼頭來。」

賽門鬆開達芙妮的手，喃喃說著：「那片跳板看起來很滑。」他開始向前走。

「你聽到媽媽說的話了！」海辛絲喊。

「哦，海辛絲。」達芙妮低低嘆了口氣，「妳就不能少說兩句嗎？」

葛雷里做了個鬼臉。

達芙妮呻吟，注意到賽門還在向跳板走去。她趕緊走到他身邊，低聲說：「賽門，我相信他不會有事的。」

「如果他滑倒又被繩索纏住就會。」他用下巴指了指掛在船上那一團糾結的繩索。

賽門走近跳板的一端，他的步伐輕鬆自在，彷彿他一點也不擔憂。

「你要讓開嗎？」他邊喊邊走上那塊狹窄的木板，「可以讓我過去了嗎？」

葛雷里眨眨眼，「你不用護送達芙妮嗎？」

賽門嘟囔著向前走去，但就在這時，已經登上遊艇的安東尼出現在跳板頂端。

「葛雷里！」他厲聲吼道：「馬上到船上來！」

在碼頭上的達芙妮驚恐地看著嚇了一跳的葛雷里匆忙轉身，卻在濕滑的木板上失去了重心。安東尼向前一跨拚命地想抓住他，但葛雷里已經跌坐在地，安東尼抓到的只有空氣。

正當安東尼努力站穩時，跳板上的葛雷里往下滑去，狠狠地撞上了賽門的小腿。

「賽門！」達芙妮尖叫著跑過去。

賽門跌入泰晤士河渾濁的河水中。

葛雷里撕心裂肺地大哭起來：「對不起！」

他坐在跳板上像隻螃蟹一樣向後爬去，根本沒注意自己的方向。

這就解釋了為什麼他不知道安東尼（後者才剛剛成功站穩）就在他身後不遠的地方。

葛雷里砰的一聲撞上了安東尼，安東尼咒罵了一句，在所有人反應過來之前，安東尼跌進水裡，濺起了大量水花，恰好就落在賽門旁邊。

達芙妮捂住嘴瞪大了眼睛。

薇莉拉扯她的手臂，「我強烈建議妳不要笑。」

達芙妮緊緊抿住雙唇，努力想要聽從母親的話，但實在很難。她指出：「您自己就在笑。」

「我沒有。」薇莉撒謊，她整個脖子都在顫抖，因為憋笑需要付出很大的力氣。「再說，我是一個母親。他們不敢對我做什麼。」

安東尼和賽門渾身濕透地從水裡出來，彼此怒目而視。

葛雷里一路爬上跳板的頂端，消失不見了。

「也許妳應該去關心一下。」薇莉建議。

「我？」達芙妮驚呼。

「感覺他們可能會發生衝突。」

「但為什麼？這都是葛雷里的錯。」

「是沒錯，」薇莉沒好氣地說：「但他們是男人，他們既憤怒又尷尬，又不可能把氣發在一個十二歲男孩的身上。」

果然，安東尼嘀咕著說：「我本來可以救到他的。」

同一時間，賽門怒斥：「如果你不嚇他的話。」

薇莉翻了個白眼，對達芙妮說：「妳很快就會知道，當男人覺得自己像個傻瓜時，會有一種壓抑不住的衝動，就是遷怒別人。」

達芙妮匆忙上前，一心打算與這兩個人講道理，但仔細看他們的表情就知道，在這種情況下，她所說的任何話都不可能讓他們產生如女人那樣的智慧和感性，所以她只是露出一個燦爛的笑容，挽住賽門的手臂，說：「陪我上船去吧？」

賽門瞪了安東尼一眼。

安東尼回瞪賽門一眼。

達芙妮拉了一下賽門。

「這件事還沒完，哈斯丁。」安東尼嘶聲說。

「早著呢。」賽門也不客氣。

達芙妮明白，他們不過是在找藉口打架。她更加用力地扯著賽門，若有必要，就算將他的肩膀拉到脫臼也在所不惜。

在最後一次互相瞪眼之後，他默默地跟著她上了船。

回家的路非常漫長。

當天晚上達芙妮準備就寢時，發現自己莫名地睡不著。她心裡有數，一夜好眠是不用想了，所以她披上睡袍下樓想弄杯熱牛奶喝，同時找個人陪。她狡猾地想，有這麼多兄弟姊妹，肯定有人也會起來活動。

在前往廚房的路上，她聽到安東尼的書房裡有著窸窸窣窣的聲音，於是她探頭進去看。她的大哥正窩在書桌前回覆信件，手指上沾著墨跡。這麼晚了還能看到他待在這裡是很少見的。即使安東尼已經搬出去一個人住，他還是喜歡在柏捷頓大宅保留一間書房，但他通常只在白天處理生意上的事務。

「你不是有祕書幫忙做這些事嗎？」達芙妮笑著問道。

安東尼抬起頭來，嘀咕道：「那個該死的傻瓜結婚了，搬到了布里斯托。」

「啊。」她走進房間，坐進辦公桌對面的椅子上，「難怪你會三更半夜出現在這裡。」

安東尼抬頭看了一眼時鐘，「午夜不算是三更半夜。此外，我花了一下午的時間才把泰晤士河的味道從頭髮上洗掉。」

達芙妮努力忍住笑。

「但妳說得對，」安東尼嘆了口氣，放下羽毛筆，「現在很晚了，眼下也沒有什麼是不能留到早上再做的。」他靠向椅背，鬆了鬆脖子，「妳起來做什麼？」

「睡不著。」達芙妮聳聳肩，「我下樓來喝熱牛奶，聽到你在罵髒話。」

安東尼低低咕噥了一聲：「因為這枝該死的羽毛筆。我發誓我……」他尷尬地笑了笑，「我想只要講到『我發誓』就夠了，對嗎？」

達芙妮笑著回應。她的兄弟們在她面前從來都是口無遮攔，本性盡露。

「你馬上就要回去了吧？」

他點頭，「雖然妳說的熱牛奶聽起來相當不錯，但妳為什麼不按鈴叫人送呢？」

達芙妮站了起來，「我有個更好的主意。我們為什麼不自己去倒呢？我們又不是傻瓜，應該有辦法熱一些牛奶來喝。再說，僕人們可能都睡了。」

安東尼跟著她走出去，「好吧，但妳必須自己搞定。我根本不懂怎麼煮牛奶。」

「我認為就是不要讓它煮到滾吧。」達芙妮蹙眉。她繞過通往廚房的最後一個轉角，推開門走進去。屋裡一片漆黑，只有月光透過窗戶照進來。

「你去找一盞燈，我去找一些牛奶。」她對安東尼說，臉上帶著一絲促狹，「你有辦法點亮一盞燈，對吧？」

「哦，我相信我做得到。」他輕鬆地回答道。

達芙妮偷笑了一下。她在黑暗中摸索，從上方掛架上拿出一個小鍋。

她和安東尼的相處通常很輕鬆，會互相開玩笑，很高興看到他又恢復成往常的模樣。在過去一週裡他的情緒一直很暴躁，大部分火氣都是針對她的。

當然，還有賽門，但賽門很少面對面承受安東尼的臭臉。

她身後有光閃了一下，達芙妮轉過身，看到安東尼露出了勝利的微笑。

「妳找到牛奶了嗎？」他問：「還是我必須想辦法去尋找一頭乳牛？」

她笑了，舉起一個瓶子，「找到了！」

她緩緩走到關閉的爐灶前，這是廚師在今年稍早時買的，是個看起來相當時髦的裝置。

「你知道這個怎麼用嗎？」她問。

「不知道。妳呢？」

達芙妮搖了搖頭，「我也不會。」她伸手向前，輕輕地摸了一下爐灶頂端，「它是冷的。」

「一點溫度都沒有？」

她搖了搖頭，「實際上，它很冰。」

兄妹倆沉默了幾秒鐘。

「妳知道，」安東尼最後說：「冷牛奶可能相當爽口。」

「我也正在想這件事！」

安東尼咧嘴一笑，找到兩個杯子，「來，妳來倒吧。」

達芙妮倒出牛奶，他們很快就坐上凳子大口喝起鮮奶。

安東尼一下就喝光了，又續了一杯。

「妳還要一些嗎？」他擦掉了唇邊的牛奶泡沫。

「不用了，我才喝了一半。」達芙妮又喝了一口。

她舔了舔嘴唇，在椅子上換個姿勢。現在她和安東尼單獨在一起，而且他似乎又恢復了一貫的好脾氣，這似乎是個好時機。嗯，其實……

她心想：哎，就豁出去吧，直接問他吧。

「安東尼？」她語氣遲疑：「我能問你一個問題嗎？」

「當然可以。」

「是關於公爵的。」

安東尼把杯子大力放在桌上，發出砰的一聲，「關於公爵的什麼？」

「我知道你不喜歡他……」她越說越小聲。

「我沒有不喜歡他。」安東尼無奈地嘆了口氣，「他是我最好的朋友之一。」

達芙妮驚訝地挑眉，「根據你最近的行為，很難看出這一點。」

「我只是不相信他會和女人正經交往，尤其是待在妳身邊。」

「安東尼，你應該知道這是你說過最蠢的話之一。公爵可能是個浪子……就我所知，我想他可能仍然是個浪子，但他絕不會誘惑我，因為我是你的妹妹。」

安東尼一臉不以為然。

「即使這種事情沒有所謂的男性榮譽規範，」達芙妮接著說，勉強忍住翻白眼的衝動，「他也知道如果他碰了我，你會殺了他。那個人並不是傻瓜。」

安東尼沒有發表意見，而是說：「妳想問我什麼？」

「老實說，」達芙妮慢條斯理地開口：「我想知道你是否清楚，公爵為什麼如此反對婚姻。」

安東尼嘴裡的牛奶噴到了桌子中央，「老天啊，達芙妮！我們不是說好這只是演戲嗎？妳為什麼會想要嫁給他？」

「我沒有！」她堅持，話一說完自己都感覺有點心虛，但又不想認真檢視內心真正的想法。她低聲反駁：「我只是好奇。」

「妳最好不要幻想他會娶妳，」安東尼不悅地說：「因為我現在就能告訴妳，他永遠不會娶妳。永遠不會。妳明白我的意思嗎，達芙妮？他不會娶妳的。」

「只有白癡才會聽不懂你的意思。」她嘟囔。

「好。那麼話題結束。」

「不，還沒結束！你還沒有回答我的問題。」

安東尼隔著桌子不解地看著她。

「關於他為什麼不想結婚？」

「妳為什麼這麼感興趣？」他無奈地問。

達芙妮擔心真相會和安東尼所說的非常接近，但她只是說：「我就是好奇，此外，我想我有權利知道，因為如果我不盡快找到一個還過得去的追求者，在公爵放棄我之後，我可能會沒人要。」

「我以為是妳要甩了他。」安東尼狐疑地說。

達芙妮嗤之以鼻，「誰會相信？」

安東尼沒有立即為她辯護，達芙妮覺得這有點令人惱怒。

安東尼說：「我不知道哈斯丁為什麼拒絕結婚。我只知道從我認識他開始，他就一直堅持這個觀點。」

達芙妮剛張嘴想說話，安東尼就打斷了她，接著說道：「而且他說這話時的態度，讓我相信並不是那種單身漢的戲言。」

「什麼意思？」

「意思是，與大多數男人不同，當他說永遠不會結婚時，他是認真的。」

「我明白了。」

安東尼長吁口氣，達芙妮發現他的眼中有一絲她從未見過的擔憂。

「從新的追求者中選擇一個人吧。」他說：「忘掉哈斯丁。他是個好人，但他不適合妳。」

達芙妮抓住了他這句話的一部分：「但你認為他是個好……」

「他不適合妳。」安東尼重複道。

但達芙妮忍不住想，也許，只是也許，安東尼有可能是錯的。

Chapter 9

LADY WHISTLEDWN´S SOCIETY PAPERS

哈斯丁公爵又被人看到與柏捷頓小姐在一起（對於那些像筆者一樣難以區分柏捷頓家眾多子女的人來說，這裡指的是達芙妮·柏捷頓小姐）。筆者已經有好一段時間，沒看到一對如此明顯相互傾心的愛侶了。

不過，確實很奇怪，除了本報十天前報導過的柏捷頓家格林威治郊遊之外，他們只被目擊過在晚間一起出席活動。筆者得到的內幕消息是，雖然兩星期前公爵曾前往柏捷頓小姐家裡拜訪了她，但這種交際並未再次出現，事實上，甚至從來沒有人看過他們一起在海德公園裡騎馬！

《威索頓夫人的韻事報》
14 May 1813

9

兩週後，達芙妮來到漢普斯特德荒野①，站在索布里奇夫人的宴會廳一角，遠離時髦的人群。她對自己身處的角落相當滿意。

她不想成為聚會的中心，不想被幾十個吵著要和她跳舞的追求者找到。說實話，她根本就不想出席索布里奇夫人的宴會。

因為賽門沒有來。

這並不表示她注定要像壁花一樣熬過漫漫長夜。

事實證明，賽門對她人氣飆升的預測是正確的，達芙妮一直是個人見人愛但無人追求的女孩，但現在她突然變成本季最受歡迎的人氣王。每個樂於發表意見的人（在上流社會中，這代表著每一個人）都宣稱，他們早就知道達芙妮很特別，只是在等待其他人也發現這一點。

澤西夫人告訴所有聽眾，她幾個月前就已經預料到達芙妮會大受歡迎，唯一不解的是，為什麼沒有人早點聽她的話。

當然，這根本就是鬼扯。雖然澤西夫人從未小看過達芙妮，但沒有一個柏捷頓家人記得曾聽到澤西夫人把達芙妮稱為「明日的寶藏」。

但是，儘管每次達芙妮的邀舞卡在她抵達舞會幾分鐘內就已經寫滿，儘管男人們為了幫她拿一杯檸檬水爭得面紅耳赤。

第一次發生這種情況時，達芙妮幾乎笑出聲來，現在她發現，除非賽門在她身邊，否則沒有一個夜晚值得回憶。

他似乎覺得有必要每晚至少重申一次他堅決反對婚姻，這其實無所謂，雖然通常是在感謝達芙妮把他從眾多「積極熱情的母親們」手中拯救出來的同時，他會提起這一點。而他偶爾的沉默不語，甚至對待社交圈中的某些人可說是相當粗魯，這也沒有關係。

重要的是那些他們無法完全獨處的時刻，他們身邊永遠都有人，但兩人仍然可以用某種方式自得其樂——躲在角落裡開心談笑，繞著舞池大跳華爾滋。

達芙妮只要看著他清澈的藍眼睛，就能忘記她身邊還有五百位旁觀者，而且每個人都對她的感情狀況極感興趣。

她差點就要忘記，她的戀愛是一場徹頭徹尾的大騙局。

達芙妮不再試圖和安東尼提起賽門。每次聊到公爵的名字時，她哥哥的敵意都很明顯。而當他和賽門真正見面時，安東尼通常會保持一定程度的禮貌，但他似乎最多只能做到這一點。

然而，即使在這滔天怒火中，達芙妮也能看到他倆之間的多年友誼仍在隱隱發光。她只希望當這一切結束時（她會嫁給某位無聊但和氣的伯爵，只是他永遠無法讓她的心歌唱），這兩個男人能重拾友誼。

在安東尼強勢的要求下，賽門選擇不參加薇莉和達芙妮確定出席的每一場社交活動。根據安東尼的說法，他同意這個可笑計畫的唯一理由是，達芙妮可能會在這些新追求者中找到丈夫。不幸的是，在安東尼看來，這些熱情的年輕紳士沒有一個人敢在賽門面前接近她。

不過在達芙妮看來卻是走運。

安東尼的原話是：「這樣做會有好處真是見鬼了。」

註釋①：漢普斯特德荒野（Hampstead Heath）：倫敦北區的大型公園之一。

事實上，這句話還附加了相當多的咒罵，但達芙妮認為大可不必糾結這些。自從發生了泰晤士河畔（或者說在河中）的意外後，安東尼一直在努力抹黑賽門的名字。

但賽門懂得安東尼的意思，所以賽門告訴達芙妮，他希望她能找到一個合適的丈夫。

然後賽門就開始迴避她了。

而達芙妮很痛苦。

她想過，自己應該早知道會發生這種情況。她應該意識到被追求是有風險的，即使是被近來社交圈稱為「致命公爵」的人虛情假意地追求。

這個稱呼始於菲莉佩．費瑟林頓稱他為「致命的英俊」，由於菲莉佩不大懂得「輕聲細語」一詞的含義，整個上流社會都見證了她的說法。幾分鐘內，一些剛從牛津大學畢業的傻小子就把這個外號加以簡化，於是「致命公爵」就誕生了。

達芙妮發現這個名字非常諷刺。因為致命公爵正在輾碎她的心。

他並非刻意為之。賽門在她面前只有尊重、禮貌和良好的幽默感，連安東尼也不得不承認，在這方面他完全挑不出毛病。

賽門從不讓達芙妮與他獨處，除了親吻她戴著手套的手之外，他從未做過其他舉動，令達芙妮沮喪的是，親吻手套也只發生過兩次。

他們已經成為最好的伙伴，不但可以享受彼此間舒適的沉默，也能互開機智詼諧的玩笑。在所有派對中他們都會一起跳兩支舞，這是在不造成社交醜聞的情況下，所能允許的最大限度。

達芙妮心知肚明，毫無疑問，她已經墜入愛河。

這其實很諷刺。她一開始花這麼多時間和賽門在一起，是為了吸引其他男人。對賽門來說，他抽出時間陪在她身邊，則是為了逃避婚姻。

達芙妮垂頭喪氣地靠在牆上，仔細想想，這種諷刺的情況簡直令人心痛。

Chapter 9

雖然賽門在婚姻問題上仍然不鬆口，也決心永遠不陷入那人人稱羨的情境，但她偶爾也會發現他看她的眼神，讓她感覺也許他也想要她。

他絕口不再提起得知她是柏捷頓家一員之前所說的那些無禮評論，但有時她會發現，就像他在兩人初次見面那晚一樣，他會用那種饑渴又狂野的眼神看著她。當然，只要她被一發現，他就會撇開頭去，但這總會讓她的肌膚輕顫，讓她的呼吸因慾望而急促。

還有他那雙眼睛！每個人都認為那是冰塊般的藍色。當達芙妮看著他與社交界其他成員交談時，她可以理解背後的原因。賽門在其他人面前並不像和她一起時那樣談興高昂。他的語句更簡短，口氣更無禮，眼神也呼應著他冷漠的舉止。

但當他們一起大笑，只有他們兩個人偷偷嘲笑一些愚蠢社交規則的時候，他的眼神就不一樣了。它們變得更柔和、更溫暖、更自在。她曾經大膽幻想過，她認為它們看起來彷彿正在融化。

她嘆了口氣，更加無力地靠向牆邊。這些天來，她的白日夢似乎越來越頻繁了。

「嗨，小芙，妳為什麼躲在角落裡？」

達芙妮抬頭看到柯林走過來，那張英俊的臉上總是掛著張揚的笑容。自從他回到倫敦後，就在城裡掀起了一場風暴。

達芙妮可以輕易地念出一打年輕女士的名字，個個都認為自己肯定是愛上了他，並急切地想得到他的關注。然而，她並不擔心她哥哥會回報她們的感情；柯林在安頓下來之前，顯然還想享受一段浪蕩的生活。

「我不是在躲，」她糾正道：「我在迴避。」

「避開誰？哈斯丁？」

「不，當然不是。反正他今晚也不在這裡。」

「他有來啊。」

面前這位可是柯林，他活著的主要目的（當然是排在追逐放蕩的女人和賭馬之後）就是折磨自己的妹妹。

達芙妮打算表現得十分淡定，但她還是忍不住四下張望，問道：「他來了？」

柯林狡猾地點點頭，用頭朝宴會廳門口示意，「大約十五分鐘前我看到他進入。」

達芙妮瞇起眼睛，「你在耍我嗎？他很明確地告訴過我，他今晚不會出席。」

「而妳還是來了？」柯林用雙手捧著臉頰假裝驚訝。

她駁斥：「我當然來了。我的生活又不是只有哈斯丁。」

「不是嗎？」

達芙妮心頭一沉，他不像是在開玩笑。

「不，當然不是。」她咬著牙撒謊。

她的生活可能不是只有賽鬥，但她的腦子裡肯定只有他。

柯林那對綠寶石般的眼睛一反常態地嚴肅，「妳已經陷進去了，對吧？」

「我不懂你是什麼意思。」

他心照不宣地笑了笑，「妳心知肚明。」

「柯林！」

「與此同時……」他向著宴會廳入口處比劃，「妳為什麼不去找他？比起他來，顯然我的陪伴毫無吸引力。我可以看到，妳的腳已經蠢蠢欲動想離開了。」

達芙妮對於她的腳會以這種方式背叛她感到驚恐，她急忙低頭看去。

「哈！妳上當了。」

「柯林．柏捷頓！」達芙妮氣急敗壞：「我發誓有時候你最多只有三歲。」

「妳這樣想還真有趣。」他喃喃自語：「這樣算起來，妳也才一歲半，妹妹。」

Chapter 9

由於缺乏有力的反駁，達芙妮只能陰沉地蹙眉瞪著他。

但柯林只是大笑，「這個表情相當迷人，妹妹，但妳最好快點收起那張臭臉，致命公爵大人正朝這裡走來。」

達芙妮這次拒絕上他的當，她才不會輕易轉頭。

柯林俯身向前，賊兮兮地低聲說：「這一次我沒有開玩笑喔，小芙。」

達芙妮不為所動地瞪著他。

柯林失笑。

「達芙妮！」賽門的聲音在她耳邊響起。

她迅速轉身。

柯林笑得更肆無忌憚了，「妳真的應該對妳最喜歡的兄弟有點信心，親愛的妹妹。」

「他是妳最喜歡的兄弟？」賽門問道，濃眉不可置信地揚起。

「因為葛雷里昨晚在我床上放了一隻蛤蟆，」達芙妮咬了咬牙，「而班尼迪特自從扭斷我心愛娃娃的頭之後，地位從來沒提升過。」

「我忍不住想知道安東尼做了什麼，讓他連被提起的機會都沒有。」柯林嘀咕道。

「你沒有別的地方可去嗎？」達芙妮沒好氣地問道。

柯林聳聳肩，「沒有啊。」

「你剛才不是才告訴我，你答應請普露丹絲．費瑟林頓跳一支舞？」她咬牙切齒地問。

「老天，沒有吧。妳一定是聽錯了。」

「那麼，也許母親正在找你。事實上，我確定聽到她在叫你的名字。」

柯林對她的不自在感到好笑。

「妳不應該做得這麼明顯，」他壓低聲音說，但故意讓賽門聽得見，「他會發現妳喜歡他。」

賽門全身上下因控制不住的笑意而抖動著。

「我想要的不是他的陪伴。」達芙妮冷冷地說道：「我想要你離我遠一點。」

柯林用手按著胸口，「妳傷了我的心，小芙。」他轉向賽門，「噢，她深深地傷害了我。」

「你浪費了你的天賦，柏捷頓。」賽門誠懇地說道：「你應該站在舞臺上。」

「聽起來很有意思，不過這肯定會讓我母親火冒三丈。」柯林的眼睛一亮，「這個主意其實還不錯。派對感覺越來越乏味了，先祝兩位晚安。」

他瀟灑地鞠個躬，然後大步離開。

達芙妮和賽門靜靜地看著柯林消失在人群中。

「你接下來聽到的尖叫聲，」達芙妮淡淡地說：「絕對是我母親發出來的。」

「而砰的一聲會是她暈倒在地板上，不省人事？」

達芙妮點了點頭，想勉強壓下嘴角的笑意。

「其實，」她頓了一會兒才說：「我沒想到你今晚會出席。」

他聳了聳肩，黑色晚禮服外套的布料隨著動作微微皺起，「我沒事做。」

「你沒事做，所以你決定大老遠跑到漢普斯特德荒野來參加索布里奇夫人的年度舞會？」她驚訝地瞪大眼睛。

漢普斯特德荒野離梅菲爾有七英里遠，路況好的時候至少要坐一個小時的車，像今晚這樣整個上流社會都堵在路上的時候，要花上更多的時間。

「如果我開始懷疑你的神智，請原諒我。」

「我也開始懷疑自己了。」他嘟囔道。

「好吧，但不管如何，」她開心地嘆了口氣，「我很高興你來了。這是個可怕的夜晚。」

「真的嗎？」

她點了點頭，「大家一直不停向我問起你。」

「嗯，事情越來越有趣了。」

「先別這麼快下結論。第一個審問我的人是我母親，她想知道為什麼你從不在下午拜訪我。」

賽門不解：「妳認為有必要嗎？我倒覺得，只要我在這些晚宴中把全部注意力集中在妳身上，就足以實現我們的計畫了。」

達芙妮驚訝地發現，自己竟然沒有懊惱地叫出聲。他大可不必把這形容成一件苦差事。

「你所謂的全部注意力，可以騙過任何人，除了我母親。她本來也不會說什麼，只是你不上門拜訪的事情被《威索頓》報導了。」

「真的嗎？」賽門非常感興趣地問道。

「真的。所以你最好明天來拜訪我一下，否則大家都會開始懷疑。」

「我想知道那個女人的密探是誰。」賽門喃喃低語：「我想雇用他們為我做事。」

「你需要密探做什麼？」

「沒什麼。但浪費這樣出眾的才華似乎很可惜。」

達芙妮滿懷疑這位虛構的威索頓夫人會認為有任何人懷才不遇，但她並不想討論那份小報的優缺點，所以她只是聳肩表示不做評論。

「然後，」她接著說：「等我母親和我談完了，就會換成其他人來，他們會更可怕。」

「老天保佑。」

她看著他酸溜溜地說：「所有提問者都是女性，只有一個不是。雖然她們每個人都熱情地表示關心我的幸福，但她們顯然是想判斷我們有沒有訂婚的可能。」

「妳告訴她們我簡直為妳神魂顛倒了吧？」

達芙妮感到胸口有某種情緒揮之不去。

「是的。」她撒謊，給了他一個甜到發膩的笑容，「畢竟，我也有名聲要顧。」

賽門笑了起來，「那麼，誰是那個單獨審問妳的男性？」

達芙妮小臉一垮，「其實是另一位公爵。一個怪異的老頭，他自稱是你父親的朋友。」

賽門的表情突然一僵。

達芙妮聳了聳肩，並沒有看到他表情的變化。

「他不停說著你父親是個多麼好的公爵。」

她試圖模仿老人的聲音，並輕輕地笑了起來，「我不知道你們這些公爵還需要這麼認真地互相吹捧。畢竟，我們也不希望無能的公爵讓這頭銜蒙羞吧。」

賽門沒說話。

達芙妮用手指輕點自己的臉頰，陷入沉思。「你知道嗎？我其實從來沒有聽你提過你父親。」

「那是因為我不想談他。」賽門簡短地回答道。

她憂心地眨眨眼睛，「有什麼問題嗎？」

「完全沒有。」他聲音悶悶的。

「哦。」她不自覺地咬著下唇，強迫自己少說兩句，「那我就不提了。」

「我說過，一點問題也沒有。」

達芙妮保持無動於衷，「了解。」

在一段漫長且令人不適的沉默過後，達芙妮尷尬地順了順裙襬，最後說：「索布里奇夫人用來裝飾的花朵很漂亮，你不覺得嗎？」

賽門隨著她手的動作看向一片粉紅和白色的玫瑰花布置，「是的。」

「不知道是不是她自己種的。」

「這我不知道。」

Chapter 9

又是一陣尷尬的沉默。

「玫瑰很難種。」

這一次，他的回答只是低哼一聲。

達芙妮清了清嗓子，然後，趁他的注意力轉向別處時，問道：「你喝過他們的檸檬汁了嗎？」

「我不喝檸檬汁。」

「我想喝，」她沒好氣，覺得她已經受夠了，「而且我很渴。所以，如果你不介意，我想去拿一杯自己喝，你可以好好在這裡享受你的陰陽怪氣。我相信你可以找到比我更能逗你開心的人。」

她轉身準備離開，但在還沒踏出半步之前，她感到一隻手大力拉住她的手臂。她低下頭，瞬間被他戴著白手套的手映著她粉桃色絲綢晚禮服的畫面吸引住了。她盯著眼前那隻手，幾乎是在等著它移動，等它沿著她的手臂一路往下，直至她手腕裸露出的肌膚。

但他當然不會這樣做。他只會在她的夢中做這種事。

「達芙妮，別這樣。」他說道：「轉過來吧。」

他的聲音很低，帶著一種濃烈的情緒，令她全身輕顫。

她轉過身來，迎上他的雙眼，他說：「請接受我的道歉。」

她點頭。

但他顯然覺得有必要進一步解釋。「我不是……」他稍作停頓，用手摀著嘴輕咳了一下。「我和我父親的關係並不融洽。我……我不喜歡談論他。」

達芙妮出神地看著他。她從未見過他如此不知所措。

賽門惱怒地嘆口氣。

這很奇怪，達芙妮想，因為他似乎是看他自己不順眼。

「當妳提到他時……」他甩甩頭，彷彿決定嘗試換一種說話方式。「它讓我一時無法思考，我會一直想到他。這……這、這讓我非常生氣。」

「我很抱歉。」她知道自己必定看起來滿臉困惑。

她覺得應該說點什麼，但她不知道該怎麼開口。

「不是對妳生氣。」他迅速澄清。當他冰藍色的眸子注視著她時，有什麼東西似乎就此消散，他的眼眸變得清明，表情似乎也放鬆了，尤其是他唇邊那些緊繃的線條。他不自在地嚥了一下，「我是對自己很生氣。」

「顯然也是對你的父親。」她輕輕地說。

他沒有回應，她也並不期望聽到他回答些什麼。他的手仍然扶著她的手臂，她伸手覆了上去。

「你想出去透透氣嗎？」她輕聲問：「你看起來似乎需要散散心。」

他點了點頭，「妳留下來吧。如果我把妳帶去露臺上，安東尼會砍了我的頭。」

「我一點也不在乎安東尼的反應。」達芙妮的嘴唇因煩躁而緊抿，「反正我就是受不了他的陰魂不散。」

「他只是想做一個好哥哥。」

她愕然地張嘴：「你到底是站在哪一邊的？」

他巧妙地迴避她的問題，「那好吧。但只是小小散步一段路。一個安東尼我可以搞定，但如果他找妳其他哥哥們一起幫忙，我就死定了。」

不遠處有一扇門可以通往露臺。達芙妮偏了偏頭示意它的方向，賽門的手順著她的手臂往下，來到她的肘彎。

「反正露臺上可能有幾十對男女，」她說：「他沒什麼好囉嗦的。」

但在他們走出去之前，一個響亮的男聲自他們身後響起：「哈斯丁！」

賽門停下腳步，轉過身來，沉重地發現他竟然已經習慣了這個名字。過不了多久，他就會把它當成自己的名字。

不知為何，這個想法令他反胃。

一個拄著拐杖的老人蹣跚地朝他們走來。

「這就是我跟你說過的那位公爵。」達芙妮說道：「他應該是米德索普大人。」

賽門客氣地頷首致意，但沒有開口的打算。

「哈斯丁！」老人說，拍了拍他的手臂，「我一直都想和你見上一面。我是米德索普，令尊是我的好朋友。」

賽門只是再次點了點頭，機械式的動作幾乎像個軍人。

「他很想念你，你知道的。在你去旅行的那段日子。」

他的嘴裡開始嘗到怒氣，這股怒火使他的舌頭變得腫脹，臉頰緊繃，全身僵硬。他很清楚，如果他現在開口說話，毫無疑問，聽起來就會像他八歲時那樣。

他不可能在達芙妮面前以這種方式丟人現眼。

他搞不清楚自己是怎麼做到的，也許是因為除了「我」這個字之外，他在母音方面從來沒有太大問題，他努力說了一個：「哦？」

他很滿意自己聽起來語氣尖銳又不可一世。

但就算老人聽出了他語氣中的怨恨，他也沒有做出任何回應。

「他過世的時候，我就在他身邊。」米德索普說。

賽門不置可否。

達芙妮（老天保佑她）一頭跳入了戰場，她語帶同情地說道：「我的天。」

「他讓我轉達一些話給你。我家裡有幾封信。」

「燒了它們吧。」

達芙妮猛吸一口氣，抓住米德索普的手臂，「哦，不，別那麼做。他現在可能不想看到它們，但將來肯定會改變主意的。」

賽門冷冷地斜睨她一眼，然後轉頭再次看向米德索普，「我說，燒了它們。」

「我……呃……」米德索普一臉無助，完全摸不清頭緒。他一定清楚貝瑟父子關係不睦，但顯然已故的公爵並未向他透露這種不睦究竟有多深。

他看向達芙妮，感覺她可能會站在自己這邊，於是對她說：「除了這些信，還有一些老公爵要我轉告的事情。我現在可以把話帶給他。」

但賽門已經放開達芙妮的手臂，逕自向外走去。

「我很抱歉。」達芙妮對米德索普說，覺得有必要為賽門的粗魯行為致歉，「我相信他不是故意這麼無禮的。」

米德索普的表情告訴她，他很清楚賽門是故意的。

但達芙妮還是說：「他對他父親的事情有點敏感。」

米德索普點了點頭，「公爵警告過我他會有這種反應。但他是笑著說的，然後開了一個關於貝瑟家族有多驕傲的玩笑。我必須承認，我當時沒當他是認真的。」

達芙妮擔憂地透過開啟的門往露臺看，「但顯然老公爵說得沒錯，我最好去看看他。」

米德索普點點頭。

「請不要燒掉那些信。」她說。

「我永遠不會那麼做，但是……」

達芙妮已經向通往露臺的門走去，聽到老人話還沒說完，她又轉過身來，「怎麼了？」

「我身體不好。」米德索普說道：「我……醫生說我隨時都有可能離開人世。我可以把這些信交給妳保管嗎？」

達芙妮盯著老人，感到震驚又恐慌。

震驚是因為她不敢相信，他會把這麼私人的信件交給一個認識不到一小時的年輕女性；恐慌是因為她知道，如果她收下這些信件，賽門可能永遠不會原諒她。

「我不知道，」她的聲音緊繃：「我不確定我是合適的人選。」

米德索普那雙看盡世事的眼睛裡，閃爍著睿智的光芒，輕聲說道：「我認為妳可能正是合適的人選，我相信妳會知道何時是把信件交給他的正確時機。我可以把它們送去給妳嗎？」

她沉默地點了點頭，除此之外她不知道還能怎麼辦。

米德索普舉起手杖指向露臺，「妳最好去找他。」

達芙妮看著他的眼睛，點點頭表示同意，然後匆忙走到戶外。

露臺上只有幾盞壁燈照明，夜色十分昏暗，靠著月光的協助她才能看到角落裡的賽門。他整個人看起來怒氣沖沖，雙手交抱在胸前。他面對著露臺前方一望無際的草坪，但達芙妮懷疑，他除了自己的滔天怒火外，什麼都看不見。

她靜靜地朝他走去，涼爽的微風與擁擠宴會廳裡窒悶的空氣相比，是種令人心曠神怡的轉變。輕柔的低語聲在夜色中傳來，代表露臺上還有其他同伴，但達芙妮在昏暗的燈光下看不到其他人。很明顯，其他賓客都選擇躲在隱蔽的角落裡，或者已經走下通往花園的臺階，坐在下方的長椅上。

她走向他，本來想說一些諸如「你對公爵很無禮」或「你為什麼如此敵視你父親」的話，但最終她認為現在不是探討賽門情緒的好時機，所以當她走到他身邊時，只是靠著欄杆，說：「我真希望能看得到星星。」

賽門看著她，先是驚訝，然後是好奇。

「你在倫敦永遠看不到它們。」她接著說，故意讓自己的聲音保持輕快：「要麼是燈光太亮，要麼是大霧瀰漫。或者有時空氣太髒，根本看不清楚。」她聳了聳肩，轉頭瞥了一眼一片陰霾的天空，「我曾希望在漢普斯特德荒野這裡能看到它們，可惜雲層並不配合。」

接下來是一段非常冗長的沉默。

然後賽門清了清嗓子，問道：「妳知道南半球的星星和這裡完全不同嗎？」

達芙妮沒有意識到自己有多緊張，直到她感覺整個人因為他開口而放鬆下來。顯然，他正努力要使這個夜晚回歸正常，而她也很樂意配合他。

她疑惑地看他，「你在開玩笑吧。」

「我沒有，任何天文學書籍中都可以查到。」

「嗯哼。」

「有趣的是，」賽門接著說，隨著談話進一步深入，他的聲音聽起來沒那麼緊繃了，「即使你不是天文學家，像我就不是……」

「很顯然，」達芙妮笑著打斷他的話：「我也不是。」

他拍了拍她的手笑了起來，達芙妮欣慰地發現他的眼睛裡有了笑意，她的欣慰變成了更珍貴的東西——快樂。因為是她將陰影從那雙眼睛裡驅散了。她發現自己很樂意永遠驅逐它們，如果他願意允許她……

「無論如何你遲早都會注意到兩者的差異。」他說道：「這就是奇妙之處。我從來沒想過學習星座，然而當我在非洲時，我抬頭看了看天空，夜空是如此清晰。我從來沒見過這樣的夜晚。」

達芙妮盯著他，聽得入神。

「我抬頭看向天空，」他困惑地搖了搖頭說：「它看起來不大對勁。」

「天空怎麼會看起來不對勁？」

他聳了聳肩，比劃了個不知所措的手勢，「就是會。所有的星星都在錯誤的位置。」

「我應該會想看看南方的天空。」達芙妮喃喃說著：「如果我夠特立獨行又帥氣灑脫，是那種

Chapter 9

男人會為之寫詩的女人，我應該會喜歡旅行。」

「妳就是讓男人會為之寫詩的那種女人，」賽門酸溜溜地側頭提醒她，低聲說：「只是可能寫得很糟糕。」

達芙妮笑了起來，「哦，別這樣。那可是很令人開心的事。第一天就有六位追求者上門，而且奈維．賓斯比真的會寫詩。」

「七位，」賽門糾正：「包括我。」

「七位，包括你。但你並不能算在內。」

「妳傷了我的心。」他調侃道，模仿起柯林的動作，「噢，妳深深地傷害了我。」

「你似乎也應該考慮在劇院裡找個工作。」

「還是不要好了。」他回答道。

她輕輕地揚起嘴角，「這倒是真的。但我想說的是，我是個無趣的英國女孩，我並不想去別的地方。我在這裡很快樂。」

賽門搖搖頭，眼裡露出一種幾乎帶電的奇特光芒。

「妳並不無趣，而且……」他的聲音低到幾乎像是情人的耳語：「我很高興妳這麼快樂。我沒認識多少真正快樂的人。」

達芙妮抬頭看他，慢了半拍才意識到他走近了自己。不知怎的，她懷疑他是否也察覺到這一點，但他整個人正緩緩靠向她，而她簡直無法將目光從他身上移開。

「賽門？」她低聲說。

「這裡人多。」他聲音聽起來怪怪的，有點粗啞。

達芙妮環顧著露臺的各個角落。她先前聽到的低語聲已經消失了，但這可能表示他們的鄰居剛才在偷聽。

花園在她的面前向她招手。如果這是一場位在倫敦的舞會，露臺外就不會有任何地方可去，但索布里奇夫人向來為自己的別出心裁感到自豪，因此總是在她位於漢普斯特德荒野的第二住所舉辦年度舞會。

宅邸離梅菲爾區不到十英里，卻像是位在另一個世界。優雅的住宅旁點綴著大片的翠綠，索布里奇夫人的花園裡有著森林、花叢、灌木與樹籬——許多能夠令情侶們迷失自我的幽暗角落。

達芙妮感到有種野性又邪惡的情緒掌控了她，輕聲提議：「我們去花園裡走走吧。」

「我們不能去。」

「我們一定要去。」

「我們不能去。」

賽門語氣中的絕望透漏了她需要知道的一切。

他想要她、他渴望她，他為她瘋狂。

達芙妮覺得她的心彷彿吟唱起《魔笛》中的詠歎調，在越過高音C時瘋狂地上下轉音。

她想，如果她吻了他呢？如果她把他拉到花園裡，仰起頭，用她的嘴去感覺他的唇？他是否能意識到她有多愛他？他能付出多少愛給她？也許……只是也許，他會了解她能帶給他多少快樂。

然後，也許他就不會再談論他是多麼堅決地不想結婚。

「我要到花園裡去散步。」她宣布道：「如果你願意，你可以跟來。」

她邊走開——走得很慢以便他能追上她——邊聽到他低低地罵了一句，接著又聽到他的腳步聲，他們之間的距離拉近了。

「達芙妮，這太瘋狂了。」賽門說，但那粗啞的聲音告訴她，他正在努力說服的是自己，而不是她。

她什麼也沒說，只是向花園的深處走去。

Chapter 9

「我的老天，女人，妳能不能聽我的話？」他用力地握住她的手腕，把她轉過來。
「我答應過妳哥哥。」他狂亂地說道：「我發過誓。」
她露出一個甜蜜的微笑，女人知道自己被人渴望著的那種笑容。
「你可以離開。」
「妳知道我辦不到。我不能讓妳在花園裡落單。可能會有人想占妳便宜。」
達芙妮輕輕聳了聳肩，試圖把手從他的手中掙脫。
但他只是握得更緊了。
於是，雖然她知道這不是他的本意，她還是讓自己被拉向他，慢慢地靠近他，直到他們相距不到三公分。
賽門的呼吸越來越淺，「別這樣，達芙妮。」
她想說些俏皮話，也想說些誘人的話，但她的膽量在最後一刻消失了。她以前從未被人吻過，而現在她幾乎是在邀請他做初吻的對象，她不知道該怎麼做。
他稍稍鬆開了她的手腕，但隨後又拉著她一起，走到一座精心修剪過的高大樹籬後方。
他低聲叫著她的名字，撫摸著她的臉頰。
她睜大眼睛，微微張開雙唇。
最後，一切終究不可避免。

Chapter 10

LADY WHISTLEDWN´S SOCIETY PAPERS

許多女人都毀在一個親吻上。

《威索頓夫人的韻事報》
14 May 1813

10

賽門不確定是在哪一刻突然意識到自己想吻她的。這可能是某種他永遠無法確定，只能夠憑感覺行事的事情。

直到最後一刹那他還想說服自己，把她拉到樹籬後面只是為了責備她，訓斥她魯莽的行為會讓他們兩個人陷入嚴重的麻煩。

但隨後有什麼事情發生了，或者說，也許它一直都存在，而他太過努力想要忽視它。她的眼神變了，像是在閃閃發亮。她輕啟朱唇——非常非常小的空隙，幾乎不夠她用來呼吸，但已足夠讓他無法將目光從她身上移開。

他輕輕撫上她的手臂，一路往上，越過她手套上方的淺色綢緞，滑過裸露的肌膚，最後掠過她袖子上的飄逸絲綢。

他的手繞到她背後把她拉近，縮小兩人之間的距離。他想讓她更靠近，他想讓她包圍著他，在他身上，在他身下。他是如此渴望她，渴望到令他感到恐懼。

他把她嵌在自己懷裡，雙臂像鉗子一樣把她夾住。現在他可以感覺到她的身材，每一分、每一寸。她比他矮一些，這使得她的胸口緊緊貼著他的肋骨下緣，而他的大腿……

它們正因慾望而輕顫。

他的大腿抵在她的雙腿之間，結實的肌肉感覺到她肌膚上散發出的暖意。

賽門呻吟出聲，一種原始的低吼，混合了需求和挫敗。他今晚無法擁有她……他永遠無法擁有她，而此時的碰觸肯定會令他永世難忘。

她的絲綢禮服在他的手指下顯得柔軟而飄逸，當他的手沿著她的背脊遊走時，能感覺到她每一絲優雅的曲線。

但隨後他——到死那天也弄不清楚他是怎麼做到的——退開一步，拉開了兩人的距離。雖然只是區區一吋，已經足以讓清涼的夜風在彼此身體之間流動。

「不！」她喊道。

他不知道她是否清楚，這個簡單的詞語就像是在發出邀請。

他牢牢地捧住她的臉頰，以便他可以盡情欣賞眼前的她。天太黑了，看不清她那張令人難忘的臉孔，但賽門知道，她的嘴唇是柔嫩的粉紅色，只在嘴角有著一抹微微的桃紅。他知道她的眼睛是由幾十種深淺不一的棕色組成的，鑲著一圈迷人的綠，他一直不敢太過仔細盯著它們，看看那一抹綠色是真的存在，還是只是他想像出來的。

但其他方面——碰觸她是什麼感覺，她嘗起來是什麼味道——他也只能想像。

天啊，他一直都在想像。儘管他表現得無比鎮定、儘管他對安東尼作出了承諾，但他心中的火苗還是被她點燃了。

當他在擁擠的房間裡看到她時，他全身發熱，當他在夢中看到她時，他慾火焚身。

現在……現在他把她抱在懷裡，她的呼吸因慾望而變得輕淺不穩，雙眸因她不明白的某種渴望而燦亮如星，他覺得自己就要爆炸了。

親吻她因而變成了一種自我保護的手段。理由很簡單。如果他現在不吻她，如果他不占有她，他就會死。這聽起來很誇張，但在那一刻，他可以發誓，一切都是真的。糾纏在他內心深處的慾望之火將熊熊燃燒，並將他化為灰燼。

他非常非常需要她。

當他終於吻上了她的雙唇，他並不溫柔也並不粗暴，但他的脈搏太急促、太迫切，他的吻是一個饑餓情人的吻，而不是一個溫柔追求者的吻。

他本想迫使她張開嘴，但她也被此刻的激情席捲，當他的舌頭想要更進一步時，他沒有遇到任何抵抗。

「哦，我的天，達芙妮。」他呻吟著，雙手按住她柔軟挺翹的臀部，把她拉得更近，讓她感受他下半身凝聚的慾望，「我從來不知道……我從未夢想過……」

但這是謊言，他確實夢過。他夢到了生動的細節。但與現實相比，那根本不算什麼。

每一次觸摸、每一個動作，都使他更想擁有她，隨著時間過去，他感到自己的身體已經奪取了控制權，大腦已不管用了。怎麼做才正確，怎麼做才適當，都不再重要了。

重要的是她就在眼前，在他的懷裡，而他想要她。

而且，他的身體感覺得到，她也想要他。

他緊緊摟著她，用嘴吞噬著她。

他感到不滿足，還想要更多。

他感覺到她戴著手套的手小心翼翼地來到他的上背部，輕輕地停在他的後頸上。被她觸摸過的地方，先是感到觸電一般，接著便如烈火般燃燒起來。

這一切還不夠。

他的嘴離開了她的唇，沿著她的脖子吻到她鎖骨上方柔嫩的凹陷處。每一次觸碰她都會輕輕呻吟，如小貓般的叫聲讓他忍不住更加熱情。

他顫抖著雙手，伸向她晚禮服上精緻的扇形領口。禮服並不緊身，他知道只需輕輕一推，就能毫不費力地使精緻的絲綢沿著她飽滿的酥胸緩緩向下滑。

這是一個他不配看到的美景，一個他沒有資格進行的吻，但他控制不了自己。

為了給她機會阻止他，他以折磨人的緩慢速度移動著，在他除下她的衣物之前，他停了下來，給她最後一個說不的機會，然而她沒有像少女那樣彆扭，而是挺起胸膛，吐出了最輕柔、最撩動人心的氣息。

賽門在那一刻丟盔卸甲。

他任由她那一身布料滑落，帶著一種令人渾身發顫的濃烈慾望痴痴凝望著她。然後，正當他就要把她當成獎賞一口吞下時，他聽到……

「你這個混蛋！」

達芙妮先他一步認出了這個聲音，她尖叫著跳開。

「哦，老天！」她驚喘道：「是安東尼！」

她的哥哥離她只有三公尺遠，而且正在迅速縮小距離。他的眉頭緊擰，表情憤怒至極。當他衝向賽門時，他發出了達芙妮這輩子從未聽過如原始戰士般的吼聲。聽起來幾乎不像是個人類。

在安東尼狠狠撞向賽門之前，達芙妮只勉強來得及穿好衣服，但也被其中一人揮舞的手臂打倒在地上。

「我要殺了你，你這個該死的……」安東尼剩下的惡言咒罵還沒來得及說出口，賽門已一把將他掀翻在地，他差點一口氣上不來。

「安東尼，別這樣！住手！」達芙妮大喊著，手上仍然抓著晚禮服的衣襟，儘管她已經把衣服拉好，不用擔心它會再次滑落。

但安東尼已經陷入瘋狂。他卯起來毆打賽門，憤怒完全表現在他的臉上、拳頭上，以及從他嘴裡發出的那些暴怒低吼中。

至於賽門，他在努力防禦，但並沒有真的反擊。

一直站在旁邊的達芙妮覺得自己像個沒用的廢物，她突然意識到她必須介入，否則安東尼會殺了賽門，就在索布里奇夫人的花園裡。

她伸手想把哥哥從她心愛之人的身邊拉開，但這時他們突然快速翻身，不但撞到了達芙妮的膝蓋，還害她摔進樹籬裡。

「啊啊啊！」她驚叫，刺痛的程度超出她的想像。

她的喊叫聲一定包含了比她想像中更尖銳的痛苦，因為那兩個人立即停手了。

「哦，我的天！」在打鬥中始終占上風的賽門一看到達芙妮摔倒，馬上過來扶她，「達芙妮！妳沒事吧？」

她只是不斷嗚咽，試圖保持靜止不動。荊棘劃破了她的肌膚，而每一個動作都會拉扯到傷痕。

「她應該受傷了。」賽門對安東尼說，聲音因擔心而拔高：「我們需要把她直直抬出來。如果我們亂動，她很可能會被纏得更緊。」

安東尼不帶感情地點了點頭，把對賽門的怒火暫時放一邊。

達芙妮正處於痛苦之中，她必須優先。

「別動，小芙。」賽門哄道，語氣輕柔而舒緩：「我會先抱住妳，然後把妳往上抬高，再把妳拉出來。妳明白嗎？」

她搖了搖頭，「你會弄傷自己的。」

「我穿的是長袖，不要擔心我。」

「讓我來吧。」安東尼說。

但是賽門不理會他。

安東尼無助地站在一旁，看著賽門將手伸進糾結的荊棘叢中，用戴著手套的手慢慢地將枝條推開，試圖將穿著大衣的手臂擋在帶刺的樹枝和達芙妮裸露在外飽受折磨的嬌嫩肌膚之間。然而，當他處理到她的袖子前方時，不得不停下來解開絲綢上那些鋒利的樹枝。有幾根樹枝直接刺穿了布料，擦傷了她的肌膚。

「我無法把妳完好的解救出來。」他說道：「妳的衣服會被撕裂的。」

她動作僵硬地點了點頭，喘著氣說：「我不在乎，反正它已經毀了。」

「但是……」雖然賽門剛剛才把那件禮服拉到她的腰間，但他仍然覺得不自在，他無法告訴她，一旦解開衣物和枝條纏住的部分，禮服很可能會從她身上掉下來。

相反地，他轉向安東尼，「她需要你的外套。」

安東尼馬上脫下外衣。

賽門回頭看向達芙妮，將目光鎖定在她身上，輕聲問：「妳準備好了嗎？」

她點了點頭。也許只是他的想像，但他覺得當她把視線集中在他臉上後，似乎平靜了不少。

在確保沒有樹枝還扎在她身上之後，他雙手繞過她的身體，往後探入荊棘叢中，直到兩手在她背後交疊並握緊。

「數到三。」他喃喃道。

她又點了點頭，「一、二……」

他一把將她拉起來脫離樹籬，這股力量讓他倆雙雙跌倒在地。

「你說數到三的！」達芙妮大喊。

「我撒謊了。我不想讓妳太緊張。」

達芙妮原本還想繼續爭論，卻突然意識到身上的衣服已經破爛不堪，她尖叫一聲，伸出手臂飛快地遮掩住自己。

「穿上這個。」安東尼說著，把外套丟給她。

達芙妮感激地接下，把自己包裹在安東尼的高級大衣裡。這件衣服對他來說非常合身，穿在她身上卻寬寬大大，可以輕鬆把自己包得密不透風。

「妳還好嗎？」他粗聲問。

她點了點頭。

「很好。」安東尼轉向賽門，「謝謝你把她救出來。」

賽門什麼也沒說，只是輕點下巴，表示回應安東尼的話。

安東尼又看向達芙妮，「妳確定妳沒事了嗎？」

「有點刺痛。」她承認道：「回家後肯定要塗抹藥膏，但沒有什麼是不能忍受的。」

「好。」安東尼又說。

然後他掄起拳頭，猛地揍向賽門的臉，輕輕鬆鬆將毫無防備的好友打倒在地。

「這一拳，」安東尼罵道：「是因為你玷汙了我妹妹。」

「安東尼！」達芙妮驚叫起來：「馬上停止胡說八道！他沒有玷汙我。」

安東尼轉過身來瞪著她，眼睛裡有怒火在燃燒，「我看到妳的……」

達芙妮的胃裡七上八下，那一瞬間她擔心自己真的萬劫不復了。天啊，安東尼看到了她的胸部！她的哥哥！這太離譜了。

「站起來，」安東尼低吼：「這樣我就可以繼續揍你。」

「你瘋了嗎？」達芙妮邊喊邊衝到他和賽門中間。

賽門還倒在地上，一手捂著受傷的眼睛。

「安東尼，我發誓，如果你再打他，我永遠不會原諒你。」

安東尼不很溫柔地把她推開。

「下一拳，」他啐了一口，「是因為你背叛了我們的友誼。」

達芙妮驚慌地看著賽門慢慢站起身來。

「不！」她大喊，再次跑到他們中間。

非賣品NOT FOR SLAE
愛吻文創
愛吻文創
《公爵與我【影視增訂版】》The Duke and I 茱莉亞・昆恩（Julia Quinn）著 朱立雅 譯 Zorya 繪

「讓開，達芙妮。」賽門輕聲命令道：「這是我們之間的事。」

「當然不是！。如果你們都忘了的話，我才是那個……」她及時住了口。說什麼都沒有意義，因為沒有半個人在聽她說話。

「別擋路，達芙妮。」安東尼的聲音沉靜得可怕。他甚至沒有看她，目光仍然集中在她的頭頂，狠狠瞪著賽門的眼睛。

「這太荒唐了！我們不能像成年人一樣理性討論這個問題嗎？」她看著她的哥哥，然後又轉身去看著賽門，「我的天哪！賽門！看看你的眼睛！」

她急忙走到他身邊伸手摸向他的眼睛，那隻眼睛已經腫得睜不開了。

賽門仍然無動於衷，在她擔憂的觸碰下，他只是一動也不動。她的手指輕輕地掠過他腫脹的皮膚，有種奇妙的撫慰效果。他仍然渴望她渴望到心痛，雖然這次並非因為慾望。有她在身邊的感覺很好，她是那麼美好，可敬又純潔。

而他正準備做出他這輩子最不光彩的事情。等到安東尼停止使用暴力，宣洩過他的憤怒，最終要求賽門娶他的妹妹時，賽門將會表示拒絕。

「讓開，達芙妮。」他的聲音連自己聽起來都很陌生。

「不，我……」

「**讓開！**」他吼道。

她匆忙退開了，後背緊緊靠在曾經困住她的樹籬上，一臉驚恐地盯著那兩個人。

賽門冷冷地對安東尼點了點頭，「揍我吧。」

安東尼似乎因為這個要求愣住了。

「動手吧。」賽門說道：「把事情解決掉。」

安東尼鬆開了緊握的拳頭。他沒有轉頭，但眼睛飛快地瞥向達芙妮。

「我辦不到。」他衝口而出：「如果這傢伙只是靜靜站在那裡討打，我辦不到。」

賽門向前走了一步，故意把臉湊過去，「現在就動手。讓我付出代價。」

「你會在婚禮祭壇上付出代價。」安東尼回答道。

達芙妮倒抽了一口氣，這個聲音引起了賽門的注意。

她為什麼會感到驚訝？她心裡應該有數，他們的愚蠢行為如果被抓到，後果不就會是如此？

「我不會強迫他。」達芙妮說。

「我會。」安東尼咬牙切齒。

賽門搖頭，「明天我就會離開去歐洲了。」

「你要離開？」達芙妮問道，語氣充滿震驚。

賽門的心像是被罪惡感劈成了兩半。

「如果我留下來，妳將永遠被我的存在所侮辱。我離開是最好的。」

她的下唇輕顫，顫抖的模樣幾乎能要了他的命。她輕輕吐出一個詞語，是他的名字，語氣充滿了渴望，活生生把他的心輾成碎片。

賽門花了好一會兒才想好答案：「我不能娶妳，小芙。」

「不能還是不願意？」安東尼問道。

「兩者都是。」

安東尼又給了他一拳。

賽門跌在地上，吃驚於下巴上挨的那一拳是多麼有力。但這一切都是他活該，每一個拳頭、每一分心痛，都是他應得的。他不想面對達芙妮，甚至不想看到她的臉，但她跪在他身邊，小手輕柔地扶著他的肩膀，想幫助他坐起來。

「我很抱歉，小芙。」他強迫自己看著她。他感到自己腳步有點浮，而且只能靠一隻眼睛來看東西，但即使他拒絕了，她還是過來幫他，他欠她太多了。「我很抱歉。」

「省省你那些屁話吧。」安東尼沒好氣：「黎明時見了。」

「不要！」達芙妮大喊。

賽門抬頭看向安東尼，非常快速地點了點頭，然後回頭對達芙妮說：「如果我能夠選擇任何一個人，小芙，那一定會是妳。我向妳保證。」

「你在說什麼？」迷惑讓她的黑眼睛幾乎陷入狂亂，「你是什麼意思？」

賽門閉上眼睛嘆了口氣。明天這個時候，他已經死了，因為他絕對不會向安東尼開槍，同時他也非常懷疑，屆時安東尼的怒火已經冷卻，不會將槍口對著他而是朝向空中。

他將以一種奇怪又可悲的方式，得到他一直嚮往的生活。他將對他父親進行最後的報復。

奇怪的是，即使如此，這也不是他想像中的結局。他想過——其實他也不知道自己是怎麼想的——即使大多數男人都避免預測自己的死亡，但也不該是這樣，看著他最好的朋友充滿恨意的眼神死去，或是死在黎明時分的一片荒野中。

更不該是因為做了令人蒙羞的事。

達芙妮的手剛才還在溫柔地撫摸著他，現在則抓著他的肩膀大力搖晃。這個動作使他泛著水光的雙眼猛然睜開，看到她的臉離他很近——很近，而且火冒三丈。

「你是怎麼回事？」她問道。

那種表情是他以前從未見過的，眼睛裡閃爍著憤怒和痛苦，甚至還有一絲絕望。

「他會殺了你！他明天會在某個杳無人煙的地方和你見面，然後取你性命，而你表現得好像很希望他這麼做。」

「我不、不想、死——」他身心俱疲說道，甚至不在意舌頭開始打結，「但是我不能娶妳。」

她的手從他肩頭滑落，匆忙與他拉開距離。

她眼中盛滿了痛苦和排斥，幾乎讓人無法直視。她看起來是那麼的傷心，整個人縮在哥哥那件過大的外套裡，黑髮上還夾著細碎的樹枝和荊棘。當她開口說話，字字句句彷彿都是從她靈魂中血淋淋挖出來的：「我……我一直很清楚，我不是男人夢寐以求的那種女人，但我從未想過，有人寧可死也不願和我結婚。」

「不！」賽門喊道，不顧身體上的各種痛楚慌忙站了起來，「達芙妮，不是這樣的。」

「你說得夠多了。」安東尼站到他們之間，用一種極力克制的聲音說道。他輕輕攬著妹妹的肩膀，帶著她離開那個不但讓她心碎，還可能會讓她名譽永遠受損的男人。

「再說一件事就好。」賽門說。他討厭自己現在一副有求於人、可憐又可悲的模樣，但他必須和達芙妮談談，他必須確保她能夠理解。

但安東尼只是搖了搖頭。

「等一下。」賽門伸手拉住這個曾經是他摯友的袖子，「我解決不了這個問題。我發過……」他吐出一口氣，試圖整理好腦中的想法。「我發過誓，安東尼。我不能娶她。我不能解決這個問題，但是我可以告訴她……」

「告訴她什麼？」安東尼面無表情地問道。

賽門放開安東尼的袖子，抓了抓自己的頭髮。他沒辦法告訴達芙妮，她不會理解的。或者更糟的是，她能理解，然後他就只能擁有她的憐憫。

發現安東尼正滿臉不耐煩地盯著他，賽門終於說道：「也許我可以讓她好過一點。」

安東尼沒有動。

「拜託你。」賽門懷疑自己以前是否曾真心實意地說過這幾個字。

安東尼沉默了幾秒鐘，然後走到旁邊去。

「謝謝你。」賽門鄭重地道謝，匆忙瞥了安東尼一眼之後，他專心地面對達芙妮。

他本以為她可能會拒絕正眼看他，用蔑視來侮辱他，但他發現，她正仰著精緻小巧的下巴，眼裡充滿了挑釁和膽識。他從未如此敬佩她。

「小芙。」他開口道。

其實他根本不知道該說些什麼，只希望這些話能以某種適當的方式一氣呵成地說出口：「不——不是妳的問題。如果可以選擇任何一個人，那絕對會是妳。但是和我結婚會毀了妳。我永遠給不了妳想要的東西。妳會一天天變得生不如死，而我無法坐視這種事情發生。」

「你永遠不會傷害我。」她低語。

他搖了搖頭，「妳必須相信我。」

她的眼神溫暖而真誠，她輕輕地說：「我確實相信你，只是我不確定你是否信任我。」

她的話就像一記重拳，賽門感到無力和空虛，他說：「請務必理解，我從來沒想過要傷害妳。」

她一動不動地站了好一會，賽門幾乎懷疑她是否已經停止了呼吸，然而接下來，她甚至沒有看哥哥一眼，開口道：「我想回家了。」

安東尼摟著她往回走，彷彿只要讓她看不到賽門就算是保護她。

「我會帶妳回家，」他用安慰的語氣說：「幫妳蓋好被子睡覺，給妳一點白蘭地。」

「我不要白蘭地。」達芙妮生氣地說道：「我要想些事情。」

賽門發現安東尼似乎無法理解這句話，但值得稱讚的是，他只是貼心地捏了一下她的手臂，然後說：「好，那就不要白蘭地。」

而賽門只是站在原地，渾身是血，目送著他們消失在夜色中。

Chapter 11

LADY WHISTLEDWN´S SOCIETY PAPERS

週六晚上，索布里奇夫人在漢普斯特德荒野舉行的年度舞會，一如既往地成為當季八卦的亮點。筆者窺見柯林．柏捷頓與費瑟林頓姊妹三人共舞（當然不是同時），我們必須承認，這位柏捷頓家最瀟灑的成員似乎沒有被桃花運所迷惑。此外，有人看到奈吉．貝布洛克在追求一位並非達芙妮．柏捷頓小姐的女士，也許貝布洛克先生終於發現他之前的追求只是浪費時間。

而說到達芙妮．柏捷頓小姐，她提前離開了。班尼迪特．柏捷頓告訴好奇的人，她犯了頭疼。但筆者在當晚稍早時曾經看到她，當時她正在和年邁的米德索普公爵談話，看起來非常健康。

《威索頓夫人的韻事報》

17 May 1813

11

當然，今晚沒有人睡得著。

達芙妮在她的房間裡來回踱步，雙腳在藍白相間的地毯上不停踩踏，那是一塊從小就鋪在她房間裡的地毯。她的思緒以十幾種不同的方向在腦中高速旋轉，但有一件事情非常清楚。

她必須阻止這場決鬥。

然而，她並沒有低估進行這項任務有多困難。首先，若是涉及到像榮譽和決鬥這類的事情時，男人往往會變成失去理智的白痴，而她高度懷疑安東尼或賽門會感謝她出手干預。

其次，她甚至不知道決鬥會在哪裡進行，那兩個男人並未在索布里奇夫人的花園裡討論到這個問題。達芙妮認為，安東尼會透過僕人把消息傳給賽門，或者由賽門來選擇地點，因為他是被挑戰的一方。達芙妮確信決鬥這件事一定有某種禮儀，但她肯定不會知道內容是什麼。

達芙妮在窗邊停下腳步，推開窗簾向外看去。按上流社會的標準，這個夜晚才剛開始，而她和安東尼都太早離開派對。

據她所知，班尼迪特、柯林和她的母親都還在索布里奇夫人家裡。他們還沒有回來（而達芙妮和安東尼已經回到家將近兩個小時了），達芙妮認為這是個好兆頭。如果她與賽門的那一幕被人看到了，流言蜚語肯定會在幾秒鐘內傳遍整個宴會廳，使她的母親羞愧地趕回家。

也許達芙妮還是能熬過這個夜晚，支離破碎的只有衣服，而不是她的名譽。

但她現在最不關心的就是自己的名譽。她需要家人快點回家還有另一個原因：她不可能靠一己之力阻止這場決鬥。只有蠢蛋才會在凌晨時分騎馬穿過倫敦，試圖獨自與兩個好鬥的男人講道理。

她需要幫助。

她擔心班尼迪特會立即站在安東尼那邊；事實上，如果班尼迪特不去當安東尼的助手，她才會感到驚訝。

但是柯林……柯林可能會懂得她的想法。柯林會發脾氣，柯林可能會說賽門活該一大清早就被槍斃，但如果達芙妮懇求，他會幫助她。

他們必須阻止這場決鬥。

達芙妮不懂賽門的腦子裡在想什麼，但他顯然因為某些事情而感到痛苦，可能是與他父親有關的事情。對她來說，她一直都很清楚他受到某種內心的魔鬼所折磨。當然，他隱藏得很好，特別是和她在一起的時候，但她經常看到他的眼中出現某種絕望的黯淡神情。而且，他會時不時地陷入沉默一定有原因。

有時候在達芙妮看來，她是唯一一個讓他真正放鬆到可以面對面大笑、耍嘴皮子和閒聊的人。也許還有安東尼。好吧，也許是在這一切發生之前的安東尼。

但儘管如此，儘管賽門在索布里奇夫人的花園裡表現出相當認命的態度，她認為他並不想死。

達芙妮聽到車輪輾過鵝卵石的聲音，急忙回到開啟的窗戶前，正好看到柏捷頓家的馬車從房子前駛過，往馬廄而去。

她搓了搓手，匆匆穿過房間，把耳朵貼在門上。她不能下樓，安東尼認為她已經睡著了，或者至少已經躺在床上反省她今晚的行為。

他說他不打算告訴他們的母親，或者至少在他確定她知道多少之前，他一句話也不會說。薇莉這麼晚才回家讓達芙妮相信，並沒有任何關於她的巨大可怕謠言在流傳，但這並不表示她就能從此高枕無憂。難免還是會有一些耳語。總是會有人在竊竊私語，而這些竊竊私語如果不加以制止，很快就會發展成到處都聽得到的吶喊。

達芙妮知道，她最後還是不得不面對她的母親。薇莉遲早會聽到些什麼，上流社會會確保她聽到些什麼。達芙妮只希望當薇莉被謠言攻擊時（令人遺憾的，其中大部分是事實），她的女兒已經成功地與某位公爵訂婚了。

如果事情與公爵有關，人們一般總是會寬宏大量。

這將是達芙妮計劃挽救賽門性命的最關鍵之處。他也許不會救自己，但他可能會拯救她。

柯林輕手輕腳地走進大廳，靴子在鋪著地毯的地板上無聲地移動。

他的母親已經就寢了，班尼迪特跟著安東尼進入後者的書房裡，但他對這之中任何一個人都不感興趣，他想見的是達芙妮。

他輕輕地敲了敲她的房門，門下透出的閃爍微光給了他鼓勵，顯然她還留著幾根蠟燭繼續燃燒。她是個非常理智的人，不會在點著蠟燭的情況下睡著，所以她應該還沒睡。

如果她還醒著，那麼她就必須和他談談。

他舉起手想再敲一次門，但精心保養過絞鍊的門滑順地打開了，達芙妮默默地示意他進去。

「我需要和你談談。」她低聲說，語氣中莫名有種迫切。

「我也要和妳談談。」

達芙妮把他迎了進去，然後快速掃視了一圈走廊，隨即關上了門，「我有大麻煩了。」

「我知道。」

她的臉色瞬間變得慘白，「你知道？」

柯林點了點頭，綠眸這一次罕見地認真：「妳記得我朋友麥斯菲德嗎？」

她點了點頭。麥斯菲德是她母親兩星期前堅持要介紹給她的年輕伯爵，就在她遇到賽門的那個晚上。

「呃，他看到你今晚和哈斯丁一起消失在花園裡。」

達芙妮的喉嚨突然變得乾癢，又像是哽了一個硬塊，但她還是設法擠出話來：「他看到了？」

柯林嚴肅地點點頭，「他不會說什麼的，這一點我很確信。我們已經是近十年的老朋友了。但如果他看到了妳，其他人可能也會看到。當他告訴我他看到的情景時，丹柏莉夫人正以相當古怪的眼光盯著我們。」

「丹柏莉夫人也看到了？」達芙妮迅速追問。

「我不知道她看到沒有。我只知道……」柯林輕輕聳肩，「她看著我的樣子，好像我犯的每一個小過錯在她眼前都無所遁形。」

達芙妮輕輕搖頭，「這就是她的為人行事。就算真的看到了什麼，她也不會說半個字。」

「丹柏莉夫人？」柯林懷疑地問道。

「她像一隻惡龍，而且有時也相當刻薄，但她不是那種為了好玩而毀掉別人的人。如果她看到了什麼，她會直接與我對質。」

柯林一臉不以為然。

達芙妮清了幾次嗓子，試著思考如何問出下一個問題：「所以他到底看到了什麼？」

柯林狐疑地盯著她，「妳是什麼意思？」

「就像我說的那樣啊。」達芙妮幾乎要破口大罵了，她的神經被這個漫長而緊張的夜晚繃到了極致，「他看到了什麼？」

柯林站直了身子，帶著一絲防備向後退。

「我剛說了啊。」他回答道：「他看到你和哈斯丁一起消失在花園裡。」

「就只有這樣？」

「只有這樣？」他重複道。柯林瞪大了雙眼，隨即又瞇成一線，「花園裡到底發生了什麼？」

達芙妮跌坐進一張臥榻，把臉埋在掌心裡，「哦，柯林，我的腦子亂成一團了。」

他沒有接話，最後她抹了抹眼睛，雖然沒有哭出來，但確實有股莫名的濕意。她抬起頭來。她的哥哥比她以前看到的模樣成熟了些，也更硬朗了些。他抱著雙臂，挺直的長腿微微分開，擺出一個雄偉不可侵犯的姿態。他的眼睛，常洋溢著歡樂和淘氣，此時卻像翡翠一樣強硬。他顯然一直在等待她抬起頭來，繼續把話說清楚。

「既然妳已經結束了自怨自艾，」他毫不留情地說：「現在可以告訴我，妳和哈斯丁今晚在索布里奇夫人的花園裡幹了些什麼。」

「別用這種語氣跟我說話，」達芙妮生氣地頂回去：「也別指責我沉溺於自怨自艾。看在老天的份上，有個男人明天就會沒命，我有權利不開心。」

柯林在她對面的椅子上坐下，臉部線條立刻軟化，換成一種極為關切的表情，「妳最好把所有事情一五一十地告訴我。」

達芙妮點了點頭，開始述說起晚上的事件。然而，她並沒有解釋她丟臉到何種程度。柯林不需要知道安東尼究竟看到了什麼，只要知道她陷入了窘境這個事實應該就足夠了。

最後她說：「所以現在，會有一場決鬥，而賽門會死掉！」

「也不一定吧，達芙妮。」

她悲傷地搖了搖頭，「他不會向安東尼開槍的，我可以用性命打賭。而安東尼……」她的喉嚨堵住了，在繼續說下去之前，她不得不先嚥下喉間的硬塊。

「安東尼氣成那樣，我認為他不是說說而已。」

「妳想怎麼做？」

「我不知道。我甚至不知道決鬥會在哪裡進行。我只知道，我必須阻止它！」

柯林暗暗罵了一句，然後輕聲說：「我不知道妳是否做得到，達芙妮。」

「我必須做到！」她喊道：「柯林，我不能坐在這裡傻傻盯著天花板，放任賽門就這樣死去。」

她的氣息已經不穩，但還是接著說道：「我愛他。」

他神色一凜，「即使在他拒絕妳之後？」

她沮喪地點頭，「我不在乎這是否會讓我變成一個可悲的傻瓜，但我控制不了自己。我還是愛他。他需要我。」

柯林輕聲說：「如果真的是這樣，妳不認為，在安東尼開口要求時，他就會答應娶妳嗎？」

達芙妮搖了搖頭，「不，這背後有一些我不知道的事情。我無法清楚解釋，但感覺就像是他心中也有一部分想和我結婚一樣。」

她可以感覺到自己越來越激動，呼吸開始變得急促，但她仍然接著說：「我不知道，柯林。如果你能看到他的表情，你就會明白，他是想保護我免受某種傷害。這一點我很確信。」

「我對哈斯丁的瞭解遠不如安東尼，」柯林說：「甚至不如妳，但我從來沒有聽說過他有什麼不可告人的深沉黑暗祕密。妳確定……」他的話戛然而止，他把頭埋入掌心，過了一會兒才重新抬起頭來。當他再次開口，聲音溫柔得令人心痛。「妳確定，他對妳的感情不是妳想像出來的嗎？」

達芙妮沒有生氣，她知道這些話聽起來像是她的幻想。但她心裡明白，她是對的。

「我不希望他死。」她低聲說道：「到頭來，這才是最重要的。」

柯林點了點頭，但又問了最後一個問題：「妳不希望他死，還是妳不希望他因妳而死？」

達芙妮搖搖欲墜地站了起來，用盡最後一點力氣來保持聲音穩定：「我想你還是離開吧，我不敢相信你竟然問出這種話。」

但是柯林並沒有離開，他只是伸手握住妹妹的手，「我會幫妳的，小芙。你知道我願意為妳做任何事情。」

達芙妮哭著投入他的懷抱，把那些藏在心裡的眼淚一股腦兒地宣洩出來。

三十分鐘後，她哭乾了所有淚水，頭腦也清醒多了。她需要哭泣；她意識到這一點。有太多東西堆積在她體內——太多的感受，太多的困惑、傷害和憤怒。她不得不把它們釋放出來。但現在沒有太多時間來發洩情緒。她需要保持頭腦冷靜，繼續專注於她的目標。

柯林去找安東尼和班尼迪特了，他說那兩人正在安東尼的書房裡低聲但激烈地交談。他同意她的看法，安東尼很可能會讓班尼迪特擔任他的副手。柯林的任務是讓他們說出決鬥的地點。達芙妮完全相信柯林會成功。他總是有辦法讓每個人對他卸下心防。

達芙妮穿上了她最舊也最舒適的騎馬裝束。她不知道這個早上會發生些什麼，但她最不希望發生的，就是被蕾絲和襯裙絆倒。

一陣急促的敲門聲引起了她的注意，在她還來不及摸到門把時，柯林就進了房間。他也已經換下了晚宴服。

「你都弄清楚了嗎？」達芙妮急切地問。

他俐落地點頭，嚴肅道：「我們沒有多少時間可以浪費了。妳應該是想在其他人到達之前先過去那裡？」

「如果賽門在安東尼之前先到達那裡，也許我可以在還沒有人掏出槍的時候，說服他娶我。」

柯林重重地呼出一口氣，「小芙，妳有沒有想過，妳可能不會成功？」

她的喉嚨動了一下，感覺像有一個炮彈塞在裡面，「我正在努力不去想那個問題。」

「但是……」

達芙妮打斷了他的話，語氣緊繃：「如果我在那個問題上糾纏，我可能會失去焦點、可能會失去勇氣，而我不能變成那樣。為了賽門，我不能變成那樣。」

「我希望他清楚，他對妳造成的影響。」柯林平靜地說：「因為如果他不知道，我可能不得不親自斃了他。」

達芙妮只是說：「我們快點走吧。」

柯林點頭，他們出發了。

賽門指示他的馬沿著徒步木橋，向攝政公園中最遠最偏僻的角落走去。這是安東尼的建議，他也同意，他們應該在遠離梅菲爾的地方把事情搞定。當然，現在是清晨，沒有人會在這時候出門，但也沒有必要在海德公園進行決鬥引人注目。

賽門不大在乎決鬥行為是否合法，畢竟到時候他也不會活著承受法律制裁。

然而，這是一種令人厭惡的死亡方式，但賽門眼下也沒有其他選擇。他讓一位家風良好的淑女蒙羞，而他又不能娶她，現在他必須承擔後果。這些事情賽門在吻她之前都一清二楚。

當他走到指定的場地時，看到安東尼和班尼迪特已經下馬在等他。他們的栗色頭髮在微風中飛揚，表情看起來都很凝重。

幾乎和賽門的心一樣凝重。

他騎到和柏捷頓兄弟相隔一段距離的地方停下，下了馬。

「你的副手在哪裡？」班尼迪特喊。

「沒必要。」賽門回答道。

「但你必須有個副手！沒有副手的決鬥不能算是決鬥。」

賽門只是聳了聳肩，「那麼做沒有意義。槍是你帶來的，而我相信你。」

安東尼向他走去，「我不想這麼做。」

「你沒得選擇。」

「但是你有。」安東尼急切地說道：「你可以娶她。也許你不愛她，但我知道你很喜歡她。你為什麼不娶她？」

賽門想過要據實以告，告訴他們，他發過誓絕不娶妻和延續家族的所有原因。但他們不會理解。柏捷頓家的人不會，他們只知道家庭美好、善良、真誠。他們不懂什麼是殘酷的語言和破碎的夢想，他們不懂被人拒絕的那種無助。

賽門想說一些刻薄的違心之言，一些能讓安東尼和班尼迪特鄙視他的話，讓這場荒謬的決鬥快點結束。可是這會牽涉到對達芙妮的侮辱，他就是開不了口。

因此，最終他只是抬頭看著安東尼．柏捷頓的臉，這個從他剛進伊頓時就一直是朋友的人，「只要知道這不是達芙妮的問題就好，你妹妹是我有幸認識過最好的女人。」

然後，他向安東尼和班尼迪特頷首致意，從班尼迪特放在地上的箱子裡拿起其中一把手槍，開始向草地的北邊走去。

「等！一！下！」

賽門倒抽一口氣，旋即轉過身來。老天啊，是達芙妮！

她壓低身子騎在一匹母馬上，全速奔馳著穿過草地，一瞬間令賽門目瞪口呆，忘記了對她干涉決鬥的憤怒，只是驚歎於在馬上的她看起來是多麼耀眼。

然而，當她拉住韁繩，馬停在他面前時，他的怒氣又重新爆發了。

Chapter 11

「妳知道自己在做什麼嗎？」他問道。

「拯救你這條可憐的小命！」她俐落下馬，眼裡閃爍著怒火，他發現他從未見過她氣成這樣，幾乎和他一樣怒不可遏。

「達芙妮，妳這個傻瓜。妳知道這麼做有多危險嗎？」他一時忘情，不假思索地握住她的肩頭輕輕搖晃，「我們其中一人可能會射傷妳。」

她說得很有道理，但他太憤怒了，不想承認這一點。

「哦，拜託，」她嘲笑道：「你根本還沒走到你的定點。」

「而且，妳還在三更半夜一個人騎馬過來。」他大吼：「妳應該知道這有多危險。」

「我當然知道。」她回嘴：「柯林陪我來的。」

「柯林？」賽門四下環顧，尋找她最年輕的那個哥哥，「我要殺了他！」

「在安東尼射穿你的心臟之前還是之後？」

「哦，肯定是之前。」賽門咆哮：「他在哪裡？柏捷頓！」

三個栗色的腦袋朝他的方向看來。

賽門怒氣沖沖大步跨過草地，眼中殺氣騰騰，「我是說那個蠢笨的柏捷頓。」

安東尼用下巴朝柯林指了指，溫和地說：「我相信他指的是你。」

柯林狠狠地朝他哥哥瞪了一眼，「所以我應該讓她待在家裡哭瞎眼睛嗎？」

「對！」這句話從三個不同的來源出現。

「賽門！」達芙妮大喊，在他身後的草地上絆了一跤，「快回來！」

賽門轉向班尼迪特，「把她弄走。」

班尼迪特看起來猶豫不決。

「動手吧。」安東尼下令。

班尼迪特不為所動，視線在他的兄弟、妹妹和那個羞辱她的男人之間來回打量。

「看在老天分上。」安東尼咒罵。

「她應該有發言權。」班尼迪特雙手扠腰說。

「你們兩個到底是怎麼回事？」安東尼沒好氣地瞪著他的兩個弟弟。

「賽門，」達芙妮說，在跑過草地後氣喘吁吁，「你必須聽我說。」

賽門試著無視她正在拉他的袖子，「達芙妮，放棄吧。妳什麼也做不了。」

達芙妮懇求地看著她的哥哥們。柯林和班尼迪特顯然很有同情心，但他們能做的也不多，無法幫助她。安東尼看起來仍然像一個暴怒的天神。

最後，她用她所能想到的唯一辦法來拖延決鬥。她揍了賽門一拳。

就打在他沒受傷的那隻眼睛上。

賽門痛苦地大叫，踉蹌著後退，「為什麼打我？」

「躺下去，你這個白癡，」她低聲斥道。如果他倒在地上，安東尼就沒辦法好好瞄準他。

「我當然不會倒下去！」他一邊揉著自己的眼睛，一邊喃喃自語：「真是夠了，被一個女人打倒。簡直無法忍受。」

「男人。」達芙妮哼了一聲，「都是蠢貨，沒有例外。」

她轉向她的哥哥們，他們正以同樣的表情呆若木雞地看著她。

她沒好氣地說道：「你們在看什麼？」

柯林開始鼓掌。

安東尼捶了一下他的肩膀。

「我可以和公爵大人私下、單獨、稍微、簡短的談談嗎？」她問道，一半的話是從牙縫中擠出來的。

Chapter 11

柯林和班尼迪特點了點頭後走開，安東尼則繼續站在原地。

達芙妮瞪了他一眼，「我也會揍你的。」

她可能也已經準備好這麼做了，只是班尼迪特走了回來。他把安東尼拉走時，差點把他的手臂拉到脫臼。

她盯著賽門，他正用手指揉著自己的眉心，似乎這樣可以減輕眼睛的疼痛。

「我不敢相信妳竟然打我。」他說。

她回頭瞥了一眼哥哥們，確保他們聽不見這邊的對話。「這在剛才似乎是個好主意。」

「我不知道妳希望達到什麼目的。」他說。

「我以為這已經很明顯了。」

他嘆了口氣，整個人忽然看起來很疲憊又悲傷，而且無比蒼老，無力道：「我已經告訴過妳，我不能娶妳。」

「你必須娶！」

她的回應如此急迫和堅定，他不得不抬起頭來，警惕地看著她。

「什麼意思？」他問，語氣中有著克制。

「我的意思是，我們被人看見了。」

「被誰？」

「麥斯菲德。」

賽門明顯地放鬆下來，「他不會到處造謠的。」

「但是還有其他人！」達芙妮咬著嘴唇，這不一定是謊話。可能有其他人。事實上，可能真的有其他人。

「是誰？」

「我不知道。」她承認：「但我聽到了一些閒言碎語。明天開始，它將遍布整個倫敦。」

賽門惡狠狠地咒罵，達芙妮嚇得倒退了一步。

「如果你不娶我，」她低聲說：「我這輩子就毀了。」

「沒有這回事。」但他的語氣缺乏說服力。

「這是真的，而且你心裡有數。」她強迫自己與他對視。她的整個未來（以及他的性命）都寄託在這一刻，她不能動搖。「沒有人會要我。我會被送去這個國家某個荒涼無人的角落裡……」

「妳明知道妳的母親不會把妳送走。」

「但我永遠沒辦法結婚。你很清楚。」她向前走了一步，迫使他意識到她的靠近，「我將永遠被打上二手貨的標籤。我永遠不會有丈夫、永遠不能生孩子……」

「別說了！」賽門幾乎是在喊叫：「看在老天的份上，不要再說下去。」

安東尼、班尼迪特和柯林都被他的喊聲驚動了，但達芙妮瘋狂地搖頭，示意他們留在原地。

「為什麼你不能娶我？」她低聲問道：「我知道你在乎我。那是什麼原因呢？」

賽門用手遮住臉，拇指和食指用力地按著太陽穴。天哪，他頭好痛。

而達芙妮……該死，她一直在靠近。她伸出手，碰了碰他的肩膀，然後是臉頰。他不夠堅強。親愛的上帝，他永遠不夠堅強。

「賽門。」她懇求道：「救救我。」

而他再也找不到方向。

Chapter 12

LADY WHISTLEDWN´S SOCIETY PAPERS

決鬥，決鬥，決鬥。還有什麼比這更刺激、更浪漫……或者更愚蠢的事情嗎？

筆者聽到的消息是，本週稍早前在攝政公園發生了一場決鬥。由於決鬥是非法的，筆者將不會透露當事人的姓名，但要知道，筆者對這種暴力行為非常反感。

當然，當本期報紙付印時，這兩個決鬥的白癡（我不願稱他們為紳士；紳士表示有一定程度的智慧，如果他們曾經擁有這種素質，那麼那天早上他們顯然沒有展現出來）似乎都沒有受傷。

人們不禁要問，也許在那個決定性的早晨，是否有感性和理性的天使向他們微笑。

如果是這樣，筆者認為這位天使應該對更多的人發揮祂的影響力，如此一來會使環境更加和平與友好，從而使我們的世界得到巨大的改善。

《威索頓夫人的韻事報》
19 May 1813

12

賽門抬起慘遭蹂躪的雙眼與她對視。

「我願意娶妳，」他低聲說道：「但妳必須要知道……」

他的話被她興奮的喊叫和激烈的擁抱擠到破碎。

「哦，賽門，你不會後悔的。」她鬆了一口氣般地快速說著。她的眼睛裡淚光閃爍，但同時也有著喜悅的光芒，「我會讓你快樂的。我向你保證。我會讓你非常幸福，你不會後悔的。」

「停！」賽門大聲說，把她推開，她那毫不掩飾的喜悅讓人無法忍受。「妳必須聽我說。」

她安靜了下來，表情變得忐忑不安。

「妳先聽我說完，」他用嚴厲的語氣說著：「然後再決定妳是不是要嫁給我。」

她咬著下唇，勉強點了點頭。

賽門顫抖地吸了一口氣。要怎麼告訴她？要告訴她什麼？他不能告訴她真相，至少不是全部。但她必須明白……如果她嫁給他……她必須放棄的東西會比她想像中更多。

他必須給她一個拒絕的機會，這是她應得的。賽門吞嚥了一下，忍著不適嚥下一股內疚感。她應得的遠遠不止這些，但這是他所能給的全部了。

「達芙妮。」她的名字一如既往，總能撫慰他焦躁不安的嘴：「如果妳嫁給我……」

她向他走去，並伸出手，又在他灼熱的警告目光中收了回去。

「怎麼了？」她低聲說：「有什麼事會可怕到這種程……」

「我不能有孩子。」

好了。他做到了，而且這也算是事實。

達芙妮愣愣地張著嘴，但除此之外，沒有任何跡象顯示她聽進去了他說的話。

他知道他的話很殘酷，但他認為這是唯一能讓她理解的辦法。

「如果妳嫁給我，妳永遠都不會有孩子。妳永遠無法抱著嬰兒，知道這孩子是屬於妳的，是妳創造的愛的結晶。妳永遠不會……」

「你怎麼知道？」她打斷了他，聲音平靜卻不自然地拔高。

「我就是知道。」

「但是……」

「我不能有孩子。」他殘忍地重複道：「妳必須明白這一點。」

「我明白了。」她的雙唇微微顫抖，似乎不大確定自己是否有話要說，她的雙眼也似乎比正常情況下眨動得更頻繁。

賽門盯著她的臉，但卻無法像平時那樣讀懂她的情緒。通常情況下她的心情一覽無遺，她的雙眼如此真誠，就好像他能望穿她的靈魂。但現在，她看起來異常沉默，全身僵硬。

她很傷心，這一點很明顯。但他不知道她會說些什麼，不知道她會有什麼反應。

賽門有種奇怪的感覺，達芙妮自己也不知道。

他意識到右側有人接近，他轉過身去看到安東尼，他的表情在憤怒和關切之間變換不定。

「有什麼問題嗎？」安東尼輕聲問道，眼神看向妹妹那張寫滿痛苦折磨的臉。

在賽門還來不及開口之前，達芙妮回答：「沒有。」

所有人的目光都轉向了她。

「不會有決鬥了。」她說：「公爵大人將會和我結婚。」

「我明白了。」安東尼似乎想做出鬆了口氣的反應，但妹妹凝重的表情迫使眼前出現某種奇異的安靜。

「我會告訴其他人的。」他說道，然後轉身離開。

賽門感到有種陌生的東西湧入肺部。他後知後覺地意識到，那是空氣。他剛剛一直屏著呼吸，而他甚至沒有意識到自己這麼做。

他胸口還充塞著其他的東西。一些炙熱、可怕，又帶著勝利感的美妙東西。那是不同的情緒，是純粹而未被稀釋的情感，是救贖、愉悅、慾望和恐懼的奇異混合體。這輩子絕大部分時間都在努力避免這種混亂感情的賽門，一時間顯得手足無措。

他看著達芙妮的眼睛，低沉輕柔地問：「妳確定嗎？」

她點了點頭，臉上奇怪地沒有任何情緒。

「你值得我這麼做。」然後她慢慢地走回她的坐騎。

賽門忍不住懷疑，他到底是被送上了天堂，還是被拋進地獄最黑暗的角落。

達芙妮在家人的陪伴下度過了這一天剩餘的時間。當然，大家都對她訂婚的消息感到興奮。每個人都是如此，除了她的哥哥們，他們雖然也為她感到高興，但卻有點悶悶不樂。達芙妮並不怪他們。她自己也覺得沒什麼興致。這一天發生的事情讓他們都筋疲力盡了。

大家的決定是，婚禮必須盡可能快速舉行，光是得知可能有人看到達芙妮在索布里奇夫人的花園裡親吻賽門，就足以促使薇莉立即向大主教提出申請，要求頒發結婚特許證。薇莉隨即旋風般投身在各種宴會細節裡；據她表示，婚禮雖然規模小巧，但絕對不能簡陋。

艾洛伊絲、弗蘭雀絲卡和海辛絲都對當伴娘這件事感到非常興奮，不停丟出各式各樣的問題：

Chapter 12

賽門怎麼求婚的？他有沒有單膝跪地？達芙妮會穿什麼顏色的衣服？他什麼時候會送她戒指？

達芙妮盡她所能地回答這些問題，很勉強才能集中精神應付妹妹們。接近傍晚的時候，她的回答已經變成了單字。最後，在海辛絲問她想要什麼顏色的玫瑰作為捧花，而達芙妮只回覆「三」之後，妹妹們終於放棄跟她說話，留她一人好好休息。

這次行為的巨大後果讓達芙妮變得無話可說。她救了一個人的命，她從愛慕的男人那裡獲得了婚姻的承諾，還即將讓自己過上沒有孩子的生活。

這一切都發生在一天之內。

她帶著一絲絕望笑了起來，忍不住想知道明天她還能做些什麼來讓這一切更加難忘。

她希望能弄清楚自己在對著安東尼說「不會有決鬥」前的一剎那，腦子裡都在想些什麼。可事實上，她不確定自己還能記得任何事情。無論她的腦海中閃過什麼，它都不是由單字、句子或有意識的思想組成的。她彷彿被色彩所籠罩——紅色、黃色，以及它們交匯的橙色混合體。純粹的感覺和本能，這就是當時的一切。沒有理由、沒有邏輯，甚至沒有一點理性或理智。

不知何故，當這一切在她腦中劇烈翻攪時，她了解到自己必須做的事是什麼。她的生命中可以容許沒有孩子，但她不能沒有賽門。孩子們是無形的，是她無法想像或觸摸的未知生命。

但是賽門……賽門是真實的，他就在這裡。她知道觸摸他臉頰的感覺，知道在他面前大笑的感覺。她知道他的吻有多甜美，以及他微笑中隱藏的狡黠。

而且她愛他。

雖然她幾乎不敢往那方面想，但也許他錯了，也許他是可以有孩子的。也許他被某個不稱職的外科醫生誤導了，也許上帝只是在等待合適的時機來賜予一個奇蹟。她不太可能成為像生養柏捷頓那麼一大家子的那種母親，但即便只有一個孩子，她知道自己會感到生命的完整。

不過，她不會和賽門分享這些想法。如果他認為她對孩子抱有哪怕只是一丁點的希望，他也不會娶她。她很確定這一點。他已費盡心思殘忍地坦承以對，如果不是認為她已經徹底認清事實，他是不會允許她做出決定的。

「達芙妮？」

達芙妮一直懶洋洋地窩在客廳的沙發上，她抬起頭來，看到母親正一臉關切地注視著她。

「妳沒事吧？」薇莉問道。

達芙妮擠出一抹笑容，「我只是累了。」

確實如此，她甚至直到現在才想起來，她已經超過三十六個小時沒有闔眼了。

薇莉坐到她身邊，「我以為妳會更開心，我知道妳有多愛賽門。」

達芙妮驚訝地看向母親。

「這並不難看出來。」薇莉輕聲說道，拍了拍女兒的手，「他是個好男人，妳的選擇很對。」

達芙妮勉強擠出微笑。她的選擇確實很對，而她也會盡力讓自己的婚姻完美無缺。如果他們注定無法擁有孩子……好吧，她想通了，反正也有可能是她不孕。她認識好幾對沒生孩子的夫婦，他們當中應該沒有人在結婚前就知道自己有生育缺陷。再說，她有七個兄弟姊妹，肯定會有很多侄兒和外甥讓她擁抱和寵愛。

與她所愛的人一起生活，總比與不愛的人生兒育女來得好。

「妳為什麼不小睡一下？」薇莉建議：「妳看起來累壞了，我不想看到妳出現黑眼圈。」

達芙妮點了點頭，搖搖晃晃地站了起來。她的母親真是貼心，睡眠確實是她現在最需要的。

「我相信一兩個小時後，我就會感覺神清氣爽了。」她說著打了一個大大的呵欠。

薇莉站起來向女兒伸出手臂，笑著說：「我覺得妳沒辦法自己上樓。」

她帶達芙妮走出房間爬上樓梯，「我真心懷疑一兩個小時就足夠。我會明白地交代所有人，明天早上以前都不要去煩妳。」

達芙妮睡眼惺忪地點點頭。「那粉好。」她嘟囔著，蹣跚地走進她的房間，「早上粉好。」

薇莉把達芙妮帶到床邊扶她上床。她幫女兒脫掉了鞋子，但也就只能脫下這些。

「妳不如就穿著衣服睡吧。」她彎腰親吻女兒的額頭，「我想我是沒辦法挪動妳，幫妳脫掉這些衣服了。」

對此，達芙妮的回答只有鼾聲。

賽門也很疲憊。通常人不會每天都想著放棄生命，然後又被過去兩週在所有夢裡出現的女人所拯救，並且還和她訂了婚。

如果不是他有兩個黑眼圈，下巴上有一塊不小的瘀青，他會以為自己是在做夢。

達芙妮真的了解自己做了什麼嗎？她明白自己因此需要放棄的東西嗎？她是一個頭腦清醒的女孩，不會沉迷在愚蠢的白日夢和幻想。他不認為她會在尚未釐清所有後果的情況下同意嫁給他。

但話說回來，她在一分鐘之內就做出了決定。她怎麼可能在一分鐘內把所有事情都想清楚？

除非她認為自己愛上了他。她會因為愛他而放棄組織家庭的夢想嗎？

或者，她是出於內疚才這樣做的。如果他在那場決鬥中死了，達芙妮絕對能瞎掰出理由，讓這一切歸咎於她自己。他**喜歡**達芙妮。她是他所知最美好的人之一。如果死的是她，他知道自己是不可能昧著良心活下去的。也許她對他也是同樣的感覺。

然而不管她的動機為何，事實很簡單，柏捷頓夫人已經送來一封信，通知他婚約不會延期，等到了這個週六，他這輩子都將與達芙妮永不分離。

而她也會永遠在他身邊。

他醒悟到這件事已經是箭在弦上了。達芙妮絕不會在這個時間點退婚，他也不會，而令他吃驚的是，這種幾乎像是命中注定的確定感……

其實很不錯。

達芙妮將會成為他的人。她了解他的缺陷，也明白他無法帶給她什麼東西，而她仍然選擇了他。這讓他的心感到前所未有的溫暖。

「大人？」

正懶懶地坐在書房皮椅上的賽門抬起頭來。他其實不必看也知道，那低沉平緩的聲音只會出自他的管家。

「什麼事，傑弗瑞？」

「柏捷頓大人來見您了。需要我告訴他您不在家嗎？」

賽門勉強起身。該死的，他累壞了。「他不會相信你的。」

傑弗瑞頷首，「好吧，先生。」

他走了三步，然後又轉過身，「您確定想要接待客人嗎？您看起來確實有點，呃，不舒服。」

賽門輕輕乾笑一聲，「如果你指的是我的眼睛，在這兩處瘀青中，較大的那個應該是柏捷頓大人的傑作。」

傑弗瑞像貓頭鷹一樣眨巴著眼睛，「大塊頭的那個，大人？」

賽門勉強扯了扯嘴角。這麼做並不容易，因為他整張臉都在疼，「我知道這很難分辨，但我的右眼實際上比左眼要糟一點。」

傑弗瑞猶豫地靠近，顯然很感興趣。

「相信我。」

管家直起身來，「沒問題。要我帶柏捷頓大人去客廳嗎？」

「不，把他帶到這裡來吧。」在傑弗瑞緊張的吞嚥聲中，賽門補充道：「你不必為我的安全擔心，柏捷頓大人不可能在這個節骨眼上加重對我的傷害。」他嘀咕著繼續說：「他應該很難找到還沒有被他打過的地方。」

傑弗瑞瞪大了雙眼，匆忙離開了房間。

過了一會，安東尼．柏捷頓大步走了進來。他看了一眼賽門，「你看起來真慘。」

賽門站起來，挑了挑眉毛——以他目前的狀況，這可不是件容易的事。「你覺得驚訝？」

安東尼笑了起來。雖然笑聲帶著點尷尬和空洞，但賽門聽出了其中的舊情誼，想起了他們以前的友誼。他很驚訝自己竟然因此而心懷感激。

安東尼指著賽門的眼睛，「哪一邊是我的傑作？」

「右邊。」賽門輕輕撫摸著他飽受摧殘的皮膚，「身為女孩，達芙妮的力氣相當大，但她不像你那麼壯，力量也不如你。」

「不過，」安東尼靠向前，傾身檢查妹妹的手藝，「她揍得相當漂亮。」

「你應該為她感到驕傲，」賽門咕噥：「簡直痛得要人命。」

「沒錯。」

然後他們陷入沉默。有太多話要說，卻不知道從何說起。

「我從沒想過事情會變成這樣。」安東尼最後說。

「我也是。」

安東尼靠在賽門的桌沿，但一直不安地動來動去，看起來莫名的彆扭，「對我來說，實在很難放手讓你追求她。」

「你知道那都是假裝的。」

「但昨晚你讓它變成事實了。」

他該說什麼呢？其實是達芙妮引誘他，而不是他主動？是她把他帶到露臺上在暗夜裡共舞？這些都不重要。他比達芙妮更有經驗，他應該有能力阻止這一切發生。

所以他保持沉默。

「我希望我們可以把這件事忘掉。」安東尼說。

「我相信這會是達芙妮最大的心願。」

安東尼的眼睛瞇了起來，「所以你現在的人生目標是實現她的願望嗎？」

賽門想：**除了某一個，除了真正重要的那個**。

「你知道，我會盡我所能地讓她快樂。」他平靜地說。

安東尼點點頭，「如果你傷害她……」

「我永遠不會傷害她。」賽門發誓，眼裡閃著光芒。

安東尼用一種深沉而平靜的眼神看著他。

「因為你毀了她的名譽，我本來打算殺了你。如果你傷了她的心，我保證，只要你活著就不得安寧。」他眼神微微散發出戾氣補充道：「但應該不會太久。」

「至少會留下足夠的時間，讓我陷入極度的痛苦之中？」賽門平靜地問道。

「沒錯。」

賽門點了點頭。儘管安東尼以酷刑和死亡威脅他，賽門還是忍不住打從心底尊重對方。一個男人如此盡心盡力保護妹妹是一件可敬的事。

賽門想知道，安東尼是否在他身上看見別人看不透的東西。他們彼此認識的時間占據兩人一半以上的歲月。安東尼是否看到了他靈魂中最黑暗的角落，那些他極力想隱藏的痛苦和憤怒？

如果是這樣的話，這是不是他擔心妹妹幸福的原因？

「我向你保證，」賽門說道：「我會盡我所能保障達芙妮的安全和幸福。」

安東尼鄭重地點頭，「最好說到做到。」

他自桌邊站直身子，走向門口，「否則你又會見到我。」

他離開了。

賽門低低罵了一句，又跌坐回皮椅中。他的生活何時變得如此見鬼的複雜？從什麼時候起朋友變成了敵人，調情變成了慾望？

還有，他到底該拿達芙妮怎麼辦？他不想傷害她，實際上是不忍心傷害她，但光是和她結婚就注定了沒有好結果。他為她瘋狂，渴望有一天能讓她躺在他身下，他要用自己的身體覆蓋她全身，慢慢地進入她，直到她呻吟著他的名字……

他打了個寒顫，這種想法對他的健康可沒有好處。

「大人？」

又是傑弗瑞。賽門太累了懶得抬頭，所以他只用手勢示意了一下。

「也許您想就寢了，大人。」

賽門試著瞥了一眼時鐘，但也只是因為這樣就不用轉頭看。此時還不到晚上七點，並不是他平常的睡覺時間。

「還早著呢。」他喃喃地說。

「沒錯，」管家堅持：「但也許您想休息了。」

賽門閉上了眼睛。傑弗瑞說得有道理，也許他需要與羽絨床墊和高級亞麻床單進行長時間的接觸。他可以逃回臥室，在那裡他可能有辦法整晚都不再看見任何一位柏捷頓。

真要命，依他現在的感覺，他可能要在房裡躲上好幾天。

Chapter 13

LADY WHISTLEDWN´S SOCIETY PAPERS

哈斯丁公爵和柏捷頓小姐要結婚了！

親愛的讀者，筆者必須藉此機會提醒您，本專欄早就預測過這場即將舉行的婚禮。筆者注意到，每當本報報導有位迷人的紳士和一位未婚女士之間產生新戀情時，紳士俱樂部賭金簿上的賠率在幾小時內就會產生變化，而且總是看好他們會結婚。

雖然筆者不被允許進入懷特俱樂部，但筆者有理由相信，關於公爵和柏捷頓小姐的婚姻，官方的賠率是二比一。

《威索頓夫人的韻事報》

21 May 1813

13

這一週剩下的時間匆忙地過去了。達芙妮好幾天沒有見到賽門，她幾乎以為他已經出了城，但安東尼告訴她，他去過哈斯丁大宅處理婚約細節等問題。

讓安東尼覺得驚訝的是，賽門拒絕接受任何嫁妝，哪怕只有一毛錢。最後他們兩人決定，安東尼將父親為達芙妮結婚預留的錢單獨存放，由他本人託管。這筆錢將會專屬於她，她可以隨心所欲地使用或存起來。

「妳可以把它傳給妳的孩子。」安東尼建議。

達芙妮只是笑了笑。不笑的話，就只能哭了。

過了幾天，賽門在婚禮前兩天的下午拜訪了柏捷頓大宅。

達芙妮在杭博特宣布公爵到來後，就在客廳裡等著。她優雅地坐在大馬士革沙發的邊角，抬頭挺胸，雙手交疊放在腿上。她相信，自己看起來絕對是位端莊的英國婦女典範。

她感到一陣緊張。

更正，當她的胃快要翻出喉嚨口，這時她的神經已經不叫緊張，而是耗弱了。

她低頭看了看自己的手，發現指甲在掌心中留下了紅色的月牙形掐痕。

第二次更正，進入耗弱狀態的神經，正被一支箭從中穿過，可能還是一支燃燒的箭。

她幾乎壓抑不住想笑的衝動，但這麼做實在很不恰當。她以前從來沒有因為要和賽門見面而感到緊張。事實上，這可能是他們這段友誼中最值得稱許的方面。即使當她發現自己被他火熱的目光注視著，而她確信自己的眼神大概也散發同樣的渴望時，她仍然能與他自在相處。沒錯，她心裡小

Chapter 13

鹿亂撞，肌膚敏感刺痛，但這些都是慾望的症狀，而非來自不安。重點是，賽門一直都是她的朋友。只要他在身邊，她的心情就能輕鬆愉悅，達芙妮很清楚不該將這份感情視為理所當然。

她相信他們會找回那種自在相伴的感覺，但在攝政公園那一幕之後，她非常擔心這種情況一時之間還不會發生。

「日安，達芙妮。」

賽門出現在門口，整個人看上去依然無懈可擊。好吧，也許他今天並不像平時那樣令人驚歎。他的眼睛上仍然有著紫色瘀血，下巴的瘀傷變成明顯的青綠色。

不過，這些總比心臟中彈要好。

「賽門，」達芙妮回道：「見到你真好。什麼風把你吹到了柏捷頓大宅？」

他驚訝地看著她，「我們不是訂婚了嗎？」

她臉紅了，「對，是這樣。」

「在我印象中，男士應該去拜訪他們的未婚妻。」他在她對面坐下，「威索頓夫人不是說過這樣的話嗎？」

「我不這麼認為，」達芙妮喃喃低語：「不過我確定我母親一定說過。」

他們雙雙笑了起來。那一瞬間，達芙妮以為一切都會恢復正常，但笑容一消失，整個房間就又陷入了令人不舒服的安靜。

「你的眼睛好點了嗎？」她終於問道：「它們看起來沒那麼腫了。」

「妳覺得呢？」賽門轉身看向一面鍍金大鏡子，「我認為瘀青已經變成了某種壯觀的藍色。」

「紫色。」

雖然沒辦法拉近他與鏡子的距離，他仍向前傾身，「那就紫色吧，但我想這應該有待商榷。」

「會痛嗎？」

他皮笑肉不笑地揚起嘴角，「只有被戳到的時候。」

「那我只好別這麼做。」她喃喃地說，接著唇角調皮地翹起，輕快說道：「當然，這會有點困難，但我會克制的。」

「是的。」他用一本正經的表情說：「常常有人告訴我，我讓女人恨不得要戳我的眼睛。」

達芙妮釋懷地笑了出來。如果他們能對這種事情開玩笑，一切應該都會回到原來的樣子吧。

賽門清了清嗓子，「我確實有件事情要找妳。」

達芙妮期待地注視著他，等待他繼續說下去。

他拿出了一個珠寶盒，「這是給妳的。」

她伸手接過那個包覆著天鵝絨的小盒子，呼吸卡在喉嚨裡，「你確定嗎？」

「我相信訂婚戒指還是不能少的。」他平靜地說道。

「哦，我真傻。我沒有想到……」

「是一枚訂婚戒指？妳以為它是什麼？」

「我什麼都沒想。」她羞怯地承認。他以前從未送過她禮物。她被自己的反應嚇了一跳，她完全忘了他欠她一枚訂婚戒指。

欠她。她不喜歡這個詞，不喜歡自己竟然會想到這個詞。但她非常肯定，這一定是賽門挑選戒指時在想的事情。

這讓她很沮喪。

達芙妮強顏歡笑，「這是傳家寶嗎？」

「不是！」他說。

他的反應激烈到嚇得她猛眨眼。

「喔。」

接下來又是一陣尷尬的沉默。

他輕咳了一聲，然後說：「我想妳可能會喜歡屬於妳的東西。所有的哈斯丁珠寶都是為別人選的，這個，是我為妳選的。」

達芙妮認為她沒有當場融化簡直是個奇跡。

「真是太貼心了。」她勉強忍住一波傷感的抽泣。

賽門有點坐立不安，她覺得很正常，男人確實都很討厭被稱讚「貼心」。

「妳不打開它嗎？」他咕噥道。

「哦，對，當然要。」達芙妮輕輕甩頭，猛然回過神來，「我真是太傻了。」

她盯著珠寶盒看，眼神已經透出光芒。她眨了幾下眼睛，讓視線更清晰一點，然後小心翼翼地鬆開盒子的扣子，打開了它。

除了「哦，我的天哪」之外，她說不出半句話來，甚至這句話都像歎息而不是話語。

盒子裡是一枚耀眼奪目的白金戒指，上面飾有一大顆水滴形的翡翠，兩側是完美的單顆鑽石。這是達芙妮所見過最美的首飾，璀璨而優雅，看得出來很昂貴，但又不過分炫耀。

「太美了。」她低聲說：「我很喜歡。」

「妳確定？」賽門摘下手套傾身向前，把戒指從盒子裡拿出來，「因為這是妳的戒指，妳是佩戴它的人，它應該要反映妳的品味而不是我的。」

達芙妮的呼吸輕顫，「顯然，我們的品味完全相同。」

賽門微微鬆了口氣，牽起她的手。直到那一刻，他才意識到她喜歡這枚戒指對他的意義有多重大。他討厭自己在她身邊感到如此緊張，過去幾週，他們一直是能夠自在相處的好朋友。他討厭他們談話時出現冷場，在此之前，她是唯一一個他不需要暫停對話以便盤算自己想說什麼的人。

他現在說話並沒有任何困難，只是他似乎不知道該說些什麼。

「我可以替妳戴上它嗎？」他輕聲問。

她點了點頭，打算脫下手套。

但賽門按住了她的手指，然後接手這項工作。他輕拉著每隻手指的尖端，然後慢慢地把手套從她手上脫下來。這個動作充滿著挑逗意味，比起他心中想做的事，這顯然只是一種前戲——他想拆開她身上的每一道縫線。

當手套邊緣滑下她的指尖時，達芙妮倒抽了一口氣。急促的輕喘從她的雙唇中溢出，使他更加情不自禁。

他顫抖著手將戒指滑入她的手指，在她的指節上緩緩推進，直到它就定位。

「尺寸非常合適。」她轉動著手想看戒指如何反射光線。

但賽門並沒有放開她的手。隨著她的動作，她的肌膚貼著他的掌心滑動，產生了一種奇異的暖意，讓人感到療癒。隨後他把她的手舉到唇邊，在指節上輕輕一吻。

他喃喃道：「我很高興，這很適合妳。」

她的唇角彎了起來，有點像是他最喜愛的那種開朗笑容。也許這正是他們之間一切都會好轉的跡象。

「你怎麼知道我喜歡翡翠？」她問。

「我不知道，」他承認：「它讓我想起了妳的眼睛。」

「我的……」她偏了偏頭，雙唇噘起像是在笑，但看起來更像是責怪，「賽門，我的眼睛是棕色的。」

「大部分是棕色的。」他糾正說。

她轉身，面對著稍早前他用來檢查瘀青的那面鎏金鏡子，眨了幾下眼睛。

「不，」她慢慢地說，好像正在對一個智力有問題的人說話：「它們是棕色的。」

Chapter 13

他伸出手來，用一根手指輕輕沿著她的眼睛下緣拂過，她精緻的睫毛像蝴蝶的吻一樣撓著他的皮膚。「邊緣部分不是。」
她看了他一眼，主要是懷疑，但也帶了點好奇。
然後輕輕吐出一口氣，站起來，「我自己去看。」
賽門好整以暇地看著她站起來，走到鏡子前把臉貼近玻璃。她眨了幾下眼睛，然後把眼睛睜得大大的，接著又眨了幾次。
「哦，我的天哪！」她驚呼：「我從來沒注意到！」
賽門起身走到她身邊，和她一起靠著鏡子前的紅木桌子。
「妳很快就會知道，我說的話總是對的。」
她白了他一眼，「但你怎麼會注意到這個？」
他聳了聳肩，「我看得很仔細。」
「你……」她似乎決定不把話講完，身體向前靠在桌子上，睜大眼睛再次查看。
「真有趣。」她喃喃道：「我的眼睛竟然是綠色的。」
「那個，我不會直接斷言說……」
「就今天而言，」她打斷他：「我拒絕相信它們是綠色以外的顏色。」
賽門咧開嘴，「都聽妳的。」
她嘆口氣，「我一直都超級嫉妒柯林，那麼漂亮的眼睛長在一個男人身上，真是浪費。」
「我相信那些渴望和他陷入愛河的年輕女士不會同意。」
達芙妮得意洋洋地看了他一眼。「沒錯，但她們的意見並不算數，不是嗎？」
賽門發現自己很想大笑，「妳說不算就不算。」
「你很快就會知道，」她狡黠地說：「我說的話總是對的。」

這一次他真的哈哈大笑起來，他實在忍不住了。等他終於停了下來，才發現達芙妮一句話也沒說。不過，她正溫柔地看著他，唇角的弧度帶著一絲懷念。

「這種感覺很好。」她伸手按住他的手，「幾乎和以前一樣，你不覺得嗎？」

他點點頭，把掌心翻向上，好讓他能握住她的手。

「以後也會像這樣，對吧？」她的眼裡流露出一絲惶恐，「我們會回到原來的樣子，不是嗎？一切都會和以前一樣。」

「是的。」他說，即使他知道這不可能成真。他們的日子可能過得順遂平安，但絕不會再像以前那樣。

她微笑著閉上眼睛，把頭靠在他的肩膀上，「那就好。」

賽門凝視著他們在鏡中的影像，靜靜看了幾分鐘，幾乎要相信自己能夠帶給她幸福。

第二天晚上——達芙妮身為柏捷頓小姐的最後一夜，薇莉敲了敲她臥室的門。

達芙妮聽到敲門聲時正坐在床上，面前攤開著一堆兒時的紀念品。

「請進！」她喊。

薇莉探頭進來，臉上帶著一個不自在的微笑。

「達芙妮。」聽起來有些彆扭：「妳有時間嗎？」

達芙妮關切地看著她的母親，「當然有。」

薇莉走進房間，她站起來迎接。她母親的膚色與身上的黃色裙裝非常相配。

「您還好嗎，媽媽？」達芙妮問道：「妳看起來臉色不大好。」

「我沒事，我只是……」薇莉清了清嗓子，勉強挺起胸膛，「我們該談一下了。」

「噢。」達芙妮呼出一口氣，她的心因期待而狂跳。她一直在等待這個機會。她所有的朋友都告訴她，在結婚的前一天晚上，新娘的母親會告訴她所有關於婚姻的祕密。在那個最終的時刻，她被允許進入女人的世界，得知那些邪惡又甜美卻嚴格禁止未婚女孩得知的事實真相。當然，她身邊的好些年輕女士都已經結了婚，達芙妮和朋友們曾想方設法要讓她們說出其他人不願意分享的內容，但年輕的女主人只是咯咯笑著說：「妳們很快就會知道了。」

「很快」已經變成了「現在」，達芙妮等不及了。

另一方面，薇莉看起來好像隨時都會把胃裡的東西吐出來。

達芙妮拍了拍床上的一個位置，「您想坐在這裡嗎，媽媽？」

薇莉心不在焉地眨了眨眼睛，「嗯，對，那樣不錯。」

她坐到床上，但又似乎想馬上站起來。她看起來非常無所適從。

達芙妮不忍心再看下去了，決定先開口：「是關於婚姻嗎？」

薇莉的頷首輕到幾乎無法察覺。

達芙妮努力使自己的聲音聽起來很鎮定而非歡快：「新婚之夜？」

這一次，薇莉設法將下巴上下晃動的幅度加大一些，「我真的不知道該怎麼跟妳說這個，這是非常不莊重的。」

達芙妮試著耐心地等待，她的母親終究還是會進入正題。

「妳看啊，」薇莉支支吾吾地說：「有些事情妳必須要知道。明天晚上會發生的事情。事情……」她咳了一下，「……和妳的丈夫有關。」

達芙妮身體向前傾，聚精會神。

薇莉向後退開些許，顯然對達芙妮明顯的興致盎然感到彆扭。

「妳看，妳的丈夫……也就是，賽門，就是他，因為他將成為妳的丈夫……」

由於薇莉一直在重複這些內容，達芙妮嘀咕起來：「沒錯，賽門將是我的丈夫。」

薇莉呻吟了一聲，矢車菊藍的雙眼四下張望，就是不肯看向達芙妮的臉，喃喃道：「這對我來說非常困難。」

「看得出來。」達芙妮低語。

薇莉深吸一口氣，坐直身子，纖薄的肩膀向後一挺，彷彿在為進行某種不愉快的任務做準備。「在妳的新婚之夜，」她開始說：「妳的丈夫會希望妳履行妳在婚姻中的責任。」

這些部分達芙妮都知道。

「妳們的婚姻一定要圓房。」

「當然。」達芙妮喃喃地說。

「他將和妳一起睡在妳的床上。」

達芙妮點點頭，這部分她也知道。

「而且他將會進行某些……」薇莉思索著，想找出個詞語，雙手不自覺地在空中揮舞，「……在妳身上進行親密接觸。」

達芙妮的嘴唇微微張開，她急促的呼吸是房間裡唯一的聲音。這段對話終於變得有趣了。

「我是來告訴妳，」薇莉的聲音忽然變得相當輕快：「履行婚姻責任可以是非常愉快的。」

——所以內容是什麼？

薇莉雙頰通紅，「我知道有些女人覺得，呃，那些行為令人厭惡，但是……」

「會令人厭惡嗎？」達芙妮好奇地問：「那為什麼我看到那麼多女僕偷偷地和男僕一起消失？」

薇莉立刻進入了憤怒的雇主模式，「是哪個女僕？」

「別想轉移話題。」達芙妮警告道：「我已經等了一星期了。」

Chapter 13

她母親身上的怒氣消失了，「是喔？」

達芙妮滿臉「不然妳以為是怎樣」的表情，回說：「嗯，當然啊。」

薇莉嘆了口氣，低聲說道：「我說到哪兒了？」

「您剛剛說，有些女人覺得履行婚姻責任令人不愉快。」

「對。嗯，對。」

達芙妮低頭看著母親的手，發現她幾乎快把一整條手帕揉碎了。

「我真正想讓妳知道的是，」薇莉連珠炮般地說，彷彿她迫不及待要趕快講完這些話，「是這件事根本不會造成不愉快，如果兩個人彼此在乎……我相信公爵非常在乎妳……」

「而我也很在乎他。」達芙妮小聲地插嘴。

「當然了。對。好吧，妳看，由於你們確實在乎對方，這可能會是一個非常甜蜜和特別的時刻。」薇莉開始向床腳挪動，裙子上的淺黃色絲綢隨著她的移動在被子上滑開，「而且妳不應該緊張。我相信公爵會非常溫柔的。」

達芙妮想到了賽門火辣熱情的吻，「溫柔」似乎並不適用。

「但是……」

薇莉整個人彈跳起來，「很好。祝妳有個愉快的夜晚，這就是我來到這裡要說的事情。」

「**就這些**？」

薇莉衝向門外。「呃，對。」她愧疚地挪開視線，「妳還想知道其他的事情嗎？」

「是的！」達芙妮追在她母親身後，拿身體擋著門，這樣她就無法逃脫了。「您不能只告訴我這些就走！」

薇莉渴盼地瞥了一眼窗戶。

達芙妮很慶幸她的房間在二樓，否則母親肯定會想辦法從那裡逃走。

「達芙妮。」薇莉的聲音聽起來相當掙扎。

「但我該怎麼做呢？」

「妳的丈夫會知道的。」薇莉嚴肅地說。

「我不想讓自己出醜，媽媽。」

薇莉呻吟起來，「妳不會的。相信我，男人是……」

達芙妮抓住了這個沒說完的句子，「男人是什麼？是什麼，媽媽？您剛才想說什麼？」

薇莉的整張臉這時已經變成了鮮紅色，脖子和耳朵則隨之變成了粉紅色，「男人很容易取悅。」她喃喃地說道：「他不會失望的。」

「但是……」

「沒有但是！」薇莉終於堅定地說：「我已經告訴了妳，當年我母親告訴我的一切。不要像熱鍋上的螞蟻一樣焦慮，只要做得夠，妳就會有一個孩子。」

達芙妮吃驚到合不攏嘴，「什麼？」

薇莉緊張地輕笑了起來，「我是不是忘了提關於孩子的那部分？」

「媽媽！」

「很好。你們的婚姻責任……呃，圓房，就是……所以你們就會有孩子。」

達芙妮整個人無力地靠在牆上，低聲問：「所以您履行了八次？」

「不是啦！」

達芙妮困惑地眨了眨眼。她母親的解說簡直潦草到不可思議，她仍然不知道婚姻責任的內容到底是什麼，剛才聽到的東西根本不能算數。「但您不是應該要做八次嗎？」

薇莉開始瘋狂幫自己搧風，「對，不對！達芙妮，這是很私人的事。」

「但您怎麼可能有八個孩子，如果您沒有……」

「我不止做了八次。」薇莉看起來似乎想直接在地上挖個洞。

達芙妮不可置信地盯著她母親，「是喔？」

「有時候，」薇莉從牙縫中迸出話來，甚至幾乎沒有動到嘴唇，當然也沒有把眼神從地板上的某個角落移開，「人們只是因為喜歡而這麼做。」

達芙妮的眼睛瞪得非常大，驚喘著說：「他們會這樣？」

「呃，對。」

「就像男人和女人接吻那樣？」

「是的，沒錯。」薇莉說，鬆了一口氣，「非常像……」

她的眼睛忽然瞇了起來，「達芙妮，」她聲音瞬間拔高：「妳和公爵接吻了？」

達芙妮感覺自己整個人也變成了可與她母親媲美的顏色。

「可能有吧。」她囁嚅道。

薇莉對她的女兒猛搖手指，「達芙妮．柏捷頓，我不敢相信妳做出這種事。妳很清楚我警告過妳，不要讓男人占妳便宜！」

「但現在我們要結婚了啊，這又沒什麼大不了！」

「但還是……」薇莉沮喪地嘆了口氣，「算了，妳說得對。這也沒什麼大不了。妳要結婚了，而且是和一個公爵結婚，如果他吻了妳，也是可以預料到的。」

達芙妮只是難以置信地盯著她母親。

薇莉手足無措、言不及義的談話，與她平日的性格大相逕庭。

「那麼，現在，」薇莉宣布：「只要妳沒有其他問題，我就不打擾妳的，呃……」她心不在焉地瞥了眼達芙妮整理到一半的紀念品，「不管妳剛才在做什麼。」

「但我確實還有其他的問題！」

然而，薇莉已經逃之夭夭了。

至於達芙妮，無論她多麼迫切地想瞭解婚姻的祕密，也不能在大廳裡以及所有家人和僕人的注視下，追在母親身後尋求答案。

況且，她母親的談話又引起了一些新的擔憂。薇莉說，婚姻行為是創造孩子的一個關鍵。如果賽門不能生孩子，這是否表示他不能進行她母親提到的那些親密動作？

話說回來，那些親密動作是什麼？達芙妮懷疑它們與接吻有關，因為社交界似乎極力確保年輕女士保持雙唇的純潔和貞潔。而且，當她回想起她和賽門在花園裡的那些時刻，臉上忍不住泛起一絲紅暈，它們可能也與女人的乳房有關。

達芙妮低喊了一聲。她的母親幾乎是勒令她不准太過緊張，但她不明白怎麼能不緊張——她即將要進入這場協定，卻絲毫不知道該如何履行職責。

賽門呢？如果他不能讓這樁婚姻圓滿，那還能**算是**婚姻嗎？

這些真的讓新嫁娘非常忐忑不安。

結果，最後達芙妮只記得婚禮上的一些小細節。

她母親的眼裡蓄滿淚水（結果新娘自己也哭花了臉）；當安東尼把她的手交給賽門時，他的聲音莫名地變得粗啞；海辛絲把玫瑰花瓣撒得太快了，當她到達祭壇的時候，花瓣已經撒完了；葛雷里在他們還沒說到誓詞的時候，就打了三個噴嚏。

她還記得賽門重複他的誓言時，臉上那專注的表情。每一個音節都說得緩慢而謹慎。他的眼睛裡燃燒著熱情，他的聲音低緩而真誠。對達芙妮來說，當他們一起站在大主教面前時，世上似乎再也沒有任何東西能像他說的那些話一樣重要。

這一點令她的心獲得了安慰；一個以如此認真的態度說出誓言的人，不可能只把婚姻當作是順水推舟。

「神讓這兩人結合在一起，任何人都不能把他們分開。」

達芙妮的背竄過一陣顫慄，使她幾乎站不穩。再過一瞬間，她將永遠屬於這個男人。

賽門的頭悄悄轉過來一點，目光瞥向她的臉。他用眼神詢問：妳還好嗎？

她非常輕的點了點頭，只有他能看到。他的眼裡掠過一抹情緒——難道是如釋重負？

「我現在宣布你們——」

葛雷里打了第四個噴嚏，然後是第五個和第六個，完全蓋掉了大主教的「丈夫和妻子」。達芙妮感覺到自己可能會笑場，一股壓抑不住的笑意已經來到她的喉嚨口。她緊緊抿著嘴唇，決心維持一個合宜的端莊表情。畢竟，婚姻是一個莊嚴的制度，不應該被當成笑話。

她朝賽門看了一眼，才發現他正以一種奇特的表情看著她。

他一瞬不瞬地盯著她的嘴唇，嘴角開始抽搐。

達芙妮感到那股笑意越升越高。

「你可以親吻新娘了。」

賽門幾乎迫不及待地一把抓住她，雙唇用力地吻上她的嘴，導致他們身邊的賓客集體倒抽了一口氣。

然後兩張嘴——新娘和新郎的——同時爆出大笑，即使他們仍然擁吻在一起。

薇莉・柏捷頓事後表示，這是她有生之年看到過最古怪的親吻。

葛雷里・柏捷頓在打完噴嚏後說，親吻真噁心。

年事已高的大主教，感到十分困惑。

但是，十歲的海辛絲・柏捷頓，她應該是最不瞭解親吻的人，卻只是若有所思地眨了眨眼，「我覺得這樣很好。如果他們現在笑成這樣，他們可能會永遠笑個不停。」她轉向她母親，「這不是一件好事嗎？」

薇莉拉起小女兒的手，捏了捏，「大笑總是一件好事，海辛絲。謝謝妳提醒我們這一點。」

就這樣，人們開始傳言，新的哈斯丁公爵和公爵夫人是幾十年來最幸福、最相愛的一對夫妻。

畢竟，誰還能記得另一場如此歡笑的婚禮？

Chapter 14

LADY WHISTLEDWN´S SOCIETY PAPERS

我們聽說，哈斯丁公爵和前柏捷頓小姐的婚禮雖然規模不大，但卻非常熱鬧。海辛絲·柏捷頓小姐（十歲）悄悄告訴費莉西蒂·費瑟林頓小姐（也是十歲），新娘和新郎在儀式上居然大聲地笑場了。費莉西蒂小姐隨後向她的母親費瑟林頓夫人轉述了這個訊息，後者又向全世界轉述了這個訊息。

因此筆者不得不採納海辛絲小姐的說法，因為筆者並未受邀前去觀禮。

《威索頓夫人的韻事報》

24 May 1813

14

沒有蜜月旅行，畢竟也根本沒有時間來計畫。相反地，賽門直接安排好前往克利夫登城堡住幾個星期，那裡是貝瑟家的祖產。達芙妮認為這是個好主意；她渴望遠離倫敦，遠離上流社會那些八卦的眼睛和耳朵。

此外，她也莫名想看看賽門成長的地方。

她不禁開始想像他還是個小男孩的模樣。他是否會像現在那樣對她敞開心房？或者他曾是個安靜的小孩，就像他現在面對社交界多數人一樣，什麼事都放在心裡？

這對新人在歡呼和擁抱中離開了柏捷頓大宅，賽門迅速地把達芙妮塞進他最好的馬車裡。雖然已經是夏天，但空氣中還帶著點寒意，他小心翼翼地把一條毯子蓋在她腿上。

達芙妮笑了起來。「這是不是太誇張了？」她調侃道：「你家距離這裡只有短短幾個路口，我不大可能會著涼。」

他疑惑地看著她，「我們要去克利夫登啊。」

「今天晚上就去？」她掩飾不住驚訝之情。她原以為他們會等到第二天再踏上旅程。克利夫登村位於哈斯丁郡附近，要一路南下到英格蘭的東南海岸。此時已經接近傍晚，等他們到達城堡時，可能已經是半夜了。

這不是達芙妮想像中的新婚之夜。

「在倫敦這邊休息一晚，然後再去克利夫登不是更合理嗎？」她問。

「一切都已經安排好了。」他低語。

「喔……我明白了。」達芙妮試著用爽快的回答來掩飾她的失望。

由於馬車正在急速行駛中，彈性再好的車輪也無法減低路面上起伏的鵝卵石帶來的顛簸，於是她整整一分鐘沒有再說話。

當他們在通往公園巷的街角處轉彎時，她問道：「我們會在旅舍停靠嗎？」

「當然。」賽門回答：「我們需要吃晚飯。我不能在新婚第一天就讓妳餓肚子，對吧？」

「我們會在這家旅舍過夜嗎？」達芙妮追問。

「不會，我們……」賽門緊閉嘴唇，將它抿成一條緊繃的線，然後又不自覺地放軟。他轉向她，露出足以融化人心的溫柔，「我是不是表現得像隻熊一樣粗魯無禮？」

她臉紅了。當他這樣看著她時，她總是禁不住臉紅。

「不，並沒有，我只是很訝異……」

「不，妳是對的。我們會在旅舍休息一晚。我知道在前往海岸的途中有一家不錯的旅舍，叫做『野兔與獵犬』。有熱食可吃，床也很乾淨。」他輕撫她的下巴，「我不應該虐待妳，強迫妳一天之內就要抵達克利夫登。」

「我並不是體力不佳，不適合長途跋涉。」她說道。

在考慮接下來該怎麼說時，她整張臉紅得像要滴出血來，「只是我們今天才剛結婚，如果我們不找間旅舍停一下，等夜幕降臨時我們就會待在馬車裡，而且……」

「別再說了。」他伸出一根手指抵著她的嘴唇。

達芙妮感激地點點頭。她其實並不希望像這樣討論他們的新婚之夜。此外，這種話題更像是應該由丈夫提出而非妻子，畢竟賽門在這方面，肯定是兩個人中知識更豐富的那個。

他對這方面的知識一定不少，她垮下臉想著。

她的母親支支吾吾了半天，其實並沒有告訴她任何事。好吧，除了關於創造孩子的那部分，但達芙妮還是不瞭解其中的細節。不過，從另一方面來說，也許……

達芙妮的呼吸一窒。如果賽門做不到，或者如果他不想做，那該如何是好？

不，她堅信他肯定想做。而且，他絕對想和她做。那晚在花園裡，他眼中的火苗以及他急促猛烈的心跳，絕非是她憑空想像出來的。

她瞥了一眼窗外，看著倫敦漸漸轉變為鄉村景色。女人若要一直糾結在這種事情上，可能會瘋掉，她要把這件事從腦海中抹去。她絕對、肯定、永遠要把它從她的腦海中抹去。

好吧，至少等到今晚過後。

她的新婚之夜。

這個想法讓她全身觸電般輕顫。

賽門看了一眼達芙妮。他提醒自己，這是他的妻子，雖然這一切仍然有點難以置信。他從未想過要娶妻。事實上，他很明確地計畫過不要發生。然而，現在他卻和達芙妮．柏捷頓……不，是達芙妮．貝瑟。見鬼了，她可是哈斯丁公爵夫人，這就是她現在的身分。

這可能是所有事情中最奇妙的一點。他繼承爵位以來還沒有過公爵夫人，這個頭銜聽起來很怪異、很陌生。

賽門緩緩地呼出一口氣，視線停留在達芙妮的側臉，接著他輕蹙起眉頭，「妳會冷嗎？」

她一直在輕微發顫。

她微啟小嘴，似乎想發出「不」的聲音，但隨即她動了一下，「嗯，有一點，只有一點點。你不需要……」

賽門把毯子往她身上塞得更緊一些，同時也想知道，她為什麼要對這麼一件小事撒謊。

「今天真是漫長的一天。」他低語道。

這麼說不僅僅是因為他這麼覺得——雖然當他靜下來回想時，這確實是漫長的一天，而是因為這似乎是此刻最適合用來安慰的話語。

他一直在思考很多關於安慰話語和溫柔體貼的問題。他會努力成為她的好丈夫，這是她至少應該得到的。有很多東西他無法給予達芙妮，不幸的是，真正完整的幸福也在其中，但他可以盡力讓她安全無虞、獲得滿足。

他提醒自己，她選擇了他，即使知道她不會有孩子，她還是選擇了他。當一個優秀忠誠的丈夫，似乎是他可以做到的回報。

「我很開心。」達芙妮輕輕地說。

他眨了眨眼，一臉茫然地轉頭看著她，「妳的意思是……？」

她的嘴角現出一抹淡淡的笑意，一種帶著溫暖、調侃又有點淘氣的模樣。一波慾望狠狠地衝擊他的下半身，他只能拚命集中注意力聽她說話。

「你說這是漫長的一天，我說我很開心。」

他一頭霧水地看著她。

她的臉因為洩氣而垮了下來，賽門感到嘴角忍不住要往上翹。

「你說這是漫長的一天，」她又重複了一遍：「然後我說我很開心。」等發現他仍然不說話，她沒好氣地哼了一聲，接著說道：「如果我明確說出『沒錯』和『但是』這兩個詞，也許就會比較容易懂，就像『沒錯，但是我很開心』。」

「我明白了。」他喃喃低語，努力讓自己的態度顯得莊重嚴肅。

「我懷疑你什麼也不明白，」她輕聲道：「而且還有一半都沒在聽。」

他挑了挑眉毛，害得她開始小聲地嘀嘀咕咕，這讓他實在很想吻她。

所有的一切都讓他想吻她。

這已經開始變成一種煎熬了。

「我們會在天黑前到達旅舍。」他迅速地說，彷彿公事公辦的態度會緩和他的緊張。想也知道，並沒有。

這種態度只會提醒他，他的新婚之夜已經延遲了一整天。累積了一整天的渴望和需要，他的身體狂喊著尋求釋放。

但是，如果他在路邊的小旅舍裡要了她，無論是多乾淨整潔的旅舍，他都應該下地獄去。達芙妮應該得到更好的對待。這是她唯一的新婚之夜，他將讓這一夜既完美又難忘。

她訝然地看向他，因為他突然改變了話題。「那還滿好的。」

「這陣子走夜路真的不大安全。」他補充說道，盡量不去提醒自己，他原本可是打算一口氣直奔克利夫登。

「嗯。」她同意。

「而且我們會餓壞。」

「沒錯。」她說，開始對他忽然執著於要在旅舍過夜的新安排感到不解。

賽門不怪她，如果這時候不嚴肅認真地討論行程計畫，他可能會一把抓住她，直接就在馬車上占有她。

這絕對不能發生。所以他說：「旅舍的食物很好吃。」

她眨了一下眼睛，然後指出：「你說過了。」

「我說過了是嘛。」他清了清嗓子，「我應該要小睡一下。」

她的眼睛瞪得超大，整張臉向前貼近，她問：「現在？」

賽門迅速點了點頭，「我好像一直在重複自己的話，但正如妳貼心提醒我的，這真的是漫長的一天。」

「確實如此。」她好奇地看著他在座位上動來動去，尋找最舒適的姿勢。最後，她問道：「你真的能在行駛中的馬車上睡著？你不覺得這趟車程有點顛簸嗎？」

他聳了聳肩，「我很擅長在想要入睡的時候睡著，這是在旅途中學會的。」

「真是天賦異稟。」她嘀咕。

「非常優秀的那種。」他同意。然後閉上眼睛，假寐了整整三個小時。

達芙妮不悅地瞪著他。他根本是在裝睡！她可是有七個兄弟姊妹，她對各種小技倆都爛熟於心，賽門絕對沒有睡著。

他的胸口以一種令人佩服的方式均勻地起伏著，呼吸帶有恰到好處的呼氣和吸氣聲，聽起來就像是他在打鼾，但又不那麼明顯。

但達芙妮心知肚明。

只要她輕輕一動發出沙沙的聲響，或者呼吸聲稍微大一點，他的下巴就會抽動一下。雖然幾乎難以察覺，但確實如此。當她打呵欠，發出低沉疲倦的輕哼聲時，可以看到他的眼睛在緊閉的眼皮底下動來動去。

有一點值得欽佩的是，他成功地維持了兩個多小時的裝模作樣。

她自己從未堅持超過二十分鐘。

既然他這麼想裝睡，她決定以罕見的包容態度讓他繼續裝下去。她不應該破壞這樣一個精彩的表演。

她最後又打了一個響亮的呵欠，看著他的眼睛在眼皮下猛然轉動。她轉向馬車的窗戶，把厚厚的天鵝絨窗簾拉開，看著外面的景象。橘色的大太陽正沉入西方的地平線，大約三分之一的太陽已經看不到邊緣了。

如果賽門對行程時間的估計是正確的——她感覺他在這種事情上經常抓得很準，喜歡數學的人通常都是這樣——那麼他們應該差不多已經到了半途，就快抵達野兔與獵犬了。

她的新婚之夜就要來臨了。

天哪，她必須停止用這種誇張的方式思考問題，這越來越離譜了。

「賽門？」

他沒有動，這讓她有點不高興。

「賽門？」這次的聲音高了些。

他的嘴角微微動了一下，拉扯出一個小小的紋路。達芙妮認為他正在思考她的叫喚是否夠大聲，足以讓他結束裝睡。

「賽門！」她很用力地戳戳他。因為戳在手臂和胸口的交界處，他絕對沒辦法在這種情形下繼續睡覺。

他的眼皮張開了，還輕輕發出可笑的嗯哼聲，就是人們睡醒時會發出的那種聲音。

他很厲害，達芙妮心不甘情不願地暗自表示佩服。

他打了個呵欠，「小芙？」

她直截了當地問：「我們到了嗎？」

他揉了揉眼裡不存在的睡意，「妳說什麼？」

「我們到了嗎？」

「呃……」他瞥了一眼馬車內的情況，看不出個所以然，「我們不是還在前進嗎？」

「沒錯，但我們可能已經快到分行了。」

賽門輕嘆一聲，向窗外望去。他看的是東方，所以天空看起來比達芙妮這一側的窗景要暗得多。

「噢。」他聲音聽起來很驚訝：「事實上，它就在前面了。」

達芙妮努力不露出得意的表情。

馬車停了下來，賽門跳下車去與車夫交談了幾句，大概是告知他們改變了計畫，現在打算在此過夜。接著他伸手握住達芙妮的手，扶她下車。

「妳對這裡還滿意嗎？」他問道，用手勢朝旅舍示意。

達芙妮不知道在還沒看到內部的情況下要怎麼做出判斷，但她還是表示滿意。

賽門將她引進到室內，他把達芙妮留在門邊，逕自去和旅舍老闆交涉。

達芙妮興味十足地看著來往的人群。眼前有對年輕夫婦，看起來像是土豪地主，正由專人護送前往一個私人用餐包廂；有位母親正把她的四個小孩趕上樓去；賽門正在和旅舍老闆爭吵；有位瘦高的紳士靠在……

達芙妮猛然把頭轉回她丈夫的方向。賽門在和旅舍老闆爭吵？他為什麼要這樣做？她伸長脖子看過去。這兩個人在低聲說話，但很明顯，賽門非常不高興，而旅舍老闆則是看起來似乎因為無法討好哈斯丁公爵而慚愧致死。

達芙妮皺起眉頭，情況看起來有蹊蹺。

她應該插手嗎？

她看著他們繼續爭論了一會兒。很明顯，她應該介入。

她用毫不遲疑但又不算堅決的步伐走到了丈夫的身邊。

「有什麼問題嗎？」她禮貌地問道。

賽門匆匆瞥了她一眼，「我以為妳在門邊等著。」

「本來是的，」她甜甜一笑，「但我過來了。」

賽門輕蹙雙眉，轉身繼續面向旅舍老闆。

達芙妮輕輕清了清嗓子，只想看看他是否會轉頭。

他沒有。達芙妮皺起眉頭，她不喜歡被人忽視。

「賽門？」她點了點他的背，「賽門？」

他慢慢地轉過身，表情像是山雨欲來。

達芙妮露出一臉無辜的微笑，「有什麼問題嗎？」

旅舍老闆舉起雙手表示哀求，在賽門還沒來得及解釋之前就先開了口：「我只剩下一個房間了。」他語氣中帶著卑微的歉意：「我不知道公爵大人今晚會大駕光臨敝旅舍，如果我早知道，就不會把最後一個房間租給韋瑟比夫人和她的孩子。我向您保證……」旅館老闆俯身向前，一臉抱歉地看向達芙妮，「早知道的話，我就會請他們馬上離開！」

最後一句話伴隨著他誇張揮舞的手勢，使達芙妮感到有點眼花。

「韋瑟比夫人就是剛才帶著四個孩子經過這裡的那個女人嗎？」

旅舍老闆點了點頭，「如果不是因為那些孩子，我……」

下半句話顯然跟半夜被趕出去的無辜女人有關，達芙妮因為不想聽而打斷了他的話：「我看不出我們有必要訂兩間房，我們肯定都沒有高大到擠不進去。」

在她身邊的賽門緊緊咬著牙關，她發誓她能聽見他磨牙的聲音。

他想要單獨的房間，是嗎？這絕對讓新娘子感到自己非常不受歡迎。

旅舍老闆看向賽門等待他的同意。賽門冷冷地頷首，旅舍老闆高興地拍起手來（應該也是鬆了口氣，沒有什麼比旅舍裡出現憤怒的公爵更影響生意了）。他拿出鑰匙，從桌子後面竄出來。「請您跟我來……」

賽門示意達芙妮先走，於是她越過他，跟在旅舍老闆身後爬上樓梯。轉了幾個彎之後，他們被

Chapter 14

帶到一間有著舒適家具的寬敞房間裡，窗外還可以看到村莊的景色。

在旅舍老闆自行告退之後，達芙妮說：「嗯，這裡似乎挺好的。」

賽門嘟囔一聲作為回答道。

「你真懂得說話的藝術。」她喃喃道，然後消失在屏風後方。

賽門看了她幾秒鐘才意識到她去了哪裡。

「達芙妮？」他大喊，聲音聽起來很掙扎：「妳在換衣服嗎？」

她把頭探了出來，「沒有，我只是在四處看看。」

他的心還在狂跳，雖然速度可能有慢了一些。

「喔。」他低低咒罵一聲。「我們很快就要準備下去吃晚飯了。」

「當然。」她微微一笑——在他看來，那是個迷人又自信的惱人笑容。

「你餓了嗎？」她問。

「餓極了。」

她的笑容因為他冷冰冰的語氣而有點動搖。賽門在心裡暗罵自己一句。就因為他對自己感到憤怒並不代表他可以把氣發到她身上去。她什麼也沒有做錯。

「妳呢？」他問道，讓聲音聽起來溫柔些。

她從屏風後面走出來坐在床尾。

「有一點，」她承認，緊張地吞嚥了一下，「但我不確定我吃得下東西。」

「我上次在這裡吃飯的時候，餐點很不錯。我向妳保證……」

「我擔心的不是食物的品質，」她打斷他：「是我的神經。」

他一頭霧水地盯著她。

「賽門。」她顯然想要掩飾聲音中的不耐，但在賽門看來，沒有成功。

「我們今天早上結婚了。」

賽門終於意識到了問題所在。

「達芙妮，」他輕輕地說：「妳不必擔心。」

她眨了眨眼睛，「我不必擔心？」

他狠狠地吸了一口氣，做個溫柔體貼的丈夫並不像聽起來那麼容易。「我們會等到抵達克利夫登再圓房。」

「是這樣嗎？」

賽門驚訝地睜大眼睛——她的口氣不是失望吧？

「我不會在路邊亂七八糟的小旅舍裡和妳圓房。」他說：「這是我應給妳的尊重。」

「你不會嗎？是這樣嗎？」

他的呼吸梗住了。她聽起來確實很失望。

「呃，對。」

她稍稍往前挪了挪，「為什麼不？」

賽門盯著她看了好一會兒，就這樣靜靜坐在床上凝視著她的臉。她的眼睛很大，回望著他的目光充滿了溫柔和好奇，還有一絲不確定。她舔了舔嘴唇——應該只是緊張時的小動作，但賽門不爭氣的身體對這個誘人的動作立即產生了反應。

她怯生生地笑著，卻不再看著他的眼睛，「我並不介意。」

賽門仍然愣在原地，不可思議地保持著原來的姿勢，即使他的身體在正瘋狂尖叫：撲上去！把她拖到床上去！什麼都好，只要能把她壓在你身下！

接著，就在他的榮譽感快要敵不過心裡的衝動時，她微微地傷心低泣，隨即整個人彈跳起來，背對著他用手捂住嘴。

Chapter 14

賽門急忙伸出一隻手想把她拉到身邊，卻發現自己失去了平衡，臉朝下一頭栽在床上。

「達芙妮？」他對著床墊咕噥道。

「我就知道。」她嗚咽著說：「我很抱歉。」

她很抱歉？賽門爬了起來。她在啜泣？這到底是怎麼回事？達芙妮從不啜泣。

她轉過身，用挫敗的眼神看著他。賽門應該要更憂心，但他完全想像不出是什麼讓她突然這麼傷心。如果他想像不到，那他寧願相信事情沒那麼嚴重。

——傲慢的傢伙，現在報應出現了。

「達芙妮，」他帶著刻意控制的溫柔說：「怎麼了？」

她在他面前坐下，伸手輕撫他的臉頰，低聲說：「我太不體貼了，我早該知道，我不應該亂說話的。」

「早該知道什麼？」他說。

她挪開手，「你不能……你無法……」

「不能什麼？」

她低頭看了看自己的大腿，雙手緊緊地絞成一團，「請不要逼我說出來。」

賽門低低罵道：「這一定就是男人逃避婚姻的原因。」

他基本是在自言自語而不是說給她聽，但她聽到了，而且不幸的是，她對這些話的反應是再一次悽慘的呻吟。

「這到底是怎麼回事？」他最後問道。

「你不能人道，無法圓房。」她低聲說。

他的下半身沒有在那一瞬間就偃旗息鼓簡直是個奇蹟。

坦白說，他能把這句話聽完也是一個奇蹟。

「妳說什麼？」

她垂下頭，「我仍然會作你的好妻子。我不會告訴任何人的，我保證。」

從小到大，即使口吃會影響他說出的每一個字，賽門也沒有像現在這樣徹底啞口無言。

她認為他性無能？

「為——為——為什麼……？」是口吃？還是震驚過度？賽門認為是後者。他的大腦似乎無法專注於那個字彙以外的東西。

「我知道男人對這種事情非常敏感。」達芙妮平靜地說道。

「特別是當它並非事實的時候！」賽門咬牙切齒。

她的頭猛然抬起來，「不是嗎？」

他的眼睛瞇成了一條縫，「是妳哥哥告訴妳的嗎？」

「不是！」她的視線從他的臉上飄開，「是我母親。」

「妳母親？」賽門噎住了。絕對沒有任何男人可以在新婚之夜忍受這種對話。

「妳母親告訴妳我性無能？」

「那是專指這件事的用詞嗎？」達芙妮好奇地問。旋即在他怒氣騰騰的目光中，急忙補充道：「不，不是的，她沒有講這麼多。」

「所以，她到底說了什麼？」賽門沉住氣問。

「嗯，沒說多少，其實真的很惱人。」

達芙妮承認道：「不過，她確實向我解釋過婚姻行為……」

「她把它叫做行為？」

「大家不都是這麼叫的嗎？」

他擺擺手，無視她的問題。「她還說了什麼？」

「她告訴我那個，呃，不管你想怎麼稱呼它……」

賽門發現在這種情況下她還有心情挖苦，莫名地令人佩服。

「……在某方面與生孩子有關，而且……」

賽門認為他可能會被自己的舌頭噎死，「在某方面？」

「嗯，對。」達芙妮蹙眉，「她真的沒有向我說明任何具體細節。」

「看得出來。」

「她已經盡力了。」達芙妮認為自己至少應該為母親辯護一下，輕聲說：「這對她來說是非常難為情的事。」

「生了八個孩子之後，」他咕噥：「妳會認為她早就克服了這種尷尬。」

「我不這麼認為。」達芙妮搖搖頭，「然後，當我問她是否參與了這種……」她抬起頭忿忿地看著他，「我真的不知道除了『行為』還能怎麼稱呼它。」

「隨妳高興。」他擺擺手，聲音聽起來非常緊繃。

達芙妮擔憂地眨了眨眼睛，「你還好嗎？」

「還可以。」他嗆了一下。

「你聽起來不大好。」

他又擺擺手，達芙妮莫名的覺得他似乎說不出話來。

「好吧。」她慢條斯理地繼續，回到她先前的故事，「我問她，這是否表示她參與了八次這種行為，然後她變得非常尷尬，而且……」

「妳問她這個？」這句話像炸彈一樣從賽門嘴裡脫口而出。

「嗯，對啊。」她的眼睛瞇了起來，「你在笑嗎？」

「沒有。」他猛吸一口氣。

她的嘴唇輕輕噘起，「你看起來就像是在笑。」

賽門只是堅定地猛搖頭。

「好吧。」達芙妮說，但顯然不是很滿意。「我以為我的問題很有道理，因為她有八個孩子。但後來她告訴我說……」

他搖搖頭，舉起一隻手，一臉不知道是該笑還是該哭的表情，「別告訴我，我求妳了。」

「哦。」達芙妮不知該怎麼回答，只好把雙手交疊放在腿上，閉口不言。

最後，她聽到賽門深深吸了一口氣，接著說：「我大概會後悔問妳這個問題。事實上，我已經後悔了，但妳到底為什麼會以為我……」他打了個哆嗦，「不能人道？」

「喔，你說你不能生孩子啊。」

「達芙妮，一對夫婦無法生孩子的原因有很多。」

達芙妮不得不強迫自己停止咬牙切齒，嘟囔：「我真討厭現在這種被人當白痴的感覺。」

他俯身向前，分開她絞在一起的雙手，緩緩按摩著她的手指，輕聲說：「達芙妮，妳知道男人和女人之間會發生什麼嗎？」

「我毫無頭緒。」她坦率地說：「你可能會以為我都懂，畢竟我有三個哥哥，我也以為我昨晚終於知道了真相，當母親……」

「別再說了，」他用非常古怪的聲音說：「一個字都不要說，我無法忍受。」

「但是……」

他把頭埋入她的掌心，那一瞬間達芙妮以為他在哭泣，但是，當她坐在那裡默默責怪自己在婚禮當天害丈夫流淚時，她發現他的肩膀正因憋笑而顫抖。

——這個魔鬼。

「你是在笑我嗎？」她怒斥。

Chapter 14

他搖搖頭，但沒有抬起頭來。
「那你在笑什麼？」
「哦，達芙妮，」他低喘著說：「妳有很多東西要學。」
「嗯，我一直都知道這一點。」她抱怨道。
真是的，如果人們沒有極力阻止年輕女性瞭解婚姻的真實面，像這樣的情況早就可以避免。
賽門將手肘撐在膝蓋上傾身向前，他的眼睛神采奕奕，「我可以教妳。」
達芙妮心裡開始小鹿亂撞。
賽門的目光牢牢鎖在她身上，他將她的手舉到自己的唇邊。
「我向妳保證，」他喃喃地說，接著用舌頭沿著她的中指舔了起來，挑逗道：「我絕對能夠在床上滿足妳。」
達芙妮突然變得呼吸困難，而且，這個房間什麼時候變得這麼熱了？
「我、我不確定我是否聽懂了你的意思。」
他把她拉到自己懷裡，「妳會懂的。」

Chapter 15

LADY WHISTLEDWN´S SOCIETY PAPERS

本週的倫敦似乎非常安靜，因為社交界最受歡迎的公爵和公爵心愛的夫人已經啟程前往鄉下。筆者只能報導，有人看到奈吉·貝布洛克先生邀請潘妮洛普·費瑟林頓小姐共舞，或者說，儘管潘妮洛普小姐在母親歡欣的鼓勵聲中，最終接受了他的邀請，但她似乎並未對這一切感到欣喜若狂。

老實說吧，誰會想閱讀貝布洛克先生或潘妮洛普小姐的故事？大家還是別自欺欺人了，我們仍然對公爵和公爵夫人充滿了好奇。

《威索頓夫人的韻事報》

28 May 1813

15

達芙妮狂亂地想，這就像在索布里奇夫人的花園裡一樣，只不過這次不會有任何干擾——沒有憤怒的大哥、沒有被人發現的恐懼，只有丈夫、妻子，以及熱情的承諾。

賽門的嘴吻上了她的唇瓣，溫柔又霸道。隨著他的每一次觸碰，舌尖的輕拂，她能感覺到自己體內脹滿悸動，因慾望而產生的那些微弱電流正不斷增強，漸漸加快。

「我有沒有告訴過妳，」他低聲說：「我對妳的嘴有多麼著迷？」

「沒有。」達芙妮氣息不穩，對他竟然曾經研究過它感到驚奇。

「我很喜歡它，」他喃喃低語，然後向她展示他究竟有多喜歡。他的牙齒沿著她的下唇刷過，直到他伸出舌尖，順著她嘴角的弧度滑了一圈。

這樣做癢癢的，達芙妮感覺自己的嘴唇張開，變成了一個毫不掩飾的笑容。

「停下來。」她咯咯地笑了起來。

「永遠不停。」他發誓。

他抽回手，把她的臉捧在掌心，「妳的笑容是我所見過最美的笑容。」

達芙妮一開始本來想回說：「別傻了。」

但轉念一想，為什麼要破壞這麼美好的時刻呢？於是她說：「真的嗎？」

「真的。」他在她的鼻尖落下一個吻，「當妳笑起來，笑容占去了妳的半張臉。」

「賽門！」她驚呼：「這聽起來很恐怖。」

「它很迷人。」

「有點變態。」

「令人嚮往。」

她做了個鬼臉，但不知怎地，同時也笑了出來，「顯然你對女性外貌的標準一無所知。」

他挑起一邊的眉毛，「與妳有關的時候，我的標準就是唯一算數的標準。」

那一瞬間她說不出話來。她倒在他懷中，一陣笑聲使他倆的身體同時輕輕震動。

「哦，賽門。」她喘息說道：「你聽起來好霸道。如此美妙、完美又荒誕的霸道。」

「荒誕？」他重複著：「妳說我荒誕嗎？」

她抿緊雙唇防止自己再次傻笑，但並不是很成功。

「這幾乎和被稱為不能人道一樣糟糕。」他咕噥。

達芙妮立刻嚴肅起來。「哦，賽門。你知道我不是……」她放棄繼續解釋，轉而說：「我對這件事感到非常抱歉。」

「別這麼說。」他擺擺手打斷她的道歉：「我可能會怪罪妳的母親，但妳沒有什麼好道歉的。」

她略顯驚慌，但又忍不住咯咯笑起來，「母親確實盡力了，如果我不是被你的說詞弄糊塗了的話……」

「噢，所以都是我的錯嘍？」他佯怒道。但隨即表情變得狡黠而誘人，他靠得更近了，身體前傾使她不得不向後仰。

「我想我只能加倍努力，才能證明我的能力。」他一隻手滑向她的後腰支撐著她，隨後緩緩讓她仰躺在床上。

達芙妮抬頭看向那雙熱切的藍眼睛，感覺所有氧氣都離開了她的身體。人在躺著的時候，世界似乎有些不同。更黑暗，也更危險。更令人心跳加速的是，賽門正俯身在她上方，她的視野裡只剩下他。

在那一刻，當他慢慢縮小彼此之間的距離時，他成為了她的整個世界。

這一次，他的吻並不溫柔。沒有輕觸，只有吞噬。

他不再挑逗，直接占有。

他的雙手在她身下滑動，捧住她的臀部，把它壓向他的下半身。

「今晚，」他低聲說，聲音縈繞在她耳邊，嘶啞而火熱：「我會讓妳成為我的人。」

達芙妮的呼吸開始加速，每一次小小的驚喘對她來說，都是不可思議的巨響。賽門靠得這麼近，他的每一寸肌膚都親密地貼合著她。從他在攝政公園說要娶她的那一刻起，她已經想像過無數次這個夜晚，但她從未想過他覆在她身上的重量會如此刺激。他既壯碩又結實，肌肉線條流暢俐落，即使她想，也不可能逃得開他的誘惑攻勢。

感覺如此脆弱無助的同時，又充滿激情和愉悅，這是多麼奇怪的一件事啊。他可以對她做任何他想做的事，她願意讓他隨心所欲。

但是，當他的身體開始輕輕顫抖，試圖說出她的名字，但始終只發出「達、達芙——」時，她發現，她也擁有某種控制權。

他如此渴望她，以至於無法呼吸，如此需要她，以至於無法言語。

不知是什麼原因，當她陶醉於這種新發現的力量時，她察覺自己的身體似乎知道該怎麼做。她的臀部朝他拱起，當他把裙子推上她的腰際時，雙腿像蛇一樣纏上他，把他整個人拉向她女性魅力的發源地。

「我的老天，達芙妮。」

賽門喘著粗氣，用手肘把自己顫抖的身體撐住，「我想……我不能……」

達芙妮抓著他的背，試著把他拉回她身上。他的身體挪開後，那裡忽然感覺冷。

「我慢不下來。」他咕噥著。

「我不在乎。」
「我在乎。」他的眼裡燃著一絲促狹，「我們似乎有點太趕進度了。」
達芙妮只是盯著他，努力想調順呼吸。賽門坐了起來，目光在她身上游移，一隻手沿著她的腿滑向她的膝蓋。
「首先，」他低聲說：「我們要處理一下妳的衣服。」
他站起身時一併把她拉起來，達芙妮驚得倒抽一口氣。她的腿軟綿無力，平衡感也不存在了，但他扶著她站好，一手把她的裙子抓攏在腰際。
他在她耳邊輕輕低語：「妳躺著的時候，很難把妳的衣服脫掉。」
他的另一隻手找到了她的臀瓣，並開始以畫圓的方式輕輕揉捏。
「問題是，」他思考著，「我是該把衣服推上去，還是把它拉下來？」
達芙妮暗自祈禱他不是真的打算聽她的回答，因為她已經完全失去了說話的能力。
「或者，」他慢條斯理地說，一根手指從裙子的緞帶胸托下滑過，「上下一起進行？」
接下來，在她還來不及做出任何反應時，他把她的裙子往下拉，整件衣服就這樣垂掛在腰際。她的雙腿裸露，如果不是還穿著那件薄薄的絲質襯衣，她已經一絲不掛了。
「這真是個驚喜。」賽門喃喃自語，隔著布料撫摸她一側的乳房，「當然，這不是那種不受歡迎的驚喜。絲緞永遠不會像皮膚那麼柔軟，但它確實有其優點。」
達芙妮無法呼吸，只能看著他把裙子從她身體兩側慢慢脫下，甜蜜的摩擦使她的乳尖縮起，變得硬挺。
「我不知道。」達芙妮低聲說。她輕輕吐氣，每一口呼吸都又濕又熱。
賽門轉向她的另一邊乳房，「不知道什麼？」
「你這麼邪惡。」

他懶洋洋地揚起嘴角笑了，就像是魔鬼的化身。他的嘴唇移到她耳畔，低聲述說：「妳是我摯友的妹妹，這可是犯了大忌。我能怎麼辦？」

達芙妮因慾望而顫抖。他只不過在她耳旁呼吸，她卻彷彿全身上下的肌膚都通了電。

「我什麼都不能做，」他接著把襯衣的帶子從她的肩膀上拉下來，「除了想像。」

「你想過我？」達芙妮低聲問，身體因為這個想法而興奮，「你幻想過這些事？」

他按在她臀部的手越來越用力，「每天晚上都想。在我睡著之前的每一刻，直到慾火焚身，我的身體開始乞求釋放。」

達芙妮感到自己站不穩了，但他把她扶了起來。

「然後當我進入夢鄉……」他移向她的脖子，呼出的熱氣就像他正在用嘴唇輕吻著她，「那才是我真正邪惡的時候。」

一聲輕吟溢出她的雙唇，聲音纏綿而斷續，充滿了情慾。

就在賽門吻上她雙乳之間誘人的深溝時，第二條肩帶從她的肩膀上滑落下來。

「但今晚……」他把布料往下推，直到一側乳房裸露出來，然後是另一邊。「今晚，我所有的夢想都實現了。」

達芙妮只來得及猛吸一口氣，他的嘴就吻上了她的乳房，並輕輕咬住她硬挺的乳尖。

「這就是我在索布里奇夫人的花園裡想做的事。」他說：「妳那時候知道嗎？」

她瘋狂地搖頭，抓住他的肩膀尋求支撐。她左右轉動著腦袋，勉強能把頭擺正。原始的情慾一波波地在她體內亂竄，剝奪了她的呼吸、平衡，甚至思想。

「妳當然不知道。」他喃喃道：「妳是如此純真。」

賽門用靈巧老練的手指把其餘的衣服從她身上剝下，直到她在他的懷裡一絲不掛。他輕輕地把她放到床上，因為他很清楚，她有多興奮，就會有多緊張。

他難以自抑，胡亂地拉扯著自己的衣服。他全身都像著了火，整個身體因慾望而燃燒。然而，他的目光從未離開過她的身子。她仰躺在床上，是一種他從未見過的誘惑。她的肌膚在搖曳的燭光中閃耀著粉桃色的光澤，她的髮髻早已鬆脫，一頭秀髮狂野地散落在臉旁。

他那雙曾經靈巧又迅速輕鬆把她全身上下衣物脫光的手，現在卻顯得尷尬和笨拙，因為他搞不定自己的鈕扣和繫結。

當他的手移向褲子時，看到她正拉起床單遮掩自己。

「不要遮。」他幾乎認不出自己的聲音。

她看著他的眼睛，他說：「我會成為妳的毯子。」

他把剩下的衣服脫掉，在她說出任何話語之前，他移到床上用身體覆蓋住她整個人。他感到她大口喘息，對他帶來的感受表示驚訝，身體也隨之微微僵了一下。

「乖。」他誘哄著。

他輕撫她的脖子，同時伸出一隻手在她的腿側輕柔舒緩地畫圈輕撫，「相信我。」

「我很相信你，」她用顫抖的聲音說：「只是……」

他的手移到她的臀部，「只是什麼？」

他可以聽到她聲音中的一絲苦笑，「我只是希望自己沒有那麼無知。」

一串低沉的笑聲在他的胸腔中振動。

「別笑了。」她沒好氣地捶了下他的肩膀。

「我不是在笑妳。」賽門認真說。

「你就是在取笑我，」她不滿地嘀咕：「而且別告訴我，你是跟我一樣覺得好笑，因為這個藉口沒有用。」

「我笑是因為，」他輕柔地說，用手肘撐起自己，以便能夠看清她的臉，「我在想，妳的純真讓我多麼開心。」

他低下頭，直到嘴唇以像羽毛般輕柔的撫觸掠過她的唇，「我很榮幸能成為唯一一個像這樣觸摸妳的男人。」

她眼裡的感情真摯且單純，賽門幾乎無法招架。

「真的嗎？」她低聲說。

「真的。」他對自己的聲音聽起來如此粗啞感到訝異。「雖然榮幸不足以形容一切。」

她沒有接話，但眼神充滿好奇。

「我可能還要殺了那些偷偷打量妳的人。」他咕噥道。

令他驚訝的是，她突然笑了起來。

「噢，賽門，」她喘著氣說：「有人為我大吃飛醋的感覺真是太美妙了。謝謝你。」

「妳可以之後再感謝我。」他鄭重地說。

「也許，」她喃喃低語，黑眼珠突然變得極度誘人，「你也會感謝我的。」

賽門感覺到她輕輕分開雙腿，他調整姿勢靠向她身上，熱燙的勃起抵著她的小腹。

「我已經非常感謝了。」他一邊親吻著她的頸窩，字字句句都融化進她的皮膚。「相信我，我早就這麼做了。」

他從來沒有如此慶幸一直以來努力磨鍊的自我控制。他全身上下都渴望到發痛，想進入她的身體，讓她真正成為他的人。但他知道，這個夜晚——他們的新婚之夜，一切都是為了達芙妮，而不是為了他自己。

這是她的第一次。他是她的第一個情人——她唯一的情人，他有責任確保這個夜晚只會為她帶來極致的快樂。

他知道她想要他。她的呼吸忽快忽慢，眼眸因渴望而發亮。

他幾乎無法正眼看她的臉，因為每次一看到她微張的唇瓣正因慾望而輕輕喘息時，想進入她的衝動會將他淹沒。

所以他乾脆親吻她。他親吻她的每一個地方，刻意忽略每次聽到她的輕喘或慾望的低吟時，他全身脈搏的狂烈跳動。最後，當她在他身下扭動和呻吟時，他知道她已為他而瘋狂，他把手伸進她的雙腿之間，輕柔撫摸她。

他唯一能發出的聲音是她的名字，即使如此，聽起來也像是悶哼。她已經為他準備好了，比他夢想中的還要炙熱濕潤。但為了確定，或者就只是忍不住想變態地折磨自己，他用一隻修長的手指滑進她體內，測試她的溫暖，逗弄她柔嫩的入口。

「賽門！」她大聲喘息，在他身下扭動。她的肌肉已經開始緊繃，他知道她已經就快到達顛峰。他突然抽出手來，不理會她抗議地嗚咽。

他用大腿把她的雙腿進一步分開，隨著一聲破碎的呻吟，他把自己放在準備進入她的位置。

「這可、可能會有點疼，」他啞聲說：「但我向妳保、保證……」

「直接來吧。」她呻吟著，頭拚命地左右轉動。

他照做了。隨著一下有力的衝刺，他完全進入了她。他感覺到一層阻礙被頂開了，但她似乎並沒有因為疼痛而退縮。

「妳還好嗎？」他為了讓自己靜靜停留在她體內，他全身每一塊肌肉都繃得死緊。

她點了點頭，呼吸變成輕淺的喘息，「感覺很奇怪。」

「但還不錯吧？」他幾乎為語氣中的急切感到羞愧。

她搖了搖頭，一個嫵媚的微笑在她唇邊揚起。

「還算不錯，」她低聲說：「但是之前……當你……用你的手指……」

即使在暗淡的燭光下，他也能看到她的雙頰因難為情而變得通紅。

「這是妳想要的嗎？」他緩緩抽身出來，直到只留下一半在她體內。

「不是！」她喊道。

「那麼也許這才是妳想要的。」他又頂了進去。

她驚喘一聲：「對，不對，都要。」

他開始在她體內移動，節奏故意拉得緩慢而均勻。每一次插入，她的嘴裡都會逸出一聲喘息，每一聲小小的呻吟都是讓他瘋狂的完美旋律。

然後，她的呻吟變成了尖叫聲，她的喘息變成了急速換氣，他知道她已經瀕臨高潮。他的動作越來越快，死死咬著牙關，努力保持自制力，看著快感一點一點將她淹沒。

她呻吟著他的名字，然後放聲尖叫，整個身體在他身下變得緊繃。她用力抓住他的肩膀，臀部以一種他幾乎無法相信的力量從床上挺起。最後，隨著一次猛烈的顫抖癱軟在他的身下，除了高潮後的餘韻，她再也無法感受到身邊的一切。

賽門已經失去所有判斷能力，他又忘情猛烈衝刺了一回，將自己深深埋入，品味她體內的甜蜜溫暖。

然後，他用一個火熱激情的吻含住她的唇，同時抽身而出，把種子灑在她身旁的床單上。

這只是許多個激情夜晚中的第一個。這對新婚夫婦抵達了克利夫登，而令達芙妮極度難為情的是，他們待在主臥室裡一個多星期都沒出過房門。

當然，達芙妮這麼難為情的主要原因是，她其實也沒有認真地想過要走出這間臥室。

等到他們從蜜月般的隱居狀態中出來，達芙妮就被帶去參觀克利夫登——這是非常必要的，因為她抵達時，匆匆瞥見的只有從前門到公爵臥室的路線。參觀完後，她又花了幾個小時向職位較高的僕人們介紹自己。當然，她抵達時已被正式介紹給所有僕從，但達芙妮認為，最好以面對面的方式來認識較為重要的成員。

由於賽門已經多年未在克利夫登居住，許多新來的僕人都不認識他，但那些自他童年時起就在克利夫登服務的人，就達芙妮看來，似乎對她丈夫忠心耿耿到不可思議的程度。

當他們私下一起參觀花園時，她對賽門笑著說起她的觀察，同時驚訝地發現，似乎有人正偷偷看著她的一舉一動。

「我一直住在這裡，直到去伊頓念書。」他只說了這句話，好像這應該就能解釋一切。

達芙妮立刻被他冷淡的語氣弄得很不自在，忍不住問道：「你從未去過倫敦嗎？在我們小的時候，我們家經常……」

「我只住過這裡。」

他的口氣表明，他希望……不對，要求結束談話，但達芙妮無視心中的警鐘，還是決定繼續這個話題。

「你一定是個可愛的孩子，」她故意用輕快的聲音說：「或者是個超級古靈精怪的孩子，才能讓他們對你如此死心塌地。」

他不置可否。

達芙妮接著說：「我哥哥——柯林，你知道的——也是這樣。他小時候是個魔鬼，但又實在是討喜得要命，所有的僕人都喜歡他。有一次啊……」

她的表情僵住了，半張著嘴。

繼續說下去似乎沒有意義了，因為賽門已經轉過身大步離開。

他對玫瑰花不感興趣，也從未想過紫羅蘭是否好看，但賽門發現自己正靠在木頭籬笆上，凝視著克利夫登著名的花圃，好像正在認真考慮要把園藝當成職業。

一切都是因為他無法面對達芙妮那些關於他童年的問題。

事實是，他討厭這些回憶，厭惡這些提醒，就連待在克利夫登也令他渾身不舒服。他把達芙妮帶到兒時住所的唯一原因，只因這是距離倫敦兩天車程內，唯一可以立即入住的地方。

記憶使人回想起那些感受，而賽門不想再變回那個小男孩。他不想回憶他給父親寫了多少次的信，卻只能徒勞地等待回音；他不想記起僕人們善意的微笑——善意的微笑總是伴隨著憐憫的目光。他們愛他，沒錯，但他們也為他感到遺憾。

對於僕人們因為他而憎恨他父親這個事實，不知為何，這其實從未讓他感覺更好受。他從來不是什麼高尚的人（說實話，現在也不是），他確實因為父親不受歡迎而獲得某種滿足感，但這也從來沒有消除他的尷尬或不自在。

或是羞愧。

他希望被人欽佩，而不是被人同情。直到他靠自己的力量闖出去，形單影隻地去了伊頓，他才第一次嘗到了成功的滋味。

他已經走得太遠，在他重回過往之前，已經先去過了地獄。

當然，這一切都不是達芙妮的錯。

他很清楚，她問起他的童年時並非別有居心。她怎麼可能呢？她對他偶爾出現的語言障礙一無所知，他也非常努力地對她隱瞞這件事。

不，他疲憊地嘆口氣，他很少需要努力向達芙妮隱瞞什麼，她總是讓他安心，讓他感到自在。

Chapter 15

這陣子他的口吃很少出現，只要它出現，通常都是在面臨壓力和憤怒的時候。

而當他和達芙妮在一起，無論生活如何變化，都不會帶來壓力和憤怒。

內疚迫使他無法挺直背脊，他重重地倚靠著籬笆。他對她的態度非常過分，看來他命中注定會一次又一次地重蹈覆轍。

「賽門？」

在她開口前他就感覺到她了。她從後方走來，穿著靴子的腳踩在草地上，步伐輕盈無聲。但他知道她來了。他能聞到她淡雅的香味，聽到清風在她髮絲間的低語。

「這些玫瑰真漂亮。」她說。

他心知肚明，這是她安撫他暴躁情緒的方式。他知道她還想問更多問題，但她有著超越年齡的智慧，儘管他喜歡嘲笑她，但她對男人和他們的牛脾氣確實懂得很多。她不會再多說什麼了，至少今天不會。

「聽說是我母親種的。」他的口氣聽起來沒有想像中那麼溫柔，但他希望她把這些話當作是他在求和的橄欖枝。

她沒有接話，於是他又解釋說：「我出生時她就死了。」

達芙妮點了點頭，「我聽說了，我很遺憾。」

賽門聳了聳肩，「我並不認識她。」

「這不代表它就不是一種損失。」

賽門回想著他的童年。他無法知道母親是否會比父親更同情他的障礙，但他想，她不可能使情況變得更糟。

「嗯，」他喃喃低語：「我想是的。」

當天稍晚賽門在查看一些房產帳務時，達芙妮決定這是認識管家卡森太太的好時機。雖然她和賽門還沒有討論過他們將住在哪裡，但達芙妮認為，他們絕對會在賽門的老家克利夫登待上一段時間，如果說她從母親那裡曾學到過什麼重要的事，那就是女主人必須與她的管家建立良好的合作關係。

達芙妮並不大擔心與卡森太太相處的問題。當賽門把她介紹給僕從們時，她曾短暫地見過這位管家，也很快發現她是位友善又健談的人。

她在下午茶時間之前造訪了卡森太太的辦公室，就在廚房旁的一個小房間。管家是位五十多歲的颯爽女人，正低著頭在她的小桌子上擬下週的菜單。

達芙妮敲了敲開著的門，「卡森太太？」

女管家抬起頭，立即站起身來。

「夫人。」她匆忙地行了個屈膝禮，「您應該喚我過去的。」

達芙妮不自在地笑了笑，她還不習慣自己從小姐升格為夫人。

「我剛剛到處逛了一圈。」她解釋為何無故出現在僕人區：「如果妳有時間的話，卡森太太，我希望我們可以進一步彼此瞭解，妳在這裡住了很多年，我希望今後也能像妳一樣熟悉一切。」

卡森太太聽著達芙妮溫柔的語氣，笑了起來，欣然允諾：「當然好，夫人。您有什麼特別想了解的事情嗎？」

達芙妮想了想說：「倒是沒有。如果我想好好管理克利夫登，還有很多東西要學。也許我們可以到黃色的房間喝茶？我非常喜歡那裡的裝飾風格。它是如此溫暖，充滿陽光。我一直想把那裡作為我的私人會客室。」

卡森太太以古怪的眼神看向她，「前任公爵夫人也是這麼想的。」

「噢。」達芙妮回答，不確定自己是否應該感到彆扭。

「這些年來，我一直特別用心打理著那個房間。」卡森太太接著說：「它確實有充足的陽光，因為它朝南。三年前，我把所有的家具都重新換過布料，」她的下巴驕傲地微微揚起，「還大老遠跑到倫敦去配同樣的布料呢。」

「原來如此。」達芙妮回答，帶頭走出辦公室，「已故的公爵一定非常寵愛他的妻子，才會下令要持續精心維護她最喜歡的房間。」

卡森太太避開她的視線。

「這是我決定的。」她平靜地說：「公爵固定給我一筆預算來維護這棟房子。我認為，錢就應該花在重要的地方。」

達芙妮看著管家喚來一名女僕，指示她如何幫她們準備茶點。

「這是個可愛的房間，」她們一走出廚房，達芙妮就開始說：「雖然現任公爵沒有機會認識他的母親，但我相信，他一定會因為妳一直在維護她最喜歡的房間而感動。」

「這是我至少能做到的。」卡森太太在他們信步穿過大廳時說：「畢竟我也不是一直都在貝瑟家工作。」

「哦？」達芙妮好奇地問。

階級較高的僕人向來是出了名的忠誠，常常是好幾代都在為同一個家族服務。

「是的，我是公爵夫人的陪嫁女僕。」

卡森太太在黃色房間的門外等著，好讓達芙妮走在她前面。「在這之前，我是她的玩伴，我母親是她的奶媽。夫人家的人都很心善，允許我和她一起上課。」

「妳們感情一定很好。」達芙妮輕輕地說。

卡森太太點了點頭，「她去世後，我在克利夫登這裡擔任過不同的職務，最後當上了管家。」

「原來是這樣。」達芙妮對她笑一笑，然後坐到沙發上。

「請坐。」她說，向對面的椅子示意。

卡森太太對這種親切的態度似乎有些不習慣，但最後還是坐了下來。

「她走的時候，我的心都碎了。」

她說完略帶忐忑地看向達芙妮，「希望您不會介意我這樣說。」

「當然不會。」達芙妮迅速回答道。她對賽門的童年好奇得不得了，他透露得太少了，但她隱約覺得，童年對他影響很深。「請多告訴我一些，我很想聽聽她的事。」

卡森太太的眼中泛起淚光，「她是世界上最善良、最溫柔的人。她和公爵……嗯，並非因愛情而結合，但他們仍然相處融洽。他們以自己的方式把對方當成朋友看待。」她抬起頭來，「他們都很清楚自己作為公爵和公爵夫人的義務，認真看待他們肩負的責任。」

達芙妮理解地點點頭。

「她是如此堅決地要為他生一個兒子。即使醫生們都告訴她不能生，她還是繼續嘗試。每個月，當她的月經到來時，她次次都在我的懷中哭泣。」

達芙妮再次點頭，希望這個動作能掩飾她突然僵硬的表情。聆聽關於無法生孩子的故事並非容易的事，但她認為她遲早必須習慣，因為回答相關的問題會比聆聽更加難熬。

而且一定會有人富含技巧帶著憐憫地問出那些令人心痛的可怕問題。

但幸好卡森太太沒有注意到達芙妮的失落。

她一邊吸著鼻子，一邊繼續她的故事：「她總是說，如果她不能給他一個兒子，她怎麼能算是一個合格的公爵夫人。這讓我心碎，每個月都讓我心碎。」

達芙妮不清楚自己是否每個月都會心碎。也許不會吧。至少她已經知道自己不會有孩子了，賽門的母親則必須每四個星期承受一次希望破滅的打擊。

「當然，」女管家接著說：「人人都在談論，好像沒有孩子是她的錯。他們哪裡知道，不孕的一方並非總是女人。有時是男人的問題，您懂的。」

達芙妮接不了話。

「我一次又一次地告訴她這些，但她仍然感到內疚。我對她說……」管家的臉脹成了粉紅色，「您介意我直說嗎？」

「請吧。」

卡森太太點了點頭，「我對她轉述了我母親對我說過的話。沒有強壯健康的種子，子宮是長不出東西的。」

達芙妮努力維持著面無表情的狀態，這是她唯一能做的。

「後來她終於懷了賽門少爺。」卡森太太發出了一聲慈愛的嘆息，然後又一臉憂慮地看向達芙妮，急忙說：「請您原諒。我不應該這樣叫他，他現在是公爵了。」

「別在意我，請繼續說。」達芙妮很高興有件事能讓她微笑。

「活到我這個年紀，很多方面已經很難改變。」卡森太太嘆口氣說：「恐怕在我心裡，他依然是那個可憐的小男孩。」

她抬頭看著達芙妮，搖了搖頭，「如果公爵夫人活著，他的日子會好過得多。」

「好過得多？」達芙妮輕聲重複，希望這能鼓勵卡森太太進一步把話解釋清楚。

「公爵從不理解那個可憐的孩子，」管家厲聲道：「他總是暴跳如雷，罵他愚蠢，而且……」

達芙妮的頭猛地抬起，插嘴道：「公爵認為賽門愚蠢？」

這真是荒謬。賽門是她所認識最聰明的人之一。她曾經問過他在牛津大學的學習情況，當得知他念的數學不只牽涉到數字時，她非常震驚。

「老公爵從來沒有看向自己鼻尖以外的世界。」卡森太太冷笑，遺憾道：「他從來沒有給過那個男孩機會。」

達芙妮感到她的身體不自覺地向前傾，緊張地聽著管家的話。公爵對賽門做了什麼？難道這就是每次提到他父親的名字時，他就會全副武裝的原因嗎？

卡森太太掏出手帕，抹了抹眼睛，「您應該看看那個男孩為了改變自己而努力奮鬥的模樣。這讓我心碎，心痛如絞。」

達芙妮的手指緊緊掐著沙發。卡森太太說話永遠不會抓重點。

「然而他用心所做的一切，對公爵來說都不夠好。當然，這只是我的看法，但是……」

就在此時，一個女僕端著茶進來了。達芙妮幾乎要崩潰到尖叫。

擺放器具和倒茶花去整整兩分鐘，在這段期間，卡森太太改為嘮叨起餅乾的事，關於達芙妮是喜歡吃原味的，還是上面撒了糖的。

達芙妮不得不把手從沙發上移開，以免她把卡森太太辛辛苦苦保養的沙發布抓破。終於，女僕離開了，卡森太太喝了一口茶，「我們剛才說到哪兒了？」

「妳說到公爵，」達芙妮迅速接話：「那位已故的老公爵。我丈夫所做的一切對他來說都不夠好，在妳看來……」

「我的天哪，您真的有在聽。」卡森太太喜出望外，「我真是受寵若驚。」

「所以妳剛才說……」達芙妮提示。

「哦，對，沒錯。我只是想說，我一直認為已故公爵從未原諒他兒子的不完美。」

「但是卡森太太，」達芙妮平靜地說：「我們每個人都不完美。」

「當然沒錯，但是……」有那麼一秒，管家的眼裡浮現出對已故公爵的不屑。

「如果您認識公爵大人就會明白。他想要一個兒子想了這麼久，在他的心目中，貝瑟之名就應該是完美的代名詞。」

「我丈夫不是他想要的兒子嗎？」達芙妮問。

「他想要的不是兒子。他想要的是他自己的完美小小複製品。」

達芙妮再也無法壓抑她的好奇心了，「但賽門做了什麼事，讓老公爵如此反感？」

卡森太太驚訝地睜大了眼睛，一隻手按在胸口，「怎麼，您竟然不知道？」接著低聲說：「您當然不會知道。」

「知道什麼？」

「他不會說話。」

達芙妮目瞪口呆，「妳說什麼？」

「他不會說話。他在四歲之前一個字都不會說，以後就會口吃和結巴。每次他一開口我就心如刀割。我看得出來，他是個聰明的小男孩。他只是沒辦法正確地說出每句話。」

「但他現在說得很好。」達芙妮吃驚於自己語氣中的捍衛：「我從來沒有聽過他說話結巴。或者就算有，我……我、我也沒注意到。看吧！我剛剛就是個例子，每個人在慌亂的時候說話都會有點不順。」

「他非常努力地鍛鍊自己。花了七年，我記得。七年來他什麼也沒做，只是和他的保母一起練習說話。」卡森太太因思考而眉頭輕蹙，「讓我想想，她叫什麼名字？哦，對了，霍普金斯保母。她是個聖人，真的。她愛那孩子就像愛她自己的孩子一樣。當時我是管家的助理，但她經常請我上去幫他練習說話。」

「這對他來說很困難嗎？」達芙妮輕聲問。

「有些時候會，我以為他一定會因為挫折而崩潰，但他是如此固執。老天，他真是個頑固的孩子。我從來沒有見過有人能堅定不移到這種程度。」卡森太太傷感地搖了搖頭，「但他的父親還是拒絕接受他。這……」

「令妳心碎。」達芙妮替她說完：「這也會讓我心碎。」

接下來是一段漫長而尷尬的沉默，卡森太太不自在地喝了一口茶。

「非常感謝您允許我和您一起喝茶，夫人。」她把達芙妮的安靜誤解為不悅，「您這樣做是很少見的，但也非常……」

達芙妮抬起頭來，看著卡森太太苦苦思索正確的用詞。

「和善。」管家終於說完：「您非常和善。」

「謝謝妳。」達芙妮心不在焉地低語。

「噢，但我還沒有回答您關於克利夫登的問題。」卡森太太突然想起。

達芙妮輕輕搖頭，柔聲說：「下次吧。」她有太多的事情要思考了。

卡森太太察覺到女主人想要獨處，於是站起身來行禮，靜靜地離開了房間。

Chapter 16

LADY WHISTLEDWN´S SOCIETY PAPERS

本週倫敦的悶熱無疑使社交活動受到了影響。筆者看到普露丹絲．費瑟林頓小姐在赫胥黎的舞會上暈倒了，但看不出這種暫時性的失去平衡是由於暑熱，還是因為柯林．柏捷頓先生的存在，自他從歐洲大陸回來後，一直是社交界的寵兒。

反常的高溫也使丹柏莉夫人成為犧牲品，她幾天前就離開了倫敦，聲稱她的貓（一隻長毛的野獸）無法忍受這種天氣。據悉，她已經在她薩里的鄉間別墅隱居。

人們猜想，哈斯丁公爵和公爵夫人並未受到氣溫異常上升的影響；他們在海邊，那裡的海風總是讓人感到愉悅。但筆者無法確定他們是否舒適，因為與坊間的看法相反，筆者並未在所有重要人物的家庭中安插間諜，在倫敦以外的地方當然更不可能！

《威索頓夫人的韻事報》
2 June 1813

16

賽門覺得很奇怪，他們結婚還不到兩星期，就已經進入了老夫老妻般的舒適生活模式。例如剛才，他赤腳站在更衣室的門口，一邊看著妻子梳頭，一邊鬆開領巾。

他昨天也做了一模一樣的事情。這一切有種莫名的療癒感。

這兩次，他心中都帶著一絲綺念，暗自盤算著該如何勾引她上床。

當然，昨天他成功了。

曾經精巧繫上的領巾現已軟軟躺在地上，沒人在意。他向前走了一步。

今天他也會成功的。

他走到達芙妮身邊，停下腳步，靠坐在她的梳妝臺邊沿。

她抬起頭，貓頭鷹般地眨了眨大眼睛。

他按住她的手，同時握住髮梳的手柄，「我喜歡看妳梳頭，但更喜歡親自幫妳梳。」

她先是以一種古怪的眼神盯著他，接著慢慢地放開了髮梳。

「你的帳務都搞定了嗎？你和你的地產管理人一起消失了相當長的時間。」

「嗯，那些東西相當乏味，但是很有必要，而且……」他臉色一變，「妳在看什麼？」

她的目光從他的臉上移開，「沒什麼。」她聲音不自然地卡頓。

他輕輕甩頭，更像是在笑他自己而不是她，接著開始梳理她的頭髮。她似乎盯著他的嘴看了好一會兒。

他忍住了瑟縮的衝動。在他童年時，人們總是盯著他的嘴巴看。他們驚恐地注視著他，偶爾強

Chapter 16

迫自己與他對視，但是目光總是會回到他的嘴上，好像無法相信一個看起來這麼正常的孩子，會說出這樣的胡言亂語。

但他一定是在幻想。達芙妮為什麼要注視他的嘴巴？

他用梳子溫柔地梳理她的髮絲，手指也在絲滑的秀髮上輕輕撫弄，邊梳邊聊：「妳和卡森太太聊得愉快嗎？」

她打了個哆嗦。這是個很小的動作，她掩飾得相當好，但他還是注意到了。

「嗯。」她說道：「她懂很多東西。」

「她確實懂很多。她一直待在……妳在看什麼？」

達芙妮幾乎從椅子上跳了起來，堅決說道：「我在看鏡子。」

這倒是事實，但賽門還是心存懷疑。

她的眼神一直固定且刻意地集中在同一個地方。

「就像我所說的，」達芙妮急忙補充：「在我學習如何管理克利夫登時，卡森太太一定會是非常寶貴的資源。這是個大莊園，我有很多東西要學。」

「不用太費心，我們不會在這裡待太久。」

「不會嗎？」

「我以為我們要把倫敦當成主要住所。」在她驚訝的眼神中，他接著說：「妳會離妳的家人更近，即使他們退休後搬到鄉下去。我以為妳會喜歡這樣。」

「是的，當然。」她說：「我確實想念他們。我從來沒有離開他們這麼久過。不過，我一直都知道結婚後會建立自己的家庭，而且……」

一陣可怕的死寂。

「你現在就是我的家人。」她聲音聽起來只有一點點惆悵。

賽門嘆口氣，銀背髮梳在她的黑髮上停了下來，「達芙妮，妳的家人永遠是妳的家人。我永遠無法取代他們的地位。」

「我懂。」她同意。

她轉過身來面對他，雙眸像溫暖的巧克力，她低聲說：「但你可以做到更多。」

賽門發現，他所有勾引妻子的計畫都變得沒有意義，因為顯然她正打算引誘他。

她站了起來，絲質睡袍從她的肩膀上滑落。她裡面穿著一件成套的睡裙，那件睡裙的裸露程度幾乎與它所遮住的不相上下。

賽門伸手撫摸著她的胸部，手指與她的鼠尾草綠睡裙形成鮮明的對比。

「妳喜歡這個顏色，是嗎？」他用沙啞的聲音問著。

她嫵媚一笑，令他忘記了呼吸。

「這是為了搭配我的眼睛。」她調侃道：「記得嗎？」

賽門勉強回她一笑，雖然他搞不清楚是怎麼做到的。他以前從不知道當一個人因缺氧而瀕臨死亡時，還有可能笑得出來。

有時候，觸碰她的渴望是如此強烈，以致於光是看著她就覺得心痛。

他把她拉過來。他不得不把她拉近。如果他不這樣做，他會瘋掉的。

「妳是在告訴我，」他貼著她的脖子低語：「妳是為我買的嗎？」

「當然。」在他舔過她的耳垂時，她的聲音變得斷續不穩：「還有誰會看到我穿著它？」

「沒有人。」他發誓。

他一手伸到她的後腰，把她緊緊地壓向他的下半身，「沒有人。永遠不會有。」

她似乎對他突然爆發的占有慾略感困惑。

「再說，」她補充說：「這是我嫁妝的一部分。」

Chapter 16

賽門低呼出聲：「我喜歡妳的嫁妝，愛不釋手。我告訴過妳嗎？」

「沒有說得這麼詳細，」她喘息著，「但要弄清楚這一點也不難。」

「主要是，」他在扯掉襯衫的同時把她往床上推，「我喜歡妳不穿嫁妝的時候。」

無論達芙妮想說什麼——他相信她本來想說些什麼，因為她的嘴正以一種最賞心悅目的方式張開——都在她躺上床時消失了。

賽門立刻覆在她身上。他把手放在她臀部兩側，然後往上滑，把她的雙臂推到頭頂上。他在她上臂裸露的肌膚上停了下來，輕輕地捏了捏。

「妳非常強壯，」他說：「比大多數女人都強壯。」

達芙妮冷冷挑眉看了他一眼，「我不想聽大多數女人的事。」

賽門不由得笑了起來。然後他以迅雷不及掩耳的動作，雙手握住她的手腕，高舉過她的頭頂，「但沒有像我一樣強壯。」

她驚訝地倒抽一口氣，他覺得這種聲音特別誘人。他迅速用單手圈住她的兩隻手腕，另一隻手自由地在她身上漫遊。

而他確實沒放過任何地方。

「如果妳還不算是完美的女人，」他低吟著，把她的睡裙下襬推到她的臀部，「那麼這個世界就是……」

「別說了。」她顫抖著說：「你知道我並不完美。」

「是嗎？」他的手從她的一側臀瓣下方滑過時，笑容變得幽暗又邪惡。

「妳一定是被誤導了，因為這個……」他捏了一下，「就很完美。」

「賽門！」

「至於這些……」他伸手握住她的一側乳房，隔著布料撥弄乳尖，「嗯，我應該不用告訴妳，我對它們的感覺。」

「你瘋了。」

他同意：「很有可能，但我的品味很不錯。而妳……」他突然俯下身子，輕吻她的唇，「嘗起來相當甜美。」

達芙妮咯咯笑個不停，完全控制不住自己。

賽門挑動眉頭，「妳敢嘲笑我？」

「通常我敢，但當你把我的兩隻手都釘在我頭上的時候，就不敢了。」

賽門空出的手忙著對付他長褲的扣子，「顯然，我娶了一個很有頭腦的女人。」

達芙妮帶著自豪和愛意凝視他，看著他毫不費力地說出完整的語句。現在聽他說話，人們絕對想不到他小時候有口吃的問題。

她嫁給了一個多麼了不起的人。他能克服這樣的障礙，並以純粹的意志力戰勝它，他絕對是她認識的人之中，最堅強也最自律的人。

「我很高興嫁給了你，」她情不自禁地說道：「也非常自豪你能屬於我。」

賽門停下動作，顯然對她突然的感性告白感到訝異。他的聲音變得低沉而沙啞：「我也很自豪妳屬於我。」

他拉扯著褲子，咕噥：「如果我能把這件該死的東西脫下來，我會讓妳知道我有多自豪。」

達芙妮感到又有一串笑聲湧到她的喉嚨口，她建議：「也許如果你用兩隻手……」

他給了她一個「我才沒那麼傻」的眼神，說：「那我就得放開妳。」

她假惺惺地側頭，「如果我保證不亂移動手臂呢？」

「我會相信妳才怪。」

她的笑容變成了邪惡的暗示，「如果我保證我會亂動手臂呢？」

Chapter 16

「啊，這聽起來就有趣多了。」他以一種既優雅又狂野的姿勢跳下床，並設法在三秒鐘內把自己脫光。

他爬回床上，貼著她的身子側躺下來。「那麼，我們剛才做到哪裡了？」

達芙妮又咯咯笑個不停，「就在這附近，我相信。」

「啊哈！」他誇張地做出指責的表情，「妳沒有用心。我們剛才是在……」他翻到她身上，用身體的重量把她壓進了床墊，「這裡。」

她的笑聲爆發成哈哈大笑。

「難道沒有人告訴妳，當男人試圖引誘妳時，不要嘲笑他嗎？」

如果說，她之前還有機會阻止自己大笑，那麼現在已經不可能了。

「噢，賽門。」她喘息著說：「我真的好愛你。」

他整個人僵住，「什麼？」

達芙妮只是笑了笑輕撫他的臉頰。她現在更懂他了。從孩提時代就遭受到冷漠的拒絕，他可能從未意識到自己值得被愛，可能也不確定該如何付出愛作為回報。但她可以等，她可以為這個男人等候一生一世。

「你不需要說話。」她低聲說：「只要知道我愛你。」

賽門的眼神既欣喜若狂又不敢置信。

達芙妮想知道，以前是否有人對他說過「我愛你」這三個字。他是在沒有家庭的情況下長大的，從未體驗過她認為理所當然的愛和溫暖。

等他回過神來，他的聲音已變得嘶啞破碎：「達、達芙妮，我……」

「噓……」她輕哄著他，伸出一根手指抵在他的唇上，呢喃道：「現在別說話了，等到感覺對了再說吧。」

然後她忽然想到，她剛說的話可能會深深地刺傷他——對賽門來說，何時才會有正確的感覺？

「吻我吧。」她急忙低語，想快速擺脫她擔心可能會變得尷尬的時刻。「請你吻我。」

他照做了。

他狂熱地吻著她，燃起他們之間流竄的所有激情和慾望。他的嘴唇和雙手不放過任何一個地方，不斷地親吻、揉捏和愛撫，直到她的睡裙被扔在地上，床單和毯子扭成一團堆在床尾。

但與其他夜晚不同的是，他今日並未讓她完全失去思考。她今天有太多的事情要想——即使是她體內最強烈的渴望，也不能阻止大腦的瘋狂運轉。她在慾望中漂移，每條神經都被激發出炙熱的需要，然而她的大腦仍然在轉個不停。

他那雙甚至在燭光下也能亮如星辰藍到不可思議的眼睛，正灼熱地與她四目相對。她想知道，這種強烈的專注是否因為他不知該如何透過語言來表達情感。

當他喘息著呼喚她的名字時，她忍不住想聽出有沒有微微的結巴。

當他深深埋入她的體內，他的頭會高高向後仰起，露出明顯的喉結。她想知道，為什麼他會看起來如此痛苦。

——痛苦嗎？

「賽門？」她試著問道，擔憂的心情稍微影響了她體內洶湧的慾望，「你還好嗎？」

他點了點頭，牙關咬得死緊。他倒在她身上，臀部仍然以他們熟悉的節奏運動著，同時貼著她的耳際低聲說：「我會帶妳上到天堂。」

這是很容易的事，達芙妮想。

當他用嘴含住她的乳尖時，她的呼吸瞬間加速。這從來就不是什麼難事，他似乎很清楚如何撫摸她，什麼時候變換動作、什麼時候透過開玩笑的方式挑逗她。他的手指在兩人身體之間滑動，逗弄她灼燙的肌膚，直到她的臀部以與他相同的力量移動和輾壓。

她感到自己正奔向那熟悉的忘我境界，這感覺太過美好……

「求妳了。」他懇求著，把另一隻手滑到她背後，以便能把她更緊地壓向他身上，「我需要妳……就是現在，達芙妮，現在！」

她照做了。世界在她周圍爆炸成了碎片，她的眼睛緊緊地閉著，但卻看到了光點和星星，以及燦爛如織的璀璨光芒。她聽到了音樂——但也許只是她在高潮時發出的尖聲呻吟，為她激烈的心跳配上了旋律。

賽門發出一聲低喊，彷彿是從靈魂深處撕扯出來的，他把自己從她體內抽出（他總是這麼做），幾乎不到一秒鐘，他就把種子灑在床單上。

他很快就會轉向她，把她拉到他的懷裡。這是她越來越珍惜的一種儀式。他會將她緊緊抱住，讓她背對著他的胸口，他會把臉埋入她的髮絲，然後，等他們的呼吸穩定下來變得均勻平緩之後，他們會一起入睡。

但今晚卻不同，今晚達芙妮感到莫名地不安。她的身體感到幸福的疲憊和滿足，但有些東西不對勁。有什麼東西在她的腦海中徘徊，挑動著她的潛意識。

賽門翻了個身，躺到她的身邊，把她推向大床乾淨的那一側。他總是這樣做，以他的身體作為屏障，這樣她就不會滾進他製造的那團混亂中。這樣做其實很體貼，而且……

達芙妮的眼睛倏然大睜，幾乎驚喘出聲。

——沒有強壯、健康的種子，子宮是長不出東西的。

那天下午當管家說出這句話時，達芙妮並沒有仔細思考卡森太太的話。她一直沉浸在賽門痛苦的童年故事中，一心想著她要如何為他的生活帶來足夠的愛，才能永遠驅逐那些可怕的記憶。

達芙妮突然坐了起來，毯子滑落到她的腰際。她用顫抖的手點燃了放在床頭櫃上的蠟燭。

賽門睜開了惺忪睡眼，「怎麼了？」

她什麼也沒說，只是盯著大床另一側的潮濕痕跡。

——他的種子。

「小芙？」

他告訴她，他不能有孩子。他對她撒了謊。

「達芙妮，怎麼了？」他坐了起來，臉上是滿滿的關切。

——這也是一種謊言嗎？

她指了指，「那是什麼？」聲音低得幾乎聽不見。

「什麼是什麼？」他的視線順著她手指的方向看過去，只看到了床，「妳在說什麼？」

「為什麼你不能有孩子，賽門？」

他慢慢閉上了眼睛，什麼也沒說。

「為什麼，賽門？」她幾乎是吼出了這個問題。

「細節並不重要，達芙妮。」

他的語氣很溫柔，充滿了安撫意味，只是帶有一絲紆尊降貴的口吻。

達芙妮感覺自己內心深處有什麼東西崩斷了。

「滾出去。」她命令道。

他驚訝到傻眼，「這是我的臥室。」

「那就我出去。」她迅速下床，用床單圍住身體。

賽門立刻跟上了她。

「妳敢離開這個房間試試看。」他粗聲喊。

「你對我撒了謊。」

「我從來沒有……」

「你騙了我。」她尖叫道：「你對我撒謊了，我永遠不會原諒你的！」

「達芙妮……」

「你利用了我的無知。」她不敢置信地呵了一聲，是那種從喉頭深處冒出來的嘆息，「當你發現我對婚姻行為所知甚少時，你一定暗自竊喜。」

「這叫做『做愛』，達芙妮。」他說。

「在我們之間不是這樣。」

賽門被她聲音中的恨意嚇住了。他一絲不掛地站在房間中央，拚命想找出辦法來挽回局面。他甚至還不確定她知道了多少，或者她認為她知道了多少。

「達芙妮。」他慢條斯理地說出每個字，以免讓情緒阻礙了他要說的話。「也許妳應該告訴我，這到底是怎麼回事。」

「哦，現在我們要玩這種遊戲，是嗎？」她嘲諷地哼了一聲：「很好，讓我給你講個故事。很久很久以前，有……」

她嘲諷語氣中的憤怒就像一把匕首，直直插進他的五臟六腑。

「達芙妮，」他說，閉上眼睛，輕輕搖頭，「不要這樣。」

「很久很久以前，」她這次更大聲了：「有一位年輕的女士，我們就叫她達芙妮。」

賽門大步走向他的更衣室，扯了一件睡袍穿上。有些事情穿著衣服處理比較好。

「達芙妮非常非常愚蠢。」

「達芙妮！」

「哦，講錯了。」她不在意地在空中揮了一下，「是無知。她非常非常無知。」

賽門在胸前交抱起雙手。

「達芙妮對男人和女人之間會發生什麼事情一無所知。她不知道他們究竟做了什麼，只知道他們在床上做了些事情，然後在某個時候，結果就會是一個嬰兒。」

「夠了，達芙妮。」

能夠證明她聽到了他說話的唯一跡象是，她眼中閃過的沉沉怒火，「但是你看，她其實搞不清楚那個嬰兒是如何產生的，所以當她丈夫告訴她，他不能生孩子時……」

「我們結婚前我就告訴過妳。我給了妳所有的選擇，讓妳知難而退。妳別忘了，」他激動地說道：「妳最好別忘了。」

「你讓我覺得你很可憐！」

「噢，男人聽到這個絕對會很開心。」他冷笑。

「真是夠了，賽門。」她斥道：「你明明知道我嫁給你，不是因為我覺得你可憐。」

「那是為什麼？」

「因為我愛你。」她回答，但聲音中的酸楚使這句宣言變得相當脆弱：「也因為我不想看到你死，雖然你似乎愚蠢到堅持想去死。」

他一時無法反駁，所以他只是嗤了一聲，狠狠地瞪著她。

「但不要想把這件事推到我身上。」她激動地接著說道：「我不是那個撒謊的人。你說你『不能』生孩子，但事實是，你是『不願意』生孩子。」

他什麼也沒說，但他知道他的眼神已經給出了答案。

她向他走近一步，帶著幾乎壓抑不住的怒火，「如果你真的不能生孩子，你的種子灑在哪裡就不重要了，不是嗎？你就不會每天晚上拚了命想確保它灑到任何其他地方，只要不是在我體內。」

「妳不懂這、這方面的事情，達芙妮。」他的嗓音低沉而憤怒，只是有點支離破碎。

她雙手抱胸，「那就告訴我。」

「我永遠不會有孩子，」他嘶啞地說道：「永遠不會。妳明白嗎？」

「不明白。」

他感到憤怒在他體內熊熊燃起，在他的胃裡翻攪，擠壓著他的皮膚，直到他整個人爆成碎片。這怒氣不是針對她，甚至也不是針對他自己。

它像往常一樣，針對的是那個總是設法主宰他生活的男人。

「我的父親，」賽門不顧一切地想找回自制力，「不是一個有愛心的人。」

達芙妮盯著他的眼睛，「我知道你父親的事。」

這讓他人吃一驚，「妳知道什麼？」

「我知道他傷害了你，他拒絕了你。」她的大眼睛裡閃爍著某種東西——不完全是憐憫，但接近憐憫，「我知道他認為你很愚蠢。」

賽門的心在胸腔內狂跳。他不確定自己還能不能好好說話……不確定自己還能不能呼吸……但他還是設法開口：「那麼妳知道……」

「你的結巴？」她替他說完。

他默默地感謝她。諷刺的是，「口吃」和「結巴」是他一直無法說好的兩個詞。

她聳了聳肩，「他是個白癡。」

賽門凝視著她，無法理解她怎麼能用一句輕描淡寫的話來否定幾十年的憤怒。

「妳不明白。」他搖了搖頭，「妳不可能明白，生長在妳們那樣的家庭是不可能理解的。對他來說，唯一重要的是血統。頭銜和血統。當我變成一個不完美的人……達芙妮，他告訴別人我已經死了！」

她的臉一瞬間變得慘白，「我不知道是這種情況。」她低聲說。

「實際上更糟。」他咬了咬牙，「我寫信給他，幾百幾千封的信，求他來看看我。他一封信也沒有回。」

「賽門……」

「妳、妳知道我四歲前都說不出話嗎？不知道？對，我無法說話。他來看我的時候抓著我猛搖，威脅說要打到我出聲。我的父、父親就是這樣的人。」

達芙妮試著不去注意，他的舌頭開始有點打結。她想忽略肚子裡那股反胃的感覺，忽略她內心對賽門受到如此可怕對待所升起的怒火。

「但他現在已經不在了。」她聲音發顫地說道：「他不在了，而你在這裡。」

「他說，他甚至沒、沒辦法正眼看我。他花了好幾年時間祈求能有一個繼承人。不是兒子。」他聲音危險地拔高：「是繼承人。其實何、何必呢？哈斯丁頭銜會落到一個傻子手裡，他寶貴的領地將由一個白、白癡來管理！」

「但他錯了。」達芙妮低聲說。

「我不在乎他是不是錯了！」賽門吼道：「他關心的只有這個頭銜。他從來沒有想過我，沒有考慮過我被無法正常說、說話的嘴、巴給困住的感受！」

達芙妮踉蹌地退開一步，無法直直站著面對這樣的憤怒。這是累積幾十年怨恨而來的怒火。

賽門突然走上前，幾乎要貼上她的臉，用一種可怕的聲音質問：「但是妳知道嗎？我會是最後的贏家。他認為，沒有什麼比哈斯丁落到一個白癡手中更糟糕的了……」

「賽門，你不是……」

「妳到底有沒有在聽我說話？」他咆哮。

達芙妮完全被嚇壞了，她急忙往後退，一手伸向門把，以防隨時需要逃跑。

「我當然知道我不是白癡。」他迸出一句話：「我想他後來也、也知道了，而且我肯定他感到了極大、大的安慰。哈斯丁安全了。我以前吃、吃過的那些苦頭都無所謂了。哈斯丁……那才是最重要的。」

Chapter 16

達芙妮感到一陣反胃。她知道接下來會聽到什麼。

賽門突然笑了起來，帶著一種殘忍又堅決的表情，她從未在他的臉上見過這種表情。

「但是哈斯丁會和我一起死去。所有那些他擔心會繼承頭銜的堂兄弟姊妹……」他冷酷地笑了一聲，「他們都只生了女孩。這不是命中注定嗎？」

賽門聳了聳肩，「也許這就是為什麼我的父、父親突然認定我不是白癡，因為他知道，我是他唯一的希望。」

「他知道他錯了。」達芙妮平靜而堅定地說。

她突然想起米德索普公爵轉交給她的那些信，那是他父親寫給他的信。她把它們留在倫敦的柏捷頓大宅。這樣也好，因為這表示她還不用決定如何處理它們。

「這並不重要。」賽門輕描淡寫地說道：「我死後，這個頭銜就消失了，而我會是最開、開心的那個人。」

話一說完，他就逕自從更衣室走出了房間，因為達芙妮擋住了房門。

達芙妮沉沉地跌坐在椅子上，身上還裹著她從床上扯下來的柔軟亞麻床單。她該怎麼辦？

她感到整個身體都在顫抖，一種她無法控制的莫名顫抖。

然後她發現自己在哭。沒有聲音，甚至沒有上氣不接下氣，就只是不停掉眼淚。

親愛的上帝，她該怎麼辦？

Chapter 17

LADY WHISTLEDWN´S SOCIETY PAPERS

說男人都有牛脾氣，那是對牛的侮辱。

《威索頓夫人的韻事報》
2 June 1813

17

最後，達芙妮做了她唯一知道該怎麼做的事。柏捷頓一直是熱鬧又開放的家庭，沒有人能保守祕密或懷恨在心。所以她打算和賽門談談，跟他講道理。

即使她不知道他在哪裡過夜，但無論在哪裡，都不是他們的床。

第二天早上，她終於在書房裡找到了他。那是一間灰暗霸氣的男性化房間，可能是由賽門的父親裝飾的。

坦白說，達芙妮對賽門能自在地待在這樣的環境中，覺得簡直不可思議，他基本上討厭任何會提醒他老公爵存在的東西。

但顯然，賽門並沒有覺得哪裡不妥。他坐在辦公桌後面，雙腳隨意地架在用來保護櫻桃木桌面用的皮革桌墊上。他手裡把玩著一塊打磨得非常光滑的石頭，旁邊的桌子上有瓶威士忌。她感覺那瓶酒應該整個晚上都沒有收起來過。

不過，他並沒有喝很多。達芙妮對這一點感到慶幸。

門是虛掩著的，所以她沒有敲門。但她還沒有勇敢到能直接走進去。

「賽門？」她站在門邊問。

他抬頭看著她，挑起眉梢。

「你在忙嗎？」

他放下了石頭，「顯然並不忙。」

她指指石頭，「這是你旅行時得到的嗎？」

「來自加勒比海。紀念我在海灘度過的時光。」

達芙妮發現他現在說話非常流利，不再有前一天晚上變得明顯的結巴現象。他現在很平靜，平靜到幾乎令人厭惡。

「那裡的海灘和這裡的很不一樣嗎？」她問。

他揚起傲慢的眉毛，「暖和多了。」

「哦，好吧，我想也是。」

他用穿透力十足的堅定目光看著她，「達芙妮，我知道妳來找我不是為了討論熱帶氣候。」

當然，他說得對，但這絕對不會是個簡單的談話。

達芙妮覺得自己並不是膽小鬼，不需要拖到晚一點再進行。她深吸一口氣，「我們需要談談昨晚發生的事情。」

「我相信妳會認為有必要。」

她忍住了走上前一巴掌打掉他那漠然表情的衝動。「我不是『認為』我們有必要，我『知道』有必要。」

他沉默了一會兒才說：「如果妳覺得我背叛了妳，我很抱歉……」

「確切來說，不是那麼回事。」

「……但妳必須記住，我曾經試圖避免與妳結婚。」

「你要這樣講也是可以。」她嘟囔。

他說話的口氣好像是在講課：「妳知道我打算永遠不結婚。」

「這不是重點，賽門。」

「這正是問題的關鍵。」他把雙腳從桌子上放下來，原先一直半翹著的椅子，兩條椅腳砰的一聲落回到地面。

「妳覺得我為什麼會如此堅決地逃避婚姻？那是因為我不想在娶了一個妻子之後，又因為拒絕讓她生小孩來傷害她。」

「你從來沒有考慮過你未來的妻子。」她反駁道：「你只有考慮到自己。」

「也許是吧，」他同意：「但當那個未來的妻子變成了妳，達芙妮，一切都改變了。」

「看來並沒有。」她苦澀地說。

他聳了聳肩，「妳知道我把妳看得很重要，我從未想過要傷害妳。」

「你現在就在傷害我。」她低聲說。

他眼中閃過一絲懊悔，但很快就被堅定的決心所取代。

「如果妳還記得，我曾經拒絕向妳求婚，即使妳哥哥逼我這麼做，」他強調：「即使它代表著我必須失去性命。」

達芙妮沒有反駁。他們都心知肚明，他本來會死在那場決鬥中。無論她現在對他有什麼看法，無論她多麼鄙視那些正在吞噬他的仇恨，賽門的榮譽感太強，他永遠不會向安東尼開槍。而安東尼太看重妹妹的名聲了，他不會把目標放在任何地方，只會瞄準賽門的心臟。

「我這樣做，」賽門說：「是因為我很清楚，我永遠無法成為妳的好丈夫。我知道妳想要孩子，妳在很多場合都告訴過我這件事。我當然不會怪妳，妳來自一個充滿愛的大家庭。」

「你也可以有一個這樣的家庭。」

他接著說，彷彿沒聽到她的話：「然後當妳打斷決鬥要求我娶妳時，我警告過妳。我告訴妳，我不會有孩子……」

「你告訴我，你『不能有』孩子。」她插嘴，眼睛裡閃著憤怒的光芒，強調說：「這兩者有非常大的區別。」

「沒有區別。」賽門冷冷地說：「對我來說，我就是不能有孩子。我的靈魂不允許這樣做。」

「我明白了。」那一刻，達芙妮心裡有什麼東西枯萎了，她非常害怕那是她的心。她不知道自己該如何反駁他的說法。

賽門對他父親的仇恨，顯然比他對她的愛意要強烈得多，如果他已經懂得那種感情的話。

「很好。」她用一種果決的語氣說：「這顯然不是一個你願意討論的話題。」

他向她禮貌地頷首表示同意。

她也回敬了他一個禮，「那麼，再見。」

然後她離開了。

賽門幾乎一整天都沉默不語。他並不是很想見到達芙妮，這只會讓他感到內疚。他安慰自己，他其實也沒什麼好內疚的。他在結婚前就告訴過她，他不可能有孩子。他給了她各種機會讓她知難而退，但她還是選擇嫁給他。他並沒有強迫她做任何事情。如果她誤解了他的話，認為他有無法生育的問題，這不是他的錯。

不過，即使他每次想到她都會被這種內疚感所困擾，且幾乎持續一整天，即使他每次在腦海中看到她痛苦的表情時，他的五臟六腑都會嚴重翻攪，這也幾乎讓他一整天都胃部不適，但現在一切都說開了，他感覺好像已經卸下肩上的重擔。

祕密可能會致命，但現在他們之間已經沒有祕密了。

這肯定是件好事。

夜幕降臨時，他幾乎說服了自己他什麼都沒有做錯。幾乎，但並不完全。

他踏入這段婚姻時，曾相信自己會傷透達芙妮的心，而這一直是他的心結。他喜歡達芙妮。他喜歡她的程度，可能比任何他所認識的人更甚，這就是為什麼他不願意娶她。他不想破壞她的夢想，他不想讓她失去她極度渴望的家庭。他已經準備好做個旁觀者，看著她嫁給別的男人，一個能給她帶來滿屋孩子的人。

賽門突然打了個寒顫。相較於一個月前，現在想到達芙妮與另一個男人在一起的畫面，簡直讓人難以忍受。

當然難以忍受，他想，試圖喚回大腦理性的一面。她現在是他的妻子。她屬於他。現在一切都不同了。

他知道她多麼迫切地想要孩子，他娶了她，也很清楚地知道他不會讓她生下任何孩子。但是，他告訴自己，你警告過她。她清楚地知道她會面臨到什麼。

賽門從晚飯後就一直待在書房裡，將那塊愚蠢的石頭在手中丟來丟去。他突然坐直身子。他沒有欺騙她，不算欺騙。他告訴過她，他們不會有孩子，而她還是同意嫁給他。他能瞭解她在弄清他的理由後會感到有些傷心，但不能說她是帶著任何愚蠢的希望或期待步入這場婚姻。

他站了起來，他們必須再次談談，這次會是由他主動。

達芙妮沒有出來吃晚餐，他只能獨自用餐，唯有叉子與盤子的金屬碰撞聲打破了夜晚的寂靜。他從早上起就沒見到他的妻子，現在該見一面了。

他提醒自己，她是他的妻子。他應該能夠隨時見到她，只要他高興。

他走向走廊，打開公爵臥室的門，已經做好心理準備要對她說些什麼，他相信有必要的話會由他提起這個話題，但她不在那裡。

賽門眨眨眼，無法相信自己的眼睛。她到哪裡去了？這時已近午夜，她應該在床上。

更衣室。她一定在更衣室裡，這個小傻瓜每天晚上都堅持穿上她的睡衣，即使賽門在幾分鐘後就會把它們脫掉。

Chapter 17

「達芙妮？」他低喊，走到更衣室門口，「達芙妮？」

沒有回音，門和地板間的縫隙也沒有透出光線。她當然不會摸黑換衣服。

他拉開了門，她肯定不在這裡。

賽門十分用力地拉了叫人鈴，然後他大步回到走廊，等待哪個倒楣的僕人回應他的召喚。

結果是樓上的一個女僕，一個嬌小的金髮女僕，他想不起她的名字。

她看了一眼他的表情，嚇得臉色發白。

「我妻子在哪裡？」他斥問。

「您的妻子，大人？」

「對。」他不耐煩地說道：「我的妻子。」

她一頭霧水地看著他。

「我想妳知道我在說誰。她和妳差不多高，有著一頭長長的黑髮……」賽門本想再多說幾句，但女僕驚恐的表情使他對自己的嘲諷感到相當丟臉。他深深吐出一口氣，「妳知道她在哪裡嗎？」他語氣放軟了一點，雖然應該沒有人會用溫柔來形容。

「她不是就寢了嗎，大人？」

賽門把頭轉向空空的房間，「顯然沒有。」

「那裡不是她睡覺的地方，大人。」

他的眉毛皺成一團，「妳再說一遍。」

「她不是……」女僕驚恐地瞪圓了眼睛，然後瘋狂地在走廊裡四下張望。

賽門毫不懷疑她在尋找逃生路線，不然就是找一個能夠把她從他暴怒狀態下拯救出來的人。

「把話說完。」他斥喝。

女僕的聲音非常小：「她不是住在公爵夫人的寢室嗎？」

「公爵夫人的……」他壓下了一股陌生的怒意：「什麼時候開始的？」

「從今天開始的樣子，大人。我們都以為在你們的蜜月結束後，你們會分房睡。」

「妳也這樣想，是嗎？」他沒好氣。

女僕開始簌簌發抖，「您的父母親就是如此，大人，而且……」

「我們不是我父母！」他吼道。

女僕向後跳開一步。

「而且，」賽門用一種冷酷的語氣補充說：「我也不是我父親。」

「當、當然不是，大人。」

「妳能不能告訴我，我妻子挑了哪個房間作為公爵夫人的寢室？」

女僕用顫抖的手指了指走廊遠處的一扇門。

「謝謝妳。」他走出四步，然後轉過身來，「妳可以走了。」

僕人們明天會有很多閒言碎語，因為達芙妮搬出了他們的臥室。他沒必要讓這個女僕目睹一場肯定會驚天動地的爭吵，從而給他們帶來更多話題。

賽門一直等到她匆匆下樓，才怒氣沖天地走向達芙妮的新臥室。他在門外停了下來，想了想他要說些什麼，這才發現他毫無頭緒，然後乾脆就直接敲門了。

沒有回應。

他又敲了敲。

沒有回應。

他揚起手準備再次敲門，這時他忽然想到，也許她並沒有鎖門。他覺得自己簡直是個蠢蛋……

他轉了下門把。

她把門鎖上了！賽門立刻流利地低聲咒罵起來。有趣的是，他這輩子從來沒有在罵人的時候舌頭打結過。

「達芙妮！達芙妮！」他的聲音介於呼喊和吼叫之間：「達芙妮！」

終於，他聽到房間裡有腳步聲傳來。

「什麼事？」她的聲音出現。

「讓我進去。」

裡面沉默了一會，然後說：「不要。」

賽門震驚地盯著那扇結實的木門。他從未想過她會直接拒絕他。她是他的妻子，真要命，她不是承諾過要服從他嗎？

「達芙妮，」他憤怒地說道：「馬上把這扇門打開！」

她肯定離門很近，因為他清楚聽到她嘆了口氣，「賽門，讓你進來這個房間的唯一理由是，我打算讓你上我的床，但我並不想，所以如果你能回去好好睡一覺，我會很感激……事實上我相信整個家都會感激你。」

賽門徹底目瞪口呆。他開始在心裡評估這扇門的結構，計算每秒需要踢多少下才能把這該死的東西撞開。

「達芙妮。」他聲音平靜得連他自己都害怕：「如果妳不馬上開門，我就把它撞開。」

「你不會的。」

他什麼也沒說，只是雙手環胸瞪著眼睛，相信她很清楚現在他臉上是什麼樣的表情。

「你不會吧？」

他再次決定，沉默是最有用的回答。

「我希望你不會。」她用一種略帶商量的語氣補充道。

他難以置信地瞪著門。

「你會傷到自己的。」她接著說。

「那就打開這扇該死的門！」他大聲說。

一片死寂，接著是鑰匙在門鎖裡慢慢轉動的聲音。賽門殘存的理智讓他硬生生忍住了不把門用力推開，達芙妮一定就在門的另一邊。他推門而入，發現她離他大約五步遠，雙臂抱在胸前，昂首闊步地站著，呈現出戰鬥姿態。

「妳再對我鎖門試試看。」他飆出一句話。

她聳了聳肩。

她竟然聳肩！

「我想要有點隱私。」

賽門走近了幾步，「我希望妳在早上之前把東西搬回我們的臥室，妳本人今晚就搬回來。」

「不要。」

「妳到底是什麼意思，不要？」

「你覺得我是什麼意思？」她反問。

賽門無法判斷哪一個更讓他驚怒交加——她無視他，還是她在大聲咒罵。

「不要，」她用更大的聲音接著說：「就是不要。」

「妳是我的妻子！」他吼道：「妳要和我一起睡。在我的床上！」

「不要。」

「達芙妮，我警告妳……」

她的眼睛瞇了起來，「你選擇把事情隱藏起來不讓我知道，很好。我也要對你隱藏一些東西。就是我本人。」

他無語了，完全無話可說。

Chapter 17

然而她卻不是如此。她走到門口，相當粗魯地示意他出去，「滾出我的房間。」

賽門氣到發抖，「我擁有這個房間！我擁有妳！」

「除了你父親的頭銜，你什麼都沒有。」她反擊：「你甚至不擁有你自己。」

一聲低沉的怒吼在他的耳邊響起——充滿戾氣的嘶吼。賽門跌跌撞撞地退後一步，擔心如果他不這樣做，他可能真的會做出傷害她的事情。

「妳到底是、是什麼意思？」

她又聳了聳肩，該死的。

「你自己去想吧。」她說。

賽門所有的理智都消失無蹤，他衝上前去抓住她的手臂。他知道他抓得太緊了，但他對充斥在血管裡烈焰般的怒火無能為力。

「給我解釋清楚。」他咬牙說，因為他無法鬆開他的下巴，「現在。」

她與他四目相對，這種平靜瞭解的眼神使他幾乎招架不住。

「你不是你自己的主人。」她簡單地說道：「顯然你父親仍然在墳墓裡支配著你。」

賽門因無法言喻的憤怒而顫抖，一句話也說不出來。

「你的行為、你的選擇……」她接著說，眼神變得非常悲傷，「它們與你無關，與你想要什麼或你需要什麼都無關。你所做的一切，賽門，你的每個舉動，你所說的每一句話……都只是為了讓他難看。」她支離破碎地說完：「而他甚至已經死了。」

賽門以一種侵略性十足的優雅姿態向前移動。

「不是每個舉動。」他沉著聲說：「不是每一句話。」

達芙妮向後退，對他眼中的狂亂感到不安，「賽門？」

她突然間失去了能夠面對比她高大兩倍、力量可能強壯三倍的人的勇氣和膽量。

他的食指順著她的手臂往下滑。她穿著一件絲質睡袍，但他的體溫和力量透過布料灼燙了她。他靠得更近了，一隻手悄悄地繞過她捏住她的臀部並加以揉捏。

「當我這樣撫摸妳時，」他低聲說，聲音危險地貼近她的耳朵，「這就和他沒有關係。」

達芙妮全身輕顫，痛恨自己想要他。痛恨他讓她想要他。

「當我的嘴唇吻上妳的耳朵時，」他喃喃低語，輕輕咬住她的耳垂，「這也和他沒有關係。」

她試圖推開他，但當她的手碰到他的肩膀時，卻只能緊緊抓住。

他開始推著她，慢慢地專心地走向床鋪。

「當我把妳帶上床時，」他言語炙熱地貼著她脖子上的肌膚，低語：「我們肌膚相親，只有兩個人……」

「不！」她喊道，用盡全身力氣推開他。

他一時猝不及防跌跌撞撞地向後退。

「當你把我帶上床時，」她哽咽著說：「從來都不是只有我們兩個人。你父親總是在場。」

在她寬大的睡袍袖子裡往上爬的手指緊緊掐著她的肉，他什麼也沒說，但也沒必要說什麼了。他淡藍色眼睛裡冰冷的怒氣說明了一切。

「你能看著我的眼睛，告訴我，」她低聲說：「當你從我體內抽身，把種子灑向床單的時候，你在想的是我嗎？」

他的臉繃得死緊，雙眼瞪著她的嘴。

她搖了搖頭，從他已經放鬆的懷抱中離開。

「我認為不是。」她用細微的聲音說。

她離開他身邊，但同時也離開了床。她毫不懷疑，如果他願意，他絕對有辦法迷惑她。他可以親吻她、愛撫她，把她帶到令人暈眩的狂喜境界，而她隔天早上會恨死他。

她還會更恨自己。

當他們面對面站著，彼此離得老遠時，房間裡只剩下死一般的寂靜。

賽門的雙手垂在身側，臉上是混合了震驚、傷心和憤怒的心痛表情。

最糟糕的是，達芙妮想，當她看到他的眼神時，她的心牆出現了裂痕。他看起來十分困惑。

「我想，」她輕輕地說：「你最好離開。」

他抬起頭來，眼裡滿是惱怒，「妳是我的妻子。」

她沒有說話。

「在法律上，我擁有妳。」

達芙妮只是盯著他看，「沒錯。」

他迅速拉近了彼此之間的距離，他的手撫上了她的肩膀，「我可以讓妳想要我。」

「我知道。」

他的聲音壓得更低，沙啞而迫切：「即使我做不到，妳也是我的。妳是屬於我的，我可以強迫妳讓我留在這裡。」

達芙妮覺得自己彷彿瞬間蒼老了一百歲，「你永遠不會那樣做。」

他知道她說得沒錯，所以他所能做的就是讓自己離開她，頭也不回地走出房間。

Chapter 18

LADY WHISTLEDWN´S SOCIETY PAPERS

是只有筆者注意到了，還是這幾天上流社會的（男）人確實比平時喝得多？

《威索頓夫人的韻事報》
4 June 1813

18

賽門出門買醉去了。

這並不是他常做的事情，這甚至不是他特別喜歡的事情，但他還是這麼做了。

海邊有很多酒吧，離克利夫登只有幾英里。那裡也有很多水手在尋找鬧事的機會，其中兩個人找上了賽門。他痛扁了那兩個傢伙。

他心中有一股怒火，這股怒火已經在他的靈魂深處醞釀了多年，現在它終於找到了發洩的方式，只需要稍作挑釁，就能激得他失控動手。

那時他已經喝得太醉了，所以當他出拳時，看到的不是那些皮膚被太陽曬得通紅的水手，而是他的父親。每一個拳頭都砸向那個不斷拒絕他的冷笑聲。然而這種感覺很好，他從不認為自己是一個特別暴力的人，但該死的，這種感覺很好。

等賽門揍完那兩個水手時，沒有人再敢接近他。當地人懂得什麼是力量，但更重要的是，他們認得出憤怒，而且他們都清楚在這兩者中，後者更加致命。

賽門一直待在酒館裡，直到黎明的第一道曙光劃破天空。他一口口地喝著買來的那瓶酒，然後在該離開的時候，雙腿發軟地站起來，把酒瓶塞進口袋裡啟程回家。

他一邊騎馬一邊喝酒，劣質的威士忌燒痛他的五臟六腑。隨著他越喝越醉，渾沌的腦海中隱約只剩下一個清晰的念頭。

他想要達芙妮回到身邊來。

她是他的妻子啊，該死的。他已經習慣了有她在身邊，她不能就這樣搬出他們的臥室。

他會讓她回來的。他會誘哄她，他將贏得她的心，然後……

賽門打了一個不怎麼優雅的響亮酒嗝。他必須做到足以成功誘哄並贏回她的程度，但他太醉了，想不出其他的方式。

當他到達克利夫登城堡時，整個人已經陷入一種自我感覺良好的醉醺醺狀態了。他跌跌撞撞地走到達芙妮的門前，鬧出的動靜足以吵醒死人。

「達芙妮——！」他大叫著，試圖掩蓋聲音中的那一抹絕望。他不想讓自己聽起來很淒慘。

他若有所思地蹙眉。換句話說，如果他的聲音聽起來痛不欲生，她更有可能會打開門。於是他大力吸了幾下鼻子，然後再次大喊：「達芙妮——！」

過了兩秒鐘她還是沒有任何回應，他無力地靠在厚重的門上（主要是因為他的平衡感被威士忌帶走了）。

「哦，達芙妮。」他嘆口氣，打算將前額抵在門板上，「如果妳……」

門忽然開了，賽門整個人摔在地上。

「妳一定要仄摸……仄摸突然的……打開它嗎？」他嘀咕。

達芙妮還在調整她的睡衣，看著地上那一團人影，只能勉強認出那是她的丈夫。

「天哪，賽門，你是怎麼……」她俯下身來扶他，當他張嘴對著她呼吸的時候，她又猛然跳開，斥責道：「你喝醉了！」

他鄭重地點點頭，「恐怕是的。」

「你上哪兒去了？」她問道。

他眨了眨眼看著她，好像從未聽到過這麼愚蠢的問題。

「在外面花天酒地。」他回答，隨後打了個酒嗝。

「賽門，你應該上床去。」

他又點了點頭，這一次充滿了活力與熱情，「是的，對，我應該。」

他努力想爬起來，但膝蓋才剛剛離地就又被絆倒了，重新躺回地毯上。

「嗯哼。」他低頭看了看下半身，「嗯，這很奇怪。」

他抬頭再次面對達芙妮，一臉困惑地看著她，「我可以發誓，那是我的腿。」

達芙妮翻了個白眼。

賽門又試了試，想再次站起來，結果一樣。他評論：「我的四肢似乎無法正常運作。」

「是你的大腦沒有正常運作！」達芙妮回道：「我該拿你怎麼辦？」

他對著她的方向咧嘴一笑。

「愛我？妳說過妳愛我的。」他皺起眉頭，「我覺得妳無法收回那句話了。」

達芙妮發出了一聲長嘆。她應該對他大發雷霆——該死的，她正是在對他大發雷霆！但當他看起來如此可憐時，很難保持應有的怒氣。

此外，她有三個哥哥，她對醉酒的蠢蛋還算有點了解。他必須睡一覺，沒有別的辦法。

他醒來後會頭痛欲裂，那是他活該，然後他必須喝一些類似混合毒藥的東西，對完全消除他的宿醉會有幫助。

「賽門？」她耐心地問：「你有多醉？」

他無力地笑了一下，「非常。」

「我也這麼想。」她小聲嘀咕道，彎下腰伸手勾起他的手臂，「你要站起來，我們得把你弄到床上去。」

但他沒有動，只是坐在那裡，用一種非常愚蠢的表情仰望著她，口齒不清地說：「為什麼要站起來？妳不能和我一起坐下嗎？」

他伸出雙臂，漫不經心地摟住她，「過來和我一起坐吧，達芙妮。」

「賽門！」

他拍了拍身旁的地毯，「坐這裡很好。」

「賽門，不，我不能和你坐在一起。」她掙扎著離開他沉重的懷抱，「你必須上床睡覺。」

她試著再次搬動他，結果還是同樣令人沮喪。

「天啊！」她咬牙切齒：「你為什麼要出去喝得那麼醉？」

他應該聽不清楚她說什麼，但他一定是聽到了某個部分，因為他歪了一下頭，回道：「我想要妳回來。」

她震驚地張大了嘴。他們都很清楚他必須怎麼做才能贏回她，但達芙妮認為他現在爛醉如泥，無法就這個話題進行任何形式的討論，所以她只是拉了拉他的手臂，「我們明天再談，賽門。」

他快速地眨了幾次眼睛，「已經是明天了啊。」

他伸長脖子朝窗外看去。窗簾是拉著的，但嶄新一天的光線已經透出來了。

他口齒不清地說：「以金四明天了，看到了嗎？」他朝窗外揮了揮手臂，「已經是明天了。」

「那我們晚上再談吧。」她有點絕望了，感覺自己的心像被狂風掃過，可能無法再忍受一次剛才的狀況，「拜託了，賽門，我們現在先別管它了吧。」

「問題是，達芙妮……」他搖了搖頭，就像小狗甩掉身上的水。

「達芙妮，」他小心翼翼地說著：「達芙妮達芙妮達芙妮。」

達芙妮忍俊不禁，「什麼事，賽門？」

「問題是，妳看……」他撓了撓頭，「妳就是不明白。」

「我不明白什麼？」她輕輕地問。

「為什麼我不能那麼做。」他抬起頭，直到與她平視。

他眼裡的痛苦幾乎令她瑟縮了一下。

「我從未想過要傷害妳，小芙。」他嘶啞地說道：「妳知道的，對嗎？」

她點了點頭，「我知道，賽門。」

「很好，因為問題是……」他深深地吸了一口氣，似乎要撼動他的整個身體，「我做不到妳想要的事。」

她沉默著。

「我的這輩子，」賽門悲傷地說：「我的這輩子，他都是贏家。妳知道嗎？贏的人總是他。但這次換我贏了。」

他做了個緩慢而笨拙的動作，他伸長手臂，然後用拇指戳了戳自己的胸口，認真說道：「我、我想贏一次。」

「噢，賽門。」她低聲說：「你從很久以前就是贏家了。當你超越他的期望時，你就已經贏了。每當你戰勝困難，交到一個新朋友，或到一個新的地方旅行，你就贏了。你做了所有他從來不希望你完成的事情。」

她的呼吸急促起來，輕輕捏了一下他的肩膀，「你已經打敗了他。你贏了。為什麼你看不清這一點？」

他搖了搖頭，「我不想成為他想要的模樣，即使……」他打了個酒嗝，「即使他從未對、對我有什麼期望，他想、想要的是一個完美的兒子，一個會成為完美公、公爵的人，然後與完美的公爵夫人結、結婚，生下完、完美的孩子。」

達芙妮咬著下唇。他又開始結巴了，他一定是真的很傷心。她為他感到心痛，為那個只想得到父親認可的小男孩感到心痛。

賽門把頭扭向一側，用一種驚人的清明目光看著她，「他一定會認可妳的。」

「噢。」達芙妮不知道該如何理解這句話。

「但是……」他聳了聳肩，給了她一個神祕又頑皮的微笑，「……我還是娶了妳。」

他看起來是那麼真摯，認真中帶著一股孩子氣，她無法不緊緊抱住他，試圖安慰他。但無論他的痛苦有多深，或他的靈魂受了多少傷害，他的做法都是錯誤的。想要好好地報復他父親，只要讓自己過著充實快樂的生活就好，完成他父親始終認為他達不到的那些高度和榮耀。

達芙妮嚥下了濃重苦澀的挫折感。她不明白，如果他所有的選擇都只是為了打敗一個死人，他怎麼可能擁有幸福的生活。

但她不想在這時候談這些。她很累，他也喝醉了，現在不是合適的時候。

「我扶你到床上去。」她最終說道。

他盯著她看了很久，眼裡充滿由來已久的盼望，想要獲得安慰，最終化為一句低語：「不要離開我。」

「賽門。」她哽咽低語。

「請妳不要。他離開了，每個人都離開了，然後我也離開了。」

他輕捏她的手，「妳要留下來。」

她顫抖地點點頭，站起身來，「你可以在我的床上睡覺，我想你明天早上會感覺好一點。」

「但妳會留下來陪我嗎？」

這是個錯誤。她知道這是個錯誤，但仍然說：「我會留下來陪你。」

「好。」他搖搖晃晃地站了起來，「因為我不能……我真的……」他嘆口氣，痛苦地轉向她，「我需要妳。」

她把他扶到床邊，他整個人栽到床墊裡，害她差點也一起摔下去。

「不要亂動。」她命令道。蹲下來脫掉他的靴子。她以前為哥哥們做過這種事，所以她知道要抓住腳跟而不是腳趾，但這雙靴子很緊，當她終於把靴子從他腳上脫掉時，整個人往後跌了個四腳朝天。

「真要命。」她喃喃自語，站起來重複這個煩人的流程，「還說什麼女人是時尚的奴隸。」

賽門發出了一個聽起來很像打鼾的聲音。

「你睡著了嗎？」達芙妮難以置信地問道。她扯了扯另一隻靴子，這隻靴子脫得比較輕鬆，然後把他重得像死人的雙腿抬到床上。

他的睡相看起來年輕又安詳，濃黑的睫毛覆在臉頰上。

達芙妮伸出手，把他的頭髮從額頭上拂開，低聲說：「好好睡，我的寶貝。」

但她才開始移動，他就迅速伸出手臂勾住了她。

「妳說妳會留下來的。」他不滿地說道。

「我以為你已經睡著了！」

「這並不表示妳就有權利違背妳的承諾。」他拉扯她的手臂，達芙妮最終放棄了抵抗，在他身邊躺了下來。他很溫暖，而且他屬於她，即使她對他們的未來憂心忡忡，但在那一刻，她無法抗拒他溫柔的懷抱。

達芙妮在一個多小時後醒來，很驚訝自己竟然睡著了。賽門仍然躺在她身邊輕輕地打鼾，他們都穿著衣服——他穿著有威士忌酒香的衣服，而她穿著睡袍。

她輕輕地撫摸他的臉頰，「我該拿你怎麼辦呢？我愛你，你知道的。我愛你，但我討厭你對自己所做的事。」她顫抖地吸了一口氣，「以及對我。我討厭你對我所做的一切。」

他在睡夢中動了動，那一瞬間她有點害怕他會醒過來。

「賽門？」她低聲說，看他沒有回答，她鬆了一口氣。她知道她不應該大聲說出還沒準備好要讓他聽到的話，但躺在雪白枕頭上的他看起來是那麼無辜。當他呈現這副模樣的時候，太容易令她心防盡卸了。

「噢，賽門。」她嘆口氣閉上眼睛，抵擋著在眼眶中醞釀的淚水。她應該站起來，她絕對應該現在就離開讓他好好休息。她能理解他為什麼如此固執地反對把孩子帶來這個世界，但她不能原諒他，而且也不同意他的觀點。

如果他醒來時而她還在他懷裡，他可能會認為她願意接受他心目中的家庭形式。她不情不願地試著慢慢拉開距離，但他的手臂緊緊地摟著她，睏倦的聲音喃喃低語著：「不要走。」

「賽門，我……」

他把她摟得更緊了，達芙妮注意到他已經被撩起了性致。

「賽門？」她雙眼倏然大睜，「你是不是醒著？」

他的回答是另一個睡意朦朧的咕噥聲。他並未蓄意想誘惑她，只是把她摟得更緊。

達芙妮驚訝地眨了眨眼。她從來不知道，男人可以在睡夢中想要一個女人。

她把頭往後仰，以便看清他的臉，然後伸手沿著他的下巴輪廓輕觸。他發出了輕微的呻吟。這個聲音暗啞而低沉，使她決定不顧一切。她的手指以緩慢而誘人的方式一個個解開他襯衫的鈕扣，她在腹部停頓了一下，接著沿著他的肚臍畫圈。

他躁動不安地換個姿勢，達芙妮感覺到一股非常奇特也非常令人陶醉的力量在體內湧動。她發現他被她控制了。他睡著了，而且可能還有點醉意，她可以對他為所欲為。

她可以擁有她想要的一切。

她快速地瞥一眼他的臉，知道他還在睡夢中，於是她迅速解開他的長褲。他的下半身已經堅硬如鐵急需紓解，她用手包覆住他，感覺他的脈搏在手指下跳動。

「達芙妮。」他喘息著。他迷迷糊糊地睜開眼睛，發出一聲粗重的低喘，「哦，老天。這感覺真是該死的美妙。」

「噓。」她輕聲哄他，脫掉身上的絲質睡袍，「一切讓我來。」

他仰躺著，當她撫摸他的時候，他的雙手在身側握得死緊。在他們短短兩星期的婚姻生活中，他教會了她很多東西，很快他就壓抑不住強烈的慾望，呼吸變得輕淺短促。

老天垂憐！她也渴望著他。這樣俯視著他讓她感到自己充滿力量。她現在擁有主導權，她想像不出來有比這更驚人的催情藥。

她感到胃裡一陣翻騰，有股奇怪的力量催促著她，她知道她需要他。

她想讓他進入她的身體，填滿她，給她一個男人應該賦予女人的一切。

「喔，達芙妮。」他呻吟著說，頭晃動著偏向一側，「我要妳，我現在就要妳。」

她在他身上挪動，用手撐住他的肩膀跨坐在他腰際。她用手引導他來到她的入口處，那裡已經因慾望而濕潤。

賽門在她腿間拱起身子，她慢慢地將他包覆住，直到他幾乎完全沒入她的身體。

「再來。」他喘著氣說：「就是現在。」

達芙妮的頭向後仰，把最後一寸也完全包覆進去。她的雙手緊緊抓住他的肩膀，氣喘吁吁。他完全進入了她的身體，她覺得自己會因為這種快感而死去。她從未感覺到如此充實，也從未感覺到自己是個如此完整的女人。

她開始在他身上動作，忍不住高聲叫了起來，身體愉悅地拱起。她扭動著身體，雙手貼在自己的腹部，然後向上滑至乳房。

賽門看著她，發出了一聲低吟，眼睛瞪得大大的，炙熱沉重的呼吸從他唇間溢出。

「哦，我的老天！」他用粗啞的聲音說道：「妳在對我做什麼？妳這是……」

Chapter 18

她摸了摸一側的乳尖，他整個人都彈跳起來。「妳從哪裡學來的？」

她低下頭，對他困惑地一笑，「我也不知道。」

「繼續。」他呻吟道：「我想看。」

達芙妮不大確定應該怎麼做，所以她讓本能接管一切。她的臀部以畫圓的方式輾磨著他的下半身，同時挺起胸部，驕傲地突顯出自己的乳房。她用雙手捧住它們輕輕地揉捏，用手指間把玩著乳尖，視線一直緊緊盯著賽門的臉。

他的臀部開始瘋狂地擺動，大手死命地抓著床單。達芙妮感覺他應該快到極限了。他總是細心地想要取悅她，確保她先達到高潮，然後才允許自己也享有同樣的歡愉，但這一次，他會先體會到極致的愉悅。

她也差不多快到了，但還沒像他那麼忘我。

「哦，我的天！」他突然大喊出聲，聲音刺耳且毫無掩飾地充滿了慾望。

「我要……我不能……」他用一種奇特的懇求眼神盯著她，徒勞無功地試著拉開彼此的距離。

達芙妮用盡全身所有的力量壓制著他。

他在她體內爆發了，高潮的力量使他的下半身高高向上拱，把兩人一起從床上抬了起來。她伸手緊摟著他的背，用全身的力量把他牢牢抱住。這次她不會再失去他了。她不會失去這個機會。

賽門的眼睛在高潮時倏然大睜，他太晚才意識到自己做了什麼，但他毫無抵抗能力，無法阻止自己高潮的力量。如果他在上面，可能會找到抽身的力量，但躺在她身下，看著她挑逗自己的身體直至慾火焚身，他對自身澎湃洶湧的慾望無能為力。

就在他咬緊牙關，個人動彈不得時，他感到她的小手滑到他身後，把他更用力地壓向她的子宮。他看到了她臉上純然的狂喜，他突然意識到……她是故意這樣做的，這是她計畫好的。

達芙妮把他從睡夢中喚醒，在他仍然醉意朦朧的時候利用了他，並在他的種子灑入她體內時阻止他抽身離開。

他睜大眼睛看著她，「妳怎麼可以這麼做？」

她什麼也沒說，但他看到她的臉色變了，她聽到了他的話。

賽門把她從自己身上推開，就在他感覺到她的肌肉開始緊緊夾住他的時候，無禮地拒絕讓她也享受剛才他體會到的歡愉。

「妳怎麼可以這樣？」他追問：「妳知道的。妳明明知道，我、我、我……」

但她只是讓膝蓋緊靠著胸口蜷縮成一個球，顯然決心要留住他的每一滴。

賽門惡狠狠地咒罵，同時努力站了起來。他張開嘴想好好罵她一頓，譴責她背叛了他利用了他，但他的喉嚨梗住了，舌頭打結，他甚至無法開口說出半個字，更不用說完成整句話。

「妳、妳、妳——」他總算擠出一點聲音。

達芙妮驚恐地看著他，小聲詢問：「賽門？」

他不希望這樣。他不要她把他當成某種怪物。天哪、天哪，他感覺自己又回到了七歲。他說不出話來。他無法使自己的嘴發揮作用，他陷入無助。

達芙妮的臉上充滿了關切——他最不需要的那種充滿憐憫的關切。

「你還好嗎？」她低聲說：「你能呼吸嗎？」

「不、不、不——」這與不要可憐我相去甚遠，但這是他唯一能發出的字。他能感覺到他父親的嘲諷正捏著他的喉嚨，掐住他的舌頭。

「賽門？」達芙妮匆匆趕到他身邊，她的聲音變得驚慌失措：「賽門，試著說點什麼！」

她觸碰他的手臂，但他把她甩開了。

「別碰我！」他的怒氣爆發了。

她瑟縮著退後，用一種細小而悲傷的聲音說：「看來有些話你還是說得很順。」

Chapter 18

賽門痛恨自己，痛恨棄他而去的聲音，痛恨他的妻子，因為她總有辦法將他的自制力化為灰燼。這種完全喪失說話能力的感覺、這種窒息糾結的感覺——他一輩子都在努力擺脫這種感覺，而現在她喚醒了這一切，就為了報復他。

他不能讓她這樣做，不能讓她把他變回從前的模樣。

他試著說出她的名字，卻什麼也說不出來。

他必須離開。他沒辦法直視她，不能和她待在一起，他甚至不想和自己在一起，但不幸的是，他對此無能無力。

「別、別——別靠近我。」他大口喘氣，一邊胡亂穿上褲子，一邊用手指著她，「是——是、是妳做的好事！」

「我做了什麼？」達芙妮哭了起來，拉起床單裹住自己，「賽門，別這樣。我做錯了什麼事？你想要我。你很清楚你想要我。」

「這、這——這些！」他用力迸出幾個字，指著自己的喉嚨，然後又指著她的腹部，「那——那——」

然後，似乎無法忍受再多看她一眼，他衝出了房間。

如果他也能這麼輕鬆地逃離自己就好了。

十個小時後，達芙妮發現了一張紙條：

另一處莊園有急事需要我去處理。相信妳會通知我，妳的受孕計畫是否成功。

如果有需要，總管會告知妳我的去處。

賽門

紙片從達芙妮的指縫中滑落，慢慢地飄到地上。刺耳的啜泣聲從她的喉嚨裡傳出，她伸手摀住自己的嘴，好像這樣做就可以阻止即將使她滅頂的傷心。

他離開了她。他真的離開了她。她知道他很生氣，知道他甚至可能不會原諒她，但她沒有想到他真的會離開。

她以為……哦，甚至在他衝出房門時，她還以為他們會有辦法解決彼此的意見分歧，但現在她不那麼肯定了。

也許她太理想化了。她自以為可以治癒他，使他破碎的心變得完整。如今她才意識到，她自以為擁有的能力遠遠超過實際的。她以為她的愛是如此美好、如此閃亮、如此純粹，賽門肯定會立即放下多年的怨恨和痛苦，即使這些怨恨和痛苦正是他活下來的動力。

她是多麼的自以為是，如今又感到自己是多麼的愚蠢。

有些事情確實超出她的能力範圍。在她備受呵護的人生中，她從未意識到這一點，直到現在。她從未以為世界上的一切都唾手可得，但她總是認為，如果為某件事情付出足夠的努力，以平等的方式對待每一個人，那麼她終究會得到回報。

但這次不一樣。賽門超出了她的能力範圍。

達芙妮走到黃色房間，屋子裡似乎異常安靜。她好奇是否所有的僕人都知道她丈夫離開了，現在正刻意地迴避她。他們一定聽到了前一天晚上爭吵的零星片段。

達芙妮嘆了口氣。有一小群圍觀者在身旁的時候，繼續傷感下去會更加困難。

或者說，一群看不見的圍觀者，照目前情況看來是如此。她邊想著，邊拉了一下叫人鈴。她看不到他們，但她知道他們就在附近，在她背後竊竊私語，憐憫她。

有趣的是，她以前從未在意過僕人們的閒言碎語。但現在……她在沙發上坐下來，因為下半身痠痛而輕輕呻吟了一聲……現在她覺得自己簡直孤獨到可悲。她還應該想些什麼呢？

「夫人？」

達芙妮抬起頭，看到一個年輕女僕遲疑地站在門口。她怯怯地行了個禮，一臉期待地看向達芙妮等候指示。

「請準備茶。」達芙妮輕聲說道：「不要餅乾，只要茶。」

年輕女孩點了點頭，然後退下。

在等待女僕回來的過程中，達芙妮摸了摸腹部，溫柔地低頭看著自己。她閉上眼睛，默默在心中祈禱。請上帝保佑，她懇求著：讓我有個孩子。

她可能不會再有第二次機會了。

她並不為自己的行為感到羞恥。她以為她應該會有這種感受，但實際上卻沒有。

她並沒有預謀這一切。她沒有在他睡覺的時候一邊看著他，一邊想著……他大概爛醉如泥，我可以和他做愛，留下他的種子，而他永遠不會知道。

事情並非如此。

達芙妮不大確定一切是怎麼發生的，但前一刻她還在他的上方，下一刻她就意識到他不會及時抽身，而她也確實讓他無法抽身……

或者，也許……她緊緊閉上眼睛。也許事情不是這麼一回事，也許她不僅僅利用了那個時機，也許她利用的是他。

只是她沒有早點弄清楚。所有事情都混在一起了，賽門的口吃，她對孩子的迫切渴望，他對父親的仇恨，一切都在她的腦海中飛速運轉，她無法分辨哪個是哪個。

她感到非常孤獨。

她聽到門外有聲音而轉過身，本以為是那個怯生生的年輕女僕端著茶回來了，但來的卻是卡森太太。她的臉色凝重，眼裡充滿關切。

達芙妮對管家慵懶地笑了笑，「我在等女僕。」

「我剛好在隔壁房間處理事情，所以我想，不如親自送茶過來。」卡森太太回答道。

達芙妮知道她在撒謊，但她還是點了點頭。

「女傭說不要餅乾，」卡森太太補充：「但我知道您沒吃早餐，所以我在盤子上放了一些。」

「妳真是太周到了。」達芙妮認不出她自己的聲音。對她來說，這聲音聽起來非常扁平，幾乎就像是別人的聲音一樣。

「您別這麼說，這只是小事一樁。」管家看起來似乎還想說些什麼，但最後只是站直身子，問道：「沒有別的吩咐了嗎？」

達芙妮點頭。

卡森太太向門口走去，那一瞬間達芙妮幾乎想要叫住她。她幾乎要喊出卡森太太的名字，並要求她過來坐在一起喝茶，她說出她的祕密和羞愧，並且任由眼淚奔流而下。

並不是因為她和管家的關係特別好，只是因為她沒有其他人了。

但她沒有叫出口，於是卡森太太離開了房間。

達芙妮拿起一塊餅乾咬了一口。她想，也許，是時候該回家了。

Chapter 19

LADY WHISTLEDWN´S SOCIETY PAPERS

今天有人看見新任哈斯丁公爵夫人出現在梅菲爾。菲莉佩·費瑟林頓看到前達芙妮·柏捷頓小姐快速地穿過街口。費瑟林頓小姐叫了她一聲，但公爵夫人假裝沒有聽到。

我們知道公爵夫人一定是在假裝，畢竟一個人要能夠忽視費瑟林頓小姐的叫喊聲，首先必須是個聾子。

《威索頓夫人的韻事報》

9 June 1813

19

達芙妮最後終於瞭解，心痛從來不會真正消失，它只會變得遲鈍。每一次呼吸都會感到的尖銳刺痛，最後會被一種更沉重的鈍痛取代——那種好像可以但其實永遠不能忽視的疼痛。

在賽門離開的第二天，她就搬出了克利夫登城堡前往倫敦，一心想要回到柏捷頓大宅。但回到娘家似乎在某種程度上等於承認了失敗，因此在最後一刻，她指示馬車伕帶她去哈斯丁大宅。如果她需要家人的支援和陪伴，她會回到家人身邊，但她現在是人妻了，她應該住在自己家裡。

於是，她向那些新僕傭介紹了自己，他們二話不說地接受了她（但也充滿了好奇心），接著便開始了她身為棄婦的新生活。

她的母親是第一個來看她的人。

達芙妮並未通知其他人她回到了倫敦，所以這也算是意料之中。

「他在哪裡？」薇莉開門見山地問道。

「您問的是我的丈夫，對吧？」

「不，是妳的艾德蒙叔公。」薇莉幾乎要破口大罵：「我當然是指妳的丈夫。」

達芙妮說：「我想他正在某個鄉下莊園裡處理事務。」她不敢看著母親的眼睛。

「**妳相信**？」

「呃，我是『知道』。」達芙妮修正道。

「那妳『知道』為什麼妳沒和他在一起嗎？」

達芙妮想過撒謊，也考慮過把事情說清楚，告訴母親一些關於佃農出狀況之類的瞎掰胡扯，也

Chapter 19

許還牽涉到牲畜或疾病之類的。但最後，她只是雙唇輕顫，任由淚水刺痛眼眶，以細如蚊蠅的聲音說：「因為他沒有帶我一起去。」

薇莉握住她的手，嘆了口氣，「哦，小芙。發生什麼事了？」

達芙妮把自己埋入沙發裡，拉著她母親坐到身邊，「我一下子講不清楚。」

「不妨試著說說看？」

達芙妮搖搖頭。她這輩子從來沒有瞞著母親任何祕密，一次都沒有過。沒有什麼事情是不能和母親討論的。

但從來不像現在這種情況。

她安撫地拍了拍母親的手，「我會沒事的。」

薇莉一臉不以為然，「妳確定嗎？」

「不確定。」達芙妮盯著地板看了一會兒，「但無論如何，我必須相信我會沒事的。」

薇莉離開了，達芙妮把手放在腹部，默默祈禱。

柯林是下一個來訪的人。大約一週後，達芙妮從公園裡散步回來，發現他站在她的小客廳裡，雙手抱胸，滿面怒容。

「啊，」達芙妮說，脫下她的手套，「看來你已經知道我回來了。」

「這到底是怎麼回事？」他問。

達芙妮挖苦地想，柯林顯然沒繼承到他們母親婉轉說話的天賦。

「快說！」他喊。

她短暫地閉上眼睛，只是想試著緩解困擾了她好幾天的頭痛。她不想向柯林傾訴她的苦惱，即便是她對母親透漏的那些事情也一樣，儘管她認為他應該已經知道了。在柏捷頓大宅，消息總是傳得很快。

她不確定自己的勇氣從何而來，但虛張聲勢是有一定作用的，所以她挺起肩膀，挑高雙眉，「你的意思是……？」

「我是說，」柯林咆哮：「妳丈夫在哪裡？」

「他在別的地方。」達芙妮覺得這聽起來比「他離開了我」好多了。

「達芙妮……」柯林的聲音帶著濃濃的警告。

她不理會他的語氣，問道：「你一個人來的嗎？」

「安東尼和班尼迪特這個月都會待在鄉下，如果妳是要問這個的話。」柯林說。

達芙妮幾乎鬆了口氣。她現在最不需要的就是面對她的大哥。她已經阻止過一次他想殺了賽門，她不確定自己是否能夠再完成一次這種壯舉。

但在她開口之前，柯林接著說：「達芙妮，我命令妳告訴我，那個混蛋躲在哪裡？」

達芙妮感到全身緊繃。她或許有權利罵她離家出走的丈夫，但她哥哥肯定沒有。

「我想，」她冷冷地說：「你說的『那個混蛋』是指我丈夫吧。」

「妳說得很正確，我……」

「我必須請你離開。」

柯林瞪著她，好像她頭上突然長了角，「妳說什麼？」

「我不想和你討論我的婚姻，如果你控制不住自己，硬要灌輸我一些不受歡迎的意見，我就不得不請你離開。」

「妳不能把我轟出去。」他不敢置信地說道。

她雙手扠腰，「這是我的房子。」

柯林盯著她，接著打量起房間——哈斯丁公爵夫人的小會客廳——隨後又回頭看向達芙妮，彷彿剛剛才意識到，他的小妹妹，他一直把她看作是自己的可愛小分身，已經成長為一個獨立的女人。他握住她的手，平靜地說：「小芙，我會讓妳按照妳認為合適的方式處理這個問題。」

「謝謝你。」

「暫時如此。」他警告說：「別以為我會讓這種情況永無止盡地持續下去。」

半小時後柯林離開房子時，達芙妮想，不會的，這種情況不可能永無止盡地持續下去。兩週之內，她就會知道結果。

每天早上達芙妮醒來時，都會發現自己屏住呼吸。在她的經期快要到來之前，她會咬著嘴唇在心中暗自祈禱，然後輕輕地掀開床單尋找血跡。

每天早上，她都只看到雪白的亞麻布。

在她的經期晚了一週後，她允許自己擁有一絲希望。她的經期從來都不是很準時，她推測它隨時會來，但從來沒有這麼遲過……

又過了一個星期之後，她發現自己每天早上都在微笑，像對待珍寶一樣守住她的祕密。她還沒準備好與任何人分享。她不會告訴她母親、不會告訴她的兄弟，當然也不會告訴賽門。

想到要對他隱瞞這個消息，她並沒有非常內疚，畢竟，他也曾向她隱瞞了種子的事。更重要的是，她擔心他的反應會非常負面，她還沒準備好讓他的不快毀掉她完美的喜悅時光。然而，她還是給總管寫了一張紙條，要求他把賽門的新地址轉交給她。

最終在過了三個星期之後，良心占了上風，她坐到書桌前給他寫了一封信。

對達芙妮來說，很不幸地，她信紙上的封蠟都還沒有乾透，她那顯然剛從鄉下回來的哥哥安東尼就衝進房間來。當時達芙妮在樓上的寢室裡，而那可不是她應該接待訪客的場所，她簡直不敢想像他上樓來的這一路上，教訓了多少僕人。

他看起來火冒三丈。她很清楚，這時也許不該激怒他，但只要看到他，她總是忍不住想挖苦他幾句，所以她問道：「你是怎麼上來的？我不是有管家嗎？」

「妳曾經有個管家。」他吼道。

「呃，糟糕。」

「他在哪裡？」

「看得出來不在這裡。」繼續假裝不知道他在說誰，就有點裝過頭了。

「我要殺了他。」

達芙妮站起來，眼裡冒出火光，「不，你不可以！」

安東尼扠在腰上的雙手始終沒放下來，他微微向前傾身，雙眼死盯著她，「在哈斯丁娶妳之前，我向他發過誓，妳知道嗎？」

她搖了搖頭。

「我提醒他，我曾打算殺了他，因為他損害了妳的名聲，如果他以後敢讓妳心碎，只有上天救得了他。」

「他沒有讓我心碎，安東尼。」她的手在小腹上游移，「實際上，恰恰相反。」

就算安東尼聽出她話中的不對勁，他也沒有機會知道了，因為他的目光一瞥向書桌，眼睛立刻瞇成一線，「那是什麼？」

達芙妮順著他的視線看去，那是一小疊紙，是她試著寫給賽門的失敗作品，她伸手想湮滅證據，「沒什麼。」

「妳要寫信給他，對嗎？」安東尼原本就盛怒的表情現在幾乎要噴火了。「看在上帝的份上，不要再企圖對我撒謊。我看到他的名字在信紙的頂端。」

達芙妮把廢紙揉成一團，扔進桌下的簍子裡，「這不關你的事。」

安東尼瞪著簍子，彷彿打算撲到桌子底下拿回寫了一半的信箋。但最後，他只是回頭看了眼達芙妮，「我不會讓他得逞的。」

「安東尼，這不關你的事。」

他懶得回應：「我會找到他的，妳知道。我會找到他的，我會殺了……」

「拜託！」達芙妮終於忍不住爆發了：「這是我的婚姻，安東尼，不是你的。如果你硬要干涉我的事情，我發誓永遠不會再和你說話。」

她的眼神很堅決，語氣也很強硬，安東尼似乎被她的氣勢震撼了一下。

「好吧。」他喃喃地說道：「我不會殺他。」

「感謝你。」達芙妮酸溜溜地說道。

「但我會找到他，」安東尼撂下狠話：「而且我會清楚地表達我的不滿。」

達芙妮看了一眼他的表情，知道他是認真的。

「非常好，」她伸手去拿她藏在抽屜裡的那封已完成的信，「那就由你去送這封信。」

「好。」他準備接過信封。

達芙妮挪開手，不讓他接，「但前提是你要答應我兩件事。」

「哪些事？」

「首先，你必須保證你不會偷看。」

他一臉惱羞成怒，因為她竟然暗示他會偷看。

「不要擺出那種『我很有榮譽感』的表情給我看。」達芙妮嗤笑著說道：「我很瞭解你，安東尼・柏捷頓，我知道如果你認為不用承擔什麼後果的話，你下一秒就會偷偷讀完這封信。」

安東尼瞪了她一眼。

「但我也知道，你絕不會違背當面答應過我的事。所以我需要你的承諾，安東尼。」

「這是多此一舉，小芙。」

「答應我！」她命令道。

「好啦，」他咕噥道：「我答應。」

「好。」她把信遞給他，他惆悵地盯著它。

「第二，」達芙妮大聲說，迫使他的注意力回到她身上，「你必須保證不傷害他。」

「現在，等一下達芙妮，」安東尼突然說：「妳要求太多了。」

她伸出手，「那就把信還給我。」

他把它藏到身後，「妳已經交給我了。」

她笑起來，「但是我沒有給你他的地址。」

「我可以弄得到他的地址。」他回嘴。

「不，你沒辦法，你心裡清楚。」達芙妮反擊道：「他有數不清的產業，你要花上幾週的時間，才能弄清楚他去了哪一個。」

「啊哈！」安東尼勝利地歡呼道：「所以他是在某個莊園裡。我親愛的妹妹，妳洩漏了一個重要的線索。」

「現在是在玩解謎遊戲嗎？」達芙妮感到不可思議。

「只要告訴我他在哪裡。」

「除非你保證不會暴力相向，安東尼。」她雙手扠腰，「我是認真的。」

「好吧。」他咕噥道。

Chapter 19

「說出來。」
「妳是個難搞的女人，達芙妮．柏捷頓。」
「是達芙妮．貝瑟，而且我有好老師。」
「我保證。」他非常勉強地開口，含糊到幾乎聽不清楚。
「我要詳細一點的保證。」達芙妮鬆開抱著的雙臂，右手在空中繞圈作勢催促，彷彿要逼他說出這些話，「我保證不會……」
「我保證不會傷害妳那該死的白痴丈夫。」安東尼迸出一句：「好了。這樣夠了嗎？」
「很好。」達芙妮甜甜地說道。
她伸手進抽屜，拿出這星期稍早時從賽門的總管那裡收到的信，告訴他地址，「拿去吧。」
安東尼毫不客氣地一把搶過來，不客氣地用手撣了一下。他低頭看了一眼，瞄過幾行字，「我四天後回來。」
「你今天就走？」達芙妮驚訝地問道。
「我不知道我的暴力傾向還能壓抑多久。」他哼了一句。
「既然如此，還是今天去吧。」達芙妮說。
他出發了。

「給我一個好理由，為什麼我不應該把你揍到五臟六腑都吐出來。」
賽門從書桌前抬起頭，看到風塵僕僕的安東尼正怒火中燒地站在他的書房門口。
「我也很高興見到你，安東尼。」他低聲說。

安東尼以暴風雨般的姿態進入房間，雙手撐在賽門的書桌上，氣勢洶洶地向前傾身。

「你能不能告訴我，為什麼我妹妹人在倫敦，每天晚上哭著入睡，而你卻在……」他四下張望著書房，皺起眉頭，「我們現在在什麼鬼地方？」

「威爾特郡。」賽門說。

「而你在威爾特郡，在一個毫無重要性的莊園裡閒晃？」

「達芙妮在倫敦？」

「你以為呢？」安東尼咆哮道：「身為她的丈夫，你理應知道這些。」

「你以為的事情很多，」賽門咕噥：「但大多數時候，你都是錯的。」

他離開克利夫登已經兩個月了。從他只能瞪大眼睛看著達芙妮卻一個字都說不出來，現在已經兩個月了，兩個月的無盡空虛。

說實話，賽門很驚訝達芙妮等了這麼長時間才聯繫他，即使她選擇由她那好鬥的哥哥來代表。賽門不大確定是什麼原因，但他認為她應該會更早與他聯繫，即使只是為了讓他的耳朵起繭。達芙妮不是那種一不高興就搞冷戰的人，他甚至懷疑過她會跟蹤他，然後用六種不同的方式說明他為什麼是個大傻瓜。

說實話，在過了一個月之後，他就在心底悄悄希望她這麼做。

「我會把你那該死的腦袋擰下來，」安東尼破口大罵，猛然打斷賽門的思緒，「如果我沒有事先答應達芙妮不能把你打到重傷的話。」

「我相信要做這樣的承諾很不容易。」賽門說。

安東尼交抱著雙臂，沉沉的目光落在賽門的臉上，「也不容易遵守。」

賽門清了清嗓子，想找出一些辦法來詢問達芙妮的近況，卻又不會感覺太明顯。他想念她。他覺得自己像個白癡，他覺得自己像個傻瓜，但他真的想念她。他想念她的笑聲、她的氣息，以及有

Chapter 19

時睡到半夜，她總是會與他雙腿交纏的情景。

賽門已經習慣了孤獨，但他不習慣這樣的孤獨。

「是達芙妮派你來叫我回去的嗎？」他終於問道。

「不是。」安東尼把手伸進口袋掏出一個象牙色的小信封，用力摔在桌子上，「我剛好遇上她要找信差送信給你。」

賽門壓抑不住驚恐地盯著這個信封，這只可能代表一件事。他想說些不帶情緒的話，例如「我明白了」，但他的喉嚨緊縮使他開不了口。

「我告訴她，我很樂意幫她把信帶給你。」安東尼的語氣充滿諷刺。

賽門沒有理會他。

他伸手拿起信封，希望安東尼不會看到他的手指在顫抖。

但安東尼看到了，他突然問道：「你到底是怎麼了？你看起來一塌糊塗。」

賽門搶過信封把它拿到自己面前，他試著讓氣氛輕鬆點：「我也很高興見到你。」

安東尼牢牢地盯著他，憤怒和關切兩種情緒在他的臉上纏鬥不休。安東尼清了幾次嗓子，最後以一種令人驚訝的溫和語氣問道：「你生病了嗎？」

「當然沒有。」

安東尼臉色一變，「那是達芙妮生病了嗎？」

賽門的頭猛地抬了起來，「我沒聽說。怎麼了？她看起來生病了嗎？她有沒有……」

「不，她看起來很好。」安東尼的眼神充滿了好奇，他最終搖著頭問道：「賽門，你在這裡做什麼？看得出來你愛她。雖然我無法理解，但她似乎也愛著你。」

賽門用手指按了按太陽穴，試圖對抗這些天來似乎從未緩解過的頭痛。

「有些事情你不知道。」他疲憊地說，閉上眼睛抵禦疼痛，「一些你永遠無法理解的事情。」

安東尼足足沉默了一分鐘。直到賽門睜開眼睛，看到安東尼從桌邊離開，走回房門旁。

「我不會把你拖回倫敦去的。」他低聲說：「我應該這麼做，但我不會。達芙妮必須要知道你是因為她才回去，而不是因為她哥哥拿著槍頂著你的背。」

賽門幾乎要指出這差不多就是他娶她的原因，但他吞回了這些話。那並不是事實，至少不是全部的事實。人生若有另外一世，他會屈膝跪地乞求她的青睞。

「不過，你應該知道，」安東尼接著說：「大家開始議論紛紛了。達芙妮在你們倉促成婚後不到兩星期就獨自回到倫敦，雖然她對這些閒言碎語仍然微笑以對，但這一定會造成傷害。沒有人真的站出來羞辱她，但一個人能夠承受的善意和憐憫都有限，而那個該死的威索頓女人一直在寫關於她的事。」

賽門緊蹙雙眉。他回到英國的時間並不長，但也知道那個虛構的威索頓女士可以造成多大的傷害和痛苦。

安東尼恨恨地罵了一句：「去看醫生吧，哈斯丁。然後再去找你的妻子。」

他說完便大步走出門外。

賽門盯著手中的信封看了好幾分鐘才打開。見到安東尼使他十分震驚，知道他去探望過達芙妮，也讓賽門心如刀割。

該死的，他沒有想到會這麼思念她。

然而這並不是說，他對她的氣已經消了。她從他那裡奪走了某些東西，一些他明白表示過並不想付出的東西。他已經告訴過她他不想要孩子了，她清楚這一點才嫁給他，卻又設了陷阱騙他。

她真的騙了他嗎？他疲憊地用手揉著眉心，試著回憶起那個關鍵性早晨的所有細節。

達芙妮肯定是這場性事的主導者，但他也清楚記得他自己的聲音，催促著她繼續。他不應該鼓勵一件明知自己停止不了的事情。

再說，她也可能沒有懷孕，他猜想。他自己的母親不是花了十幾年時間才生出一個孩子嗎？但到了夜晚，當他獨自一人躺在床上時，他想通了事實真相。他不是因為達芙妮背叛他而逃走，也不是因為他有可能擁有子嗣而逃走。

他逃走，是因為他無法忍受自己和她在一起的樣子。她使他變回了童年時那個口吃、結巴的傻瓜。她讓他失去了說話的能力，讓他重新感受到那種令人窒息的可怕感覺，那種無法說出自己感受的恐慌。

他只是不確定，如果他變回那個幾乎不能說話的男孩，是否還能和她一起生活。

他想要提醒自己他們的戀愛時光（那段假裝的戀愛，他不禁微笑著想），回憶起和她在一起和她說話是多麼容易的事。但每一段記憶都被最後的結果所玷污——達芙妮的臥室，那個可怕的早晨，他看著自己的舌頭打結，被自己的喉嚨噎住。

他憎恨這樣的自己。

所以他逃到了另一座鄉間莊園。身為公爵，他有很多座莊園。這座房子在威爾特郡，離克利夫登不是很遠，如果他騎得夠快，一天半就能趕回來。

如果他能如此輕鬆來回，那就不能算是逃跑。

現在看來，他不得不回去了。

深吸一口氣，賽門拿起拆信刀割開信封。他抽出一張紙，低頭讀起來。

賽門：

正如你所說的，我的努力獲得了成功。

我已經搬回了倫敦，這樣就可以親近我的家人，同時在那裡等待你的指示。

你誠摯的達芙妮

賽門不知道自己在書桌後坐了多久，他幾乎無法呼吸，米白色的紙箋從他的指縫中滑落。

最後，一陣微風吹過，也或許是光線的變化，或是房子吱吱作響——某種力量讓他從沉思中驚醒，他跳起來，大步踏進走廊，大聲呼叫管家。

「準備好我的馬車。」管家出現時，他吩咐道：「我要去倫敦。」

Chapter 20

LADY WHISTLEDWN´S SOCIETY PAPERS

本季最熱門的婚事似乎已經變了味。

哈斯丁公爵夫人（原為柏捷頓小姐）大約兩個月前回到了倫敦，而筆者完全沒看到她新任丈夫公爵大人的影子。

傳言說他不在克利夫登，那是這對曾經幸福美滿的夫婦度蜜月的地方。事實上，筆者找不到任何自稱知道他下落的人（如果夫人知道，她也不會說。而且很少有人有機會能發問，因為除了她那龐大的家族之外，她對所有人都幾乎避而不見）。

當然，筆者有立場也有責任去猜測這種裂痕產生的原因。但筆者必須承認，即使連筆者本人也感到困惑不解。他們似乎非常相愛不是麼…

《威索頓夫人的韻事報》

2 August 1813

20

這趟旅程花了賽門兩天時間，而他一天都不想讓自己有胡思亂想的獨處時間。他帶了幾本書來讀，希望在乏味的旅途中讓自己分心，但每當他設法打開某本書，最後只會固定在同一頁，完全讀不進去。

他很難不想起達芙妮。

更加困難的是，他很難不想到自己要做父親了。

到達倫敦後，他吩咐馬車伕直接去柏捷頓大宅。他其實很疲憊，可能需要先換件衣服，但過去兩天他什麼都沒做，只是一直在模擬接下來該如何面對達芙妮，所以再拖下去似乎很愚蠢。

然而，一進入柏捷頓大宅，他就發現達芙妮不在那裡。

「你的意思是，」賽門用冷冰冰的聲音問道，並不在意自己其實不應該對管家發脾氣：「公爵夫人不在這裡？」

管家聽著他不客氣的指責，輕聲回道：「我的意思是，大人……」語氣也不怎麼親切：「她不住在這裡。」

「我有一封我妻子的信……」賽門把手伸進口袋，但（該死的）信沒帶出來。

「呃，她留了一封信給我。」他咕噥：「信中明確指出，她已經搬回了倫敦。」

「沒錯，大人。」

「那她人到底在哪裡？」賽門大聲問。

管家只是挑起一邊的眉毛，「在哈斯丁大宅，大人。」

賽門抿緊雙唇。沒有什麼比被管家奚落更丟臉的了。

「畢竟，」管家接著說，顯然很享受現在這一刻，「她嫁進了您府上，不是嗎？」

賽門瞪了他一眼，「你一定對自己的飯碗很有信心。」

「是的。」

賽門向他草率點頭致意（因為他不大想感謝這個傢伙），然後迅速大步離開，感覺自己像個傻瓜。達芙妮當然會去哈斯丁大宅，畢竟，她沒有離開他；她只是想接近她的家人。

如果他能在回馬車的路上踢自己一腳，他一定會這麼做。

但一坐進車內，他確實踢了自己一下，他家和柏捷頓家就隔著格羅夫納廣場，他原本可以省下一半的時間，步行走過那片該死的草地。

事實證明，節省多少時間也不是特別重要，因為當他打開哈斯丁大宅的門踏入大廳時，發現他的妻子不在家。

「她在騎馬。」傑弗瑞說。

賽門難以置信地盯著他的管家，重複道：「她在騎馬？」

「是的，大人。」傑弗瑞回答：「騎馬。在一匹馬上。」

賽門想知道掐死一個管家會受到什麼懲罰。他咬了咬牙，「地點在哪？她去了哪裡騎馬？」

「海德公園吧，我想。」

賽門的脈搏開始狂跳，呼吸變得急促。騎馬？她天殺的瘋了嗎？她懷孕了啊，就連他都知道，孕婦是不應該騎馬的。

「給我準備一匹馬。」賽門命令：「立刻。」

「有特別想挑哪一匹馬嗎？」傑弗瑞問。

「速度快的，現在就去。」賽門沒好氣地說：「或者乾脆這樣，我自己去準備。」

話一說完，他便轉過身走出了屋子。

但在前往馬廄的途中，賽門的恐慌從血管滲進了四肢百骸，原本穩健的步伐變成了奔跑。

這和跨坐騎馬不一樣，達芙妮想，但至少速度還算快。

她在鄉下長大的期間總是借柯林的馬褲來穿，和哥哥們一起騎著馬瘋狂亂跑。母親每次看到大女兒滿身泥濘地回來，而且經常出現新的可怕傷痕時，通常都會大發雷霆，但達芙妮並不在乎。她並不關心他們要騎往哪裡，要從哪裡騎回來，她只在乎速度。

當然，她不能穿著馬褲在城市裡騎馬，因此只能側坐在馬鞍上，但如果她牽馬出去的時間夠早，在時尚的社交界還在睡覺的時候，只要她確保不離開海德公園較偏僻的那一區，就可以在馬鞍上彎下身子，催促馬兒奔跑起來。

風把她的髮絲從髮髻上吹散，扎得她淚眼汪汪，但至少這能讓她忘記一切。騎著她最喜歡的母馬在草地上奔跑，讓她感到擁有了真正的自由。要治療一顆破碎的心，沒有比這更好的藥方了。

她早就甩開了她的馬夫，當他大喊「等一等！夫人」時，她假裝沒聽見。她晚一點會再向他道歉。柏捷頓大宅的馬夫們已經習慣了她的荒唐行為，也很清楚她的騎術有多好，但這個新來的人——她丈夫的僕人——可能會擔心。

達芙妮感到一股內疚，但只是短暫的一下子。她需要獨處，她需要感受到速度。

在騎到一個樹木稍微多一些的地方時，她放慢了腳步，深深地吸進一口秋天的清涼氣息。她閉上眼睛，讓公園的聲音和氣味充滿感官。她想起曾經遇過的一個盲人，他告訴她，自從他失去視力後，其他感官都變得更加敏銳。如今她坐在這裡，呼吸著森林的氣息，她覺得他可能說得沒錯。

她努力地傾聽，首先辨別出鳥兒高亢的啁啾聲，然後是松鼠為過冬囤積堅果時輕快的腳步聲，然後是……

她皺起眉頭睜開眼睛。真要命，那絕對是另一位騎士接近的聲音。

達芙妮不希望有人打擾。她想獨自面對她的思緒和痛苦，當然也不打算向一些和善的社交界成員解釋，她為什麼獨自待在公園裡。

她又仔細聽了一下，確定有位騎士正迎面而來，於是她轉往另一個方向離開。

她讓馬兒保持穩定的小跑，心想，如果她讓路給那位騎士，他應該可以從旁經過，然而無論她走哪條路，那位騎士都陰魂不散地尾隨在後。

她加快了速度。

對這樣樹木稀疏的地方來說，速度有點過快，因為這裡有太多矮樹叢和突起的樹根。達芙妮開始感覺害怕了。她可以聽見自己急促的脈搏聲，無數可怕的疑問在她的腦海中盤旋。

如果這個騎士並不像她原先設想的那樣，是上流社會的一員呢？萬一他是個罪犯或者是個酒鬼。時間還早，周圍沒有半個人，如果達芙妮尖叫，誰會聽得見？她距離馬夫夠近嗎？他還留在她原先離開的地方，還是試圖跟在她身後？如果他跟著，他走的方向正確嗎？

她的馬夫！她幾乎鬆了一口氣。那一定是她的馬夫。她引著母馬轉過身，想知道她是否能瞥見那位騎士。哈斯丁家的制服是很顯眼的紅色，她肯定能看見，如果……

啪！一根樹枝正中她的胸口，肺部的每一絲空氣都被大力的擠壓出來。她發出一聲悶哼，感到母馬在無視她的情況下往前跑去，接著她直直墜落……直直墜落……

她落地時發出了刺耳的撞擊聲，地面上的枯葉提供了少量的緩衝。她的身體立即蜷縮成嬰兒般的姿勢，似乎只要使自己盡可能縮小，傷害也就會盡可能減少。

而且，老天啊，她痛死了。天殺的，她全身都在痛。她緊閉雙眼專心調整呼吸，滿腦子都是從來不敢大聲罵出來的髒話。但是她真的很疼。該死，連呼吸都痛得要命。

但她必須撐住，於是命令自己：呼氣，吸氣，達芙妮。呼氣，吸氣，妳能做到的。

「達芙妮！」

達芙妮沒有任何反應。她唯一能發出的聲音似乎只剩嗚咽，甚至連呻吟都超出了她的能力。

「達芙妮！老天啊，達芙妮！」

她聽到有人從馬背上跳下來，然後感覺到她周圍的樹葉有動靜。

「達芙妮？」

「賽門？」她不敢置信地輕聲說。他不應該出現在這裡，但這確實是他的聲音。雖然她還無法睜開眼睛，但感覺像是他。當他靠近時，空氣中會出現某種變化。

他的手輕輕地撫摸著她，檢查有沒有骨折，「告訴我哪裡疼？」

「全身都疼。」她喘著氣說。

他咬牙咒罵，但手上的力度仍然是無比的溫柔和安慰。他輕聲命令：「睜開眼睛，看著我。專注在我的臉上。」

她搖了搖頭，「我沒辦法。」

「妳可以的。」

她聽到他脫下手套，溫暖的手指輕按她的太陽穴，為她消除緊張。他輕撫她的眉毛，然後是她的鼻梁。

「噓。」他低聲哄道：「讓痛苦離開吧、讓痛苦消失吧。睜開妳的眼睛，達芙妮。」

她辛苦地慢慢睜開眼睛，眼前只有賽門的臉，這一刻，她忘記了他們之間發生的一切，除了她愛他，而他就在這裡正在安撫她的痛苦這個事實之外，其他的一切都不重要了。

「看著我。」他再次說道，聲音低沉而堅定：「看著我，視線不要從我身上移開。」

她勉強點了點頭，眼神集中在他身上，在他專注的目光下靜止不動。

「現在，我希望妳放鬆一點。」他的聲音很溫柔，但語氣卻斬釘截鐵，這正是她所需要的。他說話時，雙手在她身上輕輕移動，檢查是否有斷裂或扭傷。

他的目光一直沒有離開過她。

賽門在檢查她的身體是否受傷時，也同時用低沉、舒緩的語調對她說話。她似乎沒有受到什麼太致命的傷害，只有幾處嚴重的瘀傷和跌落地面造成的嗆咳，但盡可能小心一點總沒錯，而且還要考慮孩子……

他的孩子。

他們的孩子。

他臉上的血液像是瞬間被抽乾。他光忙著擔心達芙妮，完全忘記了她腹中還有孩子。

「達芙妮。」他小心翼翼地緩緩開口：「妳感覺還好嗎？」

她點了點頭。

「妳還覺得很痛嗎？」

「有一點。」她承認道，一邊眨眼，一邊彆扭地嚥了嚥口水，「但慢慢有好轉一些。」

「妳確定？」

她再次點了點頭。

「很好。」他平靜地說。他沉默了幾秒鐘，然後幾乎是吼了出來：「**看在老天的分上，妳做事的時候有沒有用點腦子啊？**」

達芙妮驚訝得合不攏嘴，眼皮開始快速眨動。她發出了一個悶悶的聲音，可能正準備變成一個真正的詞彙，但賽門用更多的咆哮打斷了她。

「沒有馬夫在旁，妳一個人在這裡做什麼？妳為什麼要在這裡騎馬，看也知道這裡的地形並不適合！」他的眉心結得死緊，「女人，妳到底在馬背上做什麼？」

「騎馬？」達芙妮弱弱地回答。

「妳甚至沒想到我們的孩子？妳沒考慮過他的安全嗎？」

「賽門。」她的聲音非常小。

「一個孕婦甚至不應該靠近馬匹十英尺以內！妳應該知道的。妳一定很清楚這些事情。」

當她看向他時，眼神看起來很蒼老。

「你幹麼在乎？」她平靜地問：「你又不想要這個孩子。」

「我不在乎，但現在既然事已至此，我不希望妳害死他。」

「好吧，那你不用擔心了。」她咬了咬嘴唇，「他並不存在。」

賽門的呼吸開始加速，「妳是什麼意思？」

她飛快地避開他的視線，「我沒有懷孕。」

「妳……」他無法把這句話說完，因為有種極為奇怪的感覺在他體內擴散。他不認為那是失望，但也不大能夠確定，「妳撒謊了？」

她猛地搖了搖頭，坐起身來面對他。

「沒有！」她哭了起來，「沒有，我從未撒謊。我發誓。我以為我懷孕了，我真的以為是這樣。但是……」她哽咽著說，緊閉著雙眼，抵禦淚水的來勢洶洶。

她把雙腿抱在胸前，臉埋在膝蓋上。

賽門從未見過她這個樣子，如此徹底地被悲痛擊垮。他凝視著她，那種無力感使他心痛。他想讓她感覺好一點，然而他就是她痛苦的原因，所以也沒有什麼幫助。

「但是什麼，小芙？」他問。

Chapter 20

當她終於抬頭看他時，大大的眼睛裡充滿了哀傷。

「我不知道。也許我太想要一個孩子了，以致於我的經期被意志力延後了，上個月我是多麼開心啊。」她顫抖地呼出一口氣，這口氣聽起來幾乎像是一聲啜泣，「我等了又等，甚至準備好了經期常備的物品，但什麼也沒發生。」

「一點跡象都沒有？」賽門從來沒有聽說過這樣的事情。

「一點都沒有。」她顫抖的嘴角揚起一個虛弱自嘲的微笑，「我這輩子從來沒有為這種狀況這麼高興過。」

「妳有想吐嗎？」

她搖了搖頭，「我感覺沒什麼不同，除了經期沒有來，但兩天前……」

賽門按住她的手，「我很遺憾，達芙妮。」

「不，你沒有。」她苦澀地說，用力抽回她的手，「不要假裝你沒有的感受。看在老天的分上，不要再對我撒謊了。你從來都不想要這個孩子。」

她發出空洞而脆弱的笑聲，「這個孩子？天啊，我說得好像他真的存在過一樣。好像他曾經不僅只是存在於我的想像。」

她低下頭，當她再次開口時，聲音是令人心酸的悲傷，「以及我的夢中。」

賽門的嘴唇動了幾下，才勉強說：「我不喜歡看妳這麼難過。」

她用一種不可思議和遺憾的眼神看著他，「我不懂你怎麼會期望我還能有別的感受。」

「我——我——我——」他嚥下口水，試著放鬆他的喉嚨，最後只說出了他心中唯一的想法：

「我希望妳回到我身邊。」

她不置可否。賽門默默地乞求她說些什麼，但她沒有。她的沉默使他在心中默默詛咒，因為這表示他不得不多說些話。

「我們爭吵的時候，」他慢慢地說：「我失控了。我……我說不了話。」他痛苦地閉上眼睛，開始感到下巴繃緊。最後，在顫抖地深深吐氣之後說：「我討厭這樣的自己。」

達芙妮微偏著頭，眉心蹙了起來，「這就是你丟下我的原因嗎？」

他點了點頭。

「不是因為……我做的事？」

他的眼睛平視著她，「我也不喜歡妳的所作所為。」

「但那不是你離開的原因？」她追問。

沉默了一瞬，他說：「那不是我離開的原因。」

達芙妮把膝蓋抱得更緊，思考著他的話。一直以來，她以為他拋棄她是因為他討厭她、討厭她所做的一切，但事實上，他唯一討厭的是自己。

她輕輕地說：「你知道，當你舌頭打結的時候，我並沒有輕視你。」

「是我看不起我自己。」

她緩緩地點頭。他當然會如此。他那麼驕傲，也非常固執，上流社會每個人都仰慕他。男人渴望與他交好，女人瘋狂地大送秋波。但一直以來，他每次開口，心裡都怕得要死。

好吧，也許不是每次，達芙妮一邊看著他的臉一邊想。當他們兩人在一起的時候，他通常會侃侃而談，迅速回應她，而她也知道他並不可能事先想好每一個字。

她按著他的手，「你不是你父親以為的那個男孩。」

「我知道。」他並未正眼看她。

「賽門，看著我。」她輕輕地命令道。等他照做了，她又重複了剛才的話：「你不是你父親以為的那個男孩。」

「我知道。」他再次回答，看起來一臉疑惑，但也許只是有點惱怒。

Chapter 20

「你確定嗎？」她輕聲問。

「真要命，達芙妮，我知道……」他的身體開始打顫，未說完的話語變成了沉默。有那麼一瞬間達芙妮以為他會哭出來，但他眼中積聚的淚水始終沒有落下。

當他抬頭看她時，身體抖若篩糠，只說了一句話：「我恨他，達芙妮。我恨、恨……」

她輕撫他的臉頰，把他的臉轉過來，強迫他與她堅定的目光對視，「這就對了。聽起來他似乎是個可怕的人，但你必須放下這一切。」

「我做不到。」

「你可以的。你絕對有權利憤怒，但你不能讓它成為你生命中的主宰。即使此時此刻，你也在讓他掌控你的選擇。」

賽門轉開視線。

達芙妮的手從他的臉上移開，但改為放在他的膝頭。她需要像這樣，以一種奇怪的方式連結彼此。她擔心如果現在放開他，就會永遠失去他。

「你有沒有想過，你自己是否想要一個家庭？想不想要一個屬於你的孩子？你會是一個非常好的父親，賽門，但你甚至不讓自己考慮這種想法。你認為你完成了某種報復，實際上只是讓他從墳墓裡繼續控制你。」

「如果我帶給他一個孩子，他就贏了。」賽門低聲說。

「不，如果你為自己帶來一個孩子，你就贏了。」她吞嚥了一下，「我們都贏了。」

賽門沒有說什麼，但她可以看到他的身體在顫抖。

「如果你自己不想要孩子，那是一回事。但是，如果你因為一個死人而拒絕享有為人父的喜悅，那麼你就是個懦夫。」

這句羞辱的話一出口達芙妮就瑟縮了一下，但她不得不繼續說：「某些時候你必須放開他，過你自己的生活。你必須放下憤怒和……」

賽門搖搖頭，雙眼看起來迷惘而絕望，「不要逼我這樣做。這是我的一切，難道妳不明白，這是我的一切？」

「我不明白。」

他拉高了嗓門：「妳覺得我為什麼要學會正常說話？妳認為是什麼力量驅使我？是憤怒。一直都是憤怒，一直都是為了做給他看。」

「賽門……」

一串嘲諷的笑聲從他的喉嚨裡爆發出來，「這不是非常好笑嗎？我恨他，我恨死他了，然而他卻是我努力想要成功的原因之一。」

達芙妮搖了搖頭，「這樣說不對，」她急切地說，「無論如何你都會成功的。你很堅強，也很有才華，我瞭解你。你學會說話是因為你自己，而不是因為他。」

他一句話也沒說，她溫柔地說道：「如果他曾讓你看過什麼是愛，這一切就會變得更容易。」

賽門開始拚命搖頭，但她握住他的手輕輕捏了一下，打斷了他。「我曾看過什麼是愛。」她低聲說道：「在我的成長過程中，我只知道愛和奉獻。相信我，它使一切變得更容易。」

賽門靜靜地坐了幾分鐘，身邊唯一的聲音是他努力控制情緒時發出的低沉呼吸聲。最後，就在達芙妮擔心她將會失去他的時候，他抬起頭，用疲憊無神的雙眼看著她。

「我想得到幸福。」他低聲說。

「你會的，」她發誓，伸出雙臂擁抱他，「你會的。」

Chapter 21

LADY WHISTLEDWN´S SOCIETY PAPERS

哈斯丁公爵回來了！

《威索頓夫人的韻事報》
6 August 1813

21

他們慢慢騎著馬回家，賽門始終不發一語。

達芙妮找到母馬時，牠正在二十碼外的草地上心滿意足地大快朵頤，儘管達芙妮堅決表示她還可以騎馬，但賽門也堅決表示他根本不想聽。在把母馬的轠繩繫在自己的馬背上後，他便把達芙妮扶上馬，再跨坐到她身後，慢慢騎回了格羅夫納廣場。

而且，他需要抱著她。

他漸漸發現，他需要為生活找一個寄託。也許她是對的，也許憤怒不是解決事情的辦法。也許……只是也許，他可以學會相信愛。

他們抵達哈斯丁大宅，另一個馬夫跑過來照顧馬匹，賽門和達芙妮緩緩地走上門前的臺階，進入了大廳。

然後就看到柏捷頓三兄弟出現在眼前。

「你們在我家裡幹什麼？」賽門問道。

他現在唯一想做的，就是衝上樓去和他的妻子做愛，但迎接他的卻是這個好鬥三人組。

他們以相同的姿勢站著：兩腿微張，雙手扠腰，下巴高高仰起。如果賽門不是被他們這些傢伙惹得極度不悅，他可能會稍微有點驚慌。

賽門毫不懷疑他能搞定他們其中一人——也許兩人，但若要一次對付三個人，就是死路一條。

「我們聽說你回來了。」安東尼說。

「是的。」賽門回答：「所以，你們現在可以離開了。」

Chapter 21

班尼迪特雙手環在胸前說：「還早得很。」

賽門轉向達芙妮，「我可以先射殺他們之中的哪一個？」

她瞪了哥哥們一眼，「都可以。」

「我們有幾個要求，才能讓你留下達芙妮。」柯林說。

「什麼？」達芙妮大叫起來。

「她是我的妻子！」賽門吼道，成功地蓋住了達芙妮憤怒的質問。

「她首先是我們的妹妹，」安東尼咆哮：「而你讓她生不如死。」

「這不關你們的事。」達芙妮堅持道。

「妳就是我們的事。」班尼迪特說。

「她是我的事，」賽門呵斥道：「所以現在全都給我滾出去。」

「等你們三個人自己結了婚之後，再來對我說教吧。」達芙妮生氣地說道：「與此同時，請把愛管閒事的衝動留給你們自己。」

「對不起，小芙，」安東尼說：「但我們在這個問題上不會讓步。」

「什麼問題？」她沒好氣地說道：「輪不到你們來讓步，無論如何，這都不關你們的事！」

柯林站了出來，「在我們確信他愛妳之前，我們是不會離開的。」

達芙妮的臉色瞬間變得慘白，因為賽門從來沒有對她說過他愛她。他會以千百種不同的方式表現出來，但他從未說過這句話。

雖然如此，當這句話出現的時候，她不希望是被她那些盛氣凌人的哥哥逼出來的；她希望這句話是出自賽門的自由意志，是他真正的感覺。

「不要這樣，柯林。」她低聲說道，討厭自己聲音中可憐兮兮的懇求語氣：「這一場仗，只能由我自己來打。」

「小芙……」

「拜託你們。」她懇求道。

賽門走過來擋在他們中間。

「請讓我們私下談一下。」他對著柯林，同時也對安東尼和班尼迪特說。

他把達芙妮帶到大廳的另一端，在那裡他們可以私下交談。他本想直接去另一個房間，但他相信她的白癡哥哥們絕對會跟上來。

「我為我的哥哥們感到非常抱歉。」達芙妮語氣急促而激動：「他們是粗魯的蠢蛋，他們沒有資格闖進你的房子來。如果我可以不承認這些傢伙，我絕對願意這麼做。看到眼前這種情形，就算你永遠不想要小孩，我也不會感到驚訝……」

賽門用手指抵著她的唇，讓她先別說下去。

「首先，這是我們家，不是我的房子。至於妳的哥哥們……他們是真的很煩人，但他們的行為是出於愛。」他微微彎下身子，雖然只有三公分，但這已經使他離得非常近，以至於她能感覺到他的呼吸輕拂她的肌膚，「誰又能怪罪他們呢？」

達芙妮的心跳停了一拍。

賽門越走越近，直到他的鼻尖蹭上了她的。

「我愛妳，小芙。」他低聲說。

她的心臟又開始激烈地跳動，「真的嗎？」

他點了點頭，用鼻子磨蹭著她的鼻尖，「我情不自禁。」

她的嘴唇輕顫，猶豫地露出一個微笑，「這也太不浪漫了。」

「但這是事實。」他無奈地聳肩，「妳比任何人都清楚，我其實並不想要這些東西。我不想要一個妻子、我不想要一個家庭，而且我絕對不想談戀愛。」

他輕輕地啄了一下她的唇，兩個人的身體都像通了電般輕顫。

「但我發現……」他再次輕吻她的唇，「令我懊惱的是……」

又一個吻，「……我不可能不愛妳。」

達芙妮嘆息一聲，融化在他的懷裡，「噢，賽門。」

他用力吻住了她，試著用親吻向她展現他仍在學習該如何用語言表達的感情。他愛她。他崇拜她。他願意為她赴湯蹈火。他……

她的三個哥哥仍然站在旁邊當觀眾。

他緩緩地結束這個吻，轉頭看了過去，安東尼、班尼迪特和柯林仍然站在大廳裡。安東尼在研究天花板，班尼迪特在假裝檢查他的指甲，而柯林則相當厚顏無恥地盯著他們看。

賽門摟緊了達芙妮，狠狠地向大廳方向瞪了一眼，「你們三個人還在我的房子裡做什麼？」

不出所料，他們中沒有一個人能回答。

「滾出去。」賽門咆哮。

「拜託了。」達芙妮的語氣也不是很有禮貌。

「好吧。」安東尼回答，拍了下柯林的後腦杓，「我想，我們到這裡來的工作已經完成了，兄弟們。」

賽門開始帶著達芙妮向樓梯方向走去，回頭說道：「應該不用送你們出去了吧？」

安東尼點了點頭，向他的弟弟們示意，走向大門口。

「很好。」賽門冷冷地說：「那我們就上樓了。」

「賽門！」達芙妮尖叫一聲。

「他們又不是不知道我們要去做什麼。」他在她耳邊低聲說。

「但是，他們是我的哥哥！」

「上帝保佑。」他喃喃地說。

但賽門和達芙妮還沒走到樓梯口之前，前門突然被大力推開，接著是一串女性的謾罵聲。

「媽媽？」達芙妮啞著嗓子問。

但薇莉的眼裡只有她的兒子們，喋喋不休：「我就知道會在這裡找到你們，你們這些愚蠢無比、腦子進水的……」

達芙妮聽不清楚母親後面說了些什麼，賽門在她耳邊笑得太大聲了。

「他傷了她的心！」班尼迪特抗議：「身為她的哥哥，我們的責任是……」

「尊重她的智慧，讓她自己解決問題。」薇莉呵斥：「而且她現在看起來哪裡傷心了？」

「那是因為……」

「如果你說，那是因為你們像一群發神經的羊一樣闖進她家，我就不認你們這三個傢伙。」

三個人都乖乖閉上了嘴。

「那麼，現在，」薇莉口氣輕快地說：「我們差不多該離開了，你們說呢？」當她的兒子們動作慢吞吞無法跟上她時，她伸出手來……

「拜託，媽媽！」柯林大叫起來：「不要……」

她揪住了他的耳朵。

「揪耳朵。」他黯然地說完。

達芙妮抓緊賽門的手臂。他現在簡直是在捧腹大笑，她真怕他會從樓梯上摔下去。

薇莉把她的兒子們趕出大門外，嘴裡發號施令：「齊步走！」

然後回頭看著樓梯上的賽門和達芙妮。

「很高興在倫敦見到你，哈斯丁。」她喊道，對他露出一個開朗燦爛的笑容，「若是再晚一個星期，我就會親自把你拖來這裡。」

Chapter 21

然後她走到門外，把門在身後帶上。
賽門看向達芙妮，整個人仍然因大笑而搖晃個不停。
「那是妳母親嗎？」他笑著問。
「她可不是省油的燈。」
「看得出來。」
達芙妮忽然一臉嚴肅，「我很抱歉，如果我哥哥他們強迫……」
他打斷她的話：「胡說。妳的哥哥們永遠不可能強迫我說出違心之論。」他偏著頭，思考了一會兒，「嗯，除非他們有槍。」
達芙妮捶了一下他的肩膀。
賽門不理會她，一把將她拉入懷中，「我說的是真的。」手臂環住她的腰，「我愛妳。我意識到這件事已經有一段時間了，但是……」
「沒關係。」達芙妮說道，臉頰貼著他的胸口，「你不用解釋。」
「不，我必須解釋。」他堅持說道：「我……」但話到嘴邊他卻說不出來。有太多的感情、太多的感受在他體內洶湧起伏。
「我做給妳看吧。」他嘶聲說：「讓我告訴妳我有多愛妳。」
達芙妮的回答是仰起臉龐，接受他的吻。
當他們的嘴唇相觸，她輕輕嘆息：「我也愛你。」
賽門饑渴地含住了她的嘴，雙手緊緊摟著她的背，彷彿害怕她隨時會消失。
「上樓吧。」他低聲說：「和我一起上去吧。」
她點了點頭，但她還沒來得及邁步他就一把將她橫抱了起來，帶她上了樓。
賽門到達二樓時，下半身已經堅硬如石，迫切地想要釋放。

「妳一直睡在哪個房間？」他喘息著問。

「你的房間。」她似乎很驚訝他竟然會這麼問。

他咕噥了一句表示贊許，隨即迅速進入他的……不，是他們的房間，用腳把身後的門踢上。

「我愛妳。」他在兩人一起滾到床上時說。

如今他已經說過這句話，這股情感在他體內洶湧蔓延，需要一個發洩的管道。他需要告訴她，確保她知道，確保她清楚她對他的意義有多重大。

如果這代表要他說一千次，他也不在乎。

「我愛妳。」他再次說道，手指瘋狂地在她的衣服上解著鈕扣。

「我知道。」她顫抖著說。用手捧住他的臉，眼睛盯著他，「我也愛你。」

她把他的嘴拉到自己唇邊，帶著一種甜美的純摯情感親吻著他，使他再也按捺不住。

「如果我再次傷害到妳，」他急切地說，一路吻到她的唇角，「我希望妳能殺了我。」

「永遠不會。」她甜甜一笑。

他吻著她耳下的敏感部位，喃喃：「那就打殘我吧。扭斷我的手臂、砍斷我的腳踝。」

「別傻了。」她摸著他的下巴，把他的臉轉回她眼前，「你不會傷害我的。」

對這個女人的愛充斥著他的全身。它填滿了他的胸膛，像電流般傳送到他的指尖，同時偷走了他的呼吸。

「有時候，」他低聲說：「我愛妳的程度讓我自己都害怕。如果我有能力給妳全世界，妳知道我一定會這麼做的，對吧？」

「我想要的只有你。我不需要全世界，只需要你的愛。也許，」她促狹地笑著補充：「還需要你脫掉你的靴子。」

賽門忍不住揚起嘴角。

不知何故，他的妻子似乎總能準確地知道他需要什麼。就在他內心澎湃的情感幾乎讓他窒息，使他的淚水危險地瀕臨決堤的時候，她轉換了氣氛，逗他笑了起來。

「妳的願望就是我的使命。」他迅速從她身旁翻下床，把礙眼的馬靴脫下來。一隻靴子掉落在地上，另一隻被甩到房間另一角。

「還有什麼事嗎，夫人？」他問。

她裝模作樣地搖了搖頭，「你的襯衫也可以脫了，我想。」

他答應了，亞麻布輕飄飄地落在床頭櫃上。

「就這些了嗎？」

「還有這些啊，」她用手指勾住他馬褲的腰帶，「肯定會礙事的。」

「我同意。」他低低地說著，把自己迅速扒了個乾淨。他手腳並用的爬到她身上，身體像是禁錮著她的一個灼熱監牢。

「再來呢？」

她的呼吸漸漸急促，「嗯，你已經沒東西可脫了。」

「沒錯。」他表示同意，眼睛緊盯著她。

「但我還有。」

「這也沒錯。」他笑得像隻偷腥的貓，「還滿令人遺憾的。」

達芙妮點了點頭，一句話都說不出。

「坐起來。」他輕輕地說。

她照做了，幾秒鐘後，她的衣服就從頭頂飛了出去。

「現在，」他啞著嗓子說，饑渴地盯著她的乳房，「這是很大的進步。」

他們在巨大的四柱床上向對方靠過去。達芙妮凝視著她的丈夫，看著他寬闊的胸膛，每一次沉重的呼吸都使她的脈搏加速。她用顫抖的手觸摸他，手指輕輕地掠過他溫暖的肌膚。

賽門屏住呼吸，直到她的食指觸摸到他的乳尖，他抬起手來握住她，「我想要妳。」

她往下看，嘴角微微翹起，「我知道。」

「不。」他呻吟著，並把她拉近。

「我想進入妳心裡。我想……」他們的肌膚一接觸，他整個身體都輕顫起來，「我想進入妳的靈魂。」

「哦，賽門。」她嘆息著，十指插入他濃密的黑髮中，「你已經在那裡了。」

然後，什麼話都不用再多說，只有嘴唇、雙手和肌膚相親。

賽門以他知道的每一種方式愛著她。他的手沿著她的腿滑動，親吻她的膝窩。他揉捏她的臀部，輕撓她的肚臍。當他準備進入她時，他用盡全身力氣努力壓抑著他所感受過最強烈的慾望，他低著頭用一種珍惜的目光注視她，她的眼淚忍不住落了下來。

「我愛妳。」他低聲說：「在我這一生中，只有妳一個。」

達芙妮點點頭，雖然她沒有發出任何聲音，但她用嘴型說了一句話：「我也愛你。」

他向前推進，慢慢地勇往直前。當他完全進入她體內時，他知道他找到了歸屬。

他低頭看著她的臉。她的頭向後仰，嘴唇因喘息而微微張開。

他輕吻她紅潤的臉頰，「妳是我所見過最美麗的珍寶。我從來沒有……我不知道該如何……」

她拱起背表示回應，喘著氣說道：「只要愛我。求你了，愛我吧。」

賽門開始動了起來，臀部以一種古老的節奏起伏著。達芙妮的雙手抓著他的背，每當他進一步插入她體內時，指甲就掐入他的皮膚中。

她不斷呻吟低喊，他在她激情的聲音中宛如烈火焚身。他失去了控制，動作越來越狂野，越來越火熱。

Chapter 21

「我堅持不住了。」他喘息著說。

他本來想等她，想要知道在他允許自己釋放之前，他已經讓她得到了歡愉。

但是，就在他認為自己的身體就要因為過分壓抑而爆炸的時候，達芙妮在他身下顫抖起來，她最私密的嫩肉擠壓著他，嘴裡喊著他的名字。

賽門看著她的臉，呼吸卡在了喉嚨裡。

之前他總是忙著確保他的種子不會留在她體內，所以從來沒有看過她高潮時的表情。她的頭向後仰，嘴巴張開發出無聲的尖叫，優雅的脖子線條變得緊繃。

他感到驚奇不已。

「我愛妳。哦，老天，我是多麼愛妳。」然後他更用力地往前挺進。

當他找回節奏時，達芙妮的眼睛倏然睜大。

「賽門？」語氣帶著一絲緊張：「你確定嗎？」

他們都明白她的意思。

賽門點點頭。

「我不希望你這麼做只是為了我。這也必須是為了你自己。」

他的喉嚨被奇怪的東西哽住了。它不像口吃，和舌頭打結的感覺也不一樣。他意識到，這就是愛。淚水刺痛了他的眼睛，他只能點點頭，完全說不出任何話來。

他向前衝撞，在她體內爆發。這感覺很好。哦，天啊，這感覺太美好了。生命中從來沒有過這麼美妙的感受。

他的雙臂終於撐不住了，他覆在她身上，房間裡唯一的聲音是他粗重的喘息。

達芙妮撥開他額頭上的髮絲，吻了吻他的眉毛。

「我愛你。」她低聲說：「我將永遠愛你。」

賽門把臉埋在她的頸窩，吸入她的氣息。她圍繞著他，包裹著他，他是完整的。

數小時後，達芙妮睜開了眼睛。她伸了個懶腰，注意到窗簾都已被拉上。一定是賽門拉的，她打著呵欠想著。光線從邊緣隱隱透出，房間沐浴在柔和的微光中。

她扭了扭脖子活動一下筋骨，然後下床走到更衣室去拿她的睡袍。大白天睡覺，真不像平時的她。但是，她想，今天並不是平凡的日子。

她穿上睡袍，繫上絲質腰帶。賽門去哪兒了？他起床的時間應該沒比她早多久，她隱約還有躺在他懷裡入睡的記憶，感覺是不久之前的事。

主人房總共有五個房間：兩間臥室，每間臥室都有自己的更衣室，由一個大的起居室連接起來。起居室的門是虛掩著的，明亮的陽光從縫隙中射入，表示屋內的窗簾被拉開了。達芙妮刻意放輕腳步走到打開的房門口，向裡面看去。

賽門站在窗邊凝望著整個城市。他穿著一件酒紅色的睡袍，兩腳仍然光裸著。他淡藍色的眼中若有所思，目光渙散中帶著一絲黯淡。

達芙妮的眉頭因擔憂而輕蹙。

她穿過房間走向他，在離他只有一臂的距離時，輕聲地說：「午安。」

聽到她的聲音後，賽門轉過身來，一看到她，他憔悴的臉龐線條變得柔和起來。

「妳也午安。」他喃喃地說，把她拉進懷中。不知不覺中，她最後是以背靠著他寬闊胸膛的姿勢，一同望著格羅夫納廣場，賽門的下巴靠在她的頭頂上。

達芙妮過了好一會兒才鼓起勇氣問：「後悔嗎？」

Chapter 21

她看不到他的表情，但她感覺到他的下巴在頭頂摩擦。

他搖了搖頭，「不後悔。我只是……在想一些事情。」

他的聲音聽起來有些不對勁，於是達芙妮在他懷裡轉過身，直到能夠看清他的臉。

「賽門，怎麼了？」她低聲詢問。

「沒什麼。」但他沒有看她。

達芙妮把他帶到情人椅旁，自己先坐了下來，再拉著他的手臂，直到他也在她身邊坐定。

「如果你還沒準備好做父親，」她低聲說：「那也沒關係。」

「不是那件事。」

但她並不相信他。他回答得太快了，而且聲音裡有一絲哽咽，這讓她感到不安。

「我不介意等待。說實話，」她羞澀地接著說：「我不介意先享受一陣子兩人世界。」

賽門不置可否，但眼神變得很痛苦，然後他閉上眼睛，揉了揉自己的眉心。

一盆冰水自達芙妮頭頂淋下，她開始如連珠炮般說個不停：「我也不是那麼想馬上有孩子。我只是……到最後總要有一個，就是這樣。我想你也是如此，如果你有開始考慮這件事的話。我之前不高興是因為，我討厭你只為了報復你父親而拒絕給我們一個家。這不是……」

賽門按了一下她的大腿，「達芙妮，別說了。求妳。」

他的聲音裡盛載了巨大的痛苦，她立即安靜下來，緊張地咬著下唇。現在輪到他說話了。看得出來，有某些強烈而煎熬的感覺在撕扯他的心，如果他要花一整天的時間才能用言語解釋清楚，她可以等待。

她可以為這個男人永遠等下去。

「如果說我對有個孩子感到興奮，那不是實話。」賽門緩緩地說。

達芙妮發現他的呼吸有點困難，於是輕撫他的手臂表示安慰。

他轉過身來，用懇求理解的目光看著她。

「我花了這麼長時間計畫永遠不要生孩子，妳看。」他吞嚥了一下，「我……我甚至不知道要從哪裡開始考慮這個問題。」

達芙妮對他安撫地一笑，想帶給他信心，但仔細想想，這個微笑其實是給他們兩個人的。

「你會學到的。」她低聲說：「我也會和你一起學習。」

「我……不是那樣的。」他說著搖了搖頭。他不耐煩地呼出一口氣，「我不……不希望……這輩子活著就……只、只是為了恨我的父親。」

他轉頭看她，臉上誠摯的情感幾乎融化了達芙妮的心。他的下巴輕顫，臉頰上的肌肉瘋狂地跳動。他的脖子繃得死緊，彷彿全身每一絲力氣都用來發表這篇宣言。

達芙妮想抱住他，安慰他體內的小男孩。她想撫平他眉心的結，捏捏他的手。她想做一千件事，但她只是保持沉默，用眼神鼓勵他繼續說。

「妳是對的。」他哆嗦著說出這些話：「一直以來，妳都是對的。關於我的父親。我、我是在讓他贏。」

「噢，賽門。」她低聲說。

「但、但是，如果……」他的臉，那張堅定俊美的臉，總是那麼自信、總是那麼運籌帷幄，現在卻皺了起來，「如果……如果我們有了孩子，而且他、他、他和我一樣，怎麼辦？」

那瞬間達芙妮說不出話來。淚水刺痛了她的雙眼，她的手不由自主地移到嘴邊，捂住因震驚而張開的雙唇。

賽門偏過頭去，但她已經看到他眼中的極度痛苦，聽到他倒抽了一口氣，以及最後為了努力穩定情緒而勉強吐出的氣息。

「如果我們有一個口吃的孩子，」達芙妮小心翼翼地說：「那麼，我會愛他，也會幫助他，還有……」她吞嚥著口水，祈禱她做的是正確的事情。「我會向你尋求建議，因為顯然你已經學會了如何克服它。」

他倏然轉身面對她，「我不希望我的孩子像我一樣遭受痛苦。」

達芙妮露出一抹奇異的笑意，但她自己似乎沒有意識到，感覺她的身體比她的腦袋更早知道自己該說些什麼：「他不會遭受痛苦，因為他的父親是你。」

賽門的表情依然沒變，但眼裡閃過一絲古怪、嶄新，幾乎充滿了希望的光芒。

「你會拒絕一個口吃的孩子嗎？」達芙妮輕聲問道。

賽門不假思索地否定，語氣堅決，甚至帶有一絲不屑。

她溫柔地笑了，「那麼，我一點都不會為我們的孩子擔心。」

賽門又沉默了一會兒，然後一把將她拉入自己懷中，臉埋在她的頸窩裡。

「我愛妳。」他哽咽著說：「我非常愛妳。」

達芙妮終於相信，一切都會好起來的。

幾小時後，達芙妮和賽門仍然坐在起居室的情人椅上。這個下午就適合手牽著手，把頭靠在另一個人的肩膀上。言語已不再必要，對他們來說，只要在對方身邊就足夠了。

陽光明媚，鳥兒啁啾，而他們兩個人在一起。

這就是他們需要的一切。

但達芙妮總覺得還有某件事沒做完，直到她的目光落在桌上的書寫工具，她才想起來。

賽門父親的信。

她閉上眼睛做個深呼吸，鼓起勇氣，她知道她必需把它們交給賽門。米德索普公爵讓她取走這包信件時曾告訴她，她終究會知道何時是把信交給他的正確時機。

她掙開賽門摟得緊緊的懷抱，走向公爵夫人的房間。

「妳要去哪裡？」賽門睡眼惺忪地問道。溫暖的午後陽光一直使他打瞌睡。

「我……我得去拿點東西。」

他一定是聽出了她語氣中的遲疑，隨即睜開眼睛，轉過身子看她，好奇地問：「妳要拿什麼？」

達芙妮避而不答，一溜煙竄進了隔壁的房間，「馬上就好！」

她把這些用哈斯丁家族祖傳的紅色與金色緞帶綁在一起的信件，放在了書桌底層的抽屜裡。事實上，在搬回倫敦的頭幾個星期裡，她根本忘記了這些信，它們一直躺在柏捷頓大宅她的舊臥室裡，沒有人動過。

在她去探望母親的時候，偶然間發現了它們。薇莉建議她上樓去整理一下她的東西，達芙妮在整理舊香水瓶和她十歲時縫製的枕頭套時，再次看到了它們。

有好幾次她都想打開一封來看，只是為了進一步瞭解她的丈夫。說實話，如果這些信沒有用蠟封住，她可能會把所有顧慮拋諸腦後，直接拆開來讀。

她拿起那一捆信件慢慢走回起居室。

賽門仍然在沙發上，但他已經坐起身來，帶著點警覺，好奇地看著她。

「這些是要給你的。」她說，一邊走向他，一邊揚起手中的信件。

「這些是什麼？」他問。

但從他的語氣中，她相當確定他已經心裡有數。

「你父親的信。」她說：「米德索普把它們交給了我。你還記得嗎？」

他點了點頭，「我還記得，我當時要求他把它們燒掉。」

達芙妮心虛地笑了，「他顯然不同意這麼做。」
賽門盯著那一捆信件，迴避著她的目光，用非常平靜的聲音說：「顯然，妳也是這麼想。」
她點了點頭，坐到他身邊，「你想看它們嗎？」
賽門思索了幾秒鐘，最後決定說實話：「我不知道。」
「它可能會幫助你解開對他的心結。」
「或者也可能使情況變得更糟。」
「有可能。」她同意。
他盯著那些用緞帶捆起來的信，它們無辜地躺在她手中。他以為自己會感到敵意、以為自己會感到憤怒，但相反，他感覺到的是……
什麼都沒有。
這是最奇妙的一種感覺。在他面前的那一大堆信件，都是由他父親手寫而成，然而他卻沒有任何想把它們扔進火堆或撕成碎片的衝動。
但也不想去讀它們。
「我想過一陣子再看好了。」賽門笑著說。
達芙妮眨眨眼，似乎不敢相信自己聽到了什麼。
「你不想看它們？」她問。
他搖搖頭。
「你也不想燒掉它們？」
他聳了聳肩，「不是特別想。」
她低頭看了眼這些信，然後又看著他的臉，「你想怎麼處理它們？」
「不處理。」

「不處理？」

他咧嘴一笑，「我是這麼說的啊。」

「哦。」她一臉傻愣的模樣非常可愛，「你要我把它們放回抽屜裡嗎？」

「如果妳願意的話。」

「所以就放在那裡不管了？」

他抓住她睡袍上的腰帶，開始把她拉向他，「嗯，對。」

「但是……」她口齒不清說道：「但是、但是……」

「再說一個『但是』，」他揶揄道：「妳聽起來就會開始像我了。」

達芙妮愣在當場。賽門對她的反應並不驚訝，這是他一生中第一次能夠開自己的玩笑。

「信可以之後再看。」他說，信件剛好從她的腿上掉到地上。

「我剛剛終於成功地——多虧了妳——把我父親從我的生活中趕走。」他甩甩頭，同時笑著說：「現在看這些東西只會讓他更加陰魂不散。」

「但你不想看看他說了什麼嗎？」她堅持：「也許他道歉了，也許他甚至卑微地請求你原諒啊！」她彎下腰去拿信件，但賽門把她緊緊抱住，讓她搆不著。

「賽門！」她抱怨。

他長眉微挑，「什麼事？」

「你在做什麼？」

「試著勾引妳。我成功了嗎？」

她滿臉紅暈，「可能吧。」

「只是可能？該死的，我一定是失去魅力了。」

他一手探入她的下半身，迫使她低低地叫了一聲，急忙說：「我認為你的魅力還是很不錯。」

「只是很不錯？」他假裝瑟縮了一下，「『很不錯』這個詞太沒特色了，妳不覺得嗎？幾乎是平淡無奇。」

「嗯，」她同意：「我可能用錯形容詞了。」

賽門泛起一股微笑的衝動。當它擴散到他的唇角時，他已經站起身來，把他的妻子帶往四柱床的方向。

「達芙妮，」他試著讓自己聽起來就事論事：「我有個提議。」

「一個提議？」她睜大了眼睛。

「一個請求。」他修正道：「我有一個請求。」

她抬起頭來甜甜一笑，「什麼樣的請求？」

他把她從門口推進臥室，「事實上是一個分為兩部分的請求。」

「真是耐人尋味。」

「第一部分涉及到妳、我和……」他把她橫抱起來，在笑聲中把她扔到了床上，「……這張結實的古董床。」

「結實嗎？」

他一邊低聲詛咒一邊爬向她，「它最好是結實的。」

她咯咯笑著從他的懷抱中溜走，「我認為它很結實。請求的第二部分是什麼？」

「這一點，恐怕會和妳答應投入的時間有關。」

她的眼睛瞇了起來，但她仍然在笑，「答應投入什麼時間？」

以一個靈巧到出奇的動作，他把她釘在床墊上，「大約九個月。」

她驚訝地張大嘴，「你確定嗎？」

「是九個月沒錯吧？」他笑了起來，「我向來聽說的是這麼久。」

她的眼裡已經毫無笑意，「你知道，我不是這個意思。」

「我知道。」他迎上她嚴肅的目光，「但是，沒錯，我很確定。雖然我怕得要死，但也有壓抑不住的興奮，以及一百種在妳出現之前，我從未感受到的其他情緒。」

淚水刺痛了她的眼睛，「這是你對我說過最甜蜜的話。」

「這些都是事實。」他信誓旦旦地說：「在遇到妳之前，我幾乎是半死不活。」

「那現在呢？」她低聲問。

「現在呢？」他附和道：「『現在』突然代表著幸福、代表著快樂、代表著有一個我心愛的妻子。但妳知道嗎？」

她搖搖頭，情緒太過澎湃，她說不出話來。

他俯下身子親吻她，「『現在』甚至無法與明天相比，而明天不可能與後天相提並論。就像我此刻感覺如此完美一樣，明天會更加美好。啊，小芙。」他喃喃地說，嘴唇移到她的唇瓣，「每一天我都會更愛妳，我向妳保證。日復一日……」

Epilogue

LADY WHISTLEDWN´S SOCIETY PAPERS

哈斯丁公爵和公爵夫人的孩子是個男孩！

在生了三個女孩之後，這對上流社會最受歡迎的夫婦終於有了繼承人。筆者只能想像哈斯丁家的欣慰程度；畢竟，一個擁有大量財富的已婚男人一定需要有個繼承人，這是一個公認的事實。

新生兒的名字還沒有公布，但筆者認為自己絕對有資格來猜測一番。畢竟，有著叫做艾蜜莉雅（Amelia）、貝琳達（Belinda）和卡洛琳（Caroline）的姊姊們，新任克利夫登伯爵除了叫大衛（David）之外，還能叫什麼呢？

《威索頓夫人的韻事報》

15 December 1817

22

賽門驚訝地用力一扔，一張報紙飛越過房間，「她怎麼知道這些的？我們又還沒告訴任何人已經決定為他取名叫大衛。」

達芙妮看著丈夫氣急敗壞地在房間裡踱步，她努力憋住笑意。

「這只是運氣好猜中了吧，我想。」她把注意力轉回她懷裡的新生兒。若想知道他的眼睛是會維持藍色還是像姊姊們一樣漸漸變成棕色，現在還為時過早，但他看起來已經很像他的父親；達芙妮無法想像他會因為有對黑眼珠而破壞這種相似性。

「她一定在我們家安插了間諜。」他雙手扠著腰，「她一定有。」

「我相信她在我們家沒有安插間諜。」達芙妮懶得抬頭看他。她被大衛小小的手抓著她手指的模樣迷住了。

「但是……」

達芙妮終於抬起頭來，「賽門，你太可笑了。這只是一個八卦專欄而已。」

「威索頓……哈！」他嘀咕道：「我從來沒聽說過什麼威索頓家族。我想知道這個天殺的女人是誰。」

「你和整個倫敦的人都想知道。」達芙妮小聲說。

「應該有人一勞永逸地讓她關門大吉。」

「如果你想讓她倒閉，」達芙妮忍不住指出：「就不應該購買她的報紙來支持她。」

「我……」

「也別說你是為了我才買《威索頓》。」

「妳會看它啊。」賽門嘟囔道。

「你也一樣。」達芙妮在大衛的頭頂上輕吻一下，「通常能輪到我看兩眼就已經很好了。此外，最近我相當喜歡威索頓女士。」

賽門一臉狐疑，「為什麼？」

「你讀過她寫的關於我們的事情嗎？她稱我們是倫敦最受人歡迎的一對。」達芙妮開心地笑了，「我相當喜歡她這麼說。」

賽門呻吟了一聲，「那只是因為菲莉佩．費瑟林頓……」

「她現在是菲莉佩．貝布洛克。」達芙妮提醒他。

「隨便，不管她叫什麼名字，她有一張全倫敦最可怕的大嘴巴。自從上個月她聽到我在劇院裡叫妳『親愛的甜心』，我就再也沒有臉去俱樂部裡露面了。」

「愛自己的妻子是很丟臉的事嗎？」達芙妮調侃道。

賽門垮下臉，看起來就像一個鬧脾氣的小男孩。

「不要緊。」達芙妮說道：「我不想聽你的答案。」

賽門微微一笑，表情既尷尬又狡黠。

「過來。」她說著把大衛高舉起來，「你想抱抱他嗎？」

「當然。」賽門穿過房間，把孩子抱進懷裡。他抱了他好一會兒，然後瞥了眼達芙妮，咧嘴一笑，「我覺得他長得像我。」

「是這樣沒錯。」

賽門親了一下他的小鼻尖，低聲說：「你不要擔心，我的小傢伙，我會永遠愛你。我會教你字母和數字，以及如何坐上馬背。我還會保護你免受這個世界上所有惡人的傷害，特別是那個威索頓婆娘……」

而在離哈斯丁大宅不遠的一個布置優雅的小房間裡，一位年輕女子坐在書桌前，拿著羽毛筆和一瓶墨水，掏出一張紙。

她臉上帶著微笑，將羽毛筆放到紙上，開始寫道：

《威索頓夫人的韻事報》一八一七年十二月十九日

親愛的讀者，筆者很高興能為您報導……

（全文完）

Extra Chapter

致讀者

您是否想過，在您闔上最後一頁後，您最喜愛的角色還會遇到些什麼事？是否想再多看一點您喜歡的故事？我這麼想過，而根據我的讀者們提出的問題看來，我並不是唯一這麼想的人。

因此，在柏捷頓的書迷提出無數要求之後，我決定嘗試一點不同的東西，我為每部小說寫了一個「番外篇」。這些是故事結束之後的故事。

起初，《柏捷頓番外篇》只放在網路；後來，它們（連同一篇關於薇莉．柏捷頓的短篇小說）被收錄在《柏捷頓：幸福到永遠》（The Bridgertons: Happily Ever After）裡。現在，每一則番外篇史無前例地與它所屬的小說收錄在一起。

希望您會喜歡看到達芙妮和賽門繼續他們的旅程。

您誠摯的，

茱莉亞．昆恩

【番外】

父親的信

數學從來都不是達芙妮·貝瑟最擅長的科目，但她肯定能數到三十，因為三十是她每月經期之間的最大天數，因此當她看著桌上的日曆一路數到了四十三，她開始有些忐忑不安。

「這不可能。」她對著日曆說，隱約期待它能回話。她慢慢坐下來，試著回想過去六週所有發生過的事。也許她算錯了。她去探望母親時月經如常到來，那是在三月二十五日和二十六日，這表示……她又數了一遍，這次不再使用心算，改為用食指戳著日曆上的方格一個個數。

四十三天。

她懷孕了。

「天哪。」

日曆再次對這件事不置一詞。

不、不，這不可能。她已經四十一歲了。雖然自古以來也不是沒有女人在四十二歲時生孩子，但她上次懷孕已經是十七年前了。十七年來她與丈夫一直如膠似漆，但這麼久以來，他們沒有做過任何避孕——一點措施都沒有。

也因此，達芙妮以為自己不會再生了。她連續生了四個孩子，剛結婚的頭四年裡，每年一個，然後……就沒有了。

當她意識到最小的孩子已經過了週歲生日，而她卻沒有再懷孕時，她自己都頗驚訝的。等到孩子慢慢長到兩歲，接著是三歲，她的肚子依然平坦。達芙妮看著她的孩子們，艾蜜莉雅（Amelia）、貝琳達（Belinda）、卡洛琳（Caroline）和大衛（David），覺得她已經獲得了天大的福氣。四個孩子，個個健康強壯，其中那個調皮的小男孩，有一天會取代他父親的位置，成為哈斯丁公爵。

此外，達芙妮並不是很喜歡懷孕。她的腳踝會腫脹，臉頰會浮腫，消化器官會發生一些她絕對不想再經歷的事情。她想起嫂嫂露西在整個孕期都光采照人，這是件好事，露西目前已經懷胎十四個月了，而且這是她第五個孩子。

或者，正確來說應該是九個月才對。達芙妮幾天前才見過她，她的肚子看起來就像是有十四個月一樣。

巨大。令人吃驚的巨大。但嫂嫂仍舊容光煥發，腳踝纖細得不可思議。

「我不可能懷孕。」達芙妮伸手按住她平坦的腹部。也許她正在經歷的是那種變化。四十一歲確實還算年輕，但話說回來，這種變化並不是人人都會談論的事情。也許很多婦女在四十一歲時，就已經停經了。

她應該感到高興，充滿感激。真的，月經是件非常麻煩的事。

她聽到走廊裡傳來腳步聲，她迅速拿起一本書蓋住日曆，雖然她也不知道自己在隱藏什麼。這只是一本普通的日曆，沒有大紅的叉叉記號，也沒有寫著「本日來月經」的註記。

她的丈夫大步走進房間，「哦，太好了，妳在這裡。艾蜜莉雅一直在找妳。」

「找我？」

「上天憐憫，她找的不是我。」賽門回道。

「哦，老天。」達芙妮喃喃低語。通常她會有更機智的反應，但她的腦袋仍然處於「可能是懷孕也可能只是年華老去」的迷霧中。

「是關於某條裙子的事。」

「粉紅色的還是綠色的？」

賽門傻眼，「妳問我嗎？」

「不，你當然不會知道。」她心不在焉地說。

他揉著太陽穴跌坐在旁邊的一把椅子上，「什麼時候可以把她嫁出去？」

「在她訂婚之前都沒辦法。」

「那會是什麼時候呢？」

達芙妮笑了，「她去年收到五次求婚，是你堅持要她等待愛情降臨的。」

「妳也沒表示反對。」

「我確實同意啊。」

他嘆了口氣，「我們是怎麼讓三個女孩同時進入社交圈的？」

「我們剛結婚時太勤奮了吧。」達芙妮回答得很乾脆，然後想起了桌上的日曆。那本有紅色記號的日曆，除了她之外沒人可以看到。

「勤奮，是嗎？」他瞥了一眼敞開的房門，「有趣的形容詞。」

她看了一眼他的表情，覺得自己整個人羞成了紅色，「賽門，現在是大白天！」

他的嘴角緩緩漾出笑意，「我怎麼不記得，在我們最勤奮的時候這一點阻止過我們。」

「如果女孩們上樓來……」

他跳起身，「我去把門鎖上。」

「天哪，她們會知道的。」

他果斷地鎖上門，然後回頭看她，眉梢一挑，「那會是誰的問題？」

達芙妮啞口無言，但只有一下下：「我絕不會讓任何一個女兒像我以前那樣，什麼都不懂就傻傻的出嫁。」

「什麼都不懂就是最迷人的地方。」他低聲說著，穿過房間，拉起她的手。

她隨著他的動作站起來。「我誤以為你不行的時候，你可沒覺得有多迷人。」

他打了個寒顫，「生活中有許多事情，回頭看的時候會比較有魅力。」

「賽門……」

他用鼻尖輕輕磨蹭她的耳朵，「達芙妮……」

他的雙唇沿著她的脖子移動，她感到自己正在融化。結婚二十一年了，還是這麼……

「至少把窗簾拉上吧。」她喃喃說著。在陽光如此燦爛的情況下，其實沒什麼人能看到屋內，但她會更自在些。他們畢竟是住在梅菲爾區中心，她的朋友們很可能正在窗外漫步。

他一個箭步衝到窗前，但只拉上了薄薄的窗紗。

「我喜歡看著妳。」他帶著少年般的微笑說道。

然後，他以一種非凡的速度和敏捷的動作貫徹了這句話。在他眼前的，是毫無遮掩、完整的她。她躺在床上，在他親吻她的膝蓋內側時輕輕呻吟。

「噢，賽門。」她嘆息道。她很清楚他接下來要做什麼。他慢慢往上，沿著她的大腿親吻和舔弄，他的本事非常高明。

「妳在想什麼？」他低聲問。

「現在嗎？」她試圖眨動眼睛讓自己清醒一些。他的舌頭正抵在她的雙腿和小腹之間，他認為她還能思考？

「妳知道我在想什麼嗎？」他問。

「如果不是和我有關，我會非常失望。」

他輕笑著移動頭部，在她的肚臍上落下一個吻，然後往上挪了挪，用嘴輕輕地刷過她的雙唇。「我在想，能夠如此全面地瞭解另一個人，是多麼了不起的一件事。」

她情不自禁地伸出手擁抱他，把臉埋在他溫暖的頸窩裡，聞著他身上熟悉的氣息，「我愛你。」

「我愛慕妳。」

哦，所以他現在想來玩造句比賽，是嗎？她拉開兩人之間的距離，「我心悅你。」

他皺起了眉頭，「妳心悅我？」

「這是我在這麼短的時間內，所能想到最好的一句。」她輕輕聳了聳肩，「此外，我確實也是如此。」

「很好。」他的雙眸變深了，「我崇拜妳。」

達芙妮的嘴唇微張，心臟怦怦直跳，然後歡快地翻騰起來，她腦海中所有尋找同義詞的能力都已消失殆盡。

「我想，你已經贏了。」聲音沙啞到自己都認不出來。

他再次親吻她，漫長而火熱，令人揪心的甜蜜，「我知道我贏了。」

當他吻到她的小腹時，她的頭忍不住向後仰，「但你仍然要崇拜我。」

他繼續往下，「在這方面，夫人，我永遠聽從您的使喚。」

說完這句話之後，他們兩人有很長一段時間無法再繼續交談。

幾天後，達芙妮發現自己又再次瞪著日曆。

距離她上次月經來潮已經過去四十六天了，她仍然沒有告訴賽門。她知道應該告訴他，但就是感覺還不是時候。關於她月經沒來，可能還有另一種解釋，她想起上一次與母親的會面。當時薇莉．柏捷頓一直在不停搧風，堅稱室內非常悶熱，但達芙妮覺得無比舒適。

有一次達芙妮請人點燃壁爐，卻被薇莉惡狠狠地阻止了，達芙妮幾乎以為她會舉著火鉗守住壁爐口。

「不要生火，又沒有多冷。」薇莉怒道。

達芙妮聰明地回答說：「我覺得我應該去拿條披肩過來。」

她看著母親的女傭在壁爐旁冷得瑟瑟發抖，「呃，也許妳也應該拿一條。」

但她現在並不覺得全身燥熱。她覺得……她不知道自己的感覺是什麼，只能說一絲異常也沒有。這很可疑，因為她以前懷孕時從來不知道什麼叫正常。

「媽媽！」

達芙妮闔上日曆，從書桌上抬起頭，正好看到二女兒貝琳達停在房間門口。

「進來吧。」達芙妮很高興有事情能夠分心，「請進。」

貝琳達在旁邊一張舒適的椅子上坐下，明亮的藍眼睛以一貫的直率目光看著母親。「您一定要管管卡洛琳。」

「我——一定要管？」達芙妮問道，她的聲音在「我」字上稍稍停頓了一下。

貝琳達不理會這種調侃，繼續說：「如果她再不停止談論弗德瑞克．薛仁馮斯比，我一定會瘋掉。」

「妳就不能無視她嗎？」

「他的名字竟然叫弗德瑞克．薛……仁……馮斯比！」

達芙妮一頭霧水。

「雪人，媽媽！雪人耶！」

「這名字很容易被取笑，」達芙妮同意道：「但是，貝琳達．貝瑟小姐，不要忘記，妳也會被說成是一隻垂頭喪氣的貝瑟獵犬①。」

貝琳達的綠眼睛瞬間暗了下去，達芙妮立刻就明白了，確實有人用貝瑟獵犬取笑過她。

「哦！」達芙妮對貝琳達從未告訴過她這件事有些驚訝：「我很抱歉。」

「那是很久以前的事。」貝琳達吸了吸鼻子，「您不用擔心，不會再聽到第二次了。」

達芙妮抿緊嘴唇，努力憋住笑意。鼓勵拳腳相向絕對不是好辦法，但她自己就是和七個兄弟姊妹一起打打鬧鬧直到成年，其中四個還是兄弟，她忍不住輕聲說了一句：「做得好。」

貝琳達一本正經地對她點點頭，「您能和卡洛琳談談嗎？」

「妳希望我說什麼呢？」

「我不知道。就您平常說的那些吧，它們似乎總是很有用。」

達芙妮相當確定這段話裡應該有一句是讚美，但在她還來不及思考是哪一句之前，她忽然覺得胃裡開始七上八下，接著是一種非常古怪的擠迫感，然後……

「抱歉！」她大叫一聲迅速衝進盥洗室，及時撲到馬桶前。

哦，老天啊。這不是年華老去，她是真的懷孕了。

「媽媽？」

達芙妮背對著貝琳達揮了揮手，想把她打發走。

「媽媽？您沒事吧？」

達芙妮又開始嘔吐。

「我去找爸爸。」貝琳達大聲說。

「別去！」達芙妮幾乎慘叫出聲。

「是魚的問題嗎？我就覺得魚的味道有點怪怪的。」

達芙妮點點頭，希望對話就此結束。

「等等，您沒有吃魚呀，我記得很清楚。」

呃，可惡的貝琳達，以及她那該死的細節觀察力。

達芙妮想，眼下並不是適合發揮母愛的時刻。她再一次大力揮手叫女兒離開，此時她已經沒什麼耐心了。

「您吃的是乳鴿。我吃的是魚，大衛也是，但您和卡洛琳只有吃乳鴿。我想爸爸和艾蜜莉雅兩種都有吃，然後我們都有喝湯，雖然……」

「別說了！」達芙妮哀求道。她不想談論食物，即便只是提到也一樣。

「我想我最好還是去找爸爸。」貝琳達再次說道。

「不，我沒事。」達芙妮大口喘氣，仍然朝身後比著噤聲的動作。她不想讓賽門看到她這個樣子，因為他馬上就會知道是怎麼回事。

或者更重要的是，即將發生什麼事。七個半月後就會發生，前後頂多差幾個星期。

「好。」貝琳達同意道：「至少讓我把您的女僕叫來，您應該去床上躺一下。」

達芙妮又吐了。

「剛剛說錯了。」貝琳達更正說：「您應該去床上躺一下，但要先等您吐完……呃……那些東西。」

註釋①：貝瑟獵犬（Bassett hound）：一種短腿獵犬。

「去叫我的女僕吧。」達芙妮終於同意了。

瑪麗亞一下就能看出真相，但她不會對任何人說，無論是僕人還是家人。也許更有效率的是，瑪麗亞立刻就知道要拿哪些藥劑過來。它的味道很噁心也很難聞，但是能夠讓她的胃安定下來。貝琳達火速離開了，而達芙妮（她確信胃裡已不可能有什麼東西了）跌跌撞撞地走回她的床。她讓自己躺著，保持靜止不動，因為即使是最輕微的晃動，也會讓她覺得自己像在海上。

「我已經太老了，承受不了這些。」她呻吟道，因為她確實已經上了年紀。如果這次依然會像之前那樣……老實說，這次監禁與前四次不會有什麼不同……她會嚴重的害喜，至少會持續兩個月。吃不進東西會使她保持苗條，但這只會持續到夏季中期。到了那個時候，她的體型幾乎會在一夜之間翻倍，手指會膨脹到無法戴戒指的地步，也穿不進任何鞋子，甚至走一段樓梯都會讓她喘不過氣來。她會變成一頭大象，一頭長了兩條腿的栗色頭髮大象。

「夫人！」

達芙妮沒力氣抬頭，所以只能可憐兮兮地舉起手，無聲地向瑪麗亞揮動了一下，而瑪麗亞此時已經來到床邊，一臉驚恐地看著她……很快就轉變為若有所思的表情。

「夫人。」瑪麗亞再次說道，這次口氣非常肯定。她微笑起來。

「我知道。」達芙妮說道：「我知道。」

「公爵知道了嗎？」

「還不知道。」

「好吧，您也瞞不了多久就是了。」

「他今天下午離開，要去克利夫登住幾天。」達芙妮說：「等他回來我就告訴他。」

「您應該現在就告訴他。」瑪麗亞說。

隨伺在側二十年，確實能讓女僕擁有一些自由發言的權利。

達芙妮小心翼翼地撐起身子，讓自己改成斜躺的姿勢，中間暫停了一會來平息反胃的感覺。

「也可能會小產，尤其我這個年紀很容易發生。」

「我想這胎已經穩了。」瑪麗亞說道：「您照過鏡子了嗎？」

達芙妮搖了搖頭。

「您臉色發青。」

「也可能不……」

「胎兒已經穩了。」

「瑪麗亞！」

瑪麗亞雙手抱胸，兩眼盯著達芙妮，「您心知肚明，夫人。您只是不願意承認。」

達芙妮張嘴想說話，但她無話可說。她知道瑪麗亞是對的。

「如果不是懷孕，」瑪麗亞說，語氣稍微溫和了些：「您就不會吐得這麼嚴重。我母親在生下我之後又懷過八個孩子，前四個都很早就流掉了。她懷著那些沒有成胎的孩子時，從來沒有害喜過，一次都沒有。」

達芙妮嘆口氣，點點頭，承認她說的有道理。

「不過，我還要再等等。只要再等一陣子。」

她不知道為什麼想把這件事再隱瞞幾天，但她就是想這麼做。再說，她是那個目前正要把五臟六腑吐出來的人，至少她有權決定這麼做。

「哦，我差點忘了。」瑪麗亞說：「您的哥哥傳來消息，他下週要到城裡來。」

「柯林？」達芙妮問。

瑪麗亞點頭，「和他的家人一起。」

「一定要讓他們住到我們家來。」達芙妮說道。

柯林和潘妮洛普在城裡沒有房子，為了節省開支，他們多半會借宿在達芙妮或大哥安東尼的家裡，因為後者繼承了頭銜和隨之而來的所有東西。

「請讓貝琳達代表我寫一封信，堅持要請他們住到哈斯丁大宅來。」

瑪麗亞點了點頭，隨後離開。

達芙妮哀號了一聲，進入了夢鄉。

當柯林和潘妮洛普帶著他們四個可愛的孩子來到這裡時，達芙妮每天都要害喜好幾次。賽門還不知道她的情況，他鄉下的事情還沒解決，是關於某塊被水淹沒的田地，如今他要到週末才能回來。

但是達芙妮不打算讓鬧彆扭的肚子妨礙她招待她最喜歡的哥哥。

「柯林！」她喊著，看到他那雙閃亮的綠眼睛，她的笑容變得格外燦爛，「好久好久不見了。」

「完全同意。」他迅速地擁抱了她一下，而潘妮洛普則忙著把他們的孩子趕進屋裡。

「不行，你不可以追趕那隻鴿子！」她嚴厲地說：「非常抱歉，達芙妮，但是……」她又衝到門前的臺階上，精準地抓住了七歲大的湯瑪斯的衣領。

「妳要慶幸妳的那群調皮鬼已經長大了，」柯林笑著後退一步，「我們就沒辦法……天哪，小芙，妳出什麼事了嗎？」

親哥哥講話總是不大含蓄：「妳看起來很糟糕。」好像他之前那句話還不夠清楚似的。

「只是有點不舒服。」她咕噥：「我想是魚的問題。」

「柯林舅舅！」

幸好柯林的注意力被貝琳達和卡洛琳分散了，她們正以一種毫不淑女的方式跑下樓梯。

「是妳啊！」他笑著抓住一個抱進懷裡，「還有妳！」他抬起頭來，「還有一個呢？」

「艾蜜莉雅出去購物了。」貝琳達說，隨即把注意力轉向她的小表妹。艾嘉莎剛滿九歲，湯瑪斯七歲，珍恩六歲。小喬治下個月就三歲了。

「妳長這麼大了！」貝琳達對珍恩說，笑咪咪地看著對方。

「我上個月長了五公分！」她大聲說。

「是在過去一年裡面。」潘妮洛普輕聲糾正。

她沒辦法過去抱達芙妮，只靠過去捏了捏她的手，「我上次見到妳的女兒們時，就知道她們已經長大了，但我發誓，我每次都會因為她們出落得更加迷人而驚訝。」

「我也一樣。」達芙妮承認。有時她早晨醒來，仍然會以為女兒們還穿著連身小洋裝。事實上，她們已經長成了不折不扣的淑女……這真是令人難以理解。

「妳也知道人們是怎麼形容做母親這件事的。」潘妮洛普說。

「怎麼說？」達芙妮喃喃地問。

潘妮洛普停頓了一會，隨後狡黠地對她一笑，「歲月飛逝，但日子永無止盡。」

「那是不可能的。」湯瑪斯大聲說。

艾嘉莎發出了一聲哀傷的嘆息，「他真沒情趣。」

達芙妮伸手揉了揉艾嘉莎的淺棕色頭髮，「妳真的只有九歲嗎？」

她一直都很喜歡艾嘉莎。這個小女孩非常認真和堅定，這種特質特別打動她。

聰明的艾嘉莎立即意識到這個問題是反問句，馬上踮起腳尖給她的阿姨一個吻。

達芙妮也回吻一下她的臉頰，然後走向這家的年輕保母，她正抱著小喬治站在門邊。

「你怎麼樣呀，親愛的小傢伙？」她低聲哄著，伸手將小男孩抱到懷中。金髮的小傢伙體格結實，臉頰粉嫩嫩的。雖然他已不再是個嬰兒，卻仍有那種天堂般的嬰兒氣息。

她說：「你看起來很好吃呢。」她假裝咬一口他的脖子。她抱著他在手裡掂了掂，以那種本能的母性方式來回晃動。

「你不喜歡再被人抱著搖了，對嗎？」她喃喃說著，再次輕吻他。他的肌膚是如此柔軟，使她回想起她還是年輕母親的日子。當然，她身邊有護士和保母，但她也數不清幾次悄悄溜進孩子們的房間，偷偷親吻他們的臉頰，看著他們睡覺。

好吧。她有點太感性了，但這種心情並不陌生。

「你現在幾歲啦，喬治？」她問道，心想也許她可以再一次經歷這些。雖然她也沒有多少選擇，但她站在這裡，懷裡抱著這個小男孩，仍然感覺心定了不少。

艾嘉莎扯了扯她的袖子，低聲說：「他不會說話。」

達芙妮眨了眨眼，「妳說什麼？」

艾嘉莎瞥了一眼她的父母，不大確定自己是否應該繼續說下去。他們正忙著與貝琳達和卡洛琳聊天，沒有注意到這邊。

「他不會說話。」她重申道：「一個字也不說。」

達芙妮稍稍拉開一些距離，以便能看清喬治的臉。

他對她微笑，眼角和柯林一樣會微微皺起。

達芙妮回頭看著艾嘉莎，「他聽得懂別人說什麼嗎？」

艾嘉莎點頭，聲音壓得很低：「每個字都聽得懂，我可以保證。我想我爸媽很擔心。」

一個就快滿三歲的孩子一句話都不說？達芙妮確信他們一定很擔心。突然間，柯林和潘妮洛普臨時進城的原因變得清晰起來——他們想找人指點迷津。賽門小時候也是這樣。他在四歲之前沒有說過一句話，之後許多年也一直受口吃問題困擾。即使到了現在，當他對某件事情感到特別不安時，口吃就會重新出現，她能夠從他說話的聲音中聽出來，會有一個奇怪的停頓，一個重複的發音，一個中斷的句子。他對此仍然非常在意，即使已經不像他們第一次見面時那麼嚴重。

但她可以從他的眼神裡看到有一抹痛苦閃過，也可能是一絲憤怒。對他自己和對弱點的憤怒。達芙妮認為，有些事情人們永遠無法克服，無法徹底擺脫。

達芙妮不情願地把喬治交還給他的保母，同時催促艾嘉莎上樓。

「來吧，親愛的，育嬰室整理好啦，我們把女孩們的舊玩具都拿出來了。」她驕傲地看著貝琳達拉起艾嘉莎的手。

「妳可以玩我最喜歡的娃娃。」貝琳達非常鄭重地說道。

艾嘉莎抬頭看著她的表姐，表情只能用崇拜來形容，然後跟著她上樓。

達芙妮等所有孩子都離開，回頭看她的哥哥和嫂嫂。

「要來點茶嗎？」她問：「還是你想先換掉這身行裝？」

「茶。」潘妮洛普嘆口氣，聽起來就是個疲憊不堪的母親，「拜託妳了。」

柯林點頭同意，一起走進了客廳。他們一坐下來，達芙妮就決定這件事得挑明了說。這畢竟是她哥哥，他可以和她談論任何事情。

「你們很擔心喬治。」她這是一個陳述，而不是一個問題。

「他從來沒說過半個字。」潘妮洛普的聲音很平穩，但卻不自覺地吞嚥了一下。

「不過他懂得我們的意思。」柯林說：「我確信這一點。前幾天我讓他把他的玩具撿起來，他馬上就照著做了。」

「賽門也是這樣。」達芙妮從柯林看向潘妮洛普，又看回哥哥的臉，「我想這就是你們來的原因？為了和賽門談談？」

「我們希望他能提供一些看法。」潘妮洛普說。

達芙妮徐徐點頭，「我相信他可以。不過他目前被困在鄉下了，這個星期結束前應該會回來。」

「不急。」柯林說。

達芙妮從眼角餘光看到潘妮洛普的肩膀垮了下來。這動作非常微小，但任何一個母親都會注意到。潘妮洛普知道不應該著急，畢竟他們等喬治開口說話已經等了將近三年，多等幾天也不會有什麼變化，但她迫切地想做點什麼。她想要採取行動，讓她的孩子恢復健康。

千里迢迢趕來，卻發現賽門不在家……這一定很令人沮喪。

「我認為他能理解你們說的話，是一個非常好的跡象。」達芙妮說：「如果他聽不懂，我會更擔心。」

「他其他方面完全沒問題。」潘妮洛普激動地說：「他會跑跑跳跳，吃東西也正常，他甚至還會看書。」

柯林驚訝地轉向她，「是嗎？」

「我想是的。」潘妮洛普說：「上週我看到他拿著威廉的啟蒙書在讀。」

「他可能只是在看插圖。」柯林溫柔地說。

「我原來也是這麼想的，但後來我看到他的眼神會來來回回地跟著每個字移動！」

他們齊齊轉頭看向達芙妮，好像她可能會有答案。

「我想他可能在閱讀。」達芙妮感覺有點心虛。她也想要有全部的答案。她想對他們說點實際的內容，而不僅僅是「**我想**」或「**也許**」。

「他還小，但也不能因為這樣就認為他不會閱讀。」

「他很聰明。」潘妮洛普說。

柯林憐惜地看了她一眼，「親愛的……」

「他確實是啊！威廉到四歲的時候才會閱讀，艾嘉莎也是。」

「事實上，」柯林若有所思地承認：「艾嘉莎確實在三歲時就會識字，雖然不算是什麼特別厲害的才能，但我知道她會看簡短的文字。我記得很清楚。」

「喬治會閱讀。」潘妮洛普十分堅定：「我相信這一點。」

「好吧，那麼，這表示我們更不用擔心了。」達芙妮說：「任何未滿三歲就能開始閱讀的孩子，當他準備好時，說話絕對不會有問題。」

她不知道情況是否確實如此，但她認為應該是這樣。而且這似乎很合理。如果喬治最終會像賽門一樣有口吃，他的家人仍然會愛他崇拜他，給他所有需要的支援，讓他成長為她心目中那個優秀的人。

他將擁有賽門小時候錯失的一切。

「會好起來的。」達芙妮說，俯身向前握住潘妮洛普的手，「妳只要耐心等著。」

潘妮洛普緊抿著雙唇，緊繃的喉嚨洩漏了她的焦慮。

達芙妮轉過身，給她的嫂嫂一點時間整理自己的情緒。柯林正在吃第三塊餅乾，同時伸手準備倒茶來喝，所以達芙妮決定把她的下一個問題丟給他。

「其他的孩子們一切都好嗎？」她問。

他嚥下一口茶，「挺好的。妳家的呢？」

「大衛在學校搞了點惡作劇，但現在已經乖了不少。」

柯林拿起另一塊餅乾，「女孩們沒有找妳麻煩？」

達芙妮驚訝地眨了眨眼睛，「沒有，當然沒有。你為什麼這麼問？」
「妳看起來一塌糊塗。」他說。
「柯林！」潘妮洛普打斷他。
他聳了聳肩，「確實如此啊，我們剛到時我就問過了。」
「但是，」他的妻子告誡他：「你還是不應該……」
「如果連我都不能對她實話實說，還有誰能？」他直截了當地說：「或者說，還有誰會對她說實話？」
潘妮洛普把聲音壓低，急促說道：「這不是應該大聲討論的事情。」
他楞楞地盯著她看了一會兒，然後看了看達芙妮，又再次轉向他的妻子，「我不明白妳在說什麼。」
潘妮洛普張口結舌，雙頰泛起紅暈。她看了看達芙妮，彷彿在問她：要講嗎？
達芙妮只是嘆了口氣，她的情況有那麼明顯嗎？
潘妮洛普沒好氣地白了柯林一眼。「她是……」她回頭看了看達芙妮，「沒錯吧？」
達芙妮微微點頭表示肯定。
潘妮洛普帶點得意地看著她的丈夫，「她懷孕啦。」
柯林愣了大約半秒鐘，然後以他一貫不慌不忙的方式接著說：「不，她沒有。」
「她有。」潘妮洛普回答。
達芙妮決定不說話，反正她又開始有點想吐了。
「她最小的孩子都十七歲了。」柯林瞥了一眼達芙妮，「沒錯吧？」
「十六歲。」達芙妮喃喃地說道。
「十六歲。」他重複，對著潘妮洛普說：「意思一樣。」

「一樣？」

「一樣。」

達芙妮打了個哈欠，她實在忍不住了，這些天她實在是太累了。

「柯林。」潘妮洛普用達芙妮喜歡的那種充滿耐心又帶點優越感的語氣對她哥哥說：「大衛的年紀和這件事沒有任何關係……」

「我知道啊。」他打斷了她的話，略帶不滿地看了她一眼，「但妳不覺得，如果她會……」他朝達芙妮的方向比劃，讓她不禁懷疑，他是否沒辦法對著自己的妹妹說出「懷孕」這個詞。

他清了清嗓子，「那麼，就不會等了十六年才發生。」

達芙妮閉了一下眼睛，把頭靠在沙發背上。她真的應該感到難為情。這是她哥哥，即使他用的是相當模糊的詞彙，也改變不了他正在談論她婚姻私密的事實。

她疲憊地呻吟了一聲，介於嘆息和輕哼之間。可惜她太睏了，無法感到難為情，也或許年紀大了。女人過了四十歲，就應該能夠豁免少女般的端莊。

此外，柯林和潘妮洛普正在鬥嘴。這是件好事，可以使他們的注意力從喬治身上移開。

達芙妮發現這相當有意思，真的。看著她的任何一個兄弟與自己的妻子僵持不下，真的是件有趣的事。

四十一歲的人也絕對還沒老到，不能把自己的快樂建築在兄弟們的痛苦上。雖然說（她又打了個呵欠）如果她能更清醒地享受這一切絕對會更有意思，但也算是……

「她睡著了嗎？」柯林不可置信地盯著他妹妹。

「我想是的。」潘妮洛普回答。

他向她靠過去，伸長脖子想看個清楚。「我現在可以對她做很多事情。」他喃喃自語道：「青蛙啦、蝗蟲啦，整得她哭笑不得。」

「柯林！」

「這個主意太誘人了。」

「這也是證明。」潘妮洛普帶著一絲笑意說道。

「證明？」

「她懷孕了！就像我說的那樣。」他並未立刻同意她的觀點，於是她接著說：「你印象中她曾經聊天聊到一半睡著嗎？」

「沒有，只有當……」他講不下去了。

潘妮洛普毫不掩飾臉上得意的笑容，「正是如此。」

「我討厭事情被妳說對的時候。」他抱怨道。

「我知道。遺憾的是，我經常都說對了。」

他回頭瞥了一眼達芙妮，她開始打鼾了。

「我們應該待在她身邊吧？」他不大情願地說道。

「我去叫她的女僕。」潘妮洛普說。

「妳認為賽門知情嗎？」

潘妮洛普走到叫人鈴處，回頭看著他，「我不知道。」

柯林只是搖了搖頭，「可憐的傢伙，即將迎來他一生中最大的驚喜。」

賽門終於回到倫敦時，已經整整晚了一個星期，整個人筋疲力盡。跟他的多數地主同儕相比，他更喜歡親身參與，即使他已經快要五十歲了。因此，當他的部分田地遭到洪害，其中一塊田甚至是某個佃農家庭唯一的收入來源，他便直接捲起袖子，親自和底下的人們一起工作。

當然這只是個比喻，所有被捲起的袖子這時候肯定都已經放下了。蘇塞克斯這陣子的天氣非常寒冷，被雨淋濕時情況更糟，因為洪水等因素，他們無可避免都有這樣的體驗。

所以他很累，而且他仍然覺得冷，不確定他的手指是否還能恢復到以前的溫度，而且他想念家人。他本想讓他們陪著一起到鄉下，但女孩們正在為社交季做準備，而且他離開時達芙妮看起來有點憔悴。他希望她不會是感冒了。她生病的時候，全家人都感同身受。

她認為自己是個堅強的人。他曾經在她無力地癱在椅子上時試著告訴她，真正堅強的人不會在屋子裡走來走去，嘴裡還碎念著「不、不，我沒事」。

實際上，他嘗試過兩次。第一次他說的時候，她沒有回應，當時他以為她沒有聽到，現在回想起來，更有可能是她根本懶得聽他說的話，因為當他第二次再次提起堅強的人應有的天性時，她的反應是……

好吧，這麼說吧，只要事情涉及到他的妻子和普通小感冒，他的嘴裡除了「妳這個小可憐」和「我可以幫妳倒杯茶嗎？」再也吐不出其他話語。

任何男人在經歷了二十年的婚姻之後，都會學到一些東西。

他走進前廳時，管家已經在等著了，他的表情還是老樣子——換句話說，就是完全沒有任何表情。

「麻煩你了，傑弗瑞。」賽門低聲說著，把帽子遞給他。

「您的大舅子來了。」傑弗瑞告訴他。

賽門怔了一下，「哪一個？」他有很多個。

「柯林·柏捷頓先生，大人，以及他的家人。」

賽門側著頭，「是嗎？」他沒有聽到混亂和騷動。

「他們出去了，大人。」

「公爵夫人呢？」

「她正在休息。」

賽門忍不住低嘆一聲，「她沒有生病吧？」

傑弗瑞很反常地微微紅了臉，「我不能說，大人。」

賽門好奇地看著傑弗瑞，「她是病了，還是沒病？」

傑弗瑞嚥了下口水，清清嗓子，然後說：「我相信她是累了，大人。」

「累了啊。」賽門重複了一遍，基本上是自言自語，因為很明顯，如果他繼續追問這個話題，傑弗瑞會莫名其妙的尷尬至死。

他搖搖頭向樓上走去，又補充說：「也對，她應該很累。柯林有四個十歲以下的孩子，他們待在這裡的時候，她會覺得自己必須像母親般的照顧好所有人。」

也許他應該去她身邊躺一躺，他也疲憊不堪，而且有她在身邊時，他總是睡得更安穩。

他走到兩人的房間時門是關著的，他差點就要敲門——這是一種習慣，看到關著的門總是想先敲一下，即使門後是他自己的臥室。不過他在最後一刻改變了主意，握住門把輕輕推開門，因為她可能正在睡覺。如果她真的很累，他應該讓她好好休息。

他輕手輕腳地走進房間。窗簾拉了一半，他可以看到達芙妮躺在床上一動不動。他悄悄地走了過去。她看起來確實有點蒼白，雖然在昏暗的光線下不是很明顯。

他打了個呵欠，坐到床的另一邊，彎腰向前脫下靴子。他鬆開領巾後一把扯掉，整個人挪到她身邊。他不打算叫醒她，只想靠著她取暖。他很想念她。

他滿足地嘆了口氣，伸手鑽過她的肋骨下緣摟著她，然後……

「嘔嘔嘔！」達芙妮像子彈一樣彈起身來，差點就從床上滾下去。

「達芙妮？」賽門也坐了起來，正好看到她急匆匆地衝向夜壺。

夜壺？

「噢，親愛的。」他看到她吐成這樣，不禁打了個哆嗦，「是魚的關係嗎？」

「別說那個字。」她氣喘吁吁道。

一定是魚。他們真的要換一家新的魚販。

他從床上下來，找到一條毛巾，「要我拿什麼給妳嗎？」

她沒有回答，他也不指望她會回答，不過他還是把毛巾遞了過去。當她第四次嘔吐的時候，他強迫自己保持鎮定。

「妳這個小可憐。」賽門低聲安慰道：「很遺憾妳不舒服，妳從來沒有吐成這個樣子，除了……」

──除了……哦，我的老天。

「**達芙妮？**」他的聲音在顫抖。見鬼了，他整個人都在顫抖。

她點了點頭。

「但是……怎麼會……？」

「就是以通常那種方式吧。」她感激地接過毛巾。

「但已經……過了……」

他試著思考，不過只是徒勞無功。他的大腦已經完全停止了運作。

「我想我吐完了。」她聽起來很疲憊，「你能拿點水給我嗎？」

「妳確定嗎？」如果他沒記錯的話，喝下的水馬上會被吐進夜壺裡。

「水在那邊。」她有氣無力地指向桌子上的一個水壺，「我沒有要喝進去。」

他給她倒了一杯，等著她漱口後吐出來。

「所以，」他清了幾次嗓子，「我……呃……」他又咳了起來。恐怕即使現在命懸一線他也說不出任何救命的話，而且還不能歸咎於口吃。

「大家都知道了。」達芙妮扶著他的手臂慢慢回到床上。

「大家？」他楞楞地重複道。

「我本來想等到你回來後再說的，但他們猜到了。」

他慢慢地點頭，仍然在努力消化這一切。一個嬰兒。在他這個年紀、在她這個年紀。

這簡直是……

這簡直是……

這簡直是太**了不起**了。

奇怪的是，這一切發生得如此突然，但現在，在最初的震驚過去後，他只剩下滿心的純粹喜悅。

「這真是個好消息！」他驚嘆道，原想伸手擁抱她，但一看到她那蒼白的臉色，又覺得不妥。「妳總是為我帶來喜悅。」他彆扭地拍了拍她的肩膀。

她瑟縮了一下，閉起眼睛，呻吟道：「別搖晃床鋪，我感覺像是暈船了。」

「妳不會暈船。」他提醒她。

「懷孕的時候就會。」

「妳真是隻古怪的鴨子，達芙妮．貝瑟，」他咕噥著，同時悄悄退後一步，以便一、停止搖晃床鋪，二、如果她因為這個鴨子的比喻而生氣，最好是離她遠一點。

這是有典故的。在她懷著艾蜜莉雅的時候，她曾問他，她是否依然光采照人，或者她看起來就像隻蹣跚的鴨子。

當時他告訴她，她看起來像一隻光采照人的鴨子。可惜那不是正確的答案。

他清了清嗓子，「妳這個小可憐。」

然後他就溜之大吉了。

幾個小時後，賽門坐在他那張巨大的橡木書桌前，雙肘撐在光滑的木頭上，右手食指輕點著白蘭地酒壺的頂端，他已經倒了兩次酒。

今天真是個不尋常的日子。

在他留達芙妮好好睡午覺大約一小時之後，柯林和潘妮洛普帶著他們的孩子回來了，他們一起在早餐室用了茶和點心。賽門本來建議去會客廳，但潘妮洛普要求換一個地方，一個沒有「昂貴布料和裝飾品」的地方。

小喬治對他開心地笑，小臉上還沾著某種賽門希望是巧克力的東西。

賽門看著從桌上撒落到地板滿滿的餅乾屑，以及被用來擦拭艾嘉莎打翻茶水的濕餐巾，他不禁想起孩子們還小的時候，他和達芙妮總是在這裡喝茶。

有趣的是，人們總是忘不了這些小細節。

然而，一等到茶會解散，柯林就要求私下談談。他們回到了賽門的書房，柯林對他說了喬治的事情。

他不會說話。

他的眼神很敏銳，柯林認為他會閱讀。但他不會說話。

柯林徵詢他的意見，但賽門發現他提供不了任何意見。他當然也想過這個問題。每次達芙妮懷孕的時候，這個問題就會一直困擾著他，直到每個孩子開始說出完整的句子。

他想，現在這個問題又會開始在他腦中縈繞不去。他即將迎來另一個孩子，另一個他將無條件疼愛……同時也為之擔憂的小生命。

他唯一告訴柯林的是，要愛這個孩子。跟他說話，讚美他，帶他去騎馬和釣魚，以及所有那些父親應該為兒子做的事情。

這些所有事情，他的父親都沒有為他做過。

近來他已經很少想起他父親了，為此他要感謝達芙妮。在他們相遇之前，賽門一直癡迷於復仇。他極度渴望傷害他的父親，想讓對方像他小時候那樣受盡煎熬，讓他知道自己不受歡迎，讓他忍受所有因為求而不得所產生的痛苦與糾結。

他的父親已經死了，然而這一點並不重要。賽門仍然渴望著復仇，是愛為他驅逐了這個心魔——首先是達芙妮，然後是他的孩子們。

當達芙妮給了他一捆父親寫給他的信時（她曾受託幫忙保管這些信件），他終於意識到自己是自由的。他不想燒掉它們，也不想把它們撕成碎片，但他也沒有特別想讀它們。

他低頭看了看那一捆用紅色和金色絲帶整齊綁著的信封，情緒沒有任何起伏。沒有憤怒、沒有悲傷，甚至沒有遺憾。這是他所能想像到的，最大的勝利。

他不確定這些信在達芙妮的桌子裡放了多久。他知道她把它們收在抽屜最底層，每隔一段時間他就會偷瞄一眼，看看它們是否還在原處。

但最後，這種情況也逐漸減少了。他並沒有忘記這些信——偶爾會有某些事情讓他想起它們——但他以充滿恆心的方式刻意遺忘它們。在他打開桌子底部的抽屜，看到達芙妮把它們移到那裡時，他已經好幾個月沒想到這些信了。

那已經是二十年前的事了。

即使他仍然缺乏燒毀或撕碎的衝動，他也從未想過要拆開它們。

直到現在。

呃，還是算了。也許就看一點點？

他又看了眼信件，蝴蝶結仍然牢牢繫著。他想拆開它們嗎？在柯林和潘妮洛普陪著喬治度過這段可能並不好受的童年時，父親的信中會不會有什麼東西能對他們有所幫助？

不，怎麼可能。他的父親是個強硬的人，無情無義，毫無憐憫之心。他太過沉迷在遺產和頭銜，以至於對他唯一的孩子拒之千里。他所寫的東西不可能對喬治有所幫助。

賽門拿起了這些信。紙張十分乾燥，聞起來很舊。

爐裡的火有股新鮮的生命力，熾熱明亮，帶著救贖意味。他盯著火焰直到視線模糊，就這樣靜靜地坐了幾分鐘，卻似乎有永恆那麼久，腦中不斷想著父親最後要對他說的話。

他父親去世時，他們已經有五年多沒有說過話了。如果老公爵有什麼想對他說的，就會是在這些信裡。

「賽門？」

他慢慢地抬起頭，似乎一下子回不了神。

達芙妮站在門口，一手輕輕地扶著門框邊緣。她穿著她最喜歡的淡藍色睡袍。她已經穿了好幾年了，每次問她是否想汰換掉，她都拒絕了。有些東西就是柔軟又舒適最好。

「你要上床睡覺嗎？」她問。

他點了點頭，站了起來。

「馬上來。我只是在……」他清了清嗓子，因為他其實不確定自己剛才在做什麼，他甚至不確定自己在想什麼，「妳感覺怎麼樣？」

「好多了，晚上總是舒服一些。」她向前走了幾步，「我吃了一點吐司，甚至還有一些果醬，我……」她沒再說下去，臉上唯一的動作是兩眼眨個不停。她正盯著那些信。他沒注意到自己起身時，手裡還拿著那些信件。

「你準備要看它們了嗎？」她輕聲問道。

「我想……也許……」他嚥了一下口水，「我不知道。」

「但為什麼是現在？」

「柯林告訴了我喬治的事，我想這裡面可能有些東西，」他的手略略抬了一下，把那捆信舉得更高一點，「一些可能幫助他的東西。」

達芙妮楞了一下，過了幾秒鐘才能繼續開口：「你大概是我認識過最善良、最寬容的人之一。」

他不解地看著她。

「我知道你不想看這些信。」她說。

「我真的不在乎……」

「不，你在乎。」她輕輕地打斷他的話：「還不到捨得毀掉它們的程度，它們對你來說仍有某種意義。」

「我根本很少想起過它們。」這是事實。

「我知道。」她握住他的手，拇指輕輕摩擦著他的指關節，「但是，即使你不再懷恨你父親，也不表示他一點都不重要。」

他沒有說話，因為不知道該說什麼。

「如果你最後決定讀這些信，我也不會感到驚訝，因為那是為了幫助別人。」

他吞嚥了一下，然後像抓住救生索一樣緊握著她的手。

「你想讓我來打開它們嗎？」

他點了點頭，默默地把那捆信件遞給她。

達芙妮移到附近的椅子上坐下，拉扯著絲帶，直到蝴蝶結鬆動。

「這些是按順序排列的嗎？」她問。

「我不知道。」他承認。

他又坐回書桌後面，保持一大段距離，這樣一來就看不到那些信紙的內容。

她了解地點點頭，然後小心翼翼地打開了第一個信封。她的目光逐行移動，或者至少他認為是這樣。光線太暗，看不清楚她的表情，但他時常看到她讀信的模樣，知道她一定會有哪些表情。

「他的字很醜。」達芙妮喃喃說著。

「是嗎？」他開始回想，賽門不確定他是否見過父親的筆跡，也許在某些時候他見過，但他完全想不起來。他又等了一會兒，努力不在她翻頁的時候屏住呼吸。

「他沒有翻面寫。」她訝異地說道。

「他不會的。」賽門說道：「他永遠不會做出任何和節約有關的事情。」

她抬起頭，眉毛挑了起來。

「哈斯丁公爵不需要節約。」賽門訕訕地說。

「是喔？」她翻到下一頁，「下次光顧裁縫店的時候，我得記住這一點。」

他笑了起來，他喜歡她總能在這樣的時刻讓他開心。

又過了一會兒，她重新折起信紙，抬起頭來。她稍稍停頓了一下，也許是在等他說些什麼，但當他維持沉默的時候，她說：「事實上，內容相當乏味。」

「乏味？」他不確定自己期待著什麼，但不是這個。

達芙妮輕輕聳了聳肩，「是關於收成的，還有對大宅東翼的改建計畫，以及他懷疑有幾個佃農欺騙他。」她不贊同地抿緊雙唇，「他們當然不會這麼做。他說的是米勒先生和貝瑟姆先生。他們絕不會欺騙任何人。」

賽門眨眨眼。他以為父親的信中可能會包含一分歉意。如果不是，那就是更多的指責，責怪他能力不足。他從來沒有想過，父親不過就是寄給他一份財產帳目。

「你父親是個非常多疑的人。」達芙妮嘟囔道。

「呃，是的。」

「要我看下一封嗎？」

「請吧。」

她看了，內容大致相同，只是這次是關於一座需要修理的橋，和一扇沒有按照他要求製作的窗戶。

就這樣，她接著看下去。房租、帳目、維修、投訴……偶爾會有一些不大一樣的主題，但並沒有比「我考慮在下個月舉辦一次射擊聚會，如果你有興趣參加，就告訴我」更私人的內容。這真令人吃驚。他父親不僅在認為兒子是個口吃的白痴時否定他的存在，在賽門說話變得清晰有條理時，依舊不承認自己曾經否定兒子的事實。他表現得好像這一切從未發生過，好像他從未希望自己的兒子死去一般。

「老天哪。」賽門說，因為他不得不說點什麼。

達芙妮抬起頭來，「嗯？」

「沒事。」他喃喃地說。

「這是最後一封。」她說著把信舉起來。

他嘆口氣。

「你希望我讀它嗎？」

「當然。」他挖苦地說道：「這可能是關於租金或者帳目。」

「或者是欠收的問題。」達芙妮打趣，顯然正在憋笑。

「可能吧。」他回答。

「內容是租金，」她一讀完就說：「還有帳目。」

「收成呢？」

她微微一笑，「那一季是豐收。」

賽門閉起眼睛，一種奇怪的緊張感從他的身體裡消散了。

「這很奇怪。」達芙妮說：「我想不通為什麼他從未將這些信寄給你。」

「什麼意思？」

「他沒有寄出這些信。你忘了嗎？他把所有的信件都留著，然後在去世之前把它們交給了米德索普大人。」

「我想這是因為我當時不在國內，他不知道該把它們寄到哪裡去。」

「哦，也對。」她皺起了眉頭，「不過我還是覺得很有意思，他會花時間寫信給你，卻不打算把它們寄出去。如果我要給明知收不到信的人寫信，那是因為我有話要說，我希望他們知道一些有意義的東西，即使在我離開之後。」

「所以妳與我父親有很多地方不同。」

她遺憾地一笑。「嗯，我想是的。」

她站起來，把信放在一張小桌子上，「我們去睡覺吧？」

他點點頭走到她身邊，但在攙扶她的手臂之前，他伸手拿起了那些信把它們扔進火裡。

達芙妮發出一聲驚呼，急急轉過身來時，看到它們已經燒黑了。

「沒什麼值得保存的。」他俯下身子親吻了她，一次在鼻尖、一次在嘴唇，「我們去睡覺吧。」

「你打算告訴柯林和潘妮洛普什麼呢？」他們勾著手向樓梯走去時，她問。

「關於喬治？和我今天下午說的一樣。」他再次吻她，這次是在她的眉心，「只要愛他就好，這就是他們能做的一切。如果他會說話，他就會說。如果他不會說，那就不說。無論如何，只要他們愛他，一切都會好起來的。」

「你，賽門．亞瑟．菲茨拉努夫．貝瑟，是個非常好的父親。」

他努力不讓自己表現得太過驕傲。「妳漏了亨利。」

「什麼？」

「賽門．亞瑟．**亨利**．菲茨拉努夫．貝瑟。」

她顯然很不以為然。「你的名字也太多了。」

「但孩子還不夠多。」他停下腳步把她拉到懷裡，直到兩人的臉離得很近，把一隻手輕輕地放在她的腹部，「妳認為，我們可以從頭再來一次嗎？」

她點了點頭，「只要你在我身邊。」

「不，」他輕輕地說：「是只要我的身邊有妳在。」

（完）

【作者後記】

閒談創作源起

一九八四年七月，我十四歲，正在南加州和我父親一起過暑假。我家三姊妹每年都這麼做。六月是我們進行大遷徙的時候，從康乃狄克州的媽媽家飛去洛杉磯的爸爸家。在閱讀這件事上，我父母的看法不大一樣。我母親幾乎不怎麼管這方面的事，同時兼兩份工作已經使她夠忙的了，只要看到我們埋首書堆，她就會很高興，不管我們看的是什麼類型的書。然而，我父親對閱讀的看法卻大不相同。他是一位職業作家，因此會花大量的時間來斟酌用字遣詞、文字的意義和它們的潛在價值。因此，在挑選暑假讀物時，他會建議《基督山恩仇記》、《罪與罰》和《黑暗之心》等他認為娛樂性十足的好書。這些確實都是精彩而價值非凡的小說，但卻不是一個十四歲女孩暑假想要看的書。

我們住在離公共圖書館不遠的地方，走路就可以到（我的父母家都是如此，或許這正好說明了我為什麼會踏上這條路）。我很開心地發現，當地的圖書館收藏了大量我想看的書：青少年羅曼史小說，特別是《甜蜜的夢》系列。

《甜蜜的夢》是青少年版的禾林羅曼史[1]。像所有的類型小說一樣，它們在寫作的時候就清楚地抓住了讀者的期望：女孩遇到男孩、發生了一些事情、女孩得到了男孩。與其說這些書是按照某種公式寫就的（在「發生事情」這一部分會出現很多變化），不如說是有明確的參數。女孩最後總是會贏，她會得到那個男人，而且她會透過「做自己」來完成這一點。這些故事中的男孩經常是人氣王，而女孩則是一朵毫不起眼的壁花。對於一個只被親吻過一次的少女來說，這是非常令人嚮往的事情（而且那一次還是被某個夏令營中的男孩親吻，在高中生的社交大事排行榜中，那根本不算數）。我們不是時常偷偷幻想，足球隊的隊長其實私底下手不釋卷，然後終於發現啦啦隊的隊長其實膚淺又殘忍？在此我要向各地的啦啦隊員們道歉。我向你們保證，如果我能做出赫基跳[2]的動作，甚至來個側翻，我一定會以比我讀完一本《甜蜜的夢》羅曼史小說更快的速度加入你們的行列，那可是相當快的速度喲。

讓我們回到一九八四年。我父親的辦公室就在家裡，所以我們做什麼都無法避開他。他開始對我選擇的課外讀物感到好奇。他從來不是只看外表就作出結論的人，所以他拿起一本書，從頭到尾翻了一遍。他覺得內容不怎麼樣，但值得讚許的是，他在下結論之前又拿起了第二本小說。

他還是覺得不怎麼樣。

我知道接下來會發生什麼事。因此，當他問我為什麼選擇讀這些書時，我開始發表一段精心排練過的演講，闡述休閒閱讀的重要性。他說，他完全同意，但他覺得我應該在選擇書籍方面尋求更豐富的多樣性。他也不明白我怎麼能從這些書中獲得樂趣，在他看來，這些書似乎不需要讀者花腦筋。

他說：「給我一個好理由，說明妳為什麼應該讀這些書。只要舉出一件妳學到的或能夠**令妳思考**的事情。」（這裡我一定要提一下，當我父親說出「令妳思考」時，我幾乎可以從他臉上看見加粗的字體）。

儘管我非常努力，但我還是無法提出令人信服的論點，說明這些青少年羅曼史正在引導我對人類的現狀進行深度思考。但我是個不屈不撓的人，所以我告訴他，我正在增加我的詞彙量。他點了點頭，他可以接受這一點。於是他問：「妳能舉例說出妳學到的某個詞語嗎？」

我不能。

二十世紀八十年代的青少年羅曼史小說有很多優點，但有趣的詞彙並不是其中之一。

但我想繼續閱讀這些「**有趣**」的小說，而且我真的不想整個暑假只讀約瑟夫·康拉德[3]的書，所以我說讀這些《甜蜜的夢》小說是為了做研究。我打算寫一本青少年羅曼史小說，但在尚未充分了解這種類型的情況下就動筆，可能不是個好主意。

這讓他停止了探問。他被感動了，我也被感動了。想要在與我父親辯論中占上風並不容易，現在也是一樣。

「好吧。」他說。

那天晚上，他讓我坐在他的電腦前。對八十年代初期來說，我們家幾乎算得上非常先進——我們是這條街上唯一擁有個人電腦的家庭。黑色螢幕大概只有八英寸寬，上面有個刺眼的綠色游標閃個不停。但一旦我開始打字，我就停不下來了。我寫了一章，然後又一章，父親三不五時會進來看看我的狀況，但我只是揮手要他離開。

他再也沒有因為我愛看《甜蜜的夢》找過我麻煩。

我會分享這個小故事，並不是因為它與攝政時期的英國相關（雖然我十幾歲時寫的女主角確實像達芙妮·柏捷頓一樣，都不是異性的夢中情人）。相反地，我是想讓你們了解我和我父親在寫作方面那種特殊的情感羈絆。

轉眼到了一九九九年。我正在寫我未來三部曲作品的第一部，我從第一章開始寫，雖然我認為應該要有一個序篇。我以一對母女作為開場，但我也發現在她們的對話過程中，作者會需要用大篇幅講解故事的來龍去脈。這一家有八個按字母順序命名的子女，這個女兒排行老四，也是家裡的長女。孩子們都長得很像。父親已經去世，但母親還健在，而她的孩子們都還沒結婚。

註釋①：禾林羅曼史：禾林出版社（Harlequin Enterprises Limited）位於加拿大，曾為全球最大的言情小說出版商。

註釋②：赫基跳：由現代啦啦隊之父勞倫斯·赫基發明的一種跳躍動作，現已成為各地啦啦隊的標誌性動作。

註釋③：約瑟夫·康拉德（Joseph Conrad）：英國船長兼小說家，被譽為是以英語寫作的最偉大小說家之一，被認為是早期現代主義的先驅，影響後世文學及電影創作甚鉅，代表作有《黑暗之心》、《吉姆爺》、《間諜》等。

但我該如何告知讀者呢？我不想用作家們所謂的「資訊填鴨」方式，基本上這是指作者以一種不自然的方式將大量的資訊塞進開篇章節。我最喜歡（或者說最不喜歡）舉的例子是，兩個人物正在進行對話，但他們顯然是在對讀者說話，而不是彼此交談。如果我在《公爵與我》中這樣做，就會出現以下的情況：

達芙妮：「母親，您有沒有想過您會生八個孩子？」

薇莉：「沒有，我當然也沒有想到八個小孩會長得這麼像。」

達芙妮：「人們確實會分不清楚我們誰是誰，但我想我比其他人更容易辨認，因為我是女孩中最年長的。」

薇莉：「哦，對啊，我懂妳的意思。艾洛伊絲、弗蘭雀絲卡和海辛絲就得習慣上流社會的女士們總是把她們叫錯成妳。」

達芙妮：「您按字母順序為我們命名是件好事。」

薇莉：「那是妳父親的主意。」

達芙妮：「我很遺憾他英年早逝。」

嗯哼……這樣寫是行不通的。

我發現，如果這樣寫的話，達芙妮和薇拉的對話就變得沒有意義，她們基本上說的都是本身已經知道的事情，透過第三者的角度來提供同樣的資訊會比較合乎邏輯。如果有人（也許是某個八卦專欄作家）要來聊聊柏捷頓家族的八卦，那麼用獨立的段落來介紹該家族的基本狀況，就會完全合理。

於是，威索頓夫人就此誕生。

我愛死她了。她是一個調皮、機智、犀利而又不失嘴賤的人，她為小說提供了骨架，沒有她的話，很多想法就會難以實現。

有了威索頓女士，我們可以輕鬆知道今天是什麼日子、知道人們參加了哪些派對。我可以隨心所欲地灌輸資訊，而且會很有娛樂性。說實話，這是所有作家的夢想。

直到父親來看我們（你知道我們會回到他身邊的）。

我正在廚房裡忙碌，他突然走過來，說：「妳真聰明！」

我做出一副陶醉在讚美中的樣子，然後問：「為什麼這麼說？」

原來我把電腦忘在了書房裡，而他讀了最終出版為《公爵與我》這本書的前兩章。他立即興奮地說起，威索頓夫人是一個多麼了不起的想法，但他想知道——她是誰，以及我打算如何揭穿她的身分？

我說：「你沒跟我打個招呼就直接看了？」

他眨眨眼睛。

我說：「我不敢相信，你竟然偷看我電腦上的東西。」

他又眨了眨眼，說：「但它寫得那麼好。」

顯然他這句話說對了，因為我的怒氣馬上就煙消雲散。他說，他不是故意要偷看我作品的。他想用我的電腦查看他的電子郵件，稿子就出現在螢幕上，他被吸引住了。

事實證明，當一個人告訴你，你的作品吸引了他，你很難對他怒目而視。

但他又重複了先前的問題：「誰是威索頓夫人？」

然後對話就變成了這樣：

我：「我不知道。」

爸爸：「妳不知道是什麼意思？妳一定知道。」

我：「但是我不知道啊，我真的不知道。」

爸爸：「如果妳不知道答案，就無法寫出推理故事。」

我：「顯然我可以（我真沒有挖苦的意思）。」

爸爸：「但是妳必須知道她是誰，才能正確地描述她的專欄。」

我：「不用啊。」

爸爸（苦惱地踱起步來）：「哦，我的老天。那妳要怎麼寫呢？妳必須先弄清楚。」

我：「我希望船到橋頭自然直。」

爸爸：「如果沒有直呢？」

我（終於開始覺得有點擔心）：「嗯……那就下一本再來煩惱？」

如果你讀完了《公爵與我》，你就知道我確實把它拖到了下一本書裡，並不是因為我到出版時都還不知道誰是威索頓夫人。我是在開始寫這個系列的下一本書（《子爵之戀》）時才知道的，然後瘋狂地重讀《公爵與我》，以確保我沒有寫出任何會讓我的候選人失去資格的內容。

但是，當我沒能揭穿威索頓夫人的身分時，我做了一件和我寫作的題材類型不大一樣的事。根據定義，羅曼史小說都會有乾淨的結局。男女主角已經墜入愛河，保證會永遠幸福地生活在一起。羅曼史小說作者不寫續集，而是寫衍生作品。因為如果我們在續集中又把男女主角拉回來作為主角，這就表示永遠幸福的生活並沒有實現。如果我們要把書寫成一個系列，每本書必須有一組不同的男女主角。讀者想看這種，而且多多少少也會期待所有的主要情節都能在最後一頁完美收尾。

當我的讀者看完《公爵與我》時，他們全都傻眼了。我完全沒替所有的主要情節收尾啊！「誰是威索頓夫人？」很快就演變成了「我們會在下一本書中找到答案嗎？」

也許我現在不應該劇透，但是不會的，你不會在下一本書中找到答案。我在寫這些專欄的時候太開心了，所以不想讓它說再見。但請放心，威索頓夫人的身分確實會在此系列中進一步揭開，我想你會一直為她加油打氣的。

茱莉亞・昆恩

Julia Quinn

Next Notice

LADY WHISTLEDWN´S SOCIETY PAPERS

認識柏捷頓家族

Meet the Bridgerton Family

柏捷頓家族是目前上流社交圈中人丁最旺盛的家族。子爵夫人和已故子爵的勤奮努力是值得讚揚的，儘管大家都認為他們在為孩子取名這件事上毫無創意。安東尼（Anthony）、班尼迪特（Benedict）、柯林（Colin）、達芙妮（Daphne）、艾洛伊絲（Eloise）、弗蘭雀絲卡（Francesca）、葛雷里（Gregory）和海辛絲（Hyacinth）——當然，按部就班對所有事情都有益無害，但人們認為聰明的父母無須按字母順序為孩子命名，也能夠讓他們井井有條。

有人說，柏捷頓夫人最偉大的志向，是看到她所有的孩子都能擁有幸福的婚姻。但說真的，眾人忍不住要懷疑這是否是不可能的壯舉。八個孩子，八段幸福的婚姻？似乎有點難以置信。

《威索頓夫人的韻事報》

Summer 1813

Next Notice

LADY WHISTLEDWN´S SOCIETY PAPERS

子爵之戀

The Viscount Who Loved Me

一八一四年的社交季已經拉開序幕，我們深信今年和一八一三年相比也不會有什麼不同。

上流社交圈將再次擠滿野心勃勃的母親，她們唯一的目的就是看到自己親愛的女兒嫁給某位黃金單身漢。根據母親們的口耳相傳，柏捷頓子爵被認為是今年最搶手的人選。

事實上，如果這個可憐男子的造型永遠都是一頭亂髮，絕對是因為無論他走到哪裡，都有許多年輕女士對他狂送秋波，那些瘋狂煽動的眼睫毛形成了一股颶風般的力量。或許唯一對柏捷頓不感興趣的年輕女士只有凱薩琳·雪菲德小姐，老實說，她對子爵的態度有時算得上是充滿敵意。

親愛的讀者，這就是為什麼筆者會認為，柏捷頓和雪菲德小姐之間的較勁，絕對能為這個無趣社交季帶來一絲精彩火花。

《威索頓夫人的韻事報》

12 Judy 1815

Next Notice

LADY WHISTLEDWN´S SOCIETY PAPERS

紳士的邀約

An Offer From a Gentheman

一八一五年社交季正在進行中，雖然人們會覺得這一季的話題主要都是與威靈頓和滑鐵盧有關，但事實上，今年的熱門話題與一八一四年也差不多，還是圍繞著社交界中永遠不變的主題——婚姻。一如往常，社交名媛們把對婚姻的期望集中在柏捷頓家族身上，尤其是未婚兄弟中最年長的那一位——班尼迪特。他或許沒有襲爵，但他英俊的臉孔、搶眼的外型和厚實的錢包，似乎可以輕鬆地彌補此一缺憾。

事實上，筆者已經在不同場合聽到過許多次，當某位野心勃勃的母親談起自家女兒時，總是會說：「她會嫁給一位公爵……或是一位柏捷頓家的男人。」

對柏捷頓先生來說，他似乎對那些經常參加社交活動的年輕女士們興趣缺缺。每場派對幾乎都有他的身影，但他什麼也沒做，只是看著房門，大概是在等待某個特別的人。

也許……是他未來的新娘？

《威索頓夫人的韻事報》

12 Judy 1815

i小說 049

柏捷頓家族系列 I

公爵與我 The Duke and I

國家圖書館出版品預行編目(CIP)資料

公爵與我 / 茱莉亞.昆恩(Julia Quinn)著 ; 朱立雅譯.
-- 初版. -- 臺北市 : 愛呦文創有限公司, 2022.06
面 ; 公分. -- (i小說 ; 49)(柏捷頓家族系列 ; I)
譯自 : The Duke and I.
ISBN 978-626-96024-0-7(平裝)

874.57 111005557

愛呦文創

作者	茱莉亞・昆恩（Julia Quinn）
譯者	朱立雅
封面繪圖	Zorya
責任編輯	高章敏
特約編輯	茉莉茶
文字校對	劉綺文
版權	Yenyu Hsiang
行銷企劃	羅婷婷
發行人	高章敏
出版	愛呦文創有限公司
地址	10691台北市忠孝東路四段59號10-2樓
電話	（886）2-25287229
郵電信箱	iyao.service@gmail.com
愛呦粉絲團	https://www.facebook.com/iyao.book
總經銷	聯合發行股份有限公司
電話	（886）2-29178022
地址	231新北市新店區寶橋路235巷6弄6號2樓
美術設計	廖婉禎
內頁排版	陳佩君
印刷	沐春行銷創意有限公司
初版一刷	2022年6月
初版二刷	2022年6月
定價	420元
ISBN	978-626-96024-0-7

愛呦文創